눈 내리는 밤

눈 내리는 밤

초판 1쇄 인쇄일 2016년 09월 20일
초판 1쇄 발행일 2016년 09월 26일

지은이 | 이선경
펴낸이 | 김기선
편집장 | 김은지

펴낸곳 | 와이엠북스(YMBOOKS)
출판등록 | 2012년 7월 17일 (제382-2012-000021호)
주소 | 서울시 도봉구 노해로 379, 1005호(창동, 대성빌딩)
전화 | 02)906-7768 / **팩스** | 02)906-7769
E-mail | ymbooks@nate.com

ISBN 979-11-322-3888-1 03810

값 9,000원

눈 내리는 밤

이선경 장편소설

YMBOOKS
ROMANCE
STORY

BOOKS

차 례

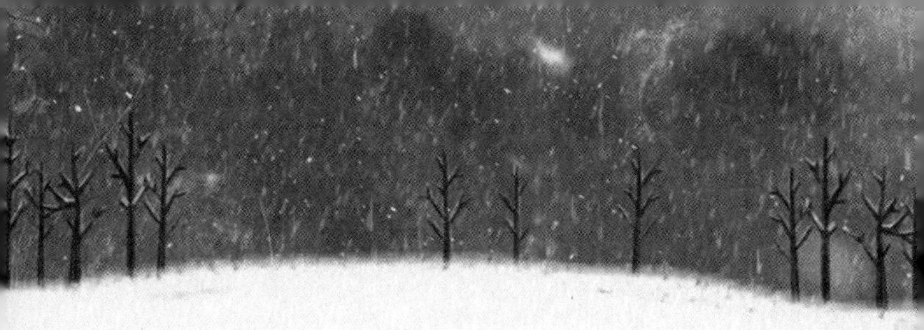

프롤로그

찰랑거리는 머리를 브러시로 빗어 내리던 세희는 거울 속 자신의 모습을 가만히 들여다봤다. 거울 속의 그녀는 젊고 아름다웠다. 단정한 이목구비에 쌍꺼풀이 없는 크고 맑은 눈이 인상적이었다.

'쌍꺼풀이 없어서 더 매력적이야.'

강준의 목소리가 환청처럼 그녀의 귓속으로 파고들자, 새까만 눈동자에 쌓여 있던 습기가 그녀의 의지와는 다르게 눈물을 떨궈냈다.

툭툭.

세희는 차분히 손수건으로 눈물을 닦아내고 한 번도 발라본 적이 없는 화사한 소프트 라벤더 색의 립스틱을 정성껏 발랐다. 립스틱을 바른 입술 위로 또다시 눈물이 후드득 떨어져 내렸다.

"흐흑."

새어 나오는 울음을 힘겹게 삼켰다. 마지막까지 예쁜 모습을 보여주고 싶었다. 그녀는 거울을 향해 억지로 미소를 지어 보았다. 억지 미소에도 양쪽 뺨에 보조개가 예쁘게 잡혔다. 강준이 수천 번도 더 입을 맞췄던 보조개를 살며시 만졌다. 심장이 갈라지는 통증이 밀려드는 가슴을 손으로 쓸어내렸다.

세희는 립스틱을 지우고 화장대 위의 보석함을 가만히 만졌다. 은은하면서도 고급스런 보석함 속에는 그녀가 지금까지 남편인 강준에게 받았던 보석들로 가득했다. 천천히 귀걸이와 팔찌를 빼서 보석함에 넣었다. 1주년 결혼기념일에 강준에게 받았던 목걸이도 풀어서 넣었다. 이어서 결혼반지를 빼려던 그녀는 잠시 멈칫했다. 빼고 싶지 않았다. 그와 떨어져 있더라도 그와의 연결 고리인 반지는 평생 손에 끼고 있고 싶었다. 몇 번이나 숨을 크게 내쉰 세희는 결국 반지를 빼서 보석함에 넣었다.

보석함을 닫으려던 그녀의 시선이 한동안 빛나는 보석들 사이에 있는 목걸이에 멈춰 있었다. 둥그런 고리 안에 하트가 들어 있는 목걸이였다. 망설이던 그녀는 보석함에서 목걸이를 꺼내 손으로 한참을 쓰다듬었다.

강준이 처음으로 선물해준 목걸이였다. 그 목걸이 속의 하트를 얼마나 만지고 또 만졌던가. 그와 행복했던 시간들이 머릿속을 헤집고 지나갔다. 세희는 목걸이를 꽉 쥐면서 속삭이듯이 말했다.

"이건 가져갈게요. 강준 씨가 처음 줬던 선물이니까."

화장대에서 일어난 세희는 강준과 행복하게 1년을 넘게 살던 빌라를 천천히 둘러봤다. 살림살이 하나하나에 그녀의 손길이 스며 있었다.

　서재의 문을 열었다. 금방이라도 웃으면서 그녀에게 다가올 것 같은 강준의 모습이 선명하게 떠올라 급히 주방으로 갔다. 모든 것이 깔끔하게 정리된 주방은 그녀가 그를 위해 요리를 하던 곳이었다. 그곳에도 둘의 추억이 넘치게 흐르고 있었다.

　세희는 정수기에서 냉수를 받아 마시면서 넓은 거실을 바라봤다. 그녀가 바라보는 모든 곳에 그와 그녀의 시간이 겹쳐 있었다. 함께 밥을 먹고 얘기를 나누고, 사랑을 나누고 서로의 품에서 잠들었던 시간들이 추억처럼 떠올랐다.

　후드득.

　눈물이 뺨을 타고 흘러내렸다. 이젠 홀로 견뎌야 할 시간들만이 존재하리라.

　휴대폰으로 시간을 확인한 그녀는 재빨리 눈물을 닦아냈다. 강준이 올 시간이었다.

　도어록의 비밀번호를 누르는 소리에 이어 문을 여는 소리와 함께 고통이 가득한 눈을 한 강준이 거실에 망연히 서 있는 세희 앞으로 성큼 다가왔다. 그의 입에서 사랑과 절망이 섞인 목소리가 흘러나왔다.

　"세희야, 한 번만……. 제발 한 번만 더 생각해줘."

　"이미 얘기 끝났어요."

　"난, 네가 있으면 뭐든 할 수 있어. 시간이 걸리더라도 성환식품을 원래대로 돌려놓을 거야. 그러니까 그때까지 힘들어도 내 옆에서 조금만 더 참아줘."

　세희는 그의 말에 흔들리는 마음을 다잡으려 주먹을 세게 쥐었다. 손톱이 살을 파고들 정도로 세게 주먹을 쥔 그녀가 무표정한 얼굴로 말했다.

"단 한순간도 이런 상황에 있고 싶지 않아요."

"세희야, 우리가 어떻게 이렇게……."

말을 잇지 못하는 강준의 고통이 그녀의 심장을 파고들었다. 같이 있으면 무너질 것만 같았다. 세희는 급히 현관으로 발걸음을 옮기며 말했다.

"빨리 출발해요. 강준 씨가 어떤 말을 해도 소용없으니까."

1장. 그날, 그 밤에

2년 전.

어두워진 밤에도 눈은 그치지 않았다. 거리에는 이미 낮 동안에 내린 눈이 소복소복 쌓여 있었다. 학원에서 나오던 세희는 하루 종일 내린 눈으로 미끄러워진 길을 바라보며, 추위에 얼어붙은 새하얀 입김이 나오는 입과 훤히 드러난 목덜미를 목도리로 감싸며 몸을 떨었다.

"아, 추워."

같이 나오던 수학 강사인 정란이 어깨를 움츠리며 물었다.

"정말 춥네요. 윤 선생님, 우리 근처에서 따끈한 어묵이라도 먹고 갈래요?"

"아니요. 길이 더 얼기 전에 가야죠. 오늘 엄마 집에 가기로 했거든요."

"차 가져왔어요? 날이 이런데 위험하지 않을까요?"

"큰 길은 제설 작업이 되어 있어서 괜찮아요. 그리고 서울에만 눈이 더 많이 내린다고 했어요."

정란이 가로등 사이로 끊임없이 쏟아지는 눈을 보다가 걱정스런 목소리로 말했다.

"그래도 운전 조심해요. 윤 선생님, 월요일 날 봐요."

"네, 김 선생님. 주말 즐겁게 보내세요."

학원 주차장으로 간 세희는 차에 올라 최대치로 히터를 틀었다. 서울을 빠져나와 한 시간을 더 달려 한적한 시골 길로 들어섰다. 언제부터 내렸는지 이곳에도 사방에 눈이 가득했다. 하지만 통행이 적은 곳이라 그런지 제설 작업은 되어 있지 않았다. 미끄러질까 긴장했는지 운전대를 잡은 그녀의 손에 힘이 가해졌다.

점점 눈발이 짙어졌다. 이미 시골길을 몇십 분을 달린 세희는 짙어지는 눈발을 걱정스런 얼굴로 바라봤다. 왔던 길로 다시 되돌아가기에도 이미 늦은 상황이었다.

그때, 하늘이 뚫리기라도 한 듯이 펑펑 내리는 눈 속에서 길가에 세워진 차 한 대가 보였다. 멀리서 보기에도 키가 크고 체격이 좋아 보이는 남자가 한쪽 손에는 휴대폰을 든 채, 보닛을 열고 들여다보고 있었다.

그를 지나치던 세희가 유리창을 살짝 내리자, 밖에서 당황한 듯한 남자의 목소리가 들렸다.

"아니요. 어떻게 이 추운 곳에서 한 시간 반을 기다립니까? 차가 완전히 퍼졌어요. 히터도 없이 여기서 그렇게는 못 기다립니다. 이 주변에 마을이 있다고요? 안 보여요. 가능하면 빨리 오십시오. 네,

네, 압니다. 점점 눈이 더 쌓이고 있어요. 그래도 어떻게든 해보세요. 오면서 다시 연락주십시오."

남자는 난감한 얼굴로 지나가는 세희의 차를 슬쩍 바라봤다. 눈 때문에 거북이처럼 서행하던 세희는 망설이다가 결국 차를 세웠다. 인적이 끊긴 듯 지나가는 차가 없었다.

하염없이 내리는 눈을 보던 남자가 그녀 쪽으로 다가와 차창을 두드렸다.

유리창을 완전히 열자, 살을 에는 듯한 바람이 차 안으로 훅 파고들었다. 남자가 세희를 내려다보며 물었다.

"뭐 좀 물어보겠습니다. 이 근처에 제일 가까운 마을이 얼마나 떨어져 있습니까?"

"평상시 속도라면 차로 20분 정도 가면 돼요. 그런데 지금은 아마 한 시간도 넘게 걸릴 것 같아요."

"걸어가면요?"

"글쎄요. 눈 때문에 두 시간은 넘게 걸릴 것 같은데요."

언제부터 서 있었는지 휘몰아치는 눈보라 속에서 입술이 파래진 남자를 보던 세희는 부드러운 목소리로 말했다.

"일단 타세요. 밖은 너무 추워요."

"감사합니다. 그럼 실례 좀 하겠습니다."

뒷좌석에 앉은 남자는 살겠다는 표정을 지었다. 차 안은 따뜻하고 아늑했다. 그는 짧은 시간이었지만 그사이에 얼은 것처럼 차가워진 양손을 비비며 말했다.

"갑자기 눈이 너무 내려서 견인차가 오는 데 한 시간이 넘게 걸릴 것 같다고 하네요."

세희는 점점 더 굵어지는 눈발을 바라보며 걱정스러운 목소리로 말했다.

"점점 눈이 많이 오는데 올 수 있을까요? 일단 여기서 좀 기다려보고 다시 전화해보세요."

"네. 감사합니다."

세희는 옆자리에 놔뒀던 가방에서 보온병을 꺼내 그에게 건넸다.

"따뜻한 유자차예요. 마셔요."

뜨거운 유자차로 한숨 돌린 그는 앞자리의 세희에게 손을 내밀었다.

"박강준입니다."

"윤세희예요."

"서울에서 왔습니까?"

"네, 다음 마을이 고향이에요. 주말 동안 있으려고 왔는데, 눈이 너무 많이 내리네요."

강준은 홀린 듯이 세희의 얼굴을 바라봤다. 그녀의 맑은 눈빛에 산속의 청량한 공기를 폐 속 깊이 들이마신 것처럼 가슴이 점점 시원해졌다. 기억을 더듬어봐도 만난 적이 없는 여자였지만 처음 본 여자의 얼굴이 이상하게 낯설지 않았다. 그녀의 새까만 눈동자와 마주치자 급히 고개를 돌리며 말했다.

"정말 끝없이 쏟아지네요."

둘은 각자 차창 밖으로 내리는 눈을 보면서 말없이 앉아 있었다. 눈발이 점점 거세지자, 세희는 걱정이 되기 시작했다. 이러다가 그녀도 차 안에 묶일 것만 같았다. 스노우 체인 없이 눈길을 헤쳐 나가기 어려울 만큼 눈이 점점 더 쌓이고 있었다.

'어떡하지. 그냥 우리 마을로 데려가야 하나. 이러다가 우리 둘 다 꼼짝 못하고 여기서 밤을 샐지도 몰라.'

그사이에 다시 통화를 한 강준은 한숨을 쉬며 휴대폰을 껐다. 그러고는 몸을 돌려 그를 보고 있는 세희에게 부탁했다.

"견인차가 못 들어오겠다고 다시 돌아간다고 하네요. 죄송한데, 마을까지 같이 갈 수 있을까요? 거기서 자야 할 것 같아서요. 내일 낮에 제설 작업이 이뤄져야 견인이 가능할 것 같다고 합니다."

"그렇게 해요. 차에 짐 있으면 가져오세요."

강준이 가방을 가져오는 동안 세희는 밖으로 나와 어느새 눈 속에 묻혀가고 있는 차의 바퀴를 봤다. 그녀 옆에 선 강준이 물었다.

"스노우 체인 있습니까?"

"아니요. 어쩌죠? 이대로는 얼마 못 갈 것 같은데요."

"잠시만요."

그의 차로 다시 간 강준이 트렁크에서 체인을 들고 왔다. 강준이 체인을 채우는 동안 세희는 트렁크에서 큰 우산을 꺼내와 함께 썼다.

스노우 체인을 채웠지만 그사이에 워낙 많은 눈이 쌓여서 차 속도는 여전히 느렸다. 운전하는 세희의 옆에 앉아서 길을 봐주고 있던 강준은 속으로 한숨을 길게 내쉬었다. 경호의 별장에 초대를 받아 기분 좋게 나선 길이었다. 하지만 일기 예보와 다른 폭설에 하마터면 인적이 끊긴 길에서 밤을 보낼 뻔한데다가, 폭설 때문에 오기 힘들다는 보험 회사의 대응에 짜증을 이기지 못하고 있었다. 하지만 세희의 차 안에서 마신 뜨거운 유자차의 향에 조금씩 차분해지는 기분이었다. 사실, 세희의 맑은 눈과 부드러운 목소리에 짜증이 가라앉은 건지도 몰랐다.

강준의 시선이 운전 중인 세희의 모습에서 미러에 달려 있는 작은 곰 인형으로 옮겨갔다. 앙증맞은 곰 인형이 박자에 맞춰 춤을 추는 것처럼 차의 움직임에 따라 흔들리고 있었다. 그의 얼굴에 미소가 번졌다. 세희가 묻는 듯한 눈길로 그를 쳐다봤다.

"인형이 너무 귀엽네요. 어쩐지 웃고 있는 것 같습니다."

"아, 이거요?"

세희가 툭 건드리자 곰 인형이 춤을 추듯이 빠르게 움직였다. 빙글빙글 춤을 추는 곰 인형을 보던 둘은 소리 내어 웃었다. 강준의 웃는 눈과 시선이 마주친 세희는 저절로 긴장이 풀리는 느낌이었다. 그의 싱그러운 미소와 신뢰감이 느껴지는 묵직한 중저음의 목소리에 낯선 남자를 차에 태우면서 생긴 경계심과 긴장이 실이 풀린 것처럼 툭 떨어져 나갔다. 세희는 다시 곰 인형을 툭 치면서 얘기했다.

"아주 어렸을 때부터 가지고 있던 행운의 부적이에요. 그래서인지 아직까지 한 번도 사고가 난 적이 없어요."

"저도 그런 행운의 부적이 있으면 좋을 거란 생각이 듭니다. 그러면 오늘 이 눈길 속에서 차가 고장 나지 않았을지도 모르죠."

"강준 씨도 운이 좋은 거 아닌가요? 제 차가 지나갔잖아요. 그러지 않았으면 어쩔 뻔했어요."

세희의 말에 강준은 고개를 끄덕였다. 그녀의 말이 맞았다. 이 시간에 세희의 차를 만났다는 것이 행운이었다. 그는 뻣뻣해진 다리를 움직이면서 창밖을 내다봤다. 길이 구분되지 않을 정도로 온통 눈으로 덮인 하얀 세상이 펼쳐져 있었다. 조금만 길에서 벗어나면 위험할 것 같았다.

걱정스러운 눈으로 밖을 내다보고 있는 그에게 세희가 말했다.

"저기, 강준 씨가 운전 좀 맡아줄래요? 네비게이션에서는 직진이라고 하지만 이 근처에 약간 휘어진 길이 있거든요. 잘못하면 논둑으로 차가 구를지도 몰라요. 제가 좀 더 자세히 볼게요."

둘은 자리를 바꿔 앉았다. 길과 옆의 논의 경계가 사라져버린 것처럼 가득 쌓여 있는 눈 사이로 차가 거북이걸음으로 나아갔다. 세희는 눈짐작으로 길이 꺾이는 부분을 말해주면서, 처음 만난 남자와 눈 속에 갇혀 추운 밤을 보내지 않기 위해 애쓰는 자신의 모습에 웃음이 나와 입을 꽉 다물었다.

웃음을 참고 있는 그녀의 눈에 좁은 운전석이 불편한지 긴 다리를 벌리면서 좌석을 뒤로 미는 강준의 모습이 잡혔다. 꽉 다물고 있는 입술 사이를 뚫고 웃음이 피식피식 빠져나왔다. 그런 세희의 모습에 싱그러운 웃음을 머금은 강준이 물었다.

"세희 씨, 왜 웃습니까?"

강준의 입에서 나오는 그녀의 이름이 어쩐지 감미롭게 들렸다. 부드럽게 휘어지는 강준의 웃는 눈과 마주친 세희가 다시 웃었다. 그녀의 웃음에 묵직한 강준의 웃음소리도 합해졌다. 웃음을 멈춘 세희는 좀 머쓱한 기분이 들어서 급하게 해명했다.

"미안해요, 제가 원래 이렇게 아무 때나 웃는 사람이 아닌데…… 오늘 왜 이러는지 모르겠어요."

세희는 목소리를 가다듬고 다시 해명을 덧붙였다.

"그러니까, 이 상황이 좀 우스워서요. 한밤중에 눈 속에 갇혀 있는 기분이에요. 원래 눈을 좋아하거든요. 낮에 바람에 흩날리며 내리는 눈도 좋지만 한밤중에 가로등 사이로 쏟아져 내리는 눈을 더 좋아해요. 집에서 이렇게 눈 내리는 밤을 봤으면 낭만적이라고 생각했을 텐데, 만약 이러다 차가 서게 되면 이 눈 속에 꼼짝없이 갇히는 거잖아요."

"걱정 마세요. 갈 수 있을 겁니다. 그런데 여긴 원래 이렇게 눈이 많이 내립니까? 어쩐지 이곳에서의 이런 풍경이 낯설지 않게 느껴져서요."

"글쎄요, 여기가 겨울에 눈이 많이 내리는 편이긴 한데, 이렇게 많이 쏟아지는 건 드문 일이에요."

세희는 와이퍼의 움직임이 느려질 정도로 눈이 펑펑 쏟아지는 어두운 하늘을 올려다봤다. 문득 이 눈 속에 혼자가 아니어서 다행이란 생각이 들었다. 강준이 있어 왠지 든든하다는 생각도.

한편, 조심스럽게 운전을 하던 강준은 그의 차가 고장이 났다는 것도, 내일이 돼야 보험사의 견인차가 올 수 있다는 것도 이젠 별 상관이 없다는 생각이 들었다.

덜컥.

그때, 길에 있는 무언가에 걸렸는지 순간 차가 흔들렸다. 강준은 본능적으로 팔을 옆으로 뻗어 밖을 내다보느라 안전벨트를 풀고 있던 세희의 몸이 앞으로 쏠리는 걸 막았다.

"세희 씨, 조심해요!"

"고마워요, 강준 씨."

세희의 얼굴이 붉어지는 걸 본 강준의 입가가 슬며시 올라갔다. 그녀의 입에서 나오는 제 이름이 이렇게 듣기가 좋다니.

덜컥.

다시 차가 뭔가에 걸리는 것 같더니 움직이지 않았다. 몇 번이나 엑셀레이터를 세게 밟아도 소용이 없었다. 그의 시선이 다시 세희에게로 향했다.

"나가봐야겠습니다."

강준을 따라 세희도 밖으로 나갔다. 차의 뒷바퀴가 도로를 약간 벗어나 논둑의 구덩이에 걸쳐 있었다. 강준이 발로 눈을 밀어내다가 세희에게 말했다.

"세희 씨, 제가 뒤에서 밀 테니까 가장 세게 밟아요."

운전석에서 세희가 엑셀레이터를 밟는 동안 강준은 뒤에서 차를 밀었다.

"세희 씨, 다시요!"

몇 번이나 시도해도 차는 작은 구덩이를 빠져나오지 못했다. 심각한 표정으로 다시 차 밖으로 나온 세희는 뒷바퀴가 구르면서 튕겨 나온 눈을 고스란히 맞아 눈사람이 된 강준의 모습에 저절로 나오려는 웃음을 꾹 참았다. 끝없이 내리는 눈이 그의 머리까지 덮고 있어, 꼭 키가 큰 눈사람을 길에 세워놓은 것 같아 보였다. 웃음이 가득한 그녀의 얼굴에 강준의 입가도 저절로 벌어졌다. 그러고는 부지런히 머리와 코트에서 눈을 털어내며 말했다.

"이대로는 안 되겠어요. 널빤지라도 있으면 좋은데, 이 눈 속에서 찾을 수도 없고."

"그럼 어쩌죠? 길이 이러니 어디에 도움을 청할 수도 없는데."

"옷이라도 이용해봐야죠."

코트를 벗은 강준이 안에 입고 있던 회색 스웨터마저 벗었다. 셔츠 위로 쏟아지는 눈송이를 털어내고 다시 코트를 입는 그를 걱정스러운 눈으로 바라보는 세희에게 싱긋 웃으며 말했다.

"이렇게 하면 효과가 있을 겁니다. 어떻게든 여길 빠져나가야죠."

"추울 텐데요. 차라리 제 목도리를 드릴게요."

"아니에요, 괜찮습니다."

강준은 푹 들어간 뒷바퀴의 앞에 스웨터를 깔았다. 세희가 다시 운전대를 잡자 차를 힘차게 밀며 소리쳤다.

"조금만 더. 세희 씨, 다시요!"

내내 헛바퀴를 돌던 자동차가 순식간에 앞으로 튕겨져 나갔다. 엑셀레이터를 세게 밟고 있던 세희는 갑자기 튕겨져 나가는 차의 핸들을 힘껏 붙잡았다. 잘못하면 속도 때문에 오히려 반대편에 처박힐 것 같아 핸들을 틀면서 브레이크를 사정없이 밟았다. 하지만 차는 어느새 강준에게서 한참 멀어져 미끄러지듯이 나가다 쌓인 눈 때문에 서서히 느려지더니 결국 멈췄다. 세희는 차창 밖으로 고개를 쑥 내밀어 강준의 모습을 찾았다. 멀리서 강준이 손을 휘저으며 뛰어오는 게 보였다.

어느새 바람처럼 달려온 그가 눈을 털어내고 장난기 가득한 미소를 지으며 보조석에 앉았다.

"길에다 버리고 가는 줄 알고 놀랐습니다."

"그러고 싶어도 눈 때문에 차가 빨리 가지 못해서요."

"하하, 그런가요."

세희의 농담에 소리 내어 웃던 강준은 거울 속의 제 모습을 들여다봤다. 단정하던 머리가 물기에 젖어 헝클어지고 그사이에 얼굴은 추위로 빨개져 있었다. 눈에 젖은 옷도 볼 만했다. 손수건을 건네면서 웃음을 참고 있는 세희에게 강준이 말했다.

"세희 씨도 만만치 않습니다."

"네? 저도요?"

세희는 거울 속의 제 얼굴과 머리 모양을 보고 기겁했다. 잠시 눈보라가 치는 밖에 나가 있었던 것뿐인데 머리는 산발 수준이었다. 게다가 얼굴은 눈이 녹으면서 떨어진 물기에 화장이 번져 엉망이었다.

어떡해, 어떡해.

세희는 속으로 어떡해를 연발하며 티슈를 꺼내 번진 화장부터 지우고는 가방에서 머리끈을 찾아 대충 묶었다. 그러면서도 마스카라를 바르지 않은 게 천행이라며 중얼거렸다.

"세희 씨, 뭐라고 했습니까?"

"아니에요. 제 모습이 많이 웃기죠?"

"전혀요. 같은 처지인데요, 뭐. 제가 운전할까요?"

"아니요. 다니던 길이니까 제가 할게요."

세희는 젖은 강준을 위해 히터를 더 세게 틀었다. 정말 이런 상황에서 혼자였다면 어땠을까 생각하자, 그의 존재가 더 고맙게 느껴졌다. 웃음 때문인지, 아니면 차가 무사히 구덩이를 빠져나왔나는 안도감 때문인지 어느새 둘 사이의 긴장되었던 분위기도 풀어져 있었다. 평소에 몇 분 걸리는 거리를 거북이 속도로 몇 시간 동안 가고 있지만 지루하지도 무섭지도 않았다.

세희는 강준을 흘끗 쳐다봤다. 그의 얼굴도 편해 보였다.

세희가 준 손수건을 손에 쥔 채로 강준은 느긋하게 등을 시트에 기대며, 세희 쪽을 슬쩍 바라보았다.

지금 기분으로서는 이렇게 눈이 쌓인 길에서 둘이 밤새 차에 있어도 좋을 것 같았다. 머리끈으로 대충 묶은 세희의 헝클어진 머리와 흰 피부, 웃을 때 생기는 뺨의 보조개까지 그를 기분 좋게 했다. 여자에게 이런 느낌을 받기는 처음이었다.

강준은 한참 동안 차창 밖을 바라보며 생각에 잠겨 있다가 휴대폰으로 시간을 확인했다. 어느새 열한 시가 지나 있었다. 그는 조용히 세희를 불렀다.

"세희 씨."

"네."

세희가 그에게 얼굴을 돌렸다.

쌍꺼풀이 없는 그녀의 크고 아름다운 눈과 부딪친 강준은 손으로 붉어진 것 같은 목덜미를 쓸며 말했다.

"이런 속도로 가면 아마 자정이 다 돼서 마을에 도착할 것 같은데, 그 시간에 숙박을 부탁할 데가 있을지 모르겠습니다."

그의 말에 잠시 생각에 잠겼던 세희가 입을 열었다.

"도시 사람들과 달리 이곳 사람들은 대부분 잠들어 있을 시간일 텐데. 어쩔 수 없이…… 저희 집으로 갈 수밖에 없겠어요."

"그래도 되겠습니까?"

"동생이 쓰던 방이 있으니까 엄마에게 잘 얘기하면 허락하실 거예요."

"감사합니다. 숙박비는 내겠습니다."

"숙박비를 낸다고 하면 오히려 엄마에게 쫓겨날걸요."

"하하, 그런가요?"

강준의 입가가 스르륵 올라갔다. 하지만 둘의 느긋한 기분은 오래가지 못했다. 저 멀리 마을이 보이기 시작한 지점에 더 이상 차로 갈 수 없을 만큼 길에 눈이 쌓여 있었던 것이다. 결국 두 사람은 차를 길가에 세워놓고 걸어갈 수밖에 없었다. 밖으로 나온 둘은 에일 듯한 추위에 몸을 떨었다. 마을까지 얼마 남지 않았지만 점점 눈이 더 쌓이고 있는 데다가 갈수록 바람까지 심해지니 걸어가기 쉽지 않았다. 강준은 세희 앞에서 눈보라를 막으며 고개를 돌렸다.

"제 등 뒤에 바짝 붙으세요. 정말 하늘이 뚫린 거 같네요. 강원도도 아닌데 어떻게 이렇게 갑자기 눈이 많이 올까요?"

세희는 말없이 꽁꽁 언 발가락을 부츠 속에서 꼼지락꼼지락 움직이면서 강준을 바라봤다. 스웨터는 이미 차를 구덩이에서 빼내는데 사용했으니 무척 추울 것이다. 얇은 셔츠와 코트, 그리 따뜻해 보이지 않는 슬랙스, 그리고 이미 눈이 들어갔을 것 같은 구두. 얼마나 추울까. 게다가 그는 어깨에 그의 가방과 책이 들어 무거운 세희의 가방까지 메고 있었다. 세희는 강준의 코트를 살짝 잡아당기며 그를 불렀다.

"강준 씨, 제 가방 주세요. 무거워서 힘들 거예요."

"전 전혀 힘들지 않으니 걱정 마시고, 세희 씨야 말로 조금만 더 힘을 내요."

세희는 목도리를 풀어 강준에게 내밀었다.

"스웨터가 없어서 너무 추울 거예요. 이거라도 해요."

"전 괜찮은데, 세희 씨가 더 추워 보입니다."

강준은 쏟아지는 눈 속에서 가로등이 켜진 마을을 가리키며 말했다.

"조금만 참고 걸읍시다. 거의 다 왔어요."

다시 목도리를 두른 세희는 강준의 넓은 등을 바라보며 눈 위에 선명하게 찍히는 그의 발자국을 따라 걸었다. 무심코 강준의 코트 끝을 살짝 만졌다가 손을 뗀 그녀의 얼굴이 붉어졌다.

다음 날, 강준은 난방이 틀어진 뜨끈뜨끈한 방에서 눈을 떴다. 눈 속을 걸어오느라 얼었던 온몸의 근육과 살들이 기분 좋게 풀려 있었다. 새벽 한 시가 넘어서야 도착한 그는 세희의 설명을 들은 희정의 친절한 배려로 2층에 비어 있는 방에 묵을 수 있었다.

강준은 이불을 개다가 방바닥에 놓여 있는 양말과 옷을 봤다. 그의 젖은 옷은 세탁을 했는지 보이지 않았다. 강준은 입고 있던 세호의 티셔츠와 잠옷 바지를 벗어서 개어놓고 방에 놓인 옷을 가지고 나왔다. 1층에서 도란도란 얘기를 나누는 세희와 희정의 목소리가 2층으로 연결된 나무 계단을 타고 올라왔다.

강준은 재빨리 욕실로 들어가 빠르게 샤워를 하고 머리를 감았다. 욕실에서 대충 세호의 트레이닝복으로 갈아입고 헤어드라이어로 머리를 말렸다. 헤어드라이어 소리를 들었는지 1층에서 희정이 외치는 소리가 들렸다.

"아침 먹으러 내려와요."

"네."

재빨리 방으로 들어간 강준은 가방을 뒤져 그가 가지고 다니는 로션을 찾아서 바르고 맛있는 냄새가 솔솔 올라오는 1층으로 내려갔다. 반찬을 식탁에 놓고 있던 세희가 그를 보며 방긋 웃었다.

"침대가 아니라서 불편했죠? 동생이 침대를 바꿔달라고 해서 있던 침대를 내놨거든요. 새 침대를 놓으려고요."

"아니요, 오히려 바닥이 따끈해서 좋았습니다. 푹 잤어요."

강준은 흐뭇한 표정으로 그를 보고 있는 희정에게 눈인사를 하면서 속으로 고민했다. 호칭을 어떻게 불러야 할지 망설여졌던 것이다. 그의 시선이 분주하게 움직이고 있는 세희를 따라갔다.

'아주머니라 하면 실례가 아닐까. 어떻게 불러야 하지.'

갈등하고 있는 그에게 희정이 다정하게 말했다.

"배가 고플 텐데, 앉아요. 다 됐어요."

"아침밥까지 챙겨주시다니, 감사합니다."

"우리 집에 온 손님인데 당연히 잘 먹여서 보내야죠. 그렇지, 세희야?"

"엄마, 아니라니까 자꾸 그러네. 정말 아니야."

얼굴이 빨개진 세희가 눈을 찡긋하는 희정의 허리를 쿡 찔렀다. 남자 친구가 아니라고 몇 번을 부인해도 희정은 이 상황이 재미있는지 자꾸 웃기만 했다.

희정의 웃음에 강준의 입가에도 미소가 맴돌았다. 그런 그에게 희정이 말했다.

"많이 먹어요. 어젯밤에 눈 속에서 고생했을 텐데."

"잘 먹겠습니다. 그리고 말씀 편하게 하십시오."

"초면이라 말을 놓기가 그러네요. 그런데 꼭 아들 같네요. 우리 세호 옷을 입고 있으니 더 그런가. 그래도 우리 아들보다 훨씬 인물이 좋긴 해요. 세희야, 그렇지 않니?"

"엄마!"

"애는, 우리 집에 온 손님이니 내 손님이기도 하지. 네 손님만은 아니잖아. 그렇죠?"

"아, 네. 감사합니다. 초면인데도 이렇게 편하게 대해주시고요."

강준은 오버하지 말라며 투덜거리는 세희를 본체만체하고 그의 앞으로 반찬을 밀어주는 희정의 모습에 가슴이 따뜻해졌다. 희정은 어젯밤에 처음 본 낯선 사람인데도 단지 딸과 위험한 눈길을 헤치고 함께 왔다는 것만으로도 그에게 몹시 다정하게 대해줬다. 거기에 선한 미소와 나이 들었어도 단아한 아름다운 외모와는 달리 그녀의 말과 활달한 행동은 상대방의 기분을 좋게 만들어주는 매력이 있었다.

밥을 먹고 나서 강준은 보험 회사에 전화를 걸었다. 밤사이에 눈이 더 쌓여서 견인차가 올 수 없다고 했다. 그는 설거지를 마치고 커피를 타 오는 세희에게 물었다.

"여기 제설 작업은 언제쯤 할까요?"

"아마 오늘 오후에는 할 것 같은데요. 이 마을을 지나서 차로 한 십 분쯤 가면 고급 별장들이 있어요. 거기 사람들이 겨울이면 제설 문제 때문에 민원을 많이 넣는 것 같더라고요. 그 사람들은 거의 일요일에 서울로 돌아가니까, 적어도 오늘 오후에는 제설 작업을 할 거예요."

희정이 거실의 소파에 앉으면서 딸과 얘기를 나누고 있는 강준을 한참 바라봤다. 그녀의 입가와 눈가에 흐뭇한 미소가 어렸다.

"보면 볼수록 인상이 좋네요. 목소리도 정말 좋고요."

"좋게 봐주셔서 감사합니다. 그리고 말씀 편하게 하십시오."

"다음에 만나면 그렇게 하죠. 그런데 어디 가다가 차가 고장 났어요?"

"아까 세희 씨가 말한 별장들이 있는 곳이요. 친구가 별장을 샀다고 초대를 해서 가던 길이었습니다."

강준은 세희가 내민 머그잔에 가득한 커피를 마시며 거실 창밖을 내다봤다. 마당에 눈이 많이 쌓여 있었다. 어느새 눈발은 가늘어져 있었다. 곧 눈이 그칠 것 같았다.

한참 세희와 소곤소곤 얘기를 나누던 희정이 마시던 커피 잔을 내려놓고 테이블 아래서 돋보기를 꺼내고는 테이블 한쪽에 신문을 펼쳐놓고 읽기 시작하면서 자연스럽게 대화가 중단되었다.

강준이 세희에게 눈길을 돌렸다. 점점 청명해지는 하늘을 바라보고 있던 세희가 그의 눈길에 고개를 돌렸다. 그와 눈이 마주친 세희의 뺨이 살짝 붉어졌다. 강준의 집요한 시선에 세희가 입술로 모양을 만들어 물었다. 강준도 입모양으로 물었다.

'왜요?'

'언제 서울에 갈 거예요?'

'내일요.'

강준이 커피 잔을 내려놓고 일어나면서 희정에게 물었다.

"마당의 눈을 치워야겠어요. 삽이나 뭐 치울 만한 연장이 있습니까?"

"괜찮아요, 햇볕 나면 며칠 사이에 녹을 텐데."

"그래도 길은 만들어 놔야죠. 계단도 안 보이는데요. 게다가 따뜻하게 자고 맛있게 아침까지 먹었는데, 밥값은 하고 가고 싶습니다."

"그런가요?"

희정이 마당에 가득 쌓인 눈을 보며 말했다. 그리고는 세호의 방으로 가서 따뜻해 보이는 긴 파카를 가지고 내려왔다.

"그래도 손님인데 미안해서 어쩌나."

희정은 웃음기가 가득한 얼굴로 파카를 받아 입은 강준을 따라 나가서 삽과 털 장화를 찾아주고 들어왔다. 세희가 희정의 팔을 끌 어당겼다.

"엄마, 왜 이래?"

"밥값을 하겠다잖아. 너도 나가서 같이 치워. 눈 속에서 만났으 니 저 눈도 같이 치워야지."

"엄마!"

희정은 안 나가겠다는 세희에게 파카를 던져주고는 억지로 밖 으로 밀어냈다. 그녀는 탁자 위의 커피 잔을 치우다가 함께 눈을 치우면서 길을 내고 있는 둘의 모습에 빙그레 웃었다.

"신기하네. 어떻게 보자마자 맘에 딱 드는 사람을 데려온 거야. 느낌 좋고, 체격 좋고, 게다가 정말 남자답게 잘생겼어. 우리 딸하 고 너무 잘 어울려. 뭐, 길에서 데려왔다는 게 좀 걸리긴 하지만 그 래도 마음에 드네."

희정은 어젯밤에 강준이 건네준 명함을 테이블에 놓인 돋보기 로 들여다봤다.

'성환식품의 부사장이라. 들어본 거 같기도 하고 아닌 것 같기 도……. 잠깐, 성환 두부? 그 두부와 달걀, 콩나물만 취급한다던 그 회사인가? 특히 젊은 엄마들이 그 회사의 친환경 제품을 선호한다 고 신문에서 몇 번 본 거 같아.'

희정은 창가로 가서 눈을 치우고 있는 강준과 세희를 바라봤다. 강준이 삽으로 눈을 치우고 지나간 길을 세희가 빗자루로 쓸면서 따라가고 있었다. 희정의 입가에 흐뭇한 미소가 어렸다.

"둘이 참 보기 좋네."

며칠 후, 강준은 회사 집무실에서 창밖을 바라보았다. 거짓말처럼 맑아진 하늘을 바라보니 자연스럽게 눈이 펑펑 오던 그날이 떠올랐다.

그날, 강준은 세희의 집에서 점심까지 먹고, 오후 늦게야 보험사에서 나온 견인차 기사의 연락을 받고 세희와 함께 그 집을 나왔다. 세희가 고장 난 그의 차가 있는 곳까지 태워다줬다. 견인차가 오기를 기다리면서 둘은 차 안에 가만히 앉아 있었다. 운전석 옆 좌석에 앉아 있던 강준은 속으로 조금이라도 견인차가 늦게 오기를 바랐다. 그는 세희 쪽으로 몸을 돌려 그녀의 이름을 불렀다.

'세희 씨.'

'네.'

'서울 가면 밥 사겠습니다.'

'무슨 밥이요?'

창밖을 바라보던 세희가 고개를 돌려 강준과 눈을 마주쳤다. 강준은 괜히 헛기침을 한 번 하고 나서 세희에게 손을 내밀었다.

'휴대폰 주세요. 전화번호 찍어줄게요.'

가만히 있는 세희에게 그가 거듭 말했다.

'세희 씨 덕분에 그 눈 속에서 무사했습니다. 그리고 세희 씨 집에서 자고 아침과 점심까지 맛있게 잘 먹었으니, 세희 씨와 어머니

에게 당연히 보답해야죠. 어머니께도 말씀드렸더니 세희 씨에게 자기 몫까지 여러 번 사주라고 하시더군요.'

'참, 엄마도……. 그건 그냥 농담하신 거니까 신경 쓰지 않으셔도 돼요.'

강준은 완강하게 거절하며 휴대폰을 주지 않는 세희에게 명함을 내밀었다.

'세희 씨가 아니었으면 어젯밤에 제게 어떤 일이 일어났을지 모릅니다. 그래서 조금이라도 고마움을 표시하고 싶습니다."

'꼭 밥을 사고 싶으세요?'

'그러고 싶습니다.'

잠시 망설이던 세희는 명함에 나와 있는 그의 휴대폰 번호로 전화를 걸었다.

세희의 이름으로 저장을 누른 강준의 미소가 더욱 짙어졌다.

그날의 세희의 얼굴을 떠올린 강준의 입에서 자신도 모르게 세희의 이름이 튀어나왔다.

"윤, 세, 희. 윤세희."

강준은 휴대폰을 만지작거리며 세희의 이름을 몇 번이나 되뇌었다. 그는 계속해서 떠오르는 세희에 대한 생각을 애써 밀어내고 일거리가 가득 쌓여 있는 데스크로 향했다.

데스크에 앉자마자 인터폰이 울렸다. 천 비서의 낭랑한 목소리가 크게 퍼져 나왔다.

"부사장님, 사장님의 호출입니다. 지금 바로 들어오시랍니다."

강준은 위층으로 올라가 김 비서의 인사를 받으며 사장실로 들어섰다. 박 사장이 들어오는 그를 보고 소파로 와서 앉았다. 김 비서가 가져온 쌍화차를 후후 불어 마시던 박 사장이 흐뭇한 눈빛으로 아들을 봤다.

"요즘 매출 현황이 궁금해서 불렀다. 어떤지 얘기해봐라."

강준은 가지고 왔던 서류철에서 매출 현황표를 꺼내 내밀었다.

"매출 현황표입니다. 보시다시피 요즘 매출 실적이 점점 나아지고 있습니다. 아마도 마케팅을 강화한 게 주효한 것 같습니다."

"예상보다 매출이 늘었구나. 그리고 이천에 있는 공장들은? 어떠냐?"

"잘 돌아가고 있습니다. 특별한 문제점도 보이지 않고 있습니다."

"이번에 새로 증설하는 두부 공장은?"

"다음 주 중에 기초 작업 들어갑니다. 별 이상한 점은 없고요. 은행 대출도 문제가 없습니다."

강준의 얘기에 귀를 기울이던 박 사장이 말했다.

"그래도 예의 주시해라. 사업이란 게 승승장구할 때가 더 무서운 법이다. 위기는 언제든지 찾아올 수 있어."

"명심하겠습니다."

"그리고 말이다."

박 사장이 강준의 표정을 살피며 느릿하게 입을 뗐다.

"태진그룹의 파티 말이야. 그런 대기업에서 여는 소규모의 친목 파티에 초대된다는 게 쉽지 않은 일인데……."

담담한 얼굴로 서류를 들여다보고 있는 강준을 보던 박 사장은 고개를 갸웃거렸다. 태진그룹과 성환식품과는 접점이 없었다.

세간에서 태진그룹을 상대방이 죽을 때까지 물고 놓지 않는 피도 눈물도 없는 상어라고 부른다는 것은 이 바닥에선 누구나 아는 사실이었다. 여러 중소기업들을 코너로 몰아서 헐값에 인수하는 방식으로 커진 회사인 만큼 실상은 더할거라는 등. 게다가 태진그룹의 손 회장에 대해서도 소문이 무성했다.

그런 태진그룹의 비서실에서 공식적으로 강준을 파티에 초대했다. 아들을 보는 박 사장의 눈이 가늘어졌다.

"강준아."

"네."

"너 혹시 손 회장을 개인적으로 알고 있는 거냐?"

"아니요. 개인적인 친분은 없습니다."

"그럼 왜 널 초대했을까? 어떻게 알고?"

서류에서 손을 뗀 강준이 마지못해 대답했다.

"손재경 이사를 알고 있습니다."

"아, 손 회장의 외동딸 말이냐?"

"네. 같은 대학 출신이지만 그때는 안면이 없었는데, 작년 동창회에서 처음 봤을 뿐입니다."

"그래?"

강준은 생각에 잠긴 듯한 박사장의 시선을 애써 피했다. 사실은 가고 싶지 않았지만 공식적인 초대라 어쩔 수 없이 얼굴을 내밀어야 할 것 같았다. 다행히 그와 친구인 삼영 엔지니어링의 경호도 초대장을 받았다는 얘기를 들었다. 동창회 이후 두세 번 우연히 만난 재경이 초대했다는 것에 들떠 있는 경호와는 달리 강준은 그에게 쏟아졌던, 갖고 싶은 물건을 훑어보는 듯한 그런 재경의 눈빛이 마음에 들지 않았다. 오만한 눈길로 파티에 참석한 사람들 사이를 누비던 그녀가 그의 주위를 빙글빙글 돌았던 게 생각났다. 그 생각에 강준의 반듯한 이마에 주름이 잡혔다. 그래도 재경이 초대한 건 회사의 부사장이라는 직책의 그이기에 갈 수밖에 없었다.

이야기를 마치고 집무실을 나가는 강준의 뒷모습에 박 사장의 입가에 다시 흐뭇한 미소가 어렸다.

그는 영세했던 회사를 물려받아 이만큼 키운 것에 대한 자부심이 있었다. 물론 가업을 잇는 이 회사를 강준이 더 탄탄하게 키워 나갈 거란 믿음도 있었다.

학원 사무실은 여느 때처럼 강의실에 들어가고 나오는 강사들과 수업 준비를 하는 강사들로 활기가 넘쳤다. 남은 강의 시간을 확인하고 수업 교재를 챙기던 세희는 정란의 목소리에 고개를 돌렸다.

"윤 선생님, 다음 타임은 수능반이에요?"

"예비 고3반이요."

정란이 수능 영어 문제집을 들고 일어서는 세희를 부러운 눈으로 쳐다보며 물었다.

"윤 선생님, 애들 확 잡는 비결 좀 알려줘요. 이놈의 고1 남자애들 때문에 미치겠어요. 진도는 나가야겠는데 쓸데없는 질문으로 물고 늘어지질 않나, 몇 명 때문에 강의 시간이 너무 산만해져요."

"그럴 때는요."

목소리를 낮춘 세희의 뜸을 들이는 말에 주변에 있던 다른 강사들도 그녀 쪽으로 몸을 기울였다.

"춤을 추면 돼요. 아니면 단체로 스트레칭을 시켜요. 아주 어려운 걸로요. 그럼 딴짓하던 애들도 정신을 바짝 차리죠."

"헉! 춤, 스트레칭이요? 농담이죠?"

"한 5분 정도만 투자하면 돼요. 졸던 애들도 확 깨요."

세희가 웃으면서 나가자, 다른 강사들이 정란의 주위로 모여들었다.

"혹시 누구 본 적 없어요? 윤 선생이 수업하는 거요."

정란의 뒤쪽에 앉아 있던 강 선생이 시선을 집중시키며 말했다.

"전 실제로 본 적이 있어요. 정말 다들 얌전히 스트레칭을 하고 있더라구요."

"세상에! 정말 다 큰 애들이 그걸 따라한다고요? 내 강의에 들어오는 애들에겐 씨도 안 먹힐걸요. 아마 오히려 저한테 하얀 집에 가보라고 할 거예요."

"하얀 집이요?"

강 선생이 의아한 얼굴로 물었다.

"정신 병원이요."

정란이 한숨을 쉬며 덧붙였다.

"애들이 내 목소리를 들으면 졸립대요. 자라, 자라 하는 것 같다나. 높이와 톤을 바꿔도 꾸벅꾸벅 조는 애들이 있어요."

"하아, 그러게요. 나도 강의할 때 애를 먹거든요. 분명히 공부하겠다고 돈을 내고 온 녀석들이 왜 그러는지. 그래서 잘하는 애들은 불평하다가 나가버리고. 참, 강사 생활도 갈수록 힘들어지네요."

언어를 가르치는 정 선생도 한숨을 내쉬며 말했다. 오랜 경력의 그도 학생들을 다루는 데는 쩔쩔맬 때가 많았다. 그런데 이 학원으로 온 지 4년 된 세희는 스물여덟 살의 어린 나이인데도 수강 신청이 시작됨과 동시에 마감될 정도로 인기가 있었다. 얌전해 보이는 모습과는 달리 강의 시간에 학생들을 마음대로 끌고 다닐 정도의 카리스마와, 학생들이 강사를 골탕 먹이고 실력을 알아보기 위해 듣지도 보지도 못한 어려운 문제를 어디서 구해 와서 내밀어도 바로 풀어내면서 설명하는 뛰어난 실력이 그녀의 인기의 비결이었다.

게다가 이 학원의 여신으로 불리는 미모도 한몫했다.

오랜 경력의 강사들과 비교해보면 세희는 이 학원의 쟁쟁한 스타 강사들 속에서 짧은 시간 안에 자리매김했다.

그래서 그녀를 타 학원에 뺏기지 않기 위해 학원 실장이 보통 강사들에게 주는 것보다 학생 수에 따라 강사와 학원이 나누는 퍼센트를 더 높여줬다는 소문까지 돌고 있었다.

남은 강의 시간을 확인하고 수업 교재를 챙기던 세희는 문득 사무실을 둘러봤다. 그녀가 이곳에 온 지도 벌써 4년이었다. 그 시간 속에서 당당한 카리스마 선생님으로 거듭나기까지, 어려움도 많았지만 이젠 실력으로 학생들의 지지를 받는 인기 강사의 자리에 올라 있었다.

"윤 선생님, 강의 시간 다 돼가요."

옆자리에 앉아 있는 정란의 말에 세희는 생각에서 벗어나 서둘러 강의실로 향했다. 강의실에 들어서자 빈자리 하나 없이 앉아 있던 학생들이 그녀에게 일제히 인사를 했다. 준비한 강의 자료를 컴퓨터에 연결시킨 세희는 고난이도 어법 문제부터 화면에 띄우고 빠르게 설명한 후에 오늘 수업할 분량을 가늠하면서 학생들을 둘러봤다.

그녀가 처음부터 강사 생활을 한 것은 아니었다. 대학을 졸업하고 잠시 일반 회사에 다녔었다. 하지만 능력급이 아닌 정해진 월급에 만족할 수 없었다. 암으로 오랜 기간을 투병 중이었던 아버지의 병원비로 집까지 없어진 상태였기에 가족을 위해서 더 많이 벌어야 했기 때문이다. 그래서 그녀는 대학 때부터 주말에 영어강사를 했던 경험을 살려 강사 자리를 알아보기 시작했다. 다행히도 대학 선배인 신엽의 도움으로 이 입시 학원에 올 수 있었다. 그 이후 그녀는 경쟁이 심한 이 바닥에서 살아남기 위해 끊임없이 노력을 한 덕분에 지금의 자리까지 제 힘으로 올라왔다. 안정기에 들어선 지금도 그녀는 경쟁이 치열한 이 바닥에서 살아남기 위해서 끊임없이 노력하고 있었다.

그 시각, 강준은 학원 옆의 도로에 차를 세워놓고 누군가를 기다리고 있었다.

사실 그는, 그날 세희의 집에서 점심을 먹고 나서 정원의 눈을 치우는 걸 도우면서 희정에게 그녀가 이 학원에서 일한다는 걸 알아냈다. 그 후 너무 성급하게 찾아가면 혹시나 이상한 사람으로 취급받는 게 아닐까, 혹시나 그녀가 부담스러워할까 싶어서 이미 기울고 있는 제 마음을 간신히 붙잡고 있었다. 오늘은 오랜 고민 끝에 그녀를 만나기 위해 나온 것이다.

다시 차 안으로 들어간 강준은 거울 속의 얼굴을 들여다보며 머리를 쓸어 넘기다가 멈칫했다. 자신이 여자에게 잘 보이고 싶어 이런 적이 있었던가.

초조하게 시간을 확인하고 다시 밖으로 나온 강준은 차에 살짝 기댄 채로 세희가 나오기를 기다렸다. 그녀가 어떻게 반응할지 몰라 걱정이 되긴 했지만 밥을 산다는 이유로 뻔뻔하게 밀고 나갈 생각이었다.

강의를 끝낸 강사들이 자리를 정리하고 가방을 들고 나오는 사이에 그 많던 학생들이 어느새 다 썰물처럼 다 빠져 나간 건지 학원 안은 조용했다. 세희는 몇 명의 강사들과 얘기를 나누면서 다른 사람들의 뒤를 따라 밖으로 나왔다. 지하철역으로 몰려가는 사람들을 보면서 목도리로 얼굴을 칭칭 감던 세희의 눈이 주차되어 있는 차 앞에 서 있는 강준과 마주쳤다. 그가 살짝 손을 흔들었다.

세희는 다른 사람들의 틈에서 빠져나와 강준에게 걸어갔다. 그가 차 문을 열어주며 말했다.

"세희 씨, 타요."

"무슨 일인데요?"

"잠깐 차 한 잔 마셔요."

곤란한 표정을 짓는 세희의 모습에 강준이 부드럽게 웃었다.

"밥 산다고 했던 거 기억 안 나요? 공짜로 재워주고 먹여줬는데 가만히 있을 수 없잖아요."

"먹었다고 생각할게요."

"세희 씨."

강준의 중저음의 매력적인 목소리에 우르르 몰려나오고 있던 강사들 중의 일부가 두 사람을 쳐다봤다. 주목 받고 싶지 않았던 세희가 재빠르게 차에 올랐다.

세희는 안전벨트를 하면서 운전석에 앉은 그에게 물었다.

"여기서 일하는지 어떻게 알았어요?"

"글쎄요. 어떻게 알았을까요? ……그런 얼굴 하지 마요. 저 스토커 아니에요. 세희 씨의 어머니에게 들었어요. 세희 씨가 이 학원에서 일한다고요."

세희는 강준의 대답에 속으로 한숨을 몇 번이나 내쉬다가 강준을 흐뭇한 표정으로 바라보던 희정의 얼굴이 떠오르자, 다시 한숨을 푹 내쉬며 물었다.

"그리고 엄마가 다른 것도 얘기한 거 있어요?"

"세희 씨가 스물여덟 살이라는 것과 인기 강사라는 것, 뭐 그 정도요."

강준의 대답에 세희의 얼굴이 빨개졌다.

"어떡해. 정말 우리 엄마가 그런 얘기를 했어요? 그리고 정보가 잘못됐어요. 난 인기 강사가 아니에요. 그냥 하루하루 살아남기 위해 최선을 다하는 평범한 강사일 뿐이에요."

민망한 듯 차창 밖으로 시선을 돌린 세희는 휙휙 지나가는 빌딩들을 보면서 물었다.

"그런데 지금 우리 어디 가는 거예요?"

"저녁은 이미 먹었을 테니까 차라도 사려고요. 시간 많이 빼앗지 않을게요."

세희는 운전대를 잡은 강준의 단단해 보이는 큰 손을 쳐다보다가 살짝 눈동자만 굴려 그의 옆얼굴을 봤다. 이목구비의 선이 굵고 뚜렷했다. 그녀의 시선이 그의 매끈한 턱에 머무를 즈음, 그녀의 시선에 강준이 고개를 돌렸다.

"왜요? 보고 싶었어요?"

"네? 아니요. 그게 아니라 그날 아침에 면도를 안 해서 턱에 수염이……."

말을 더듬거리는 세희의 얼굴이 붉어졌다.

"하하. 착각했잖아요. 세희 씨가 저한테 반했나 하고요."

"아니에요."

"바로 그렇게 아니라고 하면 섭섭하죠. 반해도 돼요. 세희 씨."

진지함과 장난기가 섞인 강준의 말에 세희는 살짝 눈을 흘겼다. 그의 묵직하고 매력적인 목소리가 남자들에 대한 평소의 단단한 방어막을 뚫고 거침없이 들어왔다. 자꾸만 시선이 갔다.

강준은 카페 골목 근처에 차를 댔다. 5층짜리 건물 전체가 다 카페인 곳이었다. 강준을 따라 2층으로 올라가던 세희는 의도치 않게 그의 뒷모습을 감상하게 됐다. 큰 키에 체격까지 받쳐주니 남자다운 분위기가 물씬 풍겼다. 그의 넓고 단단해 보이는 어깨와 등에 시선을 고정한 세희는 입가에 퍼지는 미소를 고개를 숙여 감췄다. 하지만 고개를 숙인 시야로 강준의 탄탄한 허벅지가 들어왔다. 세희는 더 고개를 숙이고 계단만 쳐다보면서 그를 따라 올라갔다.

주문한 커피를 마시던 강준이 망고 바나나 블렌디드를 빨대로 빨아먹는 세희를 바라봤다.

"그거 좋아해요? 겨울에 먹기에는 추울 것 같은데요."

"괜찮아요. 달콤하고 부드러워서 좋아요. 사실 커피는 학원에서 많이 마시거든요. 피곤할 때 마시고 스트레스 받을 때도 마셔서 가능하면 주중에는 밖에서 커피를 잘 안 마셔요. 주말엔 분위기 좋은 카페를 찾아 가긴 하지만요."

"입시 학원이면 주말에도 출근해요?"

"원래 수능반 학생들과 선생님들은 주말도, 빨간 글씨도 소용없어요. 나가야 해요. 그런데 전 모든 강의를 주중으로 잡았어요. 주말에는 다른 영어 선생님이 하고요. 사실, 몇 년 동안 주말도 없이 수업을 했거든요. 올해 하반기부터는 주중으로만 하는 걸로 조정했어요. 좀 쉬면서 건강도 챙기고 느긋하게 살고 싶어져서요."

"힘들었겠어요. 세희 씨, 그런 의미에서 우리 이번 주말에 특별한 일 없으면 만나요. 약속대로 밥 살게요."

강준은 토요일에 태진 그룹의 파티에 참석해야 한다는 사실이 생각나 자신도 모르게 이마를 찡그렸다.

"일요일 날 만날까요? 토요일은 선약이 있어요."

"꼭 그러지 않아도 돼요. 그냥 먹은 걸로 할게요. 나 때문에 일부러 시간 내지 마세요."

"세희 씨 어머니께 약속했어요. 세희 씨에게 맛있는 거 사주겠다고요."

"몇 번이요? 몇 번을 사준다는 건데요?"

"눈 속에서 구해준 거, 따뜻한 방에 재워준 거, 맛있는 아침과 점심을 주고 또 태워다 준 거, 그 외에도 많아요. 만나면서 하나씩 제외시켜 갈게요."

그의 말에 고개를 살짝 숙여 얼굴에 번지는 미소를 숨기면서 세희가 물었다.

"거부권 행사할 수 있어요?"

"없어요."

"그냥 저희 엄마에게 한 번 사주는 걸로 하면 안 될까요?"

"어머니께서 세희 씨에게 사주라고 하셨는데 약속을 어기면 안 되죠."

세희는 한참 망설이다가 얘기했다.

"그럼 주중엔 강의가 늦게 끝나니까, 주말에 만나요."

"좋아요. 이번 일요일부터요."

"한 번 먹는 걸로 해요."

"여러 번 사야죠. 사실, 세희 씨는 제 생명의 은인인 셈이에요. 그날 밤에 세희 씨가 아니었으면 고장난 차에서 밤을 지새워야 했을 거예요. 또 생명이 위험했을지도 모르고요. 그러니 한 번으론 부족하죠."

말없이 차를 마시던 세희는 휴대폰으로 시간을 확인했다. 어느새 자정이 다 되어 가고 있었다.

"강준 씨, 그만 가야겠어요. 전 택시 타고 갈게요."

"위험해요. 데려다줄게요."

"그래도……."

"세희 씨를 택시에 태워 보내면 제가 불안해서 발 뻗고 못 자요. 요즘 세상이 얼마나 험한데요. 태워줄게요."

"그럼 집 근처에서 내려주세요."

강준은 세희가 불러준 주소로 차를 몰면서 궁금한 얼굴로 물었다.

"학원은 지하철 타고 다녀요?"

"네. 그게 막히지도 않고 편해요."

강준이 잠시 망설이다가 물었다.

"세희 씨, 전화해도 될까요? 아니면 톡이 편할까요? 밥 먹을 약속도 잡아야 하니까요."

"……그냥 톡으로 하세요. 수업 준비 중이거나 그럴 땐 전화 받기가 좀 그렇거든요."

"그럼 일단 일요일로 정해놓고 시간은 나중에 의논할까요?"

"네."

오피스텔 앞에 차를 세운 강준은 세희와 함께 차에서 내렸다. 주위에 새로 지어진 오피스텔 빌딩들과는 달리 낡아 보이는 오피스텔이었다. 왜 이런데 사느냐는 강준의 표정을 읽은 세희가 강의 책들이 들어 있는 가방을 어깨에 메면서 말했다.

"새 건물들보다 월세가 저렴해요."

그가 걱정이 담긴 목소리로 물었다.

"세희 씨, 위험하지 않아요?"

"룸메이트가 있어서 괜찮아요. 그리고 관리가 그렇게 허술하지 않거든요."

"룸…… 메이트요?"

강준의 표정이 급격히 어두워졌다. 그러면서도 그는 묵직해 보이는 세희의 가방을 빼앗아 들었다.

"안전하게 집까지 데려다줄게요."

강준은 오피스텔의 로비를 지나 엘리베이터로 성큼성큼 걸어갔다. 세희는 그의 뒤를 따라 뛰다시피 빠르게 걸으면서 소리를 높였다.

"강준 씨, 괜찮아요. 그만 가세요."

"딸의 안전을 걱정하는 어머니를 위해서라도 집 앞까지 데려다 줘야죠."

"우리 엄마가요?"

의심스러운 눈으로 그를 올려다보는 세희의 표정에 강준의 입가에 웃음이 매달렸다.

"마음으로 말씀하시던데요."

"강준 씨, 정말 못 말리겠네요."

무의식적으로 강준의 팔을 때린 세희는 깜짝 놀라 한 걸음 물러나다가 그의 눈길과 부딪쳤다.

"그게, 일부러 그런 게 아니……."

"괜찮아요."

어색한 분위기가 흐르는 가운데 엘리베이터에서 내린 둘은 말없이 걸었다. 세희의 오피스텔 앞에서 강준이 한 걸음 물러나며 말했다.

"들어가는 거 보고 갈게요."

도어락의 비밀번호를 누른 세희가 문을 열고 들어가다가 강준을 돌아봤다.

"여자예요, 룸메이트요. 대학교 친구고요."

세희는 강준의 입가에 번지는 미소를 보면서 문을 닫았다.

"휴우."

긴장을 했는지 참았던 숨이 훅 밀려 올라왔다. 두근거리는 가슴을 손바닥으로 누르면서 현관문에 귀를 댔다. 엘리베이터로 가는 강준의 발자국 소리가 희미하게 들렸다. 발자국 소리가 완전히 사라지자 가슴에서 뭔가가 빠져나간 것처럼 허전해졌다. 세희는 가방을 소파에 던져놓고 정수기에서 냉수를 받아서 들이키면서 한숨을 쉬었다. 사실, 학원에 찾아온 그를 보니 반가운 마음이 들었었다. 은근히 강준의 연락을 기다리면서 자신도 모르게 초조하게 목을 늘어뜨리고 있었나 보다. 두근거리는 가슴을 손바닥으로 지그시 누르고 있는 그녀의 귓가에 강준의 매력적인 목소리가 여전히 울렸다.

'밥 살게요.'

그의 싱그러운 미소가 떠오른 세희는 손으로 입을 가리고 웃었다. 어쩐지 밥을 산다는 말이 사귀자는 말로 번역되는 외국어가 아닐까하는 엉뚱한 생각까지 하면서.

2장. 인연과 악연

토요일 밤에 말쑥하게 턱시도를 차려입은 강준은 경호와 호텔의 파티장으로 들어섰다. 실내에는 하우스 밴드가 연주하는 은은한 음악이 흐르고 있었다.

손님들을 접대하고 있던 재경이 둘을 발견하고는 우아한 걸음으로 강준과 경호에게 다가왔다. 살구색의 롱드레스가 그녀의 움직임에 따라 사르륵거리며 아름다운 몸의 선과 굴곡을 드러냈다. 재경의 옷차림에서 머리끝에서 발끝까지 숍에서 철저하게 준비했다는 것을 느낄 수 있었다.

"정말 여신 같다. 모델이나 미스코리아도 저리 가라잖아."

강준은 친구의 감탄사에 말없이 서 있었다.

"어서 오세요. 박강준 씨, 최경호 씨."

강준은 목례로 인사를 대신했다. 담담한 그의 반응에 정성 들여

화장을 한 재경의 눈에 순간적으로 서운함이 머물렀다가 금세 웃는 눈으로 변했다.

"다른 손님들을 소개시켜드릴게요. 절 따라오세요."

등이 살짝 파인 드레스에, 잘록한 허리, 탱탱한 엉덩이의 육감적인 라인까지 그대로 드러나는 드레스였다. 재경의 뒷모습에 경호가 작은 목소리로 강준에게 속삭였다.

"어마어마하다. 하아, 저런 여자는 누가 차지할까?"

재경은 둘에게 한 명씩 손님들을 소개했다. 강준과 경호는 그들과 인사를 나누며 잠시 얘기를 나눴다. 안면이 있는 사람들도 있었고, 처음 소개받는 사람들도 있었다.

재경이 사람들에게 말했다.

"특별한 목적이 있어서 초대한 게 아니라 그냥 친목 모임이라고 생각해주세요. 함께 식사하고 술도 마시고, 또 친구를 사귀는 작은 파티라고 생각하면 더 좋고요. 그럼 먼저 식사하러 가실까요?"

모두들 재경의 뒤를 따라 고급스럽게 장식된 연회장으로 들어섰다. 집사 복장을 한 직원들이 이름을 묻고 각자 테이블로 안내했다. 강준도 이름이 적힌 원형 테이블에 앉았다. 그의 맞은편에 재경이 우아하게 앉아 그에게 미소를 지어 보였다.

"강준 씨, 앞으로 이런 파티에도 자주 나오세요."

"네. 그래야겠죠."

묵직하게 울리는 남성적인 강준의 목소리에 재경의 얼굴이 활짝 펴졌다.

식사를 하면서 와인을 마시던 강준은 테이블 위의 샐러드를 발견하자, 문득 세희를 떠올렸다. 그녀의 집에서 밥을 먹을 때 나온 샐러드를 맛있게 먹던 세희의 모습이 생각난 그는 테이블의 샐러드를 집어 다시 천천히 맛을 봤다. 연한 소스와 곁들여진 샐러드의 맛이 일품이었다.

'내일 여기서 밥을 사야겠네. 잘 먹을까?'

생각만으로도 기분이 좋아진 강준의 입가에 근사한 미소가 어렸다. 테이블의 다른 남자들의 시선을 한 몸에 받으면서 우아하게 식사를 하고 있던 재경이 강준의 입가에 매달린 미소를 봤다. 생각에 잠긴 듯한 그의 눈에 아련한 빛이 보이자, 재경은 자신도 모르게 이마를 찡그렸다. 마치 누군가를 떠올리며 행복해하는 것 같은 모습에 기분이 나빠졌다.

'다른 누군가가 있나? 아니야, 그럴 리가 없어. 설사 있더라도 내 상대가 될 순 없을거야.'

재경은 혹시나 하는 마음으로 조용히 밥을 먹는 강준에게 시선을 고정시켰다. 다른 남자들과는 달리 강준의 시선은 그녀에게 향해 있지 않았다. 그래서일까. 그녀는 더 그에게 눈을 뗄 수 없었다.

항상 재경은 예쁜 외모와 좋은 배경으로 주위에 남자가 끊이지 않았다.

그런 재경은 처음 우연히 마주친 강준의 시선이 너무 담백해서, 그 눈 안에 그녀에 대한 욕망이 한 톨도 없어 보여서 더 그에게서 눈을 뗄 수 없는 게 아닐까 생각했다.

지금까지 그녀가 만나왔던 남자들보다 분명히 배경도, 재산도 떨어지는 남자였다. 상류층의 파티에만 다니던 그녀가 이렇게 중소기업의 그저 그렇고 그런 후계자들을 초대한 것은 강준의 관심을 그녀에게로 끌어오기 위해서였다. 검은 색의 턱시도를 입은 미끈한 그의 모습에 가슴 안쪽에서 무언가가 살랑거리듯이 기분 좋게 꿈틀거렸다.

재경은 마지막 남은 연어를 입 안에 넣고 씹으면서 맛을 음미했다. 살짝 벌어진 붉은 입술이 씹을 때마다 육감적으로 움직였다.

그녀는 어렸을 때부터 가지고 싶은 것은 뭐든지 가질 수 있는 환경에서 자랐다. 뭔가를 얻기 위해 참는 것을 배우지 못했다. 그래서 나중에 싫증이 나서 버리더라도 무슨 수를 써서라도 일단 손에 쥐어야 했다.

호기심에 참석했던 중소기업 후계자들의 파티에서 처음 그를 만난 후, 몇 번이나 의도적으로 그에게 접근했지만 강준은 그녀에게 아무런 반응도 보이지 않았다. 처음에는 거절당한 것에 대한 분노와 수치심에 몸을 떨었다. 하지만 시간이 지나도 그의 모습과 목소리가 뇌리를 떠나지 않았다. 갖고 싶었다.

강준이 다른 남자들과 달리 그녀에게 반응하지 않아서일까. 그럴지도 몰랐다. 불행한 삶을 살고 있는 그녀의 엄마처럼 살고 싶지 않았다. 남편의 여자들을 수습하면서 정신적으로 죽어가는 그녀의 엄마처럼은.

재경은 와인 잔에 남아 있는 와인의 아름다운 색을 들여다봤다.

그녀의 아버지인 손 회장의 얼굴이 보이는 것 같았다. 돈과 권력 그리고 여자. 아마도 그게 죽을 때까지 그의 인생의 목표일 것이다. 그로 인해 고통 받는 가족들이 가슴속에 들어가 있기는 할까.

그나마 외동딸이라는 타이틀에 고마워해야 할지도 몰랐다. 오빠들에게는 덤덤한 손 회장이 원하는 것은 뭐든 들어줄 만큼 그녀에게는 각별한 애정을 보였다.

'외동딸이라, 과연 그럴까. 언제 숨겨 놓은 딸들이 떼거리로 등장할지도 모르지.'

재경은 쓰게 웃었다.

식사를 마친 일행은 다시 파티장으로 가서 즐겁게 담소를 나누며 술을 마셨다. 재경은 칵테일 잔을 들고 다른 무리와 얘기를 나누고 있는 강준의 뒷모습을 물끄러미 바라봤다.

'박강준 씨, 시간 끌지 말고 빨리 내게 와요. 내게 관심없는 척하는 전략을 쓴 거라면 성공했어요. 당신이 궁금해졌거든요. 내 관심이 다시 떨어지기 전에 빨리 내게 오는 게 좋을 거예요.'

웅성거리며 무대 쪽으로 가는 사람들의 소리에 재경은 생각에서 벗어났다. 이미 소규모의 공연이 시작되고 있었다. 하우스 밴드의 연주가 은은하게 울려 퍼지자 유명한 발라드 가수가 나와서 잔잔하면서도 감미로운 노래를 불렀다. 재경은 무대의 맞은편에 마련된 바에서 발렌타인을 여유롭게 마시고 있는 강준에게 천천히 다가갔다.

"강준 씨, 같이 한잔할까요?"

재경이 옆의 스툴에 앉아 발렌타인을 주문하고 그를 바라봤다.

"우리 집도 성환식품의 두부를 먹고 있어요. 달걀과 콩나물도요. 회사에 대해 좀 듣고 싶어요."

강준은 간략하게 그의 회사에 대해 설명했다. 웃으면서 그의 목소리에 귀를 기울이고 있던 재경이 옆 라인이 길게 트인 드레스를 살짝 들고 다리를 꼬고 앉았다. 하이힐을 신은 발목부터 허벅지까지 매끈하고 탄력 있는 다리가 훤히 드러났다. 그녀는 강준에게 몸을 기울여 속삭였다.

"파티 끝나고 우리끼리 한 잔 더 해요."

"죄송합니다. 약속이 있어서요. 그리고 술은 즐기지 않습니다."

명백하게 거절을 나타내는 그의 말에 술잔을 잡은 재경의 손에 힘이 들어갔다. 하지만 금세 평온한 목소리로 말했다.

"선약이 있다니 아쉽네요. 한잔하고 싶으면 언제든지 연락해요. 그럼, 전 이만……."

재경은 감미로운 노래가 흘러나오는 무대를 향해 걸어가다가 뒤돌아서 강준을 봤다. 그는 그녀를 보고 있지 않았다. 휴대폰을 만지작거리며 살며시 웃고 있었다. 재경의 눈에 불꽃이 반짝였다가 사라졌다.

소파에 느긋하게 앉아 책을 읽고 있던 세희는 깜박거리는 휴대폰을 켰다. 톡이 와 있었다. 그녀의 얼굴이 환해졌다. 강준이었다.

[세희 씨, 뭐 하고 있어요?]

[책 읽는 중이었어요. 강준 씨는요?]

[파티에 와 있어요.]

[재밌겠어요.]

[너무 심심하네요. 세희 씨, 내일 스타 호텔에서 점심 먹을까요? 여기 괜찮네요.]

[……네.]

[내일 아침에 데리러 가도 될까요?]

[아침이요? 왜요? 너무 빠른데…….]

[우리 아침에 조조 영화 보러 가요. 그거 꼭 해보고 싶었어서 그 래요. 부탁 들어줘요. 네?]

세희는 아이처럼 떼를 쓰는 것 같은 강준의 모습이 그려져 손으로 입을 막고 웃다가 답장을 보냈다.

[좋아요. 그 부탁 들어줄게요.]

톡을 마친 세희는 책장을 덮고 휴대폰에 저장된 음악을 검색했다. 소파에 누워 눈을 감고 가사를 따라 부르는 그녀의 입가에 몽글몽글 웃음이 피었다. 떼를 쓰는 것 같은 그의 말에 거부감이 들지 않았다. 오히려 친밀감이 느껴져 기분이 좋아졌다. 이미 그는 그녀에게 낯선 남자가 아니란 의미일 테니까.

일요일 아침이라 그런지 평일의 출퇴근 시간에는 꽉꽉 막히던 도로가 많이 한산했다. 강준은 약속한 시간보다 10분 정도 빨리 오피스텔 앞에 도착했다.

약속 장소에는 이미 세희가 나와 있었다. 차에 탄 세희의 뺨이 추위로 빨갰다. 강준은 재빨리 세희의 뺨을 양손으로 감싸고 속상한 목소리로 말했다.

"메시지 보내면 나오라고 했잖아요. 아침 바람이 얼마나 찬데. 언제 나온 거예요? 얼굴이 너무 차갑네."

세희의 뺨을 감싸주고 있던 강준은 그녀의 장갑을 벗겼다. 손도 차가웠다. 강준은 그의 손 안에 쏙 들어오는 세희의 손을 열심히 비비다, 당황해서 숨 쉬는 것도 잊고 그를 바라보고 있는 세희와 눈이 마주치고서야 자신의 실수를 알아차렸다. 당황한 그의 목소리가 떨렸다.

"나도 모르게 순간적으로 그만……. 미안해요."

얼굴이 붉어진 세희는 강준의 온기에 따뜻해진 양손을 얌전하게 무릎에 올려놨다. 창밖으로 살짝 시선을 돌리며 참았던 숨을 살살 내쉬었다.

세희의 안전벨트를 매주던 강준의 손이 약하게 떨렸다. 그도 몹시 당황하고 있었다. 생각없이 순간적으로 일어난 일이었다. 어색해진 분위기 속에서 그는 시동을 걸고 앞만 보면서 차를 몰았다.

영화관에 도착해 티켓팅을 하고 콜라와 팝콘까지 챙긴 둘은 상영 시간에 맞춰 자리를 찾아 앉았다. 목이 타는지 연속으로 콜라를 마시던 강준이 슬쩍 세희를 내려다보며 콜라를 내밀었다.

"마실래요? 아니면 하나 더 사올까요?"

"그냥 이걸로 한 모금만 마실게요."

세희는 아무렇지 않게 강준의 입술이 닿았던 빨대에 입술을 대고 몇 모금을 빨아 마셨다. 그런 그녀를 바라보고 있는 강준의 시선에 세희는 제 마음을 그대로 보여준 것 같아 어둠 속에서 얼굴을 붉힌 채로 스크린을 뚫어지게 쳐다봤다.

조조 영화라 그런지 사람들은 많지 않았다. 둘은 느릿느릿 팝콘을 먹으면서 스크린을 바라봤다. 하지만 신경은 온통 서로에게 향해 있었다. 영화의 내용이 눈에 들어오지 않았다. 강준은 팝콘을 집어가는 세희의 손을 바라봤다. 제 손 안에 쏙 들어왔던 작고 예쁜 손. 그 손으로 팝콘을 집어 입에 넣는 모습에 침을 꿀꺽 삼켰다.

'왜 이러지.'

정신을 차리려고 콜라를 마시던 강준은 저도 모르게 세희의 붉은 입술이 닿았던 빨대를 잘근잘근 씹고 있었다.

영화가 끝나고도 멍하게 앉아 있던 둘은 마지막 사람이 나가는 것을 보고서야 일어났다.

영화관의 지하 주차장에서 차에 오른 강준은 미칠 듯이 뛰는 심장을 진정시키려고 의자에 등을 기댔다.

"세희 씨, 우리 잠시만 쉬었다 가요. 점심 예약은 12시로 해놨어요. 십 분 정도만 있다 가요."

"네."

작은 목소리로 대답한 세희도 의자에 등을 기댔다. 신경의 한 올까지 바짝 일어나 있던 몸의 무게를 의자에 깊숙하게 실었다.

잠시 후, 호텔로 이동하는 동안에 강준은 둘 사이에 여전히 팽팽하게 흐르는 긴장감을 어떻게든 없애려고 평상시보다 더 말을 많이 했다. 거기에 친구들에게 들은 유머까지 구사했다. 그의 서툰 유머가 계속되자, 세희는 터져 나오려는 웃음을 참느라고 애를 썼다. 손으로 입을 가리고 웃음을 삼키는 세희의 모습에 강준도 어느덧 긴장을 풀고 근사한 미소를 흘리고 있었다.

"세희 씨, 재밌어요?"

"네, 너무 웃겨요. 누구한테 들었어요?"

"친구요. 그런데 난 그 친구만큼 재밌게 얘기하는 재주는 없어요."

"전 너무 재밌는데요."

둘은 다시 편안해진 분위기 속에서 호텔에 도착했다. 강준은 점심을 맛있게 먹는 세희를 흐뭇한 얼굴로 바라봤다.

"맛있어요?"

"네, 여기 정말 맛있네요."

강준은 스테이크를 한 입 먹고 음미하듯이 와인을 마시는 세희를 보며 미소를 지었다. 그도 따라서 스테이크를 한 입 먹었다. 지난 밤 파티에서 먹었을 때보다 훨씬 맛있었다. 심지어 샐러드까지도 더 맛있게 느껴졌다. 실없이 자꾸 나오는 웃음을 참고 있는 그에게 세희가 물었다.

"왜요? 내가 너무 잘 먹어서 그래요? 사실요, 난 내숭 떠는 거 싫어해요. 남자 앞이라고 평소와 다르게 새 모이만큼 먹는 것도 못하고요."

"새 모이만큼 먹는 여자는 나도 딱 질색이에요. 세희 씨는 먹는 모습이 예뻐요. 그래서 저도 모르게 웃음이 났나 봅니다."

강준의 말에 세희는 빙그레 웃었다. 그녀는 잘 먹는 편이었지만 과식을 하지는 않는 타입이었다. 그런데 오늘 강준과 함께 있는 이 자리에서는 모든 것이 평상시 보다 좋게 느껴졌다. 음식도, 와인도 무엇보다도 강준과의 이러한 편안한 분위기가 좋았다.

둘은 천천히 식사를 하면서 많은 얘기를 나눴다. 주변에서 자주 들을 수 있는 시시한 얘기가 나와도 서로에게 귀를 기울이는 두 사람의 얼굴에서 웃음이 떠나지 않았다.

점심을 먹고 나오면서 헤어지고 싶지 않았던 강준이 물었다.

"세희 씨, 오늘 따로 하고 싶은 거 있어요?"

"사실, 오늘 오후에 동대문 시장에 가려고 했어요."

"옷 사려고요?"

"네. 학원 강사라 오히려 눈에 띄는 옷은 안 입는 편이에요. 애들이 공부에 집중하게 하려면 선생님이 의상이든 뭐든 너무 튀면 좋지 않거든요."

강준은 백화점에 데리고 가서 옷을 사주고 싶은 마음을 꾹 눌렀다.

"같이 가도 될까요? 구경하는 것도 재미있을 거 같아요. 옷 사고, 차도 마시고요. 저녁도 함께 할까요?"

"남자들은 쇼핑에 따라가는 걸 별로 좋아하지 않는다던데요. 지루할 거예요."

"재미있을 거 같아요. 같이 가요."

"그럼 저녁은 제가 살게요. 제가 맛집을 알아요."

"세희 씨가 좋아하는 걸로 사줘요."

강준은 처음 와본 동대문 시장을 돌아다니면서 손님이 넘치게 많은 것에 놀랐다. 여행 온 관광객들도 많이 보였다. 그를 배려한 세희가 빠른 시간 안에 쇼핑을 끝낸 게 아쉬울 정도로 에너지가 넘치는 곳이었다. 복잡한 동대문 시장을 빠져나오면서 강준이 흐뭇한 표정으로 세희를 봤다.

옷을 사주고 싶어 그가 건넨 카드를 세희가 거절한 것이 못내 아쉽기는 했지만 그녀와 보낸 몇 시간의 소소한 시간이 너무 행복했다. 세희는 따라다닌 그에게 미안하다며 니트를 하나 사줬다. 어울리는 니트를 사주겠다며 신중하게 고민하는 그녀의 모습에 더 기분이 좋아졌다. 벙실거리며 운전하는 그의 옆모습을 보며 살며시 미소 짓던 세희가 망설이며 물었다.

"강준 씨, 그 니트요……. 정말 맘에 들어요? 안 들면 환불해도 돼요."

"세희 씨, 뭔가 오해하는 것 같은데요. 나 재벌 아니에요. TV에 나오는 회장님의 아들과 같은 모습으로 사는 것도 절대 아니고요. 우리 회사는 작아요. 하지만 세희 씨가 원하는 것을 들어줄 정도의 능력은 돼요. 선물을 받았으니 다음에는 내가 사줄게요. 그리고 세희 씨가 사준 니트는 정말 마음에 들어요. 잘 입을게요."

"다음…… 에 만나요?"

"앞으로 계속이요. 세희 씨, 계속 만나고 싶어요."

"……."

대답이 없는 세희의 모습에 강준의 목소리가 더 정중해졌다.

"세희 씨, 정식으로 사귀고 싶습니다."

그의 말에 물을 한 모금 마신 세희가 나직하게 대답했다.

"좋아요."

그녀의 대답을 듣자마자 강준의 얼굴에 싱그러운 미소가 피었다. 그와 동시에 창가로 고개를 돌린 세희의 새까만 눈동자가 기쁨으로 반짝였다.

강준은 세희와 드라이브를 하고 차를 마신 후에 그녀가 사준 저녁까지 먹고도 미적거렸다. 헤어지고 싶지 않았다. 밤 8시가 다 돼서야 어쩔 수 없이 그녀의 오피스텔로 향했다. 세희가 집 안으로 들어가는 것까지 확인하고서야 허전한 기분으로 차로 돌아왔다.

종일 같이 있었지만 하루가 너무 짧게 느껴졌다. 강준은 세희가 사준 니트를 꺼내 만지면서 허전한 기분을 달랬다.

헤어진 지 얼마나 됐다고 벌써 세희와의 첫 데이트가 기다려졌다.

똑똑.

일주일 후, 세희는 반듯한 자세로 서서 실장실의 문을 두드렸다.

"들어와요."

손님과 얘기를 나누고 있던 신엽이 그녀에게 고개를 돌렸다.

"윤 선생님, 잠시 앉아볼래요?."

손님이 나가자 신엽은 편한 자세로 고쳐 앉았다.

세희는 신엽의 맞은편에 앉아 그를 바라봤다. 신엽은 입시 학원 이사장의 아들이었다. 이사장이 있지만 서울과 주요 도시에 분원을 두고 있는 학원이니 만큼 이사장은 이곳에 가끔씩 얼굴만 비치는 정도였기에, 실질적으로 이 학원의 모든 일은 신엽이 처리했다.

사무적이던 신엽의 표정이 풀리면서 다정한 목소리가 흘러나왔다.

"세희야, 우리끼리 있을 때는 편하게 말해."

"여긴 직장이잖아요. 선배라고 부르다가 그게 입에 배어서 실수하면 어떡해요?"

"다들 네가 내 후배라는 건 알고 있어."

"그러니까 더 조심스러워요. 괜히 낙하산이라고 오해할 수도 있어서요."

"윤세희가 언제부터 이렇게 간이 작아졌어? 입시 학원이라는 곳이 인맥으로 되는 곳이야? 실력 없으면 바로 사라지는 곳인 거 알잖아. 넌 네 실력으로 이만큼 올라온 거야. 윤세희라는 네 이름으로 말이야."

"그래도 선배님이 기회를 주신 덕분이에요."

신엽은 그녀의 말에 빙그레 웃으며 말을 이어나갔다.

"세희야, 저번에 말한 거 말이야. 어떻게 할래? 맡아서 해볼래?

지금보다 페이도 훨씬 더 챙겨줄거고 수업 시간도 조정해줄게."

양손을 무릎에 올리고 얌전하게 앉아 있는 세희를 바라보는 신엽의 눈빛은 감미로울 만큼 부드러웠다. 세희와 그는 대학교 밴드 동아리의 선후배 관계였다.

그래서 주말에는 영어 강사로 돈을 벌어야 했던 세희의 사정도 알고 있었다. 그때부터 더 마음이 쓰였다. 직장 생활을 하던 세희가 다시 학원 강사를 하려고 했을 때도 그가 나서서 이 학원으로 데려왔다. 그리고 도와주지 않고 지켜봤다. 세희는 그의 바람대로 이 치열한 세계에서 멋지게 살아남고 있었다.

"진일 기숙 학원에서 오전이든 오후든 몇 타임만 하면 돼. 출퇴근은 여기서 하고. 여기서도 오후에 예비 고1 수업을 한 타임 맡으면 시간상 더 좋지. 그럼 밤에 수업할 일도 없어."

"실장님, 정말 좋은 제안이지만 지금 맡고 있는 애들을 계속 가르치고 싶어요. 이번에 수능 본 애들은 상관없지만 예비고3수능반이 두 반이에요. 책임져야죠. 이제 와서 강사가 바뀌면 말이 많을 거고, 무엇보다도 아버지가 투병 중이실 때나 제 건강상의 이유로 제 스케줄을 주중으로 몰아놨을 때도 저에게 맞춘다고 다른 과목까지 조정한 애들이에요. 또 오랫동안 절 믿고 따라온 애들이기도 하구요. 그 애들이 수능을 무사히 마칠 때까지 전 여기에 남을게요."

"흠, 네게 좋은 조건인데 아쉽다. 내게 부탁할 다른 일은 없어?"

"없어요. 지금도 충분히 좋아요. 그리고 늘 신경 써주신 것, 감사하게 생각하고 있어요."

갑자기 신엽의 눈에 장난기가 가득해졌다.

"우리 세희, 페이 왕창 올려줄까?"

"실장님, 제발 농담 그만하세요. 정말 남들이 들으면 큰일 나요. 그리고 제발 그렇게 부르지 마시고요."

"알았다, 알았어. 윤 선생님! 이제 됐지? 선배나 이름으로 불러 달라고 해도 말도 안 듣는 고집불통 윤 선생님."

"하여튼 신경 써주셔서 감사합니다. 그럼 전 수업이 있어서 이만……."

"잠깐만. 우리, 밥은 언제 먹는 거야? 너 밥 한번 사 먹이기가 이렇게 힘들어서야."

대답도 없이 목례만 하고 나가는 세희의 뒷모습을 보던 신엽은 한숨을 연달아 내쉬었다.

'완전 콘크리트 장벽이야. 그나마 선배라서 이렇게 말대꾸라도 해주는 걸 거야. 꿈쩍도 하지 않는 윤세희, 대단하다.'

어느새 강준과 세희가 데이트를 시작한 지 몇 주가 흘러가고 있었다. 토요일 오전에 세희는 오랜만에 홍대 거리를 걷다가 익숙한 간판을 찾아 들어갔다. 가끔 지치거나 기분 전환이 필요할 때면 오는 홍대의 악기 연습실이었다. 적은 돈으로 얼마든지 악기를 연주하고 노래도 부를 수 있는 공간이었다. 또한 가난한 뮤지션 지망생들이 음악을 만들고 연주하는 곳이기도 했다. 혼자 룸을 빌린 세희는 익숙한 듯 드럼 앞에 앉았다. 대학 때 신엽과 같은 밴드 동아리였던 때가 생각났다. 힘든 생활고와 학업에 지쳐갈 때면 온몸이 땀에 젖을 때까지 드럼을 치곤 했다. 그러면 다시 살아갈 힘이 났다.

세희는 무대 위의 조명 속에서 익숙한 듯 코트와 구두를 벗었다. 단정하게 묶었던 머리를 풀자 탐스러운 머리가 찰랑거리며 등 뒤로 흘러내렸다.

"참, 더 변신해야지."

가방을 뒤져 붉은 립스틱을 꺼내 바르고 마스카라로 눈매를 또렷하게 강조하고 나서 거울을 들여다봤다. 단정한 학원 강사인 윤세희는 거기에 없었다. 생기가 넘치고 도발적인 모습의 그녀가 보였다.

"놀아볼까."

드럼을 하나씩 시험하듯이 쳐본 세희의 동작이 리드미컬하게 변했다.

쾅쾅.

고막이 터질 듯한 드럼 소리가 룸을 가득 채웠다. 세희의 동작은 드럼과 하나가 된 듯이 자연스러웠다. 등 뒤로 흘러내린 머리가 그녀의 격한 움직임에 따라 찰랑거렸다. 시간 가는 줄 모르고 드럼을 치던 세희의 이마에서 땀이 돋아났다. 귀와 몸속으로 파고드는 드럼 소리가 점점 커져갔다.

"하아."

한참 지나 일어선 세희는 생수병을 따서 들이켰다. 시원한 물이 땀으로 젖은 목덜미를 지나 가슴으로 몇 방울 떨어졌다. 기분이 좋았다. 몸속의 노폐물을 모두 태워버린 것처럼 몸이 가볍고 날아갈 것 같았다. 생수병을 테이블에 놓던 세희는 가방에서 계속 울리는 휴대폰을 꺼냈다. 강준이었다.

그와 몇 주 동안 꾸준히 데이트를 하면서 많이 가까워져서일까. 그의 목소리에도 심장의 두근거림이 점점 커졌다. 세희는 목소리를 가다듬고 통화 버튼을 눌렀다.

"네, 강준 씨."

"세희 씨, 왜 그렇게 숨이 차요? 어디에요?"

"그냥……. 취미 생활 중이에요."

"취미 생활이요? 그리 갈게요."

세희는 오겠다는 강준을 말리다가 결국 주소를 알려줬다.

'어쩌지. 다시 단정하게 하고 있어야 하나.'

망설이던 세희는 벽의 거울에 얼굴과 몸을 비춰봤다. 헝클어진 머리, 붉은 입술과 마스카라를 발라 더 또렷해 보이는 이목구비에서 땀에 젖은 블라우스와 맨발에 머물렀다.

'강준 씨가 놀랄 텐데.'

미련이 남은 눈으로 드럼을 쳐다보던 그녀는 휴대폰으로 시간을 확인했다. 강준이 오기 전까지는 시간이 있었다.

'조금만 더 치자.'

세희는 다시 드럼 앞에 앉아 채를 잡았다.

강준은 세희가 얘기한 곳으로 향하고 있었다. 세희가 무슨 연주를 하는지 가르쳐주지 않아 궁금한 마음에 계단을 내려가는 그의 발걸음이 점점 빨라졌다.

'혹시 기타를 치나.'

세희가 말한 번호의 룸으로 들어간 강준은 그 자리에 얼어붙었다. 그곳에는 귀청을 울리는 드럼 소리 가운데 땀에 젖은 채로 열정적으로 드럼을 치고 있는 세희가 있었다. 그녀는 지금까지와는 완전히 다른 모습으로 드럼에 심취해 있었다. 물결치듯이 움직이는 까만 머리카락, 고혹적인 붉은 입술. 맨발의 그녀가 너무나 행복한 모습으로 리듬에 따라 흔들리고 있었다.

윤세희.

강준은 낮게 그녀의 이름을 불렀다. 해처럼 빛나는 세희가 그곳에 있었다.

연주를 끝낸 세희는 미동도 없이 서 있는 강준을 발견하고 소리를 질렀다.

"어머! 어떻게 이렇게 빨리 왔어요?"

그러고는 허둥거리며 무대에서 내려와 구두부터 찾아 신었다.

"세희 씨."

"강준 씨, 잠시만 기다려요. 좀 정리 좀 하고요."

강준이 허둥대는 세희의 어깨를 잡았다. 가까이에서 느껴지는 땀 냄새와 섞인 세희의 체향에 속으로 신음을 삼켰다. 너무 자극적이었다.

그래서 자신도 모르게 유혹하듯 벌어진 그녀의 붉은 입술에 제 입술을 겹치고 풍성한 머릿속에 손을 집어넣었다.

"강준 씨, 강준 씨."

세희가 그의 가슴을 밀어내자 정신이 들었다. 거칠어진 숨을 가다듬는 그에게 세희가 더듬거리며 말했다.

"몸에서 땀…… 냄새가 나서, 화, 화장실에 다녀올게요. 잠시만 기다려요."

"세희 씨, 잠시만."

코트를 벗어 던진 강준이 세희의 손을 잡아 무대 위로 올라가 말했다.

"같이해요."

"드럼이요?"

고개를 끄덕인 강준이 의자를 끌어와 세희 옆에 앉았다. 그가 먼저 선창을 하듯이 드럼을 치기 시작했다. 세희는 놀란 눈으로 강준이 리듬을 타는 걸 바라봤다. 보통 수준이 아니었다. 그녀가 치는 것보다도 강렬한 사운드가 룸을 뒤흔들었다. 신나는 사운드에 몸을 들썩이던 세희는 슬그머니 구두를 벗어 옆으로 밀어놓고 함께 연주를 추가했다. 둘의 연주가 완벽한 화음을 만들어낼수록 분위기는 점점 더 뜨거워졌다. 세희는 강준의 옆모습을 슬쩍 바라봤다. 그가 드럼을 칠 때마다 소매를 걷어올려 드러난 팔뚝의 근육과 힘줄이 툭툭 불거지는 모습에 그녀의 얼굴이 빨갛게 달아올랐다. 연주를 마친 둘은 짠 듯이 동시에 마주봤다. 세희는 땀으로 젖은 강준의 얼굴과 목덜미에 쏠린 시선을 거두고 물었다.

"드럼 연주가 너무 멋있어요. 오랫동안 했어요?"

"고등학교 때 학업 스트레스를 털어내리고 친구들과 좀 두들겼죠. 그 후론 가끔씩 하는 정도고요. 세희 씨는요?"

"아버지 취미 중에 드럼을 치는 게 있었거든요. 그때 저도 따라다니면서 기본을 배웠는데, 본격적으로 치기 시작한 건 대학 때였어요."

"이렇게 공통점이 있어서 좋아요. 세희 씨의 의외의 모습이 정말 멋있기도 하구요."

"그건 강준 씨도 그래요."

"우리 가끔 같이 칠까요?"

"좋아요."

강준은 발그레해진 세희의 얼굴을 가만히 내려다봤다. 만날수록 더 보고 싶어지는 여자였다. 그의 손이 저절로 세희의 뺨에 가 닿았다. 부드러운 뺨의 촉감이 팔뚝을 타고 머리로 올라왔다.

강준의 뜨거운 손이 귓불을 살짝 스치자 재빨리 일어난 세희가 떨리는 목소리로 말했다.

"화장실 좀 갔다올게요."

가방을 들고 빠르게 룸을 나가는 세희를 멍하니 바라보던 강준은 무대에서 내려와 의자에 털썩 주저앉았다. 그의 입가가 기분 좋게 올라갔다. 다시 세희에게 빠졌다는 걸 알았다. 눈 속에서 하얗고 순수하게 빛나던 윤세희와 그리고 이렇게 열정적인 다른 모습의 윤세희와도. 강준은 문으로 시선을 돌렸다. 곧 세희가 나타날 것이다. 아마도 원래의 단정한 모습을 하고서.

어느덧 해가 바뀌어 2월로 접어든 겨울 풍경은 을씨년스러웠다. 가로등의 불빛을 받은 앙상한 가로수들이 차가운 바람 속에서 쓸쓸하게 흔들리고 있었다. 세희는 창밖의 풍경을 바라보면서 벌써 사귄지 두 달이 다 되어가는 강준과의 다음 만남을 생각하고 있었다.

"윤 선생님, 같이 나가요."

세희는 강 선생과 정란의 목소리에 서둘러 가방을 챙기다가 휴대폰이 깜박이는 것을 봤다. 톡이 와 있었다. 강준의 이름을 확인한 세희의 입가에 잔잔한 미소가 번졌다.

[학원 쪽으로 가겠습니다.]

세희는 휴대폰을 내려놓고 그녀를 기다리고 있는 두 사람에게 말했다.

"먼저 나가세요. 전 정리 좀 하고 가려고요."

강사들이 무리 지어 나가는 것을 본 세희는 책상에 앉아서 다시 강준의 톡을 들여다보며 생각에 잠겼다.

그를 만나기 전에는 다가오는 많은 남자들을 거절해왔던 그녀였다. 누군가를 만나서 연애를 할 시간이 많지 않았다. 그만큼 몇 년 동안 가장이라는 무게를 지고 힘든 길을 걸어왔다. 자신에게 들어가는 돈을 최소화했고 월급은 거의 저금했다. 그렇게 해서 모은 돈으로 엄마를 위해 아버지의 병원비 때문에 팔아야 했던 그 집을 다시 사줄 수 있었다. 경기도의 외진 곳이라고 해도 땅값과 집값이 오른 상태라 일반 직장인의 월급이라면 꿈도 못 꿀 일이었다.

사무실을 빠져나가는 강사들의 소란스러운 소리에 예전 생각에서 빠져나온 세희의 얼굴이 어느 때보다도 편안해 보였다.

'이제 어깨의 짐은 많이 내려놓은 거야. 엄마가 편안하게 살 집을 다시 찾았으니까. 이젠 엄마 노후 자금으로 얼마라도 마련해야지. 세호를 위해서도 부지런히 모으자.'

다시 휴대폰이 깜박거렸다.

[세희 씨, 기다리고 있어요.]

세희는 답장을 보내고 일어섰다.

학원 밖으로 나간 세희는 차 밖에서 기다리고 있는 강준에게 다가갔다. 그를 보는 그녀의 눈동자가 기쁨으로 반짝였다. 갑자기 코끝이 시큰해졌다. 왜 강준에게만은 처음부터 그렇게 풀어졌는지, 방어막이 쳐지지 않았는지가 머리가 아닌 가슴으로 느껴졌다. 보기만 해도 좋은 사람, 아무것도 하지 않아도 함께 있다는 것만으로도 그녀를 행복하게 하는 사람이란 걸.

강준과 만나기 시작하면서 처음에는 주말에만 데이트를 했다. 그러다가 매일 퇴근 시간에 강준이 그녀를 오피스텔에 데려다주기 시작했다. 그들만의 평일 데이트인 셈이었다. 주말에는 아침부터 밤까지 붙어 있으면서도 지루한 줄을 몰랐다. 쏜살같이 지나가는 시간이 아쉬울 정도로 함께 있는 것만으로도 좋았다.

생각에 잠겨 있던 세희는 다정한 강준의 목소리에 걸음을 더 빨리했다.

"세희 씨, 추워요. 빨리 타요."

"난 괜찮아요. 강준 씨, 추울 텐데 왜 밖에 나와서 기다려요? 앞으론 차에서 기다려요. 알았죠?"

그녀의 말에 빙그레 웃으며 운전석으로 걸어가는 강준을 보며 그녀도 보조석에 앉았다.

안전벨트를 매주려고 강준이 몸을 그녀에게로 숙였다. 살짝 몸을 뒤로 젖힌 세희는 그에게서 풍기는 은은한 향수에 순간 정신이 아득해졌다.

버버리 향수 특유의 은은함과 포근함에 강준의 체향이 섞여 있었다.

터치 포 맨.

이 향수는 신엽이 사용하는 거라 그녀도 어찌어찌해서 이름은 알고 있었다. 하지만 신엽과는 달리 같은 향수를 쓰는 강준이 가까이 다가오면 아찔해졌다. 세희는 티가 나지 않게 그의 체향을 깊숙하게 들이마셨다. 가슴속에 만족감이 차올랐다.

"세희 씨."

강준이 그녀 얼굴 바로 앞에서 이름을 불렀다.

그는 손가락으로 세희의 희고 부드러운 얼굴을 만졌다. 그의 손가락이 촉촉하고 붉은 그녀의 입술을 쓸었다. 다정하게 머리카락을 귀 뒤로 넘겨주면서 사르르 눈을 감고 있는 세희의 입술을 바라봤다. 입술을 살짝 벌린 세희의 달콤한 숨소리를 들으며 미소를 지었다.

강준이 손을 떼자 세희는 몽롱해진 눈을 떴다. 그의 작은 접촉이나 애무에도 그녀는 정신을 차리지 못했다. 그러면서도 둘은 선을 지켰다.

함께 드럼을 치던 날 이후, 강준의 스킨십은 베이비 키스를 넘지 않았다. 하지만 그의 눈에는 갈망이 가득했다. 그걸 참기 위해 스킨십을 자제한다는 걸 알기에 세희는 그를 도발하지 않았다. 결국 그들은 사귄지 두 달이 다 되어가지만 아직 제대로 키스도 하지 않은 상태였다.

강준은 운전에 집중하면서 타오르는 몸의 반응을 가라앉혔다. 시간이 갈수록 세희가 더 좋아졌다. 만나고 돌아서는 순간부터 다시 그녀가 그리워졌다. 어느새 그녀는 삶의 중심이 되어 있었다. 그래서 더 세희를 소중하게 대해주고 싶었다. 오피스텔 현관 앞까지 데려다준 강준이 아쉬운 얼굴로 말했다.

"세희 씨, 아마 이틀 동안은 못 만날 거예요. 내일은 일정이 바쁘고 모레는 지방에서 사촌 형의 결혼식이 있어요. 가족들이 다 함께 가는 거라 하룻밤 자고 올 것 같아요."

"네. 잘 다녀오세요."

세희의 간결한 대답에 강준의 눈에 서운함이 가득 담겼다.

"다른 말도 해줘야죠. 보고 싶어도 참고 있겠다, 뭐 그런 말이라도……."

"나중에 해줄게요."

강준은 양손으로 세희의 얼굴을 감싸며 말했다.

"야박한 윤세희."

오피스텔 안으로 들어온 세희는 저벅저벅 멀어져가는 강준의 구두 소리를 듣고서야 작은 소리로 중얼거렸다.

"강준 씨, 많이 보고 싶을 거예요."

그렇게 아쉬운 듯 한참 동안 현관문을 바라보고 있던 세희는 미연의 소리에 놀라 돌아섰다.

"세희야, 안 들어오고 뭐 해? 오늘도 강준 씨가 데려다준 거야?"

룸메이트인 미연이 호들갑스럽게 말했다. 강준과 몇 번 만난 적이 있어서 그런지 그녀의 반응은 더 심했다.

"그런 남자는 한 번에 확 끌어당겨야지. 다른 여자들이 눈독을 들이기 전에 마음이 완전히 네게 오게 해야 해."

세희는 코트를 벗어 드레스 룸에 걸면서 강준의 마음을 빨리 잡으라고 잔소리를 하는 미연에게 일부러 더 순진한 표정을 지었다.

"그런 걸 잘 할 줄 몰라. 해본 적이 있어야지. 나이만 먹었나 봐. 남자를 만난 적은 있지만 제대로 사귄 적이 없다는 건 너도 알잖아."

"설마, 키스는 해봤겠지?"

"키스? 누구랑?"

"아이고, 머리야. 설마 아직 키스도 안 했어? 요즘 같은 초스피드 시대에 지금까지 키스를 안 했다고?"

"했어. 했다니까……."

얼굴이 빨개진 세희를 쳐다보던 미연이 알겠다는 표정으로 한숨을 쉬었다.

"거짓말하면 네 얼굴이 빨개지는 것 다 알고 있어. 이리 나와봐. 내가 확실하게 코치해줄 테니까."

3년을 사귄 남자 친구와 다음 달로 결혼 날짜까지 잡은 미연은 함께 살면서 한 번도 남자 친구를 소개해준 적이 없는 세희에게 열띠게 남자의 마음을 사로잡는 비법을 전수해주었다. 연하의 멋진 남자를 사로잡은 그녀만의 밀고 당기는 비결이었다. 이미 세희도 간접 경험을 통해 알고 있는 내용이었다. 2살이나 어린 미연의 남자 친구가 한밤중에 결혼하자며 오피스텔 문을 두드렸던 때가 생각나 소리 없이 웃었다. 그래도 조언이 절실한 세희는 친구의 말에 귀를 기울이면서 연신 고개를 끄덕거렸다.

토요일 오후에 마트에서 장을 본 세희가 오피스텔로 돌아오고 있을 때, 휴대폰과 연결된 블루투스로 전화가 왔다.

-세희 씨, 어디에요?

"장 봐서 집에 가고 있어요. 오피스텔 근처예요."

-그럼 지하 주차장에서 만나요.

"올라왔어요? 오늘 못 본다면서요?"

-보고 싶어서 먼저 올라왔어요.

잠시 후, 차에서 내린 그녀 옆으로 강준이 다가왔다. 낑낑거리며 짐을 내리는 그녀에게서 짐을 받아들며 말했다.

"왜 전화 안 받았어요? 톡을 보내도 보지 않고요."

"전화했어요?"

휴대폰을 확인한 세희의 얼굴에 미안한 표정이 가득해졌다.

"오늘 오랜만에 미연이랑 오피스텔 대청소를 한다고 폰을 무음으로 해놨었거든요."

"연락이 안 돼서 걱정했어요. 무슨 일이 있는 건 아닌지, 그새 다른 데로 눈을 돌린 건 아닌지."

"네?"

세희의 커다란 눈이 더 커지자 강준의 눈가가 보기 좋게 휘어졌다.

"얘긴 나중에 하고 올라가요."

양손에 짐을 가득 든 강준을 따라 간 세희는 오피스텔의 비밀번호를 눌렀다. 잠깐 망설이던 그녀가 말했다.

"잠깐 들어올래요? 장 본 거 정리하고 같이 나가요. 미연이도 있어요."

그때, 세희를 따라 들어온 강준을 본 미연이 반갑게 맞았다.

"강준 씨, 우리 저녁으로 닭볶음탕을 해 먹기로 했는데 같이 먹을래요?"

세희가 미연의 팔을 살짝 끌어당기며 고개를 저었다. 그 모습을 슬쩍 본 강준이 재빠르게 대답했다.

"저야 좋죠. 두 미녀분이 해주는 밥을 먹을 수 있다면 영광으로 생각하겠습니다."

강준이 슈트 상의를 벗어 소파에 걸쳐놓고 자기 집처럼 편안하게 앉은 것을 본 세희는 그의 옷을 드레스 룸에 걸어놓고 와서 말했다.

"그럼 빨리 먹고 같이 나가요. 그런데 맛은 장담 못하니까 기대하지 마세요."

"세희 씨가 주는 거라면 무조건 맛있게 먹을게요."

강준은 앞에 선 세희의 손을 살짝 잡았다가 놓으면서 속삭였다.

"보고 싶었어요."

얼굴이 발그레해진 세희는 급히 탁자 아래서 잡지를 꺼내 그에게 건네주고는 점심 준비를 서둘렀다. 그 모습을 보며 주방에서 장 본 것을 정리하던 미연이 강준을 흘깃 쳐다보며 입 모양으로 말했다.

'세희야, 어젯밤에 내가 가르쳐준 거 기억나지? 오늘이 기회야. 적당할 때 빠져줄 테니까. 아자, 아자!'

미연의 장난에 얼굴이 더 붉어진 세희는 볶음용으로 잘라진 닭을 깨끗이 씻어서 냄비에 넣고 물을 부었다. 요리를 하면서도 그녀의 마음은 높은 파도 위에 있는 것처럼 널뛰고 있었다. 그녀에게와 닿는 강준의 시선이 온몸으로 느껴졌다. 달달한 데이트를 하면서도 아직 키스조차 제대로 하지 못한 연인 사이에서 느껴지는 긴장감과 설렘, 그리고 갈망이 담긴 그의 시선에 두근거리는 제 심장소리가 귀에 들릴 정도로 거세졌다. 결국 그녀는 몇 번이나 냉수를 마시고 나서야 요리에 집중할 수 있었다.

한편, 잡지를 펼쳐 든 강준의 시선은 분주하게 움직이는 세희에게 고정돼 있었다. 그의 눈길이 하나씩 음식을 만들어내는 세희의 모습을 따라다녔다. 약간 상기된 뺨, 요리하면서도 그에게로 향하는 눈길, 긴장이 되는지 몇 번이나 냉수를 마시는 모습까지. 그런 세희를 보는 그의 입가가 한없이 올라갔다. 여태까지 여자에게 이렇게까지 빠진 적은 없었다.

사실, 그 눈 내리는 밤에 만났을 때부터 그는 속절없이 그녀에게 빠져들고 있었다. 하지만 기다렸다. 그녀가 더 가까이 다가오기를. 몇 번이나 곰곰이 생각해본 적이 있었다. 다른 여자들에게 반응하지 않던 심장이 왜 세희를 보기만 하면 벌렁대는지, 또 그녀에게서 눈길을 뗄 수 없는지. 그럴 때마다 눈 속에서 차창을 열고 그를 올려다보던 세희의 얼굴과 그가 스노우 체인을 가는 동안 우산을 받쳐주고 있던 모습이 영화의 한 장면처럼 함께 떠올랐다.

그녀와 함께 있는 그 순간이 너무나 당연하게 느껴졌었다. 원래 그곳에서 만나기로 되어 있었던 것처럼, 세희가 아닌 다른 여자가 그 자리에 있는 건 상상조차 하기 싫었다. 그런 세희가 이젠 그에게 성큼 다가와 있다는 것을 느낄 수 있었다. 그녀의 숨소리에서, 눈길에서 그를 향한 마음이 드러나 보였다.

'하아.'

강준은 결혼식에 참석하고 친척들과 함께 시간을 보내면서 안절부절못했던 제 모습이 떠오르자 속으로 한숨을 삼켰다. 아침에 지방으로 내려가면서부터 세희에게 연락을 했지만 답이 없자 이상하게 그때부터 몹시 불안해지기 시작했었다. 같은 서울에 있을 때는 몰랐던 허전함이 세희와 거리가 멀어질수록 커져갔다. 그래서 목소리라도 들으려고 몇 번이나 전화를 했었던 것이다.

'윤세희.'

강준은 부지런히 움직이고 있는 세희를 바라보면서 자신은 그녀의 곁을 떠날 수 없음을 예감했다.

어느덧 세희의 손끝에서 만들어지는 맛있는 음식 냄새가 솔솔 소파까지 풍겨왔다. 셋은 먹음직스럽게 차려진 식탁에 앉았다. 세희가 덜어준 닭볶음을 강준은 연신 맛있다고 말하며, 행복한 표정으로 먹었다.

자신이 차린 밥을 복스럽게 먹는 강준을 보는 세희의 눈에도 기쁨이 가득했다. 눈이 마주친 둘은 살며시 웃었다. 두 사람의 분위기를 보면서 열심히 밥을 먹던 미연이 설거지하려고 일어나는 세희를 밀어냈다.

"설거지는 내가 할 테니까 넌 강준 씨에게 칫솔 하나 찾아줘."

강준과 세희가 양치를 하고 나오자, 미연은 휴대폰을 들여다보며 미안한 표정을 지었다.

"강준 씨, 어쩌죠? 같이 차라도 한잔하고 싶었는데 남자 친구가 밑에서 기다린다고 빨리 나오라고 해서요. 세희야, 나 먼저 나가야겠어. 차는 네가 타줘라."

미연이 서둘러 나가버리자 갑자기 둘만 남게 된 세희는 당황했다. 미연이 나가면서 속삭인 소리에 더 정신이 없는 세희였다.

'내가 해준 말 기억하지? 일단 키스라도 해서 네 남자라고 도장을 찍어야 다른 여자들이 넘보지 않지.'

세희는 미연이 끝내지 못한 설거지를 마저 하려고 싱크대로 갔다. 셔츠 소매를 걷은 강준이 옆으로 왔다.

"헹구는 건 내가 할게요."

둘은 말없이 그저 조용히 설거지를 했다. 세희는 좁은 주방 탓에 그녀에게 몸을 딱 붙인 채로 서 있는 강준 때문에 손에서 몇 번이나 그릇을 놓쳤다. 쿵쾅거리는 심장 소리가 점점 커졌다. 배 속에서 시작된 알 수 없는 뜨거움이 훅훅 치고 올라왔다. 긴장한 손끝과 발끝도 떨렸다. 간신히 행주까지 짜서 걸어 놓은 세희가 강준을 올려다봤다.

"무, 무슨 차로 마실 거예요. 유자차 줄까요?"

"마시고 싶어요……?"

강준이 뜨거운 손으로 세희의 뺨을 만지면서 물었다. 세희의 속눈썹이 바르르 떨렸다.

"세희 씨."

중저음의 매력적이던 그의 목소리가 평소와 달라졌다. 갈라지는 목소리로 세희를 부르며 어깨를 잡았다.

긴장으로 눈앞이 깜깜해진 세희는 급히 한 걸음 물러나면서 간신히 말했다.

"……유자차로 타줄게요."

강준이 소파로 가서 앉는 소리가 그녀의 귀에 너무나 선명하게 들렸다. 등 뒤가 따가웠다. 뜨거운 강준의 시선이 그녀에게 달라붙어 있다는 것이 느껴졌다. 세희는 스멀거리며 온몸에 퍼지는 야릇한 감각에 몸을 떨었다.

'윤세희, 떨지 마. 나이가 있잖아. 자연스럽게 행동해.'

세희는 주문을 외우듯이 '떨지 마'를 몇 번이나 속으로 중얼거리며 유자차를 타서 소파로 갔다. 분명히 두 달 동안 함께 보낸 시간이 많았다. 밥을 먹고 영화를 보고 거리를 걷기도 했다. 함께 있는 것만으로도 시간이 무정하리만치 빠르게 흘렀다. 퇴근 시간에도 차 안에 둘이 있었다. 하지만 지금 이 느낌은 그때와는 사뭇 달랐다.

미연이 있었을 때와는 다른 긴장된 공기가 터질 듯이 팽창된 느낌이었다. 긴장으로 인해 목 안이 따끔거릴 정도로 건조해지고 숨소리마저 거칠어진 느낌이었다.

세희는 뜨거운 유자차를 후후 불어서 한 모금 마셨다. 뜨거운 유자차가 졸아들고 있는 배 속으로 들어가자 조금 나아진 것 같았다. 그녀에게서 눈을 떼지 않은 채로 강준도 몇 모금을 말없이 마셨다.

잠시 후, 찻잔을 내려놓은 강준이 세희의 찻잔도 탁자에 내려놓고 그녀의 허리를 확 끌어당겼다.

"아, 강준 씨."

"세희 씨, 나 보고 싶지 않았어요?"

"어, 겨우 어제 하루 못 봤는데요."

"하아, 역시 세희 씨는 내게 야박해. 난 어제 하루가 한 달 같았는데, 세희 씨는 잘 지냈다는 거죠? 내가 없어도?"

"그게 아니라……."

"그게 아니라 뭐요? 나 상처 받았어요."

얼른 상처 받은 불쌍한 표정을 지은 강준이 고개를 숙이고는 그를 올려다보고 있는 세희의 아름다운 얼굴 곳곳에 입술을 댔다. 그녀의 얼굴에 닿은 입술이 뜨거웠다.

세희는 자신도 모르게 강준의 허리를 감싸 안나가 드레스 셔츠 속의 그의 몸에서 나온 열기가 고스란히 전해지자, 슬그머니 팔을 풀었다. 이마에 와 닿았던 그의 입술이 점점 아래로 내려왔다. 몸을 뒤로 젖힌 세희는 다시 그의 목덜미를 껴안으며 뜨거운 숨을 내쉬었다. 뜨거워진 입김 사이로 간신히 말을 뱉어냈다.

"나도 보고 싶었어요. 강준 씨가 많이 보고……. 하아."

세희의 고백은 강준의 입 안으로 삼켜졌다. 강준이 살짝 벌어진 그녀의 입술을 열고 들어왔다. 다정하면서도 갈급함이 담긴 키스였다. 그녀의 달콤한 혀를 차지한 그는 욕심껏 맛을 봤다. 달달한 유자차의 향이 느껴졌다. 반응하면서 얽히는 세희의 혀를 탐욕스럽게 빨아 당겼다. 숨을 들이쉬려고 잠시 떨어졌다가 둘의 혀가 더 강하게 얽혔다. 점점 격렬해지는 강준의 키스에 혼미해진 채로 신음하며 반응하던 세희는 기대오는 그의 몸무게에 눌려 뒤로 넘어지듯이 그대로 소파 위로 쓰러졌다. 그녀의 위로 입술을 떼지 않은 강준의 몸이 겹쳐졌다. 흥분에 떨며 급하게 오르내리던 가슴이 그의 탄탄한 가슴에 눌렸다. 강준이 뜨거운 숨결로 그녀의 이름을 불렀다.

"세희, 세희야."

강준의 뜨거운 숨이 얼굴 위로 쏟아졌다. 그의 입술이 그녀의 뺨을 쓸고 귓불을 빨아 당겼다.

"아아."

세희의 신음 소리에 그는 희고 아름다운 목덜미를 입술과 혀로 쓸었다. 맞닿아 있는 터질 듯이 커진 그의 분신이 그녀의 은밀한 곳을 압박했다. 세희는 불같이 뜨거워진 강준의 몸을 끌어안았다.

"강준 씨."

둘의 입술이 급하게 다시 겹쳐졌다. 욕망에 불타는 뜨거운 혀가 거칠어진 숨소리와 함께 넘나들었다. 강준은 몸을 약간 들어 바지 속에 들어간 세희의 셔츠를 밀어 올렸다. 그가 다급한 손길로 셔츠의 단추를 하나씩 풀기 시작했다.

겹쳐진 입술 사이로 빠져 나오는 신음 소리가 점점 커졌다. 떨면서 단추를 풀던 그의 손이 갑자기 멈췄다.

"하아. 하아."

강준은 세희 위에 그대로 무너져 목덜미에 얼굴을 묻고 거친 숨을 몰아쉬었다.

그의 입에서 참기 힘든 욕망을 억누르는 목소리가 쥐어짜듯이 흘러나왔다.

"세희야."

강준은 세희의 얼굴을 양손으로 감쌌다. 자신이 반말을 하고 있다는 것도 깨닫지 못하고 있었다.

"세희야, 널 너무 원해. 하지만 이렇게 널 안으면 안 되는 거야. 평생 우리에게 소중한 첫 기억으로 남을 텐데……. 우리 조금만 더 참자."

흥분으로 달아오른 세희는 급하게 숨을 내쉬며 고개를 끄덕이며 떨어지려는 강준을 살며시 끌어당겼다. 둘은 불타오르는 몸의 열기를 누르며 끌어안은 채로 한참을 그대로 있었다.

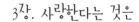

3장. 사랑한다는 것은

2주 후, 그의 방에서 슈트를 벗고 편안해 보이는 셔츠와 슬랙스로 갈아입은 강준은 거울속의 제 얼굴을 들여다봤다. 저절로 웃음이 나왔다. 요즘 들어 그 어느 때보다도 얼굴에 빛이 나는 듯했다. 며칠 전에 세희의 오피스텔에서 키스를 나눈 이후로 계속 이런 상태였다.

강준은 노래를 흥얼거리며 다시 머리 정리를 하고 향수를 살짝 뿌렸다. 세희가 좋아하는 향이었다. 그가 가까이 갈 때마다 긴장한 세희가 슬그머니 그의 체향을 들이마시고 있다는 것을 알고 있었다.

황홀한 듯이 살짝 벌어지는 세희의 입술이 떠올랐다.

"하아."

그는 길게 한숨을 내쉬었다. 그를 미치게 하는 세희의 입술, 말랑말랑하고 촉촉한 입술의 촉감이 그를 괴롭혔다. 소중하게 대해주고 싶은 사람이었다. 그를 향해 뻗어오는 그녀의 마음을 소중하게 받아들이고 그런 자신의 마음도 보여주고 싶었다.

오피스텔에서 세희를 안을 뻔했던 사건 이후로 강준은 가능한 둘만 있지 않으려고 했다. 하지만 그 후로도 둘은 꾸준히 데이트를 했다. 다른 연인들처럼 밥을 먹고, 영화를 보고, 드라이브를 했다. 카페에서 시간이 가는 줄을 모르고 얘기를 나누고, 헤어지고 싶지 않아서 오피스텔 주위를 내내 돌기도 했다. 그 사소해 보이는 모든 것들이 세희와 있을 때는 특별한 추억으로서 그에게 다가왔다. 학원이 끝나는 시간에 맞춰 세희를 오피스텔에 태워다주는 시간이 그렇게 달콤할 수가 없었다.

"신기해. 정말 신기해."

똑같은 세상인데도 불구하고 모든 것이 달랐다. 숨 쉬는 공기마저도 향긋했다. 아무래도 자신은 세희에게 빠져도 단단히 빠진 것 같았다. 강준은 휘파람을 불면서 시계를 차고 재킷을 입었다. 다시 거울을 들여다보던 그는 사촌 결혼식에서 웨딩드레스를 입은 신부를 본 순간 무심코 세희가 떠올랐던 게 생각났다. 새하얀 웨딩드레스를 입은 세희가.

거실에서 차를 마시고 있던 박 사장과 영란이 휘파람을 불며 2층에서 내려오는 강준을 눈여겨봤다. 한 달 전에 강준에게 사귀는 사람이 있다는 얘기를 듣고 부부가 얼마나 좋아했는지 모른다. 얼굴에 웃음이 가득한 영란이 강준을 불렀다.

"아들, 이리 와서 앉아봐."

싱글거리며 앉는 강준에게 영란이 물었다.

"차 한잔 마실래?"

"아니요, 바로 나가봐야 할 것 같아요."

"흐음, 어떤 아가씨야? 궁금해 죽겠네. 빨리 데려와라."

"사진 보여드릴까요?"

"사진 말고 실물이 보고 싶은 거지. 둘이 데이트만 하지 말고 한번 집으로 데려와."

"네, 어머니. 조만간 데려올게요."

"강준아, 진짜 며느릿감을 데려온다는 말이지?"

"네."

그의 대답에 입이 함지박만 하게 벌어진 박 사장에게 강준이 고개를 끄덕이고 서둘러 나갔다.

학원을 마치고 나오던 세희의 눈길이 기다리고 있을 강준을 찾아 헤맸다. 멀리서 강준이 차에 비스듬히 기대어 있는 게 보였다. 그를 본 세희의 얼굴이 환해졌다. 함께 나오던 정란이 세희의 어깨를 툭 쳤다.

"윤 선생님, 뭐 주말에 좋은 일 있어요? 아까부터 계속 웃는 얼굴이던데요."

"네? 아, 주말이 좋죠. 푹 쉴 수 있잖아요. 뒹굴뒹굴할 수도 있고요."

"그건 그렇죠. 그럼 다음 주에 봐요."

"네, 김 선생님도 즐거운 주말 보내요."

세희는 강준이 있는 곳으로 급하게 걸어갔다. 그날 이후, 두 사람의 관계는 더 친밀해지고 가까워졌다. 세희는 그녀를 향해 걸어오는 강준의 모습에 괜시리 얼굴이 뜨거워지는 것을 느꼈다. 긴 기럭지에 풍기는 남성미가 걸음에서도 느껴지는 것 같았다.

가까이 다가온 강준이 그녀의 가방을 어깨에 메고 손을 잡았다.

"가자."

강준은 세희를 보자마자 사랑한다, 보고 싶어 죽는 줄 알았다는 말이 나오려는 것을 꾹 삼키고 그녀를 차에 태웠다.

둘은 바로 갔다. 진토닉을 마시는 강준을 바라보던 세희가 자기 앞에 놓인 칼루아 밀크를 한 모금 마셨다. 강준이 그런 그녀를 내려다보면서 물었다.

"어때? 마실 만해?"

"술이 아닌 것 같아요. 커피와 우유맛이 나요."

"도수가 약해서 마셔도 괜찮을 거야."

세희는 강준의 목소리에 귀를 기울였다. 오피스텔에서 키스를 나누고부터 그는 자연스럽게 반말을 했다. 이상하게 그게 싫지가 않았다. 오히려 자신을 그만큼 친밀하게 여기는 것 같아, 한층 더 가까워진 느낌이었다.

강준은 매끄러운 세희의 뺨을 만졌다. 그를 올려다보고 있는 세희의 얼굴을 보면서 진토닉을 마저 마신 강준이 웨이터를 불렀다.

"한 잔 더요."

가슴속이 뜨거워졌다. 웨이터가 건네준 진토닉을 마시면서 숨을 돌렸다. 이미 그에게 빠져 있는 듯 따뜻한 세희의 눈빛을 들여다봤다. 강준의 입에서 부드러운 목소리가 흘러나왔다.

"오늘 학원은 어땠어? 고등학생들이 말을 안 듣지? 특히 남학생들은 다루기 힘들 텐데."

"같은 사무실의 선생님이 이런 말을 했어요. 매일 도를 닦으면서 산다고요. 절에 들어갈 필요 없이 자연히 마음 다스리기 수행이 된대요."

"그만큼 힘들다는 거지. 많이 힘들겠다."

칵테일을 조금씩 마시던 세희가 고개를 흔들었다.

"난 재밌어요. 애들이 로봇처럼 규격이 맞춰지고 똑같다면 오히려 이상할 것 같아요. 가끔 말썽을 부리고 튀는 행동도 하는데 그래서 더 정이 가요. 나도 고등학생 시절을 겪었잖아요. 그때는 뭐든지 확 바꿔버리고, 뒤집어버리고 싶은 시기이기도 하죠. 힘든 과정을 거치고 있으니까, 뭐 그러려니 해요. 그래도 다행인지 내 강의를 듣는 애들 중에는 큰 문제를 일으키는 애들은 없어요."

"다행이네. 그런데 말이야."

강준이 세희의 귓불을 만지며 말했다.

"네가 너무 예뻐서 그 남자애들이 신경 쓰여. 나이가 있는 수험생들도 있지?"

"있긴 있죠."

"혹시 연하남에게 끌리는 거는 아니…… 지?"

강준의 심각한 표정에 세희는 터져 나오려는 웃음을 손으로 막고, 쿡쿡대며 소리 죽여 웃다가 그의 손을 잡았다.

"강준 씨, 질투하는 거예요? 자신 없어요? 날 사로잡을 자신요."

"이미 사로잡은 걸. 이 눈을 좀 봐. 나만 보잖아. 그렇지?"

고개를 끄덕인 세희가 재빠르게 그의 입술에 입을 맞추고 떨어졌다. 예상치 못했던 그녀의 애정 표시에 강준의 얼굴에 싱그러운 웃음이 번져 나갔다. 둘은 서로의 얘기에 귀를 기울이며 연신 싱글거렸다. 한참 얘기를 나누다가 강준은 시계를 들여다봤다. 벌써 열두 시가 넘어가고 있었다. 다른 칵테일을 무심코 여러 잔을 마신 세희가 일어서다가 휘청거렸다. 재빠르게 세희의 허리를 안은 강준은 대리 기사를 불러 오피스텔로 향했다. 그는 눈이 가물거리는 세희를 다정하게 가슴에 안았다. 세희의 허리를 안은 채로 오피스텔 문까지 갔다.

"들어가. 푹 자고 내일 보자."

"강준 씨."

돌아서는 강준의 팔을 세희가 잡았다.

"차 마시고 가요. 네?"

망설이던 강준은 세희를 따라 오피스텔에 들어갔다. 취한 그녀를 소파에 앉히고 정수기에서 물을 받아왔다.

"마셔."

물을 꿀꺽꿀꺽 마신 세희가 휘청거리며 일어섰다.

"어떤 차를 마실래요? 여러 종류가 있어요."

"그냥 앉아 있어. 물 마실게."

강준은 물을 한 잔 더 따라와 천천히 마셨다. 술 때문인지 함께 있다는 것 때문인지, 속에서부터 불길이 이는 것처럼 몸이 뜨거워지고 있었다. 말없이 그를 쳐다보는 세희의 손을 잡았다. 손가락 하나하나에 입을 맞췄다. 세희의 눈가에 이슬이 맺혔다. 또르르 떨어지는 눈물을 입술로 훔쳐낸 강준이 물었다.

"왜?"

"너무 행복해서요. 강준 씨와 이렇게 있는 게……. 모르겠어요. 괜히 눈물이 나네요."

강준은 세희를 말없이 바라봤다. 미칠 듯이 빠르게 뛰던 심장이 욱신거리며 죄어왔다.

눈물을 흘리는 세희를 바라보는 강준의 눈시울도 덩달아 붉어졌다. 그의 시선이 손 안에 잡혀 있는 세희의 손에 머물렀다. 평생 이 손을 놓고 싶지 않았다. 이렇게 서로를 원하는 눈으로 바라보고 가슴을 뛰게 하는 사람과 살고 싶다는 생각이 속에서 거세게 올라왔다.

강준의 시선이 천천히 세희의 얼굴로 향했다.

"윤세희."

갈비뼈가 시큰해졌다. 묵직하고 매력적인 목소리로 다시 그녀를 불렀다.

"사랑해."

세희는 그에게 잡혀 있던 손을 급히 빼서 얼굴을 가렸다. 웃음과 눈물이 동시에 터졌다. 너무 행복했다. 다정하게 안아주는 강준의 넓은 가슴에 얼굴을 묻었다.

쿵쿵.

빠르게 뛰는 그의 심장 소리가 들렸다. 그녀의 심장도 그에 못지않게 빠르게 뛰고 있었다. 그의 허리를 껴안았다. 편안했다. 원래 있어야 할 자리를 찾은 느낌이었다. 강준의 은은한 체향이 콧속으로 들어왔다.

'아, 좋다.'

머리를 쓸어내려주던 강준의 손이 그녀의 얼굴을 감쌌다.

"세희야, ……할 말 없어?"

"대답해야 해요?"

"듣고 싶어."

세희는 강준의 목덜미에 입술을 댔다. 은은한 향이 묻어 있는 그의 귓불을 입술로 살짝 빨았다. 그러고는 움찔거리며 떠는 강준의 귓속에 감미롭게 속삭였다.

"강준 씨, 사랑해요."

"하아."

그녀는 다가오는 강준에게 입술을 열었다. 부드럽고 달콤한 키스가 느릿느릿하게 이어졌다. 서로의 마음을 확인한 기쁨이 얽힌 혀가 뜨거운 숨을 타고 전신으로 흘러갔다. 강준의 목덜미를 껴안은 세희가 그에게 체중을 실었다. 강준은 묵직하게 누르는 가슴의 촉감에 어쩔 수 없이 떨어졌다. 거칠어진 숨소리를 삭이며 뜨거운 세희의 뺨을 쓸었다.

"……더 있으면 안 되겠어. 내일 보자."

"가지 마…… 요."

세희가 고개를 숙이며 작은 소리로 말했다. 강준은 세희의 얼굴을 감싸고 이마와 입술에 입을 맞췄다.

"우리 취했어. 나중에 같이 있자."

아쉬운 얼굴로 몇 번이나 세희의 입술에 키스를 한 강준이 한숨을 푹 쉬었다.

"나도 함께 있고 싶어. 하지만 우리 조금만 참자."

강준은 세희를 가슴에 꽉 끌어안았다. 마치 두 심장이 하나가 된 것처럼 빠르게 뛰고 있었다. 세희의 등을 다정하게 쓸어내리던 그는 미처 말하지 못했던 속마음을 털어놨다.

"세희야, 난 이미 네게 완전히 빠져 있어. 나한텐 너만 보여. 언제부터였을까 생각해봤어. 생각할 것도 없이 알 수 있었어. 바로 그날, 너와 눈 속에서 처음 만났던 그날에 네가 차창을 열고 날 올려다본 그 순간에 난 이미 네가 아니면 안 된다는 걸 직감했던 거야."

"강준 씨."

강준은 눈물이 그렁그렁한 세희의 얼굴을 부드럽게 하나하나 입술로 쓸었다. 쌍꺼풀이 없어도 크고 아름다운 세희의 눈, 쭉 뻗은 콧대, 그를 미치게 하는 말랑말랑한 입술을 오롯이 느꼈다.

"좋다, 세희야, 네가 너무 좋아서 가끔은 가슴이 시릴 만큼 아파. 네 숨소리도, 심장소리도 모든 게 너무 좋다."

세희는 강준의 가슴에 얼굴을 묻고 행복한 눈물을 흘렸다. 이런 감정이 둘 사이에 흐른다는 것이 얼마나 커다란 축복인지 알 수 있었다. 그녀도 강준의 목덜미에 입술을 대고 고백하듯이 말했다.

"강준 씨, 나도 강준 씨만 보여요. 내 감정을 억누르기가 힘들 만큼 강준 씨를 좋아해요. 강준 씨의 목소리, 체취, 뭐 하나 안 좋은 게 없어요. 그래서 가끔 무서워져요. 어느 순간에 강준 씨가 내게서 멀어질까 봐, 사라질까 봐 두려워져요."

"절대 사라지지 않아. 평생 네 옆에서 너만의 남자로 살아갈 거야."

둘은 한참 동안 달콤한 키스를 나눴다.

잠시 후, 강준은 씻고 나온 세희를 안아서 침대에 눕혀주고 잠들 때까지 얼굴을 쓰다듬어주었다. 술에 취한 세희는 금세 잠이 들었다.

강준은 떨어지지 않는 발걸음을 힘들게 옮겨 오피스텔을 나왔다. 세희가 아니라면 이렇게 나오지 않았을 거란 걸 알고 있었다. 세희는 평생을 함께할 그의 여자였다. 그는 대리 기사를 기다리면서 휴대폰으로 커플링의 디자인을 검색하기 시작했다.

'빨리 데려와야겠어. 세희 어머니부터 찾아뵙고 허락을 받아야지. 어머니가 놀라시려나.'

생각만으로도 실실 웃음이 나왔다. 흠흠 거리며 웃음을 삭인 강준은 다가오는 대리기사에게 차 키를 넘겨주고 시트에 등을 기댔다. 바로 그때 휴대폰이 요란하게 울렸다. 통화 버튼을 누르자마자 경호의 불만 어린 목소리가 튀어나왔다.

-박강준, 너 요즘 너무 하는 거 아냐? 모임에도 안 나오고 아예 얼굴도 안 보여주는구나.

"요즘 바빴어."

-당장 나와라. 오랜만에 얼굴 좀 보자.

"알았어. 바로 간다."

강준은 대리 기사에게 차를 돌리게 했다. 그동안 세희와 데이트를 하느라 경호와 만날 시간적인 여유가 없었다. 그러니 적어도 한 달에 몇 번은 만나고 지내던 친구의 입에서 불평이 터져 나오는 것은 당연했다.

그가 술집의 룸에 들어서자, 이미 술을 마시고 있던 경호가 그를 반기며 말했다.

"도대체 요즘 뭐가 그리 바쁜데 얼굴 볼 시간도 없냐?"

"그럴 일이 있었어."

오랜만에 만난 둘은 느긋하게 얘기를 나누며 술을 마셨다. 조금

취기가 오른 경호의 표정이 심각해졌다.

"……손재경 말이야."

"손재경?"

"그래, 태진그룹 외동딸 손재경. 내가 아무리 눈치가 없다고 해도 이런 걸 못 알아차릴 정도는 아니지."

"그 여자가 왜?"

"널 만나려고 몇 번이나 파티를 연 걸 몰라서 묻는 거야? 손재경이 너한테 관심 있는 거 정말 몰랐어?"

경호의 말에 강준의 표정이 굳어졌다. 알고 있었다. 어떻게 모를 수가 있겠는가. 파티에서 처음 만났을 때부터 그에게서 눈을 떼지 않던 여자였다. 그녀가 초대한 파티에 마지못해 나갔을 때 적극적으로 다가오던 모습이 기억났다. 적당히 핑계를 대면서 거절한 의미를 모르지 않았을 텐데, 그 후로도 몇 번이나 비서진을 통해 공식적인 파티 초대장이 왔다. 바쁘다는 이유로 가지 않자 전화를 하더니, 어느 날은 회사로 찾아오기까지 했었다. 비집고 들어올 틈을 주지 않았는데도 이런저런 이유를 들어가며 그에게 연락을 했다. 재경에 대한 생각으로 눈살을 찌푸리던 강준이 의아한 얼굴로 경호에게 물었다.

"그런데 넌 그걸 어떻게 알았어?"

"어떻게 알긴, 손재경이 파티에서 날 보면 네 얘기만 하더라. 네 얘기할 때 그 여자의 얼굴을 너도 봤어야 해. 많이 좋아하는 것 같아 보이던데…… 넌 아닌 거야?"

"전혀. 관심 없어."

"네게 연락했지?"

"응, 회사로도 몇 번 찾아왔어."

"그럼 진짜로 널 좋아하는 거네. 그런데 왜 넌 관심 없는 거야. 그런 미모에, 집안에, 뭐가 부족해서?"

경호의 말에 강준은 비어 있는 술잔을 가득 채우며 말했다.

"사랑하는 여자가 있어."

"뭐? 여자? 여자가 있다고?"

"그래, 평생을 같이 살고 싶은 사람."

"이게 무슨 소리야? 몇 달 사이에 여자가 생겼단 말이지. 이런, 하필 이런 때 말이야……."

"하필 이런 때라니?"

"그 여자가 혹시 손재경보다 나은 집안 딸이야?"

"아니, 평범한 집안 딸이야."

강준의 대답에 한숨을 내쉰 경호는 양주를 스트레이트로 몇 잔을 들이켰다. 평범한 집안 딸과 재벌가의 딸이라니. 만약 그라면 어땠을까. 아마도 손재경 같은 여자가 그에게 매달린다면 주저하지 않았을 것이다. 하지만 오랫동안 알아온 강준의 성격이라면 제 여자라고 부르는 사람을 결코 포기하지 않을 것이다. 경호는 지끈거리는 머리를 손으로 감쌌다.

"왜 네가 울상이야?"

강준의 평화로운 목소리에 확 짜증이 올라온 경호가 소리를 높였다.

"만약 자기가 다른 여자, 그것도 평범한 여자에게 밀린 걸 손재경이 알면 그 성격에 가만있겠어? 큰일이네. 아무리 손 회장과 다르다고는 해도 그 아버지의 그 딸일 텐데. 만약 분풀이로 성환식품을……."

경호는 생각만으로도 두렵다는 듯이 몸을 떨었다. 태진그룹에 찍혀서 소리 소문 없이 사라지거나 인수 합병된 중소기업들이 어디 한둘인가. 걱정이 가득한 그의 눈을 보며 강준이 말했다.

"네가 무슨 걱정하는지 알아. 하지만 난 물러설 생각 없어. 집안이 평범한 거지, 세희가 평범한 건 아니야. 내겐 이 세상을 다 준다고 해도 바꿀 수 없는 사람이야."

"세희?"

"윤세희, 해처럼 빛나는 사람이야."

"너 단단히 빠졌구나. 그러면 방법은 한 가지겠다. 손재경을 살살 달래서 널 포기하게 하는 거."

"틈 하나 내보이지 않았는데도 그 여자가 못 알아들었다면 만나서 얘기할 수밖에."

"자존심 상하지 않게 잘해야 할 거야. 너와 성환식품까지 타깃이 되지 않도록 말이야. 아마 지금까지 그 여자를 거절한 남자는 없었을 걸? 그러니까 자존심이 하늘을 찌르고 있겠지. 뭐, 그럴 만하기도 하지만."

경호는 굽히지 않는 강준의 성격을 알기에 말을 하면서도 속으로 연달아 한숨을 내쉬었다. 둘은 자정이 넘어서야 술집을 나왔다.

며칠 후, 강준은 한적한 곳에 자리한 카페에 차를 댔다. 손님들이 여럿 있는 1층을 지나 룸으로 되어 있는 2층으로 올라갔다. 종업원의 안내를 받아 창밖의 아름다운 풍경이 한눈에 들어오는 룸으로 들어가자, 먼저 와 있던 재경이 환하게 웃으면서 일어났다.

"강준 씨."

말없이 살짝 목례를 한 강준이 그녀의 맞은편에 앉았다. 주문한 커피가 나올 때까지 둘 사이에는 의례적인 인사말만 오갔다. 뜨거운 커피를 마시면서 강준은 어색한 이 자리를 빨리 뜨고 싶은 생각밖에 없었다. 그렇지 않아도 재경을 만나려고 하던 차에 그쪽에서 먼저 만나고 싶다는 연락이 와서 나온 자리였다. 일단 애기할 기회를 주고 확실한 태도를 보여줄 생각이었다.

　커피잔을 만지작거리던 재경이 먼저 애기를 꺼냈다.

　"강준 씨, 요즘도 많이 바쁘신가 봐요. 이번에 초대한 파티에서도 못 봤어요."

　"사실 파티에 관심이 없습니다. 앞으로도 나가고 싶은 마음이 없고요."

　딱 부러지는 그의 대답에 재경의 눈에 서운한 표정이 스쳐갔다. 마치 그녀에게 관심이 없다는 말로 들렸다. 늘 관심을 받으며 살아온 그녀에게는 익숙하지 않은 말이었다.

　재경은 강준의 무심한 눈빛을 바라보며 심호흡을 했다. 제 남자로 만들 자신이 있었다. 목소리를 가다듬고 입을 열었다.

　"강준 씨, 할 애기가 있어요."

　"애기하십시오."

　"빙빙 돌리지 않고 그냥 애기할게요. 사실, 강준 씨를 처음 봤을 때부터 좋아했어요. 정식으로 만나고 싶어요."

　"손 이사님, 마음을 받아들이지 못해 미안합니다. 전 이미 사랑하는 사람이 있습니다."

　"네? 사…… 랑하는 사람이요?"

　"네."

"언, 언제부터 사귀었는데요?"

"두 달 넘었습니다."

그의 대답에 창백해진 재경의 얼굴에 다시 혈색이 돌아왔다. 두 달이라, 그렇다면 그녀보다 더 늦게 만난 여자라는 얘기였다. 목소리에도 자신감이 돌아왔다.

"당연히 누구를 사귈 수야 있죠. 하지만 그 인연이 끝까지 가리란 보장은 없잖아요? 잘 생각해보세요."

"이미 생각이 정리되어 있어서 고민할 필요도 없습니다. 내 여자를 찾았으니까요. 어쨌든 저에 대한 오해가 있었다면 미안합니다. 진작 손 이사님의 마음을 확실하게 알았다면 더 빨리 얘기했을 텐데요. 그럼 전 이만 먼저 가보겠습니다."

"강준 씨, 잠깐만요."

재경이 일어서는 강준의 팔을 잡으며 말했다.

"강준 씨, 남자에게 이런 고백하는 거 처음이에요. 그만큼 강준 씨가 좋아요. 그러니 다시 생각해보세요. 과거 없는 여자, 남자가 어디 있겠어요?"

그녀의 말뜻을 알아들은 강준의 표정이 더욱 단호해졌다.

"제 대답은 변하지 않습니다."

그의 팔을 더 세게 붙잡은 재경은 그가 돌아설 조건을 내걸었다.

"나는 성환식품을 키워줄 수 있어요. 태진그룹과 사돈 관계가 되면 얼마든지 지원 받을 수 있어요. 강준 씨, 다시 천천히 생각해 봐요."

강준은 망설임 없이 등을 돌리고 나가버렸다.

그가 나가는 모습을 멍하니 보고 있던 재경은 한참 만에 정신을 차렸다. 그러고는 강준이 자존심 때문에 당장 대답을 하지 못한 거라고 애써 합리화했다. 그녀의 조건에 혹하는 모습을 보이고 싶어 하지 않을지도 모른다고 생각하자, 마음이 편해졌다. 시간을 주면 그 여자를 정리하고 그녀와 태진그룹의 조건 속으로 들어오게 될 것이다.

또각또각 하이힐 소리를 내며 카페를 걸어 나온 재경은 쏟아지는 남자들의 시선을 받으며 차에 올랐다.

며칠 후, 강준은 세희를 백화점에 데리고 갔다.

"강준 씨, 안 사줘도 된다니까요."

백화점으로 들어서던 세희는 강준의 손에서 깍지를 빼려고 애를 썼다. 강준이 그런 그녀의 허리를 끌어당겨 안으며 속삭였다.

"자꾸 이러면 여기서 키스한다."

"정말, 강준 씨 변한 거 알아요?"

"네게 뭐든 사주고 싶어. 전에 내게 니트를 사줬잖아. 이번엔 내가 선물로 사줄게."

"전에 사줬잖아요. 뭘 또 사주려고요?"

녹을 듯한 눈으로 쳐다보는 강준의 눈빛에 세희는 두 손을 들고 말았다.

"알았어요. 사줘요."

"그래, 가자."

세희는 명품 가방 매장으로 들어가려는 강준을 잡아끌고 의류 매장으로 데려갔다. 불평하는 그를 달래며 마음에 쏙 드는 트렌치

코트와 보라색의 고급스런 블라우스를 골랐다. 계산을 하고 나오면서 강준이 물었다.

"정말 마음에 들어? 가방도 사주고 싶은데."

"사실 이 트렌치코트를 사고 싶었어요. 너무 마음에 들어요. 선물을 받았으니 강준 씨 것은 내가 사줄게요."

"골라만 줘."

세희는 필요없다는 강준을 끌고 남성 복합 매장에 들어가 그동안 봐뒀던 셔츠 여러 벌과 넥타이, 벨트를 골랐다. 꽤 가격이 비쌌지만 선물이라며 강준을 밀어내고 그녀가 계산을 했다. 그러고는 막상 선물을 받으니, 종이백을 들고 벙글벙글 웃는 강준과 카페에 앉아 뜨거운 커피를 마셨다.

"강준 씨, 마음에 들어요?"

"완전 마음에 들어. 네가 사준 건데 더 특별하지."

"강준 씨, 보라색 셔츠 있잖아요. 우리 언제 그 색깔 같이 입어요."

"커플룩으로?"

"네."

강준의 입가가 한없이 올라가는 걸 본 세희도 활짝 웃었다. 테이블 위로 강준이 그녀의 손을 잡았다.

사실, 그는 재경을 만난 후로 마음이 더 급해지고 있었다. 결혼을 서둘러야 할 것 같았다.

한참 손을 만지작거리고 있던 강준이 그걸로 부족했는지 아예 세희 옆으로 옮겨와 앉았다. 그러고는 그녀의 허리를 껴안고 허벅지를 바짝 붙였다. 느긋한 표정으로 커피를 마시면서 빨개지는 세희의 얼굴을 들여다봤다.

"왜 얼굴이 빨개질까?"

"만지지 마요."

세희가 잘록한 허리라인을 쓰다듬고 있는 강준의 손을 밀어내며 속삭였다. 작은 소리로 웃던 강준의 손이 그녀의 허벅지로 옮겨갔다. 바르르 떨리는 허벅지의 안쪽을 슬슬 만지면서 만족스럽게 웃었다. 손을 떼어 내려는 세희의 손을 잡아 그의 허벅지 안쪽으로 가져갔다.

"헉!"

놀란 세희의 입에서 미처 잡지 못한 소리가 빠져나왔다. 간신히 손을 빼낸 세희가 그를 흘겨봤다.

"자꾸 이러면 안 만나줄 거예요."

"난 아무 짓도 안했어. 그냥 손만 잡은 거잖아."

강준은 그의 말에 어이없어하는 세희의 입술에 재빨리 입을 맞추고 떨어졌다. 이런 작은 접촉에도 얼굴이 빨개지는 세희가 좋았다. 또 술을 먹으면 수줍어하면서도 그를 도발하는 모습이 얼마나 사랑스러운지 그녀는 모를 것이다.

다시 입을 맞추려는 그의 가슴을 밀어내며 세희가 말했다.

"누가 봐요. 빨리 나가요."

"이제 안 그럴게. 사실은 네 이야기를 듣고 싶어."

"어떤 얘기요?"

"대학 때부터 가장 역할을 했다며? 많이 힘들었지? 그때 널 만났어야 했는데."

세희의 눈가가 흐려졌다. 그런 그녀의 뺨을 강준이 다정하게 쓰다듬었다. 자신에 대한 이야기를 잘 하지 않던 세희가 가족 얘기를 하면서 지나가는 말처럼 아버지에 대해서 얘기한 적이 있었다. 대학 때 이미 학원 강사를 했다는 것도.

사실, 그는 며칠 전에 혼자 희정을 만나러 갔었다. 그를 반갑게 맞아주는 희정에게 세희와 진지하게 사귀고 있다는 걸 말씀드리고 그녀로부터 세희가 가족을 위해 힘들게 살아온 얘기를 들었었다.

생각에서 빠져나온 강준은 그를 올려다보는 그녀에게 다정하게 말했다.

"말하기 힘들면 하지 않아도 돼."

"아니요. 아빠 얘기는 강준 씨도 알고 있어야 할 것 같아요."

세희는 아버지의 투병과 그로 인해 힘들어진 집안의 경제적인 어려움을 차분하게 얘기했다. 그녀의 등을 토닥여주는 강준의 손길에 아팠던 시간들이 저 멀리 사라지는 것 같았다. 이렇게 모든 걸 누구에게도 털어놓은 적이 없었다.

"투병 생활이 길어지고 수술을 몇 번 받다보니까 저축해뒀던 돈과 보험금으로 충당할 수 없게 됐어요. 그래서 결국 집을 팔 수밖에 없었죠."

"얼마나 힘들었을까. 그때 내가 네 옆에 있었더라면 좋았을 텐데. 이젠 아무 걱정하지 마. 네 옆엔 늘 내가 있을 테니까."

"강준 씨."

강준은 힘들었을 세희의 머리에 입을 맞추고 다정하게 어깨를 안았다. 세희는 그의 어깨에 기대 얘기를 이어나갔다.

"집을 판 돈으로 학비를 낼 수는 없었어요. 아빠가 어떻게 될지 모르는 상황이었으니까요. 그래서 그때부터 학원 강사를 시작한 거예요."

강준에게 모든 것을 털어놓자, 세희는 무거운 짐을 내려놓은 것처럼 마음이 편안해졌다. 이젠 언제나 그녀 옆에 강준이 있어줄 거라는 생각에 한결 안심이 됐다. 강준이 그녀의 등을 쓸어주면서 말했다.

"이제는 내게 기대. 혼자 고민하지 말고 모든 걸 말하는 것도 잊지 말고."

"고마워요. 강준 씨가 곁에 있다는 것만으로도 든든해요. 사실 지금까지 강한 모습으로 살 수밖에 없었거든요. 원래의 내 모습은 뒤로 감추고 가족을 위해서 강해져야만 했어요."

"원래는 어떤 모습이었는데?"

"강준 씨에게 보여준 모습들이요. 웃기도 잘하고, 눈물도 많고 여렸죠. 그런데 내 안에 강한 모습도 숨겨져 있었나 봐요. 처음에 강의를 할 땐 학생들에게 끌려갔는데 어느 순간엔가 이래선 강사로서 살아남을 수 없겠단 생각이 드니까, 내겐 없다고 생각했던 카리스마가 저절로 생기더라고요. 아마 강한 모습과 여린 모습을 다가지고 있었나 봐요.

"……그동안 많이 힘들었겠다."

"이젠 다 괜찮아요. 집도 찾았고 또 계속 돈을 모으고 있으니까, 우리 세호가 대학을 졸업하고 사회에 나갈 때도 도움을 줄 수 있어요."

"잘했어. 윤세희, 잘 버텨왔어. 하늘에 계신 아버님도 자랑스러워하실 거야. 그리고……. 이젠 뭐든지 내게 맡겨도 돼."

세희는 강준의 다독여주는 손길에 사르르 눈을 감았다. 다시 세찬 비바람 속을 걷게 되는 일이 있더라도 이젠 그녀만의 등대가 있었다. 크고 포근하고 따뜻한 그녀만의 등대가.

"위하여!"

건배 소리가 우렁차게 울렸다. 학원이 끝난 늦은 시간에 강사들은 신엽과 함께 술집에서 오랜만에 술을 마셨다. 다음 날이 학원의 개원 기념일이라 쉰다는 핑계로 많은 강사들이 모인 술집 안은 빈자리가 없을 정도로 바글바글했다.

논술을 가르치는 강 선생이 맥주잔을 양손으로 소중한 듯이 쥐며 말했다.

"정말 이렇게 맥주 한 잔을 마음 놓고 마시는 게 얼마만인지. 근무 시간이 다르니 술친구들도 다 떨어져 나가고 힘들었는데, 우리 오늘 실컷 마셔보죠."

같은 테이블에 앉아 있던 정란과 세희, 언어를 가르치는 정 선생도 폭풍 공감을 했다. 시원하게 원샷을 한 정란의 입에서도 푸념이 흘러나왔다.

"우리가 뭐, 몸 관리하는 연예인도 아닌데 혹시나 다음 날 강의 준비와 수업에 영향을 줄까 봐 술도 제대로 못 먹잖아요."

"김 선생님, 그건 아니죠. 연예인들이 프로이듯이 분야는 다르지만 우리도 프로잖아요. 그리고 우리도 학원에서는 나름 연예인 역할도 하고 있어요. 학생들의 시야에서 살아야 하니까요. 그리고 매일 강의 준비해야죠, 거기다 몸 관리도 해야죠."

40대의 인기 수학 강사인 이 선생이 부드럽게 말했다. 늘 단정한 머리와 깔끔한 옷차림의 그는 철두철미한 성격이라 수업 준비 마저도 다른 사람들이 따라갈 수 없을 정도로 몹시 꼼꼼한 것으로 유명했다.

이런 저런 얘기로 화기애애한 분위기 속에서 각자의 테이블마다 웃음소리가 왁자지껄하게 퍼져 나갔다. 같은 테이블의 선생님들과 소주를 몇 잔이나 원샷을 한 세희는 알딸딸한 상태로 다른 사람들의 얘기를 듣고 있었다.

그때, 그녀와 정란 사이로 신엽이 비집고 들어왔다. 술기운으로 뺨이 발그레해진 세희를 보는 그의 눈빛은 여전히 다정했다.

"이런, 누가 우리 윤 선생님에게 이렇게 술을 먹인 거야? 다들 일부러 그랬죠?"

정란과 강 선생이 피식피식 웃었다. 열심히 안주를 공략하고 있던 정 선생이 나지막하게 말했다.

"그래야 우리가 윤 선생의 탬버린 솜씨를 볼 수 있을 거 아니에요? 그 현란한 탬버린 솜씨를 술에 취해야만 보여주니 어쩔 수 없어요."

"윤 선생님이 많이 졸린 것 같아서 일단 집에 데려다줘야겠어요. 아쉽지만 탬버린 솜씨는 다음 기회를 노리세요."

지하에 있는 노래방으로 몰려가는 일행을 뒤로하고 신엽은 졸고 있는 세희의 허리를 잡았다. 의자 밑에 놓여 있는 그녀의 가방을 멨다. 가방이 묵직하게 그의 어깨를 눌렀다.

"세희야, 가방이 너무 무겁다. 웬만하면 책들은 학원에 두고 다녀. 어차피 수업 준비는 오전부터 학원에서 하잖아. 응?"

"실장님, 택시만 잡아주세요."

"안 돼. 무사히 집에까지 데려다줘야 안심이 돼. 그래야 나도 편하게 잘 수 있어."

"이 팔 좀 치워줘요. 저 그렇게 많이 안 취했어요."

신엽은 말과는 달리 휘청거리는 세희를 부축해서 밖으로 나왔다. 차가운 겨울바람이 확 밀려왔다.

"대리운전 불렀어. 금방 올 거야. 찬바람 쐬면 술은 좀 깨겠지만 감기 걸릴까 봐 걱정된다. 일단 차에 들어가 있자."

"선배님! 저 진짜 혼자 갈 수 있어요."

"하하, 역시 술에 취해야 그 선배 소리도 해주는구나. 기분 좋다."

싸늘한 바람 때문인지 세희의 온몸을 노곤하게 했던 술기운이 사라지는 느낌이었다. 세희는 허리를 감싼 신엽의 팔을 풀어냈다.

"택시 탈래요."

"윤세희, 정말 너 섭섭하게 이럴래? 이 늦은 밤에 어떻게 널 혼자 보내? 그것도 술에 취한 널 말이야. 잠시만, 대리 기사 전화야."

세희와 신엽이 티격태격하고 있을 때, 반대쪽 차에서 기다리고 있던 강준이 굳은 얼굴로 차 문을 열고 나왔다. 성큼성큼 다가오는 그의 몸에서 얼음같이 차가운 기운이 흘렀다. 회식이 있다는 얘기를 듣고 걱정이 돼서 술집 앞에서 기다리고 있던 참이었다. 두 시간 정도를 기다리다가 전화를 할까말까 망설이고 있을 때, 세희가 휘청거리며 나오는 게 보였다. 그런 그녀의 허리를 안고 있는 남자가 시야에 들어온 순간, 눈에서 불꽃이 일었다. 황급히 다가가던 그의 귀에 세희의 말소리가 들렸다.

얼마 전에 세희에게 들은 적이 있었다. 학원 실장인 선배의 도

100

움으로 그곳에서 일하게 됐다고. 그 선배란 말이지. 강준은 꽉 움켜쥐었던 주먹을 서서히 풀고 남자를 자세히 바라봤다. 세희가 팔을 떼어내자 쓸쓸한 얼굴로 전화를 받는 모습이 보였다. 강준은 세희에게 성큼 다가가 제 품에 끌어당겨 안았다. 얼떨결에 그의 품에 안긴 세희가 그를 올려다봤다.

"강준…… 씨? 기다리고 있었어요?"

"응."

그는 깜짝 놀란 얼굴의 신엽에게 싸늘한 목소리로 말했다.

"세희 남자 친굽니다. 그쪽은요?"

"남자 친구요? 그럴…… 리가요? 윤세희! 윤세희! 네가 말해봐. 정말 남자 친구야?"

따뜻한 코트 속의 강준의 허리를 안고 얼굴을 가슴에 묻고 있던 세희가 고개를 살짝 돌렸다.

"남자 친구 맞아요. 강준 씨가 데려다줄 거예요. 선배님, 그러니 걱정 안 하셔도 돼요."

믿을 수 없다는 신엽의 눈빛을 마주한 강준은 다정한 목소리로 세희에게 물었다.

"술 많이 마셨어?"

"조금요."

"이게 조금 마신 거야?"

강준이 방글거리며 웃고 있는 세희의 쏙 들어간 보조개를 손으로 만졌다.

"앞으로는 이렇게 많이 마시면 안 돼."

"네."

얌전하게 대답하는 세희의 이마에 입술을 댄 그는 다시 신엽을 향해 몸을 돌려 사실을 확인했다.

"아까 세희가 선배라고 하던데, 같은 학원 선생님이신가요?"

"실장입니다. 세희의 대학 동아리 선배구요."

고개를 끄덕이는 세희를 내려다본 강준이 신엽에게 손을 내밀었다.

"박강준입니다."

"최신엽입니다. 언제 만나서 술 한잔하시죠."

"편하실 때 연락 주십시오."

강준은 신엽에게 명함을 내밀고 세희를 차에 태웠다. 세희가 떠난 자리를 망연하니 바라보고 있던 신엽의 입에 자조적인 웃음이 배어나왔다.

'이젠 정말 선배…… 로만 남을 수밖에 없나 보구나.'

어깨가 축 쳐진 신엽은 마침 나타난 대리 기사에게 차키를 넘겨주고 뒷좌석에 앉아 등을 기댔다. 창밖으로 향한 그의 시선이 겨울 바람만큼이나 쓸쓸했다. 마음을 고백하지 않은 게 실수였을까. 신엽은 지끈거리는 머리를 감싸며 생각에 잠겼다.

대학 때부터 세희 옆에 있었다. 그에게 선배로서의 감정 외에는 아무것도 보여주지 않는 세희 옆을 알면서도 떠나지 못했었다. 그런 그녀가 오늘 다른 남자의 가슴에 포근히 안겨 행복한 얼굴로 그가 남자 친구라는 걸 확인시켜줬다.

신엽은 슈트 주머니에서 강준이 준 명함을 꺼내 들여다봤다. 성환식품 부사장 박강준. 그의 오랜 사랑을 가져간 남자. 순수하고 또 그만큼 냉정한 윤세희를 거침없이 품에 끌어안을 수 있는 남자.

신엽은 손 안의 명함을 구겨 바닥에 던졌다. 구겨져 있는 명함이 아무런 대응도 할 수 없는 자신처럼 보였다. 남자로서 세희에게 사랑을 받은 적이 없으니 질투를 할 처지도 못 된다는 게 시리도록 가슴을 아프게 했다.

오피스텔을 향해 차를 몰던 강준은 편의점 앞에서 차를 세웠다. 잠든 세희의 머리를 쓸어 올려주고 편의점으로 가서 숙취에 도움이 될 음료를 사왔다. 오피스텔 지하주차장에 차를 세우고 잠든 세희를 한참 동안 들여다봤다.

자면서도 단정하게 무릎에 올리고 있는 손을 잡았다. 부드럽고 가는 손가락을 만지작거리다가 손가락 하나하나에 입을 맞췄다.

이미 부모님께는 세희에 대해 말을 해놓은 상태라 빨리 만나고 싶다는 어머니의 재촉이 늘고 있었다. 휴대폰으로 찍은 세희의 사진을 보면서 부모님이 흐뭇한 미소를 짓는 것도 몹시 기분이 좋았다.

강준은 다정하게 세희의 뺨을 만지며 깨웠다.

"세희야, 세희야, 그만 일어나야지."

그의 손길에 졸음이 가득한 눈을 뜬 세희가 강준을 바라봤다.

"강준 씨, 다 왔어요?"

"잠시만, 이것부터 먹자."

"뭔데요."

"숙취에 도움이 되는 거."

세희는 강준이 뚜껑을 열어준 음료를 마셨다.

"고마워요. 다음에는 이렇게 많이 안 마실게요."

"얼마나 많이 마신 거야?"

"같은 테이블의 선생님들이 건네준 소주 네 잔에 전체적으로 건배하며 마신 맥주 한 잔 마셨어요."

"별로 많이 안 마셨네. 주량이 그 정도면 더 조심해야겠다. 그리고 술 마시는 자리에 가게 되면 항상 내게 연락해. 데리러 갈 테니까."

"언제부터 와 있었어요? 오지 말라고 했잖아요. 언제까지 기다려야 할지도 모른다고요."

"얼마 안 기다렸어. 그리고 이쪽으로 더 와봐."

강준은 슈트 주머니에서 선물 상자를 꺼내 열었다. 동그란 고리 안에 하트 모양의 보석이 박혀 있는 목걸이였다. 목걸이를 본 세희의 눈이 커졌다.

"강준 씨."

"머리 올려봐. 내 여자라고 표시해놔야겠어. 다른 남자들이 얼씬거리지 못하게."

세희는 강준이 해준 목걸이를 소중하게 만졌다. 기쁨의 눈물이 뚝뚝 떨어졌다. 눈물을 닦아주는 강준의 얼굴을 쓰다듬던 세희는 그녀의 손에 끼워진 반지를 봤다. 강준이 반지를 낀 그의 손을 들어서 보여줬다.

"우리 커플링. 우리가 연인이라는 증거야. 마음에 들어?"

"마음에 들어요. 정말 예뻐요."

둘은 커플링을 낀 손으로 깍지를 끼고 달콤한 키스를 나눴다. 마지못해 입술을 뗀 강준이 아쉬운 얼굴로 말했다.

"보내기 싫다."

"내일 아침에 엄마에게 가기로 해잖아요. 휴가 나온 우리 세호도 보고요."

"그래야지. 술 마셔서 아침에 일찍 일어나기 힘들겠지? 몇 시에 데리러 올까?"

"아홉 시에 출발해요."

"그러자."

강준은 망설이는 듯한 세희의 얼굴을 손으로 감싸고 물었다.

"왜?"

"아까요. 기분…… 나빴죠? 얼마 마시지 않은 것 같았는데 일어나려고 하니까 술기운이 확 올라왔어요. 휘청거리니까 신엽 선배님이……."

"알아들었어. 하지만 기분 나쁘지 않았다고 하면 거짓말이겠지."

"다음부터 그렇게 취할 정도로 마시지 않을게요. 그리고 더 조심하고요."

"그래."

"혹시…… 오해하는 거 아니죠?"

"네가 선배라고 부르는 걸 들었어. 그래서 참은 거야. 그 반대의 경우를 상상해봐. 이해할 만한 이유가 있다고 하더라도 다른 여자가 내 허리를 껴안고 있으면 너도 기분이 좋지 않을 거야."

세희는 손으로 강준의 진한 눈썹을 쓰다듬으며 말했다.

"속상하게 해서 미안해요."

세희의 입술이 강준의 얼굴에 부드럽게 내려앉았다. 반듯한 이마에, 사르르 감긴 눈에, 쭉 뻗은 콧대를 쓸고 입술을 머금으며 말했다.

"사랑해요."

강준이 그녀의 허리를 바짝 끌어안으며 속삭였다.

"윤세희, 사랑해."

다음 날 오전, 둘은 처음 만났던 그 길을 따라 희정의 집으로 갔다. 현관에서 싱글벙글 웃음이 가득한 희정과 뻘쭘하게 서 있는 세호가 둘을 맞아주었다.

"어서 와, 내 이럴 줄 알았지. 그날도 둘이 함께 있는 모습이 그렇게 보기 좋더니만."

양손 가득 선물을 들고 있는 강준이 환하게 웃으면서 꾸벅 인사를 했다.

"어머니."

"여기서 이러지 말고 거실로 가세나. 오면서 추웠을 텐데 따뜻한 차를 마시면서 얘기 나눠야지."

세호의 손을 잡고 거실로 들어온 세희가 강준과 인사를 시켰다. 탐색하는 듯한 눈빛으로 강준을 훑어보던 그의 얼굴에 웃음이 살짝 번졌다.

"엄마 말처럼 참 보기 좋네요. 그리고 저기, 이름으로 부를 수도 없고 그냥 매형이라고 불러도 돼요?"

"나도 처남이라고 부를 생각이었는데 잘됐네요. 말은 놔도 될까요?"

"그럼요. 나이 차가 많은데요."

강준과 세호가 얘기를 나누고 있는 사이에 세희는 부엌으로 들어가 찻잔을 꺼내고 있는 희정의 옆으로 갔다.

"엄마, 차는 내가 끓일 테니까 엄만 강준 씨가 사온 것들을 정리해."

"그래야겠다."

희정은 강준이 사온 최상품의 갈비부터 여러 종류의 고기를 냉장고에 넣었다. 다른 선물 상자를 열어 보던 희정이 딸을 돌아봤다.

"세상에, 이거 산삼이야."

"엄마 건강을 위해서 샀대. 세호도 먹여야지."

"세희야, 사실은 말이야. 처음 봤을 때부터 난 박 서방이 마음에 들었어. 네 짝이면 좋겠다고 생각했어."

"어, 엄마, 박 서방이라니. 아직은 아니잖아."

세희가 소리를 낮춰 말했다.

"결혼하겠다고 왔는데 당연히 이젠 내 사위지."

"결혼? 엄마 너무 앞서 가는 거 아니야? 그냥 사귄다고 인사드리러 온 거야."

"그래? 박 서방이 저번에 와서 한 말과는 다르네. 가능한 빨리 결혼하고 싶다고 하던데. 부모님께도 말씀 드렸대. 다음 주에 박 서방 집에 간다면서?"

"그렇기는 한데, 강준 씨가 혼자 왔었어? 우린 아직 결혼 얘긴 확실하게 안 했거든."

희정은 커플링을 하고 있는 딸의 손을 다정하게 잡았다.

"반지도 이렇게 같이 끼고 있고 목걸이도 받은 거 같은데, 이미 너도 그렇게 생각하고 있는 거 아니야?"

희정은 얼굴이 붉어지는 딸의 어깨를 살짝 두드려줬다.

"이미 같은 마음이고 서로 사랑한다면 바로 결혼해도 좋지. 넌 나중에 하고 싶은 거야?"

"아직 세호 졸업도 못 시켰잖아."

"이런, 네가 이럴 줄 알고 박 서방이 먼저 왔던 거구나. 그런 걱정은 하지 마. 이 집을 다시 사고 가장 역할까지 하느라 그동안 네가 얼마나 힘들었는지 알아. 이젠 엄마도 마을 작목반에 나가서 벌잖아. 세호도 학비를 미리 내고 군대에 갔으니까 염려 없어. 네가 우리 때문에 결혼을 늦춘다면 엄마가 많이 슬플 거야. 세희야, 결혼해서 행복하게 살고 귀여운 손주들 재롱도 보게 해줘."

결혼과 손주란 말에 깜짝 놀란 세희가 소리 죽여 말했다.

"엄마!"

"너 혹시 벌써……."

세희는 흐뭇하게 웃으며 그녀의 배로 향하는 희정의 시선에 기겁을 했다.

"아니야. 아니라니까."

"요즘에 그게 뭐 흠이라고 그래. 오히려 불임이 의외로 많아서 아기 가지면 좋아한다고 하던데."

"엄마, 우린 진짜 아니야."

세희는 식은땀이 나는 이마를 티슈로 닦아내고 대추차를 타는 데 집중했다.

그런 딸을 바라보는 희정의 눈가에 웃음이 가득했다. 그녀의 시선이 강준에게로 향했다. 세호와 즐겁게 얘기를 하고 있는 모습을 흐뭇하게 바라봤다.

강준이 일주일 전에 왔었다. 세희와 빨리 결혼하고 싶다는 그에게 흔쾌히 허락을 했다. 듬직하고 진중한 그가 볼수록 마음에 들었다. 그날 강준에게 많은 얘기를 해주었다. 다른 사람에게는 할 수 없었던 얘기가 이상하게도 술술 나왔다. 오랜 기간 암 투병으로 고생하다가 죽은 남편과 병원에서 보호자로 있는 그녀 대신에 가장역할을 해온 딸에 대한 얘기도 편안하게 할 수 있었다.

"엄마, 가서 차 마시자."

희정은 딸의 목소리에 생각에서 빠져나와, 군대 얘기에 열을 올리고 있던 강준과 세호에게 대추차를 내밀었다.

"역시, 남자들은 군대 얘기라면 며칠 동안 해도 부족하다더니, 정말 그런가 봐."

"아, 밖을 봐. 누나, 눈 온다."

세호의 말에 세희는 마시던 대추차를 내려놓고 창가로 갔다. 먹구름으로 가득한 하늘에서 눈이 쏟아져 내리고 있었다. 정원으로 떨어져 내리는 눈을 보고 있는 세희의 옆으로 강준이 다가와 손을 잡았다. 둘의 모습에 세호와 희정의 얼굴에 웃음꽃이 피웠다. 세호가 먼저 일어서며 말했다.

"매형, 누나. 난 눈이라면 지긋지긋해. 철원은 눈이 너무 많이 내려. 하루 종일 눈을 치워야 할 때도 많아. 그러니까 난 그만 뜨끈뜨끈한 방으로 올라갈게."

세호가 이 층으로 올라가자 희정도 대추차를 들고 아들의 뒤를 따랐다.

"나도 세호와 얘기할 게 있어."

말없이 창밖을 바라보고 있던 강준이 세희에게로 몸을 돌려, 그녀를 다정하게 끌어안으며 말했다.

"세희야, 너와 평생을 함께하고 싶어."

"강준 씨."

"결혼해서 평생 사랑하면서 살아가고 싶어. 나이가 들어 흰 머리가 많아지고, 주름이 늘더라도 그 시간들 하나하나를 놓치지 않고 너와 함께 살아가고 싶어."

강준은 눈물이 차오르는 세희의 눈에 입술을 댔다. 그녀의 이마에, 뺨에, 달콤한 입술에, 하얀 목덜미에, 귓불에 입술을 대며 사랑한다고 속삭였다. 세희의 눈에서 흐르는 기쁨의 눈물을 입술로 빨면서 다시 속삭였다.

"사랑해. 우리 결혼해서 서로 아끼고 사랑하면서 행복하게 살자."

"흑흑."

결국 세희는 울고 말았다. 너무 행복해서 막으려고 해도 눈물이 후드득 떨어져 내렸다. 눈물에 젖은 눈으로 세희는 강준을 올려다봤다.

"강준 씨, 사랑해요."

강준은 준비했던 케이스를 꺼내 세희의 손에 반지를 끼워줬다.

"내 여자는 너뿐이야. 처음 만났던 그날부터 너만 보였어. 평생을 그렇게 살게."

"나도 강준 씨뿐이에요. 평생 그렇게 강준 씨만 사랑하고 바라보면서 살게요."

세희는 넓고 포근한 강준의 가슴에 안겼다. 그의 체향을 마음껏 들이마시고 그의 목덜미에 몇 번이나 입을 맞췄다. 평생을 함께할 제 남자의 품이 너무 따뜻했다. 다시 얼굴은 든 세희가 그의 허리를 안으며 물었다.

"궁금한 게 있어요."

"뭔데?"

"왜 나인지 알고 싶어요."

"이런, 아직도 몰라?"

강준의 목소리가 더 묵직해졌다.

"널 만난 순간부터 그냥 너의 모든 것이 좋았어. 이 예쁜 얼굴도, 목소리도, 숨소리도 심지어 얼굴이 빨개지는 것까지도. 이런 마음을 어떻게 설명할 수 있을까. '그냥 좋은 것이 가장 좋은 것이다'라는 글을 어디선가 읽은 적이 있어. 그 말처럼 어떤 이유도 좋아하는 마음을 앞서지 못한다는 걸 너로 인해 알게 됐어. 이렇게 평생을 너와 함께 하고 싶은 마음뿐인데 이것보다 더한 이유가 있을까."

강준이 세희의 얼굴을 부드럽게 감싸며, 둘의 입술이 달콤하게 겹쳐졌다. 뜨거운 키스를 나누는 연인들 뒤로 정원 가득히 사르륵 사르륵 눈이 내리고 있었다.

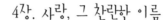

4장. 사랑, 그 찬란한 이름

어느새 싱그러운 봄기운이 만연한 4월이 지나가고 있었다. 바깥은 바람에 흩날리던 벚꽃이 지고 노란 개나리가 만개해 있었다. 호텔 레스토랑의 창가에 앉아 있던 세희는 무리 지어 피어 있는 노란 개나리를 보고 있다가 다시 강준에게 얼굴을 돌렸다.

"윤세희, 지금 어디에 정신을 파는 거야? 나만 보라고 했지."

강준의 싱그러운 미소에 세희도 작게 소리 내어 웃었다.

둘은 머리를 맞대고 신혼여행을 가기로 한 발리의 풀빌라를 다시 들여다봤다. 개인 수영장과 우아한 침실, 호화로운 욕실을 보는 둘의 얼굴에 웃음이 번졌다. 강준이 다정하게 세희의 손을 잡으며 말했다.

"이곳은 프라이버시를 완전히 지킬 수 있어서 좋아. 우리 둘만 있을 수 있어. 관광도 하고 싶어?"

"일주일이니까 일정을 나눠서 관광하고 싶으면 가기로 해요."

세희와 소곤소곤 이야기를 나누던 강준은 이상한 느낌에 고개를 돌렸다가 날카로운 시선을 보내고 있는 여자와 눈을 맞부딪쳤다. 상당한 거리가 있었지만 여자의 눈에서 쏟아지는 적의가 곧장 그에게로 향하는 게 느껴졌다. 얼굴이 또렷하게 보이지는 않았지만 전체적인 윤곽과 그에게 달라붙는 시선이 재경인 거 같았다. 그 불쾌한 시선이 세희에게 옮겨갈까 봐, 재경인지 확인하려고 다시 고개를 돌렸을 때 주문한 점심이 나왔다. 그의 시선을 따라가던 세희가 물 잔을 들면서 물었다.

"왜요? 누구 아는 사람이 있어요?"

"안면은 있는데 신경 쓸 사람은 아니야."

강준은 자세를 바꿔 여자의 시야에서 세희를 가렸다. 재경이든 아니든 세희를 보여줄 사람은 아니었다. 강준은 맛있는 냄새를 풍기는 스테이크를 썰려는 세희의 모습에 바로 그 여자에 대한 생각을 잊어버렸다.

"배고프지? 잠시만 기다려."

세희는 스테이크를 썰어주고 있는 강준을 다정하게 바라봤다. 모든 일이 예상보다 빠르게 진행돼서 얼떨떨하기도 했다. 강준의 부모님에게 인사를 드리고 나서 바로 양가 상견례를 했다. 그리고 며칠 뒤에 결혼날짜까지 잡았다. 앞으로 결혼식이 일주일밖에 남지 않은 상태였다.

다정한 눈길로 세희를 바라보던 강준이 와인을 한 모금 마시고 물었다.

"신혼여행을 한 달 정도로 잡아서 유럽을 돌고 싶었는데, 아쉽다."

"나도 수업 때문에 불가능하지만 강준 씨도 그렇게 회사를 오래 빠지면 안 돼요. 아버님이 고생하시잖아요. 일주일이 딱 좋아요."

"그럼 우리 결혼 5주년에는 멀리 갈까? 네가 가고 싶은 곳이면 어디든지 좋아."

"그럼 카리브 해에 가도 돼요?"

"거기 가고 싶어? 그럼 가야지."

세희를 보는 강준의 눈가가 보기 좋게 휘어졌다. 웃음기를 가득 머금은 입술도 근사하게 벌어졌다. 결혼을 하고 함께 있을 생각에 마음은 이미 구름 위를 떠다니고 있었다.

"세희야, 이쪽으로 더 가까이 와."

"왜요? 뭐 묻었어요?"

세희는 맞은편에 앉은 강준에게 몸을 더 가까이 기울였다. 강준이 손가락으로 그녀의 입술을 살짝 쓰다듬었다.

사실은 아무것도 묻어 있지 않았다. 맛있게 먹는 모습이 너무 예뻐서 만지고 싶었다. 쑥스러운 웃음을 짓는 세희의 양쪽 뺨에 보조개가 쏙 들어갔다. 넋을 잃고 그 모습을 보던 강준이 한숨을 푹 내쉬었다.

"하아."

"왜요? 음식이 안 맞아요?"

"너무 예쁘다. 먹는 모습도, 말하는 것도 모든 게 왜 이리 예쁘지. 큰일이네."

"또 뭐가요?"

"일주일을 어떻게 기다리지? 빨리 같이 있고 싶다."

"강준 씨, 갈수록……."

세희는 결혼 날짜를 잡고부터 거침없이 애정을 표현하는 강준의 모습에 살며시 웃었다. 차마 갈수록 밝히는 것 같다는 말은 꿀꺽 삼키고, 비어 있는 와인 잔을 내밀었다.

"우리 한 잔씩 더 해요."

둘은 와인을 마시면서도 서로의 얼굴에서 시선을 떼지 않았다. 서로를 원하는 눈빛이 깊게 얽혔다. 세희는 와인 잔을 살며시 내려놨다.

'하아, 또 공기가…….'

둘을 감싸고 있는 공기가 숨 쉬기가 힘들어질 만큼 농밀해졌다. 숨이 턱턱 막히는 그 농밀한 공기를 타고 배 속에 뭉쳐져 있던 뜨거운 열기가 세차게 치고 올라왔다. 세희는 애써 강준에게서 시선을 내려 테이블보의 무늬에 눈을 고정했다. 강준이 테이블 위에 놓인 그녀의 왼손을 크고 따뜻한 그의 손안에 넣었다. 세희의 커플링을 만지작거리다가 깍지를 꼈다. 세희는 갈망이 가득한 강준의 눈을 보며 작은 소리로 말했다.

"신혼여행 때까지 기다리지 않아도 돼요. 원하면……."

세희의 얼굴이 붉어졌다. 강준이 깍지를 낀 손에 더 힘을 주며 천천히 말했다.

"일주일만 기다리면 돼."

강준이 지나가는 웨이터를 불렀다.

"차가운 냉수 두 잔요. 얼음 가득 채워서요."

두 사람은 저녁을 먹고 세희의 오피스텔로 향했다. 벌써 어둠이 깔리고 있는 거리를 달리면서 둘은 깍지 낀 손을 풀지 않았다. 오피스텔의 지하 주차장의 구석에 차를 세운 강준이 세희의 안전벨트를 풀어주며 말했다.

"오늘은 여기까지만 데려다줄게. 혼자 올라갈 수 있지?"

"네."

"잠깐, 가기 전에 굿나잇 키스는 해줘야지."

강준은 가까이 다가오는 세희의 모습에 침을 꿀꺽 삼켰다. 간신히 가라앉혀놓은 몸의 열기가 다시 미친 듯이 타오르기 시작했다. 그의 입술에 살포시 닿았다가 떨어지려는 세희의 입술을 열고 들어갔다. 그에게로 푹 안겨오는 세희의 잘록한 허리를 팔로 단단히 감았다. 참아야 한다는 생각이 날아가버린 그의 머릿속은 온통 세희뿐이었다. 감겨오는 달콤한 혀와 확 풍기는 그녀의 체취, 그의 가슴을 누르는 말랑하면서도 탄력 넘치는 세희의 가슴에 미칠 것만 같았다. 강준은 뜨거운 숨을 몰아쉬면서 그녀의 이름을 불렀다.

"세희야, 윤세희."

"강준 씨."

열기 가득한 목소리로 세희가 그를 불렀다. 둘의 키스가 격렬해졌다. 온몸을 태울 듯한 열기가 서로의 얽힌 혀 사이로 흘러들어갔다.

'하아, 하아.'

간신히 입술을 떼어낸 강준은 세희의 가슴에 얼굴을 묻으며 몸을 떨었다. 둘은 한참을 그렇게 서로를 끌어안은 채로 가만히 있었다. 그러다가 지나가는 차량의 불빛에 겨우 떨어졌다. 의자에 기댄 강준은 세희의 흐트러진 머리를 단정하게 쓸어 넘기며 힘들게 입을 열었다.

"우리 일주일만 참자."

강준의 말에 살며시 눈을 뜬 세희가 그의 손에 입을 맞추며 대답했다.

"네, 며칠만 기다리면 평생 같이 있을 수 있어요."

"아아악! 나쁜 자식! 나쁜 자식! 죽여버릴 거야!"

외출했다 돌아온 재경이 이 층으로 올라가는 것을 보고 거실에서 느긋하게 잡지를 들여다보고 있던 은영은 심상치 않는 딸의 목소리에 서둘러 이 층으로 올라갔다.

와장창.

무언가가 깨지는 소리가 연달아 들렸다.

"재경아."

문이 잠겨 있었다. 은영은 문을 쾅쾅 두드렸다.

"재경아, 문 열어! 재경아!"

은영이 뒤따라 올라온 김 집사를 돌아봤다.

"김 집사, 빨리 내 방에서 열쇠 가져와요. 화장대 첫째 서랍에 있을 거예요."

"네, 사모님."

방 안에서는 계속해서 물건이 부서지는 소리가 들렸다. 딸의 성격을 아는 은영은 급하게 김 집사가 가져온 열쇠로 문을 열고 들어갔다. 재경의 목소리가 너무 처절하게 들려 마음이 급했다.

방 안은 엉망이었다. 화장대 위에 있던 거울과 화장품들이 바닥에 깨져서 굴러다니고 있었다. 티 테이블도 넘어져 있었다. 은영은 김 집사를 돌려보내고 방문을 닫았다. 재경이 베개로 침대를 내리치면서 펑펑 울고 있었다.

"재경아, 아가."

걱정스런 은영의 목소리에 재경은 엉망이 된 침대 위에 털썩 주저앉았다. 재경은 말없이 안아주는 은영의 어깨에 기대 울었다. 한참을 울고 난 그녀가 진이 빠진 목소리로 말했다.

"엄마. 나, 나 말이야."

"우리 딸, 뭐든지 말해. 말하고 나면 조금이라도 나아질 거야."

엉망이 된 방 안을 망연히 바라보던 재경은 천천히 은영에게 강준에 대해 얘기하기 시작했다.

그녀의 얘기에 은영의 눈빛에 걱정이 가득해지자, 재경은 손으로 머리를 감쌌다.

"정말 모르겠어. 그냥 평범한 남자인데, 우리 집안에 미치지도 못하는 그런 남자인데……."

"우리 딸, 어쩌면 좋아. 일단 좀 쉬면서 정신을 차리자. 자, 일어나 봐. 엄마 방에 가서 좀 쉬는 게 좋겠다."

깨진 유리가 있는 바닥을 피해 재경을 데리고 방에서 나온 은영은 지쳐 있는 재경을 침대에 눕혔다.

"조금 쉬고 나면 기분이 나아질 거야."

은영은 옆으로 돌아누워 몸을 웅크리고 있는 딸의 머리를 쓰다듬었다. 따뜻한 물에 적신 수건을 짜서 손을 닦아주고 재경이 눈을 감자 조용히 거실로 나갔다.

은영이 나가자 눈을 뜬 재경은 반듯하게 누워 천장을 올려다봤다. 오늘 레스토랑에서의 일은 떠올리는 것만으로도 너무 가슴이 쓰라렸다.

친구와 그 호텔의 레스토랑에서 점심 약속이 있어서 나간 자리였다. 막 점심을 먹으려다가 강준을 봤다. 그리고 그의 앞에 앉아 있는 여자를 봤다. 그녀에게는 무감각하던 강준이 너무나 사랑스런 눈길로 여자를 보고 있었다. 밥을 먹으면서도 내내 입가와 눈가에 매력적인 웃음이 떠나지 않았다.

여자의 입술을 쓰다듬은 강준이 손깍지를 한 채로 여자에게서 눈길을 떼지 않았다. 두 사람 사이에 터질 것 같이 흐르는 농밀한 공기가 그녀에게까지 훅 끼쳐왔다.

둘이 나가자마자, 재경은 강준에 대한 조사를 맡긴 한 비서의 보고로 강준의 결혼식이 일주일 남았다는 것을 알게 됐다. 그 후로 제정신이 아니었다. 무슨 정신으로 집까지 차를 몰고 왔는지도 몰랐다.

"결혼? 맘대로 결혼을 하겠다고? 둘이 얼마나 살 수 있을까? 두 달? 6개월? 박강준, 날 그렇게 대한 벌은 받아야겠지. 내게 와서 빌게 해줄게. 그 여자가 아닌 날 원하게 해줄게."

재경은 침대에서 일어나 헝클어진 머리를 매만지며 중얼거렸다. 그녀의 방으로 올라와 한 비서에게 메시지를 보냈다.

[박강준이 결혼하는 여자에 대해서도 조사해서 월요일 날 사무실로 자료를 가져와요. 그리고 성환식품에 대한 조사서도 같이 제출해요.]

한 비서에게서 바로 짧은 답장이 왔다.

[네, 이사님.]

세희는 결혼식 전날 납골당에 들렀다. 양가 상견례를 하기 전에 강준과 함께 들렀지만 막상 결혼식이 다음 날로 다가오자 아버지가 너무 보고 싶어졌다. 아버지의 영정 사진을 바라보는 그녀의 눈에서 눈물이 펑펑 쏟아졌다.

"아빠, 아빠 딸……. 내일 결혼해. 저번에 강준 씨가 와서 인사드렸잖아. 마음에 들었어? 오늘따라 아빠가 너무 보고 싶다. 아빠 손을 잡고 결혼식장에 들어가고 싶었어. 아빠도 어떻게든 나 결혼할 때까지는 버티고 싶다고 했잖아. 아빠, 다음 생에는 꼭 그렇게…… 내 손을 잡고 버진 로드를 걸어가주라. 그때는 아프지 말고 우리 옆에서 건강하게 살아줘야 해."

세희는 미소를 짓고 있는 아버지의 영정 사진을 보며 눈물을 삼키고 억지로 웃었다.

"아빠, 나 이렇게 웃고 살게. 강준 씨와 행복하게 잘 살아갈게. 엄마도 요즘 아빠가 많이 보고 싶나 봐. 내 결혼식이 가까워질수록 그러신 거 같아. 그리고 세호는 제대해서 대학에 복학했어. 우리는 잘 지내고 있어. 아빠는 우리가 갈 때까지 천국에서 잘 먹고 잘 자고, 잘 지내고 있어. 여기서처럼 그렇게 마르고 숨을 못 쉬어서 괴로워하지 말고 꼭 행복하게 지내고 있어야 해."

세희는 호스피스 병원에서 죽음을 기다리고 있던 아버지의 모습을 생각했다. 너무 말라서 뼈와 살가죽밖에 없을 정도였다. 그런 아버지가 앙상하게 뼈만 남은 손으로 세희의 손을 잡으며 힘겹게 말했었다.

'이 아비가…… 미안하다. 우리 딸 결혼하는 것은 보고 가고 싶었는데…….'

그 말이 마지막이었다. 힘겹게 숨을 몰아쉬며 한마디를 겨우 뱉어내듯이 말하고 의식을 잃었다. 그렇게 사랑하는 가족을 두고 눈도 감지 못한 채로 그녀의 아버지는 세상을 떠났다.

장례식을 마칠 때까지의 모든 것들이 흐릿한 영상처럼 지나갔다. 돌아가신 아버지의 눈을 감겨드리고 차가워진 손에 얼굴을 대고 울었던 일, 쓰러지는 엄마를 안고 있던 일, 그리고 너무 추웠던 화장장. 한 줌의 재로 타버린 아버지를 보며 세호와 펑펑 울었었다.

세희는 아팠지만 소중했던 아버지와의 시간들을 그리워하며 납골당을 나와 따사로운 햇살 속에 잠시 동안 서 있었다.

아버지가 힘들게 버티는 그 시간 속에서 가족은 더 하나로 뭉쳐, 결국 불어나는 병원비를 감당할 수 없어 내내 살았던 집을 팔아야 했지만 누구 하나 불평하지 않았다. 하루만 더 버텨주기를, 힘들더라도 숨을 계속 쉬어주기를 간절히 바랐었다.

결국 아버지가 돌아가시고 난 후에도 가족들은 일상으로 돌아오는 데까지 오랜 시간이 걸렸다.

세희는 차를 몰고 집으로 향하면서 눈물에 젖은 눈으로 차창 밖의 하늘을 올려다봤다. 그 하늘에서 아버지가 환하게 웃고 있는 것만 같았다. 그녀의 입가에 어렴풋이 미소가 어렸다.

'이젠 모두 행복하네. 아버지는 고통이 없는 하늘나라에서, 우린 여기에서.'

세희는 룸메이트였던 미연이 결혼하고 나서 안전을 위해 미리 새 오피스텔로 옮긴 상태였다. 내일 결혼식을 위해 오피스텔에 와 있는 엄마와 세호를 생각하며 조금 더 속도를 냈다.

블루투스로 연결된 휴대폰이 울렸다. 발신자를 확인한 세희의 얼굴이 환해졌다.

"강준 씨."

-어디야?

"아버지 뵈러 납골당에 왔다가 가는 길이에요."

-혼자? 날 부르지. 그리고 운전 조심해.

"네."

-윤세희, 보고 싶다. 지금 좀 만나면 안 돼?

"낼부터 실컷 볼 거잖아요. 지겹다고나 하지 말아요. 오늘은 엄마랑 마사지도 받아야 하고, 그 후에도 할 일이 있어요."

-그럼 어쩔 수 없네. 내일이 빨리 왔으면 좋겠다. 내일 저녁이면 우린 발리에 있겠지.

세희는 강준과 계속 통화하면서 오피스텔까지 왔다. 전화를 끊으면서 아쉬워 한숨을 내쉬는 강준의 목소리에 가슴이 시큰해졌다.

엘리베이터를 탄 세희는 옆면의 거울 속을 들여다봤다. 행복이 넘쳐흐르는 여자가 보였다. 찰랑거리는 탐스러운 머리에 늘씬하고 아름다운 모습으로 미소를 머금고 있었다.

엘리베이터에서 내린 세희는 오피스텔의 복도 앞에 서 있는 강준을 보고 깜짝 놀랐다.

"강준 씨, 왜 여기 있어요?"

"너무 보고 싶어서. 얼굴만 보고 가려고 통화하면서 달려왔어."

강준은 다정하게 세희를 품 안에 안고 얼굴 곳곳에 입을 맞췄다.

"이제 살겠다. 잠시만 이렇게 안고 있을게."

"집으로 들어가요."

"그냥 가야지. 장모님이랑 할 일이 있다며? 아마 들어가면 장모님이 하루도 못 참느냐고 잔소리를 하실 거야."

세희는 강준의 품에 안겨 그의 허리를 안았다. 한참 동안 세희를 안고 있던 강준은 그녀의 얼굴을 감싸 짧게 입을 맞추고 떨어졌다. 아쉬워하며 강준이 엘리베이터를 타고 내려가자, 세희는 강준이 선물해준 목걸이의 하트를 만지작거리며 오피스텔 안으로 들어갔다.

다음 날, 결혼식을 마친 둘은 바로 발리로 떠났다. 호텔에 도착해 체크인을 하고 강준에게 안겨 한적한 곳에 위치한 허니문 숙소로 들어서던 세희가 그의 가슴에 얼굴을 묻으며 말했다.

"내려줘요."

"싫어. 이렇게 안고 문턱을 넘어야 백년해로한다는 풍습이 있는 나라들이 있어."

"우리나라는 아니잖아요."

"안 되겠다."

강준은 키스로 세희의 입을 막으면서 웃었다.

"키스해달라고?"

"아니라니까요! 정말……. 강준 씨, 결혼하고 나서 바로 이상해진 거 알아요?"

"아직 일러. 일주일 동안 변한 모습을 실컷 보여줄게."

강준은 세희를 푹신한 침대 위에 내려놨다. 긴장한 세희 옆에 누워 머리카락에 손가락을 넣어 쓸어내렸다.

"피곤하지? 결혼식 마치고 여기까지 비행기 타고 오느라 많이 피곤할 거야. 좀 잘래?"

"안 피곤해요."

금세 그의 의도를 알아차린 세희가 재빨리 일어나더니, 넓은 침실 앞에 있는 개인 수영장을 보고 감탄했다.

"와, 컴퓨터와 책자로 봤던 것보다 더 멋있어요."

"호텔에 딸린 독채 풀빌라여서 더 좋지. 우리밖에 없잖아. 다른 사람들의 시선을 의식할 필요도 없어. 저기 봐."

세희는 강준이 가리키는 해변을 바라봤다. 어스름하게 깔리는 어둠 속에 해변이 펼쳐져 있었다.

강준이 세희의 귓가에 속삭였다.

"뭐 좀 먹을래?"

"나가서 바비큐 먹을까요?"

"아니, 그냥 이리 가져다달라고 하자."

강준은 이미 신혼부부를 위해서 준비되어 있는 과일과 칵테일, 케익을 보면서 스테이크와 와인을 주문했다. 캐리어의 짐을 정리하던 세희는 두근거리는 가슴을 진정시키려고 연신 속으로 숨을 몰아쉬었다. 긴장한 손에서 땀이 났다. 따뜻한 날씨와 야자수가 있는 아름답고 이국적인 공간에서 강준과 보낼 일주일을 생각하는 것만으로 긴장감과 기분 좋은 열기가 커져갔다. 밖은 벌써 어둠이 점점 더 짙게 깔리고 있었다.

'긴장하지 마, 윤세희. 항상 같이 있고 싶었잖아.'

둘은 스테이크를 먹으면서 와인을 마셨다.

"강준 씨, 스테이크가 먹고 싶었어요? 맛은 좋네요. 그래도 여긴 해산물이 정말 맛있다던데요."

강준이 스테이크를 나이프로 자르면서 태연하게 대답했다.

"아무래도 밤새 힘을 써야 할 일이 많을 거 같아서 말이야. 든든하게 먹어둬야지. 그래야 신부에게 사랑받지."

"강준 씨! 그런 말을 하면 어떡해요?"

"왜? 얼마나 기다렸는데. 그동안 미칠 것 같았어. 참느라고 얼마나 힘들었는지 모르지?"

놀란 세희는 먹으려던 스테이크를 내려놓고 와인을 들이켰다.

"앗, 어떡해."

"세희야, 왜 그래?"

"와인이 기도로 넘어갔어요."

강준이 캑캑거리는 세희의 등을 부드럽게 두드려주었다. 물을 마신 세희가 진정이 된 얼굴로 그를 흘겨봤다.

"앞으로 그러지 마요."

강준이 양손을 들어 올리고 말했다.

"안 할게. 이젠 괜찮아?"

"괜찮아요. 마저 먹어요."

육즙이 살아 있는 스테이크의 맛을 음미하며 세희는 어두워진 밖을 바라봤다. 불이 켜진 수영장이 운치 있게 보였다. 와인을 한 잔 다 마신 세희가 잔을 내밀었다.

"오늘은 좀 마셔야 할 것 같아요."

"조금만 더 마실까? 그래도 너무 많이 마시지는 말자."

와인을 마시며 시간 가는 줄 모르고 달달한 얘기를 주고받다가 강준이 먼저 씻으러 들어갔다.

세희는 희정과 백화점에서 산 야시시한 속옷과 슬립을 꺼냈다가 잠시 망설이더니 다시 집어넣었다.

'괜히 엄만 이걸 사라고 고집하더니. 어떻게 입어. 다 비치잖아.'

한참을 망설이던 세희는 집어넣었던 속옷과 슬립을 다시 꺼냈다.

'신혼여행이니까 눈 딱 감고 입어보지, 뭐. 이젠 완전히 내 남자니까 부끄러워할 필요 없어. 그런데 브래지어는 해야 하나, 말아야 하나. 어쩌지.'

세희가 화끈거리는 얼굴에 부채질을 하고 있을 때 샤워를 마친 강준이 목욕 가운을 입은 채로 나왔다. 놀랐는지 후다닥 욕실로 들어가는 세희의 모습에 소리죽여 웃었다.

이런 느낌, 참 좋다. 두근두근하고……. 떨리고, 우리 세희도 그렇겠지.'

강준은 새로운 와인 병을 따서 잔에 부었다. 느긋하게 와인을 마시며 밤하늘을 올려다봤다. 별빛과 달빛이 바다 위로 쏟아지고 있었다. 저절로 감탄사가 나왔다.

"아름답다."

수영장을 둘러싸고 있는 야자수의 잎이 따스한 바람에 흔들리고 있었다. 꿈속의 한 장면에 들어와 있는 것 같이 몽롱해지는 기분이었다. 욕실에서 드라이기 소리가 났다. 강준의 입가에 웃음이 번졌다. 이 꿈속 같은 장면에서 가장 꿈처럼 느껴지는 존재가 세희였다. 머리를 말리는 세희의 모습이 절로 상상이 됐다. 조금 지나 세희가 말간 얼굴로 목욕 가운을 입고 나왔다.

강준은 말없이 와인 잔을 내밀었다.

"더 마셔도 돼요?"

"네가 긴장한 거 같아서."

세희는 잔을 들고 강준의 옆에 앉았다. 바짝 다가온 강준이 그녀의 입술에 입을 맞췄다.

"긴장하지 마."

"긴장 안 해요."

둘은 서로를 바라보며 천천히 와인을 마셨다. 강준은 다 마신 세희의 잔을 테이블에 내려놓고 그녀의 허리를 끌어당겼다.

"세희야."

강준의 뜨거운 숨이 세희의 얼굴 위로 쏟아졌다. 거친 숨소리와 달리 녹을 듯이 달콤한 키스가 이어졌다. 강준은 앞서가는 몸의 반응을 가라앉히려 애쓰며, 다디단 세희의 입술을 머금고 혀를 맘껏 탐했다. 가늘게 흘러나오는 그녀의 숨소리에 목욕 가운 속의 몸은 달아오를 대로 달아올랐다. 억눌러 왔던 거친 욕망이 솟구쳤다. 세희의 귓불을 빨면서 목욕 가운의 허리띠를 풀었다. 속이 들여다보이는 까만 슬립을 입은 세희의 모습에 자신도 모르게 꿀꺽 침이 넘어갔다. 윤기가 흐르는 새하얀 피부와 대조되는 까만 슬립 속의 몸의 곡선을 손으로 쓸어내렸다.

세희는 그저 그의 손에 몸을 맡겼다. 사랑하는 사람과의 첫 관계가 이렇게 긴장되고 떨릴 줄 몰랐다. 얇은 슬립 속의 가슴이 빨라진 심장박동을 나타내듯이 오르락내리락 빠르게 움직였다. 불룩하게 솟아 있는 가슴 위로 앙증스러운 유두의 모양이 잡혔다.

"하아. 세희야……"

강준은 세희를 안아 그의 탄탄한 허벅지 위에 앉혔다. 슬립의

얇은 어깨끈을 서서히 벗겼다. 눈부시게 빛나는 세희의 탐스러운 가슴이 드러났다. 더 이상 참을 수가 없었다. 바로 가슴을 입 안가득히 넣고 빨기 시작했다. 탱탱한 가슴을 빨고 또 깨물었다. 미칠 듯한 열기가 몸속에서 올라왔다. 참을 수 없을 만큼 커진 그의 남성이 세희의 속으로 들어가고 싶어 요동을 쳤다. 그의 애무가 계속될수록 세희도 긴장을 풀고 뜨거워졌다. 벌린 입 사이로 연신 신음이 흘러나왔다.

"하아, 아아."

"세희야, ……세희야."

열에 들뜬 강준의 목소리가 그녀의 귓가를 간질였다. 어느새 소파에 눕혀진 세희는 슬립을 올리고 팬티를 벗기는 강준을 위해 엉덩이를 들었다. 또다시 공기가 희박할 정도로 농밀해졌다. 세희는 그녀의 숲을 만지는 강준의 손길에 희박해지는 공기를 들이마시려고 입을 벌렸다. 벌린 입에서 뜨거운 신음이 쏟아졌다.

"아아."

부드러운 허벅지를 입술로 쓸어가던 강준이 혀로 그녀의 꽃잎을 갈랐다. 움찔거리며 위로 올라가는 세희의 골반을 잡고 황홀한 꽃잎 속을 빨았다. 낯설면서 야릇한 느낌에 세희가 몸부림을 쳤다.

"강준 씨, 하아."

강준은 이미 제정신을 잃고 있었다. 거칠게 그의 목욕 가운을 벗어던지고 세희를 안고 침대로 급하게 갔다. 세희 위에 올라온 강준의 몸이 흥분으로 거칠게 떨리고 있었다.

"못 참겠다, 세희야."

그는 거칠게 세희의 가슴을 빨았다. 그가 빨고 지나가는 자리마다 붉은 꽃잎이 생겼다. 복부를 지나 단물이 흐르는 샘을 찾아 들어가 성급하게 쪽쪽 빨았다. 거대해진 강준의 남성을 본 세희가 다가올 환희와 고통에 긴장으로 몸을 떨었다. 세희의 골반을 든 강준은 터질 것 같은 그의 남성으로 애액이 흐르는 샘을 살짝살짝 자극했다. 다리를 벌리는 세희 속으로 천천히 들어갔다. 세희가 허리를 틀며 고통스런 소리를 질렀다.

"아앗, 아파요."

아픔으로 일그러지는 세희의 얼굴에 강준은 주춤했다. 고통을 참느라 입을 앙다물고 있는 세희의 골반을 단단하게 잡은 그의 손이 심하게 떨렸다. 그가 세희의 첫 남자란 걸 알았다. 가슴 속에서 뜨거운 것이 확 올라왔다. 기뻤다. 세희는 온전히 그의 것이었다. 평생도록 그가 유일한 남자였다.

"세희야, 조금만 참아."

강준은 키스하며 허리를 최대한 느릿하게 움직였다. 본능적으로 그의 남성을 움켜잡는 세희의 뜨거운 속에 그는 죽을 것 같았다. 아파서 신음하면서도 맞물린 아래는 그를 가득하게 받아들였다. 전신으로 퍼지는 열기에 강준은 입술을 떼고 세희의 귓불을 깨물었다. 그러고는 귓속에 신음을 토해내면서 조금씩 속도를 높였다.

얼얼한 고통과 사랑하는 사람을 받아들였다는 기쁨이 어우러진 세희의 눈에서 눈물이 몇 방울 흘러내렸다. 겹쳐진 강준의 뜨거운 몸과 쾌락에 못 견뎌하며 내뱉는 신음에 그녀도 강준의 밑에서 속도를 맞춰서 움직였다. 하나가 된 아래에서 후끈한 열기가 올라왔다. 강준의 등을 껴안은 세희가 신음하기 시작했다.

"아아, 강준 씨."

"세희야……."

묻는 듯한 강준의 눈빛에 세희가 고개를 끄덕였다.

강준은 힘차게 허리를 움직였다. 흘러내린 애액으로 질퍽하게 부딪친 아래에서 야릇한 소리가 났다. 강준은 세희의 골반을 잡고 속도를 높였다. 서로의 신음 소리에 더한 쾌락이 몰려왔다. 빨갛게 젖은 시트가 보였다. 강준은 미칠 듯이 세희의 속을 향해 돌진했다.

세희는 아픔보다도 더 격렬해지는 쾌감에 강준을 더 깊게 받아들였다 그녀의 속의 끝을 휘저으며 강하게 치고 들어오는 그의 몸짓에 죽을 것 같았다. 처음은 아플 줄만 알았다. 하지만 사랑하는 사람을 받아들이고 함께 만들어가는 쾌락이 온몸을 가득하게 돌고 있었다.

더 이상 견딜 수 없을 것 같았다. 불같이 뜨거워진 속이 내벽을 휘두르는 강준의 남성을 꽉 물었다.

"하아, 더 이상은…… 못 견디겠어요."

"세희야, 조금만 힘을 빼. 금방이야."

살짝 풀어주는 세희의 속에서 강준은 마지막을 향해 가고 있었다. 이미 그의 몸은 쾌락에 젖어 있었다. 가장 깊은 세희의 속에 정액을 가득하게 쏟아냈다. 세상이 하얘졌다. 시간이 멈춘 공간에 두둥실 떠 있는 것 같았다. 이런 열락은 처음이었다. 강준은 축 늘어진 세희의 몸 위에 쓰러졌다. 겹쳐진 뜨거운 몸에서 여전히 열기가 피어올랐다. 가쁘게 숨을 내쉬는 세희의 목덜미에 기절하듯이 얼굴을 묻었다.

세희는 땀이 흐르는 강준의 등을 쓸어내리며 여전히 몸속에서 흘러나오는 쾌락에 젖은 숨소리를 힘겹게 뱉어 냈다. 이런 강렬한 고통과 쾌락이 존재할 줄 몰랐다.

정신을 차린 강준이 세희의 얼굴에 입을 맞췄다.

"사랑해, 윤세희. 말할 수 없이 사랑해."

"강준 씨, 사랑해요."

잠시 후, 씻고 나온 둘은 시트를 갈고 소파에서 벌거벗은 몸으로 꽉 껴안고 있었다. 강준의 입술이 세희의 이마에 닿았다가 떨어졌다.

"많이 아팠지?"

"참을 만했어요."

"고마워, 너의 첫 남자가 되게 해줘서."

강준은 부드러운 세희의 뺨과 희고 고운 목덜미를 입술로 쓸었다. 세희를 향한 마음이 더 강렬해졌다. 처음 만났을 때부터 그의 심장에 쏙 들어온 여자였다. 다른 여자들과 비교할 수 없었다.

강준은 잘록한 세희의 허리를 더 끌어안았다. 훅 딸려오는 그녀의 몸의 느낌이 비단처럼 매끄러웠다.

"하아."

세희의 탱탱한 가슴이 그의 가슴을 눌렀다. 강준은 세희의 등을 쓰다듬던 손을 밑으로 내렸다. 둥글고 탐스러운 엉덩이를 두 손으로 꽉 쥐었다.

"너무 좋다."

"나도요."

강준은 은근히 그의 몸을 쓰다듬고 있는 세희의 반응에 웃음을 꾹 참고 물었다.

"네 마음에 들었으면 좋겠다."

"뭐가요?"

"내 몸."

세희의 얼굴이 홍시처럼 빨개졌다. 그런 세희의 뺨과 귓불에 입을 맞춘 강준이 다시 물었다.

"상상해본 적 있어? 벗은 내 몸 말이야."

"상…… 상했어요. 얼마나 멋있을까 하고요."

"그래서 만족했어?"

세희가 더듬거리며 대답했다.

"마음에 들어요. 엄청 마음에 들……. 강준 씨, 좀 쉬었다 하는 거 아니에요? 아으."

어느새 세희는 다시 강준의 밑에 깔려 있었다.

"아까 스테이크를 든든하게 먹어뒀으니, 밤을 새워도 끄떡없어."

세희는 대답도 못하게 입을 막아버린 강준의 뜨거운 키스를 받아들이며 목덜미를 끌어안았다.

일주일이 어떻게 흘러갔는지 감을 못 잡을 정도로, 강준과 세희는 둘만의 천국에 있었다. 달빛이 쏟아지는 숙소의 개인 수영장에서 알몸으로 수영을 하고 사랑을 나눴다. 서로에게 빠진 그들은 내내 한시도 떨어지지 않고 붙어 있었다. 숙소 밖으로 나간 것은 손을 잡고 모래사장을 걷거나 달빛과 별빛이 쏟아지는 바닷가에서 맥주를 마실 때, 몇 번뿐이었다. 관광은 가보지도 못했다. 그렇게 두 사람의 꿈같은 신혼여행이 끝났다.

1년 5개월 후.

신엽은 사무실을 나가는 남자의 등을 보며 곰곰이 생각에 잠겼다. 태진그룹에서 온 비서였다. 벌써 두 번이나 세희를 그만두게 하라는 압박을 했다. 물론 그는 그 말을 따를 생각은 없었다. 오히려 선배로서 더 보호해줘야 할 상황이라고 여겼다. 하지만 세희의 행복한 결혼 생활에 위험이 닥칠지도 모른다는 막연한 불안감에 그의 얼굴이 어두워졌다. 아무리 생각을 해봐도 세희가 태진 그룹과 관련이 있을 것 같지는 않았다.

'역시, 성환식품을 노리는 건가. 그런데 왜 세희까지 압박하는 거지. 다른 이유가 있는 걸까.'

신엽은 서랍에서 태진 그룹에 대해 조사한 서류를 꺼내 다시 꼼꼼히 읽어보았다.

'분명 다른 이유가 있어. 세희는 여기서 나가게 되면 어디에서든 일을 할 수 없게 될 거야. 왜? 도대체 왜?'

똑똑.

노크 소리에 신엽의 얼굴이 환해졌다. 단정한 걸음으로 들어서는 세희를 반갑게 맞았다.

"퇴근 시간에 불러서 미안. 용건만 간단히 말할게. 앉아."

신엽은 앞에 앉은 세희의 얼굴을 조심스레 살폈다. 평소와 다른 점은 없는 거 같았다.

"실장님."

세희의 재촉에 신엽이 입을 열었다.

"세희야, 저번 주에 제안했던 거 다시 한 번 생각해보는 게 어때? 물론 네 얼굴이 알려지는 걸 싫어하는 것도 알고, 시댁에서도 어떻게 받아들일지 모르겠지만 요즘은 홍보 시대잖아. 네 능력을 최대한 발휘하면서 사는 게 좋지 않을까?"

"아직은 조용히 있고 싶어요. 다른 선생님들도 많잖아요."

신엽은 거절하는 세희에게 차분하게 얘기했다.

"물론 후배로서 널 아끼는 마음도 있어. 하지만 이건 정말 사업적인 제안이야. 어차피 학원은 실력과 인기를 갖춘 강사들이 있어야 그만큼 학생들이 따라오는 거지. 인터넷 강의와 현장 강의의 구매력이 엄청나. 출판계에서 종이책 시장이 죽고 전자책 시장이 커지고 있듯이 인강의 파급력은 대단해. 영역별 스타 강사들은 1인 기업인 거 알잖아. 벌어들이는 수입도 어마어마해."

"실장님, 전 그냥 평범한 강사일 뿐인데요. 그리고 우리 학원의 영어 영역 대표 강사님인 박 선생님이 있잖아요."

박 선생은 지금까지 학원 강의와 인터넷 강의 누적 학생 수를 합하면 몇백만 명에 달하는 대한민국에서 손꼽히는 유명 강사로 이름을 날리고 있었다. 신엽이 전설적인 인터넷 강사로 불리는 그를 데려오기 위해서 엄청난 공을 들인 것은 모두들 알고 있었다.

신엽의 말이 이어졌다.

"대표 강사만 있어서 되는 게 아니야. 뛰어난 강사들을 계속 키우든 외부에서 영입하든 해야지. 결국 현장 강의나 인강이나 수강생을 얼마나 끌어올 수 있느냐의 문제야. 내가 손해날 일을 하겠어. 박 선생님은 아예 입지를 굳히고 계신 거고, 너와 문창석 선생님에게 기회를 주는 거야. 클 수 있는 만큼 우리 학원에서 커볼 수 있는 기회를 말이야. 거기에 인기 스타 강사로서 입지를 굳히고 책도 집필해서 팔면 금상첨화야. 한번 도전해봐. 살아남든 아니든 그건 네 몫이지만 시도는 해봐야지."

세희는 마주잡은 손을 더 꽉 쥐었다. 사실 욕심이 났다. 이런 기회가 쉽지 않다는 걸 알고 있기에 신엽에 대한 고마움도 컸다. 잠시 생각에 잠겨 있던 세희가 조심스레 물었다.

"어떤 영역이요?"

"영어 독해와 문법, 실전 수능 영어 파트를 문 선생님과 네가 맡고 영어 듣기는 다른 선생님이 할 거야. 일단 현장 강의한 것을 찍어서 반응을 본 다음에 인강을 찍어야지."

"승산이 있을까요?"

"그건 지금 네 수강생들의 반응을 보면 알 수 있어. 네가 맡은 반 애들은 네 말이라면 뭐든 따르잖아. 그만큼 널 신뢰하는 거야. 일단 실력이 오르는 걸 보면 애들과 학부모들이 더 빠르게 반응할 거야. 이번 달에도 네게 비용은 개의치 않겠다면서 팀 과외뿐만 아니라 개인 과외의 요청이 계속 들어오고 있다고 얘기했지? 이미 소문이 났어. 해볼 만해."

잠시 생각에 잠겨 있던 세희는 신엽을 보며 말했다.

"실장님, 감사합니다. 그래도 제 입장이 있어서요. 일단은 생각할 시간을 주세요."

"그래, 강준 씨와 상의해봐. 얼마나 좋은 기회인지는 잊지 말고. 그리고 이건 확실히 해야겠다. 단지 선배라는 이유로 네게 기회를 주는 게 아니란 건 너도 알 거야. 학원 실장으로서 그만큼 네 능력을 높이 산다는 의미니까 신중하게 생각해봤으면 좋겠다."

"네, 감사합니다."

신엽이 나직하게 웃으며 말했다.

"감사하면 선배라고 부르라니까. 우리 둘이 있을 때는 그렇게 불러도 돼. 너도 참 어지간하다. 혹시 알아? 선배라고 부르면 더욱 더 밀어줄지."

"너무 밀지는 마세요."

세희도 소리 내어 웃었다.

목례를 하고 나가는 세희를 보는 신엽의 눈빛이 아련해졌다.

'하여튼 한결같네. 그래도 행복하게 사는 것 같아 마음은 놓이는데……'

퇴근한 세희는 가을로 접어드는 가로수들을 보면서 빌라로 차를 몰았다. 휴대폰으로 시간을 보다가 강준의 메시지를 확인했다.

[한 시간 정도 늦을 것 같아. 보고 싶어도 잘 참고 있어.]

세희의 입가에 행복한 미소가 걸렸다. 강준과의 결혼 생활이 벌써 일 년 반이 다 되어가고 있지만 여전히 그와 살아온 그 시간들이 너무 소중하고 행복했다.

하지만 그녀의 생각이 강준에게서 회사와 시부모님으로 넘어가자, 걱정이 담긴 한숨이 새어 나왔다. 회사가 점점 어려워지고 있다는 것을 다들 쉬쉬하지만 그녀도 조금쯤은 느끼고 있었다. 몇 달 전에 강준을 위해 초밥을 포장해 회사에 간 적이 있었다. 그때, 한참 일하느라 바쁠 직원들이 삼삼오오 모여, 회사가 얼마 버티지 못할 거라느니 걱정하는 말을 들었었다. 결국 도시락을 들고 집으로 돌아왔다.

얼마 지나지 않아, 시아버지인 박 사장이 쓰러져 현재 입원 중이었다. 세희는 맡았던 고3들이 수능을 치르고 난 후인 지난 겨울부터 이전에 신엽이 제안했던 대로 수업을 진일 기숙 학원에서 낮 시간에 하는 걸로 바꾸고 일찍 퇴근했다. 주말에는 강준이 출근을 하고 나면 병원으로 가서 간병을 도왔다.

"요즘 얼굴이 많이 안됐어. 정말 힘든가 봐."

세희는 강준의 헬쑥해진 얼굴이 생각나자 더 서둘러 빌라로 들어섰다. 옷을 갈아입고 손을 씻은 후 냉장고에서 미리 다듬어놓은 야채와 저녁거리를 꺼냈다. 신혼 초에는 출퇴근하는 도우미가 있었지만 얼마 전부터는 도우미 없이 집안일을 해 나가고 있었다. 강준의 반대가 심했지만 회사가 어려워진 상황에서 그녀만 편하게 살 수 없다면서 그를 설득했다. 둘만 사는 살림이라 집안일이 그리 힘들지는 않았다.

강준이 돌아올 시간이 다가오자, 세희는 쌀에 찹쌀을 조금 넣고 씻어서 불렸다. 저녁 메뉴로 강준이 먹고 싶다고 했던 닭볶음탕을 만들 생각이었다. 결혼 전에 오피스텔에서 먹어본 닭볶음탕이 맛있었는지 결혼 이후 가끔씩 해달라고 했다.

분주하게 저녁을 준비하고 있을 때, 강준이 도어록의 비밀번호를 누르고 들어왔다.

"강준 씨!"

"세희야."

강준은 가방을 던지고 달려오는 세희를 번쩍 안았다. 까칠해진 그의 얼굴에 미소가 가득해졌다.

"오늘도 열심히 수업했어? 상을 줘야지."

"그럼 상 줘요."

양팔로 그의 목덜미를 안고 입술을 내미는 세희를 보는 강준의 눈에는 사랑이 넘쳤다. 회사는 넘어가기 직전이고 모든 것이 암담했지만 퇴근하고 돌아와 불이 켜진 빌라를 올려다보면 절로 힘이 났다. 그곳에서 그를 기다리고 있을 세희 생각에 모든 근심을 밖에 두고 뛰어 들어올 수 있었다.

쪽쪽.

쪽쪽거리던 입맞춤이 점점 진한 키스로 바뀌자, 세희는 강준의 가슴을 살짝 밀어내며 말했다.

"배고플 텐데 먼저 저녁부터 먹어요."

"저녁은 나중에. 하루 종일 얼마나 보고 싶었는지 모르지?"

"나도 많이 보고 싶었어요."

강준은 반짝이는 세희의 눈에 입을 맞추고 다정한 눈으로 그녀를 바라봤다.

"정말 좋다. 이렇게 함께 있다는 것만으로도 힘이 나."

"나도 그래요. 그러니까 저녁 먹게 씻고 와요."

강준이 그녀의 귓불을 잘근잘근 깨물며 말했다.

"더 급한 게 있어."

"배고플 텐데, 저녁부터 먹고……."

그의 뜨거운 숨이 귓속으로 파고들었다.

"네가 더 급해."

강준은 그의 뺨을 만지는 세희를 침실로 안고 가면서 키스를 멈추지 않았다. 물 먹은 솜처럼 축 쳐져 있던 몸이 뜨겁게 불타올랐다. 부드럽게 세희를 침대에 눕히고 슈트 상의를 벗어 던졌다. 둘은 급하게 서로의 옷을 벗겼다. 일 년이 넘게 그렇게 사랑을 나누고, 또 나눴는데도 여전히 서로에게 눈을 떼지 못했다.

강준은 매끄럽고 우윳빛이 도는 부드러운 세희의 몸을 소중하게 어루만지며 사랑한다고 속삭였다. 봉긋한 가슴을 쓰다듬은 손가락이 매끈한 복부를 쓸고 아래로 내려갔다. 수풀의 꽃잎과 달콤한 샘을 만지는 그의 숨소리가 거칠어졌다. 이미 부풀어 올라 터질 것 같은 남성의 욕구를 애써 외면하면서 천천히 세희의 몸을 입술과 혀로 빨고 핥았다.

"아아, 강준 씨."

그의 뜨거운 입술이 지나갈 때마다 세희의 입에서 신음이 흘러나왔다. 강준은 세희의 탐스러운 가슴을 입 안에 가득 넣고 세차게 빨았다. 그의 애무에 물결치듯이 반응하는 달콤한 몸에 뜨거운 열기가 온몸을 휘감았다. 강준은 신음을 흘리며 다시 세희의 샘을 손바닥으로 쓸었다. 흥건하게 애액을 흘리는 세희의 속으로 견딜 수 없는 상태가 된 남성을 서서히 밀어 넣었다.

"하아, 아아."

"아웃."

"세희야……. 세희야."

천천히 움직이는 것만으로도 머리끝까지 차오르는 쾌감에 강준은 몸을 떨었다. 세희의 골반을 잡은 그의 손에 힘이 가해졌다. 점점 뜨거워지며 좁아지는 그녀의 속을 향해 속도를 높였다. 아름다운 세희의 얼굴이 신음을 쏟아내며 황홀감으로 물드는 것을 보면서 그녀의 속의 끝까지 빠르게 치고 들어갔다. 그의 강한 움직임에 따라 물결처럼 흔들리던 세희가 밑에서 그의 속도에 맞춰 함께 움직였다. 탐스러운 가슴이 그의 움직임에 따라 출렁거렸다.

"하아, 강준 씨, 아아⋯⋯."

질퍽하게 부딪히는 아래의 움직임이 빨라졌다. 강준은 흐느끼듯이 신음하는 세희의 입 안에 혀를 밀어 넣었다. 새어 나오는 신음 소리만큼 둘의 혀가 뜨겁게 얽혀 들었다. 강준이 위아래로 강하게 밀고 들어왔다. 그의 남성이 뜨거운 그녀의 속을 헤집으며 민감한 부위를 거세게 강타했다. 흥분으로 터질 듯이 커진 그의 남성이 그녀의 좁은 속을 가득하게 채우며 휘저었다. 그의 격렬한 움직임에 쾌감이 극에 달했다.

"하아, 하아."

간신히 입술을 뗀 세희는 강준의 성감대 중의 하나인 귓불을 세차게 빨고 깨물면서 그의 남성을 강하게 조였다.

"하웃, 아아, 세희야, 너무 좋아. 아으."

강준이 신음을 쏟아내면서 미친 듯이 허리를 움직였다.

"하읔, 아읏."

세희는 온몸을 강타하는 열락 속에 빠졌다. 그녀의 입에서 달뜬 신음 소리가 끝없이 흘러나왔다. 둘은 서로를 바라보며 마지막을 향해 달렸다. 거친 숨소리와 쏟아져 나오는 신음 소리가 가득한 방에서 둘은 황홀한 절정에 올랐다.

세희는 그녀 위로 무너진 강준의 머리와 등을 다정하게 쓸어내리며 가쁜 숨을 내쉬었다. 어려워지는 회사 일로 지친 강준을 이 보금자리에서 만큼은 편히 쉬게 해주고, 걱정을 내려놓을 수 있게 해주고 싶었다. 서로의 마음과 몸이 하나가 되어 있었다. 뜨겁게 겹쳐진 둘은 다시 입을 맞췄다. 한참 지나서 입술을 뗀 강준이 그녀의 얼굴을 쓰다듬으며 다정하게 말했다.

"사랑해."

"나도 사, 앗, 이런!"

사랑한다는 말을 하려던 세희는 탄 냄새에 정신이 번쩍 들었다. 재빨리 강준을 밀치고 아래를 수건으로 닦아낸 후에 부엌으로 뛰어갔지만 이미 냄비 바닥이 새카맣게 탄 뒤였다. 뚜껑을 열고 탄 밑부분을 들여다보며 한숨을 쉬고 있을 때 강준이 뒤에서 그녀를 안았다.

"탔어?"

"어쩌죠?"

"타면 탄 대로 먹으면 돼."

세희는 은근슬쩍 양손으로 가슴을 움켜쥐고 있는 강준을 돌아보면서 웃었다.

"강준 씨, 우리요. 둘 다 벗고 있어요. 그러니까 빨리 옷 입어요."

"이게 더 좋은데. 우리 이러고 밥 먹자."

"안 돼요. 맙소사! 블라인드! 빨리 블라인드 쳐요. 누가 봤으면 어떡해요?"

강준이 벗은 몸으로 거실에서 리모컨을 찾아 블라인드 버튼을 누르는 동안 세희는 침실로 달려가 재빠르게 옷을 입었다. 웃으면서 뒤따라 들어온 강준에게 속옷을 건네주고는 드레스 룸에서 편한 옷을 가져와 내밀었다.

"배고프죠? 입고 나와요."

세희는 다시 옷을 내미는 강준에게 보조개가 쏙 파이도록 웃으며 손을 저었다.

"오늘은 안 돼요. 스스로 입어요."

주방으로 나가는 세희의 등 뒤에서 강준이 투덜거렸다.

"윤세희, 변했어. 언제는 입혀주는 게 좋다고 하더니."

"다음에 해줄게요. 일단 밥부터 먹어요."

둘은 식탁에 앉아 닭볶음탕에서 많이 탄 부분만 덜어내고 먹었다. 포슬포슬한 감자를 계속 집어먹던 강준이 행복한 목소리로 말했다.

"아, 맛있다. 역시 밥은 집밥이 최고야. 그리고 내 마누라가 최고지."

"자꾸 마누라라고 할 거예요?"

"왜? 난 좋아. 내 마누라, 내 마누라, 얼마나 듣기 좋아. 완전한 내 여자, 내 사람이라는 느낌이 팍 오잖아. 조선 시대에는 마마와 같이 쓰던 존칭어였어. 나에겐 완전한 내 여자라는 의미야. 말할수록 정겨워. 물론 밖에서는 그렇게 안 부르고 우리끼리 있을 때만 쓸게."

"알았어요. 봐줄게요. 다른 데서는 쓰지 마요."

세희가 설거지를 하는 동안 강준은 유자차를 탔다. 둘은 넓은 거실의 안락한 소파에 앉아 서로에게 기대 차를 마셨다. 세희는 강준의 어깨에 머리를 기댔다. 찻잔을 내려놓은 강준이 그녀의 얼굴을 감싸고 눈을 다정하게 바라봤다.

"세희야, 만약에…… 말이야. 내가 가난해져서 이런 생활을 할 수 없게 된다면 말이야. 갑자기 생각이 나서 물어보는 거니까 편하게 대답해봐. 그래도 내 옆에 지금처럼, 이렇게 있을 거지?"

"평생 안 떨어질 거예요. 우리 결혼 서약할 때 대답했잖아요. 죽음이 우리를 갈라놓을 때까지 함께할 거라고요."

"그랬지. 어떤 상황이 와도 널 먹여 살릴 수 있어. 하지만 항상 네게 가장 좋은 것으로 뭐든 주고 싶은데……."

세희는 강준의 입술에 쪽 소리가 나게 입을 맞추고 말했다.

"힘들면 내가 강준 씨와 아버님, 어머님을 먹여 살리면 돼요. 부양의 책임은 남편에게만 있는 게 아니니까요. 가난하고 아프고 힘들 때 서로가 서로를 책임져야죠."

강준은 세희의 머리를 쓸어내렸다. 그의 눈빛이 어두워졌다. 세희는 조심스런 표정으로 물었다.

"회사가 많이 힘들어요?"

"아니야. 걱정하지 마."

"강준 씨, 사실대로 얘기해줘요. 그래야 나도 뭔가 도움이……."

"세희야, 넌 그냥 내 옆에 이렇게 있어주면 돼. 그게 내게 가장 큰 힘이 되니까. 네가 회사 일로 걱정하는 거 싫다."

세희를 가슴에 끌어안은 강준은 애써 답답한 마음을 떨쳐냈다. 이미 한계에 와 있는 회사였다. 태진그룹에 의해 자금줄이 막혀 부도 직전에 와 있었다. 그의 허리를 다정하게 안는 세희를 더 끌어안으며 강준은 속으로 중얼거렸다.

'세희만 내 옆에 있으면 돼. 그러면 다시 밑바닥부터 시작하더라도 일어날 수 있어. 세희만 곁에 있어준다면 뭐든지 할 수 있어.'

당장 다음 달로 다가와 있는 어음을 막을 방법이 없었다. 더 돈을 빌릴 데도 없었고 이미 태진그룹이 개입했다는 것을 안 거래처들이 등을 돌렸다. 은행의 융자를 막은 것도 태진그룹인 데다가 그 뒤에 손재경 이사가 있다는 것도 업계에는 이미 소문이 난 상태였다.

'부도 처리하고 일단 아버지의 묶인 재산과 공장들을 팔아서 채무를 갚아 나가야겠지. 그리고 다시 시작하면 돼. 세희와 부모님만 내 옆에 있으면 뭐든 할 수 있어.'

세희를 내려다보며 속으로 주문을 외우듯 되뇐 강준은 빙그레 웃었다. 그녀가 소리 없이 그의 체향을 들이마시고 있었다. 눈을 감고 방실방실 웃고 있는 세희의 얼굴을 보며 그는 근심을 잊었다. 가슴 속이 뭉클해졌다. 그가 힘들어 보일 때면 세희가 일부러 더 이런 반응을 보이는 걸 알고 있었다. 어쩌면 그녀가 그를 더 잘 알고 있는 것 같았다. 이런 그녀의 모습에서 그가 얼마나 힘을 얻는지를 알고 있으니.

강준은 매끄러운 세희의 머리카락을 쓰다듬었다.

강준은 세희의 머리에 얼굴을 묻고 행복한 미소를 지었다. 둘만이 있는 이곳은 불행도 근심도 들어올 수 없는 그와 그녀만의 안식처였다. 회사일로 힘들어하는 그를 위해 일부러 더 밝은 표정을 짓는 아내가 있는 곳이었다. 강준은 세희의 품 안에서 다시 내일을 살아갈 에너지가 차오르는 것을 느꼈다.

아침에 강준의 따뜻한 품에서 잠이 깬 세희는 눈을 비비며 일어났다. 몇 달 전부터 주말에도 출근하는 강준에게 따뜻한 밥을 해 먹이고 싶었기 때문이다. 품속에서 쏙 빠져나가는 세희를 강준이 팔로 붙잡아 다시 올렸다.

"조금만 더 있어."

"아침 차려줄게요."

"잠시만. 이렇게 안고 있으면 힘이 나."

세희는 강준의 어깨에 머리를 기대고 목덜미에 얼굴을 댔다. 실오라기 하나 걸치지 않은 두 사람의 몸이 밀착됐다.

"좋다."

강준이 기분 좋은 목소리로 말하면서 엉거주춤 엉덩이를 뒤로 빼는 세희를 다리로 바짝 끌어당겼다.

"정말 좋다."

"그럼 5분만 있다가 나갈게요. 더 자요."

세희는 잠시 망설이다 말했다.

"강준 씨, 가족으로서 말하는 거니까 오해하지 말고 들어줘요. 회사일을 나도 돕고 싶어요. 조금이라도 도움이 될 수 있을지 몰라요."

세희는 신엽에게 받은 제안을 얘기했다. 세희의 얘기에 강준의 표정이 굳어졌다. 하지만 손길은 여전히 다정했다. 매끄러운 그녀의 등을 쓸어내리며 강준이 차분하게 말했다.

"세희야, 사실 난 네가 결혼하고 학원 나가는 것도 그만뒀으면 했어. 네가 일하는 게 행복하다고 고집해서 아기 가질 때까지만 다니기로 한 거잖아."

"강준 씨, 그래도 나만 편하게 있을 수 없잖아요. 아버님도 저렇게 병상에 계시고요. 잘된다는 보장은 없지만 열심히 하면 지금보다 페이는 몇십 배가 들어올 수도 있어요. 그럼 조금이라도 회사에 도움이 될 수도 있고요. 그러고 싶어요. 네? 강준 씨?"

"미안해. 네가 이런 생각까지 할 정도로 무능해서……."

"강준 씨, 그게 아니에요. 왜 그런 말을 해요. 강준 씨가 얼마나 열심히 일하는지 알아요. 그만큼 가업으로 이어진 회사를 사랑하는 것도요. 나도 가족이잖아요. 뭐라도 해야죠."

강준은 일어나 세희를 무릎에 앉혔다.

"네 마음은 알겠지만 그건 안 돼. 지금도 아침부터 나가서 오후 늦게까지 내내 강의하고 들어오는 게 얼마나 마음이 아픈지 알아? 몇 시간을 쉬지 않고 말을 해서 저녁에 네 목소리가 잠겨 있을 때는 정말 속상해. 강제라도 말리고 싶은 걸 꾹 참고 있는 거야."

"강준 씨, 난 아이들을 가르치는 게 재미있어요. 무슨 일이든 안 힘든 게 어디 있어요? 보람도 있고 좋아요. 이 일을 계속하다가, 나중에 우리 아이들이 좀 크면 조그만 학원이라도 차린다는 목표도 가지고 있구요."

진지한 세희의 표정에 강준이 한숨을 내쉬었다.

"하아, 하여튼 말 안 듣는다니까. 그래도 더 많이 수업하는 것은 힘들어서 안 돼. 그리고 회사 걱정은 하지 마. 혹시 다른 일을 하게 되더라도 너와 우리 아이들은 내가 잘 돌볼 수 있어."

"강준 씨, 우리 좀 웃기지 않아요? 태어나지도 않은 아이를 우리 아이들이라고 부르고 있어요. 최소 두 명은 낳아야 아이들이 될 텐데."

"그러네. 나도 무의식적으로 그렇게 생각했나 봐. 많이 낳을까? 그건 힘들어서 안 되겠다. 그럼 두 명으로 할까."

"좋아요."

강준은 세희의 날씬한 배를 쓰다듬었다.

"우리 아이…… 빨리 왔으면 좋겠다."

그의 손이 점점 아래로 내려갔다.

"확률을 높일까?"

"나중에요. 점심 준비해서 병원에 가야 해요. 점심 전에 가려면 바빠요."

"난 가볍게 시리얼과 과일로 줘."

강준은 세희를 안아서 욕실로 갔다.

"왜요?"

"아침 준비할 시간을 아꼈으니 씻겨줄게. 머리도 감겨주고 거품 내서 온몸도 닦아주고."

"정말 씻겨만 줄 거죠?"

"뭐, 더 하고 싶은 거 있어? 그럼 그것도 해줘야지."

잠시 후, 욕실에서 얼굴이 발그레해져 나온 세희는 강준을 출근 시키고 재빠르게 점심 준비를 시작했다. 따뜻한 밥을 담고 영란이 좋아하는 반찬을 넣으면서 근심스런 얼굴로 창밖을 내다봤다. 어느덧 가을이 오고 있었다. 벌써 두 달 동안 깨어나지 못하는 박 사장에 대한 생각으로 세희는 가슴이 무거워졌다.

'빨리 일어나셔야 할 텐데. 강준 씨도 힘들고 어머니도 간병하느라 많이 수척해지셨어. 직접 한다는 것을 말릴 수도 없으니…….
빨리 모든 것이 원래대로 돌아왔으면 좋겠다. 처음 결혼했을 때처럼 웃으면서 즐겁게 살 수 있으면 얼마나 좋을까.'

세희는 유난히 그녀를 예뻐한 박 사장의 호탕한 웃음소리를 떠올렸다. 박 사장이 다정하게 그녀를 부르던 목소리가 환청처럼 들렸다.

'우리 아가, 새아가.'

그녀를 보면 얼굴뿐만 아니라 목소리에도 웃음이 가득했었다. 그런 박 사장이 지금은 의식이 없는 상태로 누워 있었다.

세희는 된장국을 보온병에 넣으면서 마음속으로 빌었다.

'아버님, 빨리 일어나세요. 이 힘든 시기를 이겨내고 우리 가족 모두 예전처럼 행복하게 살아요.'

주차장으로 내려와 보온 도시락과 가방을 옆 좌석의 바닥에 놓은 세희는 천천히 차를 몰아 병원으로 향했다.

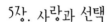

5장. 사랑과 선택

영란이 도시락 가방을 가지고 병실로 들어서는 세희를 반갑게 맞았다.

"새아가, 주말에 쉬어야 할 텐데 우리 때문에 힘들지?"

"어머님이 힘들죠. 아버님은요? 차도가 있으세요?"

영란은 힘없이 고개를 가로저었다. 나이 들었어도 여전히 아름다움을 유지하고 있는 그녀의 얼굴이 몹시 피곤해 보였다. 세희는 침대에 미동도 없이 누워 있는 박 사장에게 다가갔다.

"아버님, 저 왔어요."

세희는 박 사장의 주름진 손을 양손으로 잡았다. 세희 옆에 앉은 영란이 남편의 얼굴을 보며 물기 어린 목소리로 말했다.

"여보, 어서 일어나요. 당신이 그렇게 예뻐하는 하나뿐인 며느리가 왔어요. 이제 그만 일어나세요."

박 사장의 손을 주무르던 세희도 간절한 목소리로 말했다.

"아버님, 일어나세요. 아버님의 목소리를 듣고 싶어요. 우리 가족 다 같이 예전처럼 주말에 산에도 가고 콘서트에도 가요. 아버님 기억나세요? 강준 씨와 저를 따라서 몇십 년 만에 가본 콘서트라면서 아버님이 더 신나 하셨어요. 옆의 젊은이들이 오히려 아버님을 보고 박수를 쳐줬잖아요. 일어나…… 시면, 일어나시기만 하면, 어디든 모시고 갈게요."

세희는 흐르는 눈물을 재빨리 닦아내고 테이블에 도시락을 펼쳤다.

"어머니, 점심 드세요."

"생각이 없구나."

"어머니가 건강하게 버티셔야 아버님도 빨리 깨어나실 거예요. 간병하는 사람이 더 지치잖아요. 좀 드시고 쉬세요."

영란은 억지로 수저를 들었다. 깔깔한 입 안으로 된장국을 떠서 넣었다. 부드러운 국이 속으로 넘어가자, 배 속이 따뜻해졌다. 수저에 열심히 반찬을 올려주는 세희를 물끄러미 바라봤다.

'아가, 고맙다. 이렇게 한결같은 마음으로 우리를 대하는 네가 있어서 얼마나 힘이 되는지 모른단다.'

강준이 처음 집으로 데리고 온 날부터 선하고 깨끗해 보이는 인상에 저절로 마음이 가던 아이였다. 결혼하고 행복하게 사는 모습은 또 얼마나 흐뭇하던지.

영란이 세희 쪽으로 반찬을 밀었다.

"너도 어서 먹어. 아침부터 바쁘게 준비하고 나왔을 텐데, 밥은 제대로 먹었겠니."

두런두런 얘기를 나누며 점심을 먹은 둘은 따뜻한 생강차를 마셨다.

세희는 양치를 하고 나오는 영란을 보호자용 침대로 밀었다.

"어머니, 피곤해 보여요. 좀 주무세요. 제가 아버님 옆에 있을 테니까 아무 걱정 말고 푹 쉬세요."

세희는 침대에 누워 지친 눈을 감은 영란의 팔을 주물렀다. 노곤한 팔이 시원해지는 것을 느끼며 영란은 서서히 깊은 잠속으로 빠져들었다.

잠든 영란에게 이불을 덮어준 세희는 박 사장의 침대 옆에 앉아 팔을 주무르며 말했다.

"아버님, 어머님은 잠깐 주무실 거예요. 제가 있는 동안에 집에 가서 편하게 계시다가 오시면 좋을 텐데, 그것도 싫다 하시네요. 아버님 곁에 있어야 마음이 놓이신다고요."

병원장이 박 사장의 오랜 친구라 적은 비용으로 특실에서 편하게 있을 수 있는 것은 그나마 천만다행이었다. 보호자용 침대도 일반 병실의 좁고 불편한 간이 침대가 아닌 푹신한 일반 침대여서 박 사장의 옆을 떠나려 하지 않는 영란이 사용하기에 다행히 불편하지는 않았다.

박 사장의 팔을 시원하게 주물러 풀어준 세희는 다리를 주무르면서 계속 얘기를 했다. 그녀의 이마에 송골송골 땀이 맺혔다.

"아버님, 시원하죠? 이젠 책을 읽어드릴게요. 다음 내용이 궁금하면 벌떡 일어나세요."

세희는 가방에서 책을 꺼내 책갈피가 되어 있는 부분을 펼쳤다. 조곤조곤한 목소리로 말하듯이 책을 읽었다. 한 손으로는 박 사장의 주름진 손을 계속 주무르면서 빨리 깨어나기를 간절한 마음으로 바랐다.

임종하기 전에 그녀의 손을 잡은 뼈와 거죽만 남은 앙상한 아버지의 손이 생각났다. 잠든 것처럼 누워 있는 박 사장과 그 옆을 떠나지 못하는 영란의 잠든 모습을 말없이 바라보던 세희의 눈에서 눈물이 후드득 떨어졌다.

'왜 갑자기 이렇게 된 걸까. 아버님도, 회사도. 어쨌든 나도 뭐든 도움이 되어야 할 텐데.'

꺼칠해진 강준의 얼굴이 떠오르자 그가 몹시 그리워졌다.

세희는 오후 늦게서야 병실에서 나왔다. 그때, 병원 주차장으로 가는 그녀의 뒤를 따라오던 남자가 이름을 불렀다.

"윤세희 씨."

차 앞에 멈춰 선 세희가 뒤돌아서 남자를 쳐다봤다. 처음 보는 남자였다.

"누구시죠?"

"잠시 시간 좀 내주시겠습니까? 여기 옆 카페에 윤세희 씨를 만나고 싶어 하는 분이 계십니다."

세희는 남자가 내미는 명함을 들여다봤다. 태진그룹 한민석 비서라고 쓰여 있었다. 고개를 갸우뚱하는 세희에게 그가 말했다.

"가보시면 압니다. 바로 옆 건물의 카페니 위험할 일도 없을 겁니다."

세희는 민석을 따라 카페로 들어섰다. 그는 다른 공간과 분리된 벽 쪽의 테이블로 걸어갔다. 세희가 다가가자 늘씬하고 이목을 확

끌 정도로 아름다운 여자가 우아하게 일어섰다.

"윤세희 씨? 앉아요. 잠깐 얘기 좀 해요."

"누구……?"

"태진그룹의 손재경 이사예요."

재경의 손짓에 민석이 다른 자리로 가서 앉았다. 재경의 눈이 다시 세희에게 향했다.

"제가 누군지 궁금하겠죠. 단도직입적으로 말할게요. 남편이 박강준 씨죠?"

"사업 얘기라면 제가 들을 필요가 없습니다. 강준 씨와 얘기하세요."

하지만 사업 얘기가 아닐 거라는 불길한 예감이 온몸을 훑고 지나갔다. 세희의 등에 좌르르 소름이 돋아났다. 민석이 세희가 주문한 커피를 픽업 데스크에서 가져와 테이블에 놓고 다시 자기 자리로 돌아가 앉았다.

재경은 차분하게 찻잔을 잡는 세희를 보면서 순한 얼굴과는 달리 만만한 상대가 아닐 거라는 생각을 했다. 길고 풍성한 속눈썹 속의 눈빛이 처음과 다르게 단단해지는 것이 느껴졌다. 커피를 한 모금 마신 세희가 재경을 똑바로 쳐다봤다.

"강준 씨와 관련된 얘기라면 해보세요."

부드러운 목소리와 단정한 외모 속에 휘어질 것 같지 않은 단단함이 사람을 끌어당겼다. 재경은 탐스러운 머리카락를 무의식적으로 쓸어내리고 있는 세희의 길고 가는 손가락과 투명할 만큼 희고 윤기가 흐르는 피부를 잠시 동안 바라봤다. 사진으로 봤을 때와는 또 다른 느낌이었다. 재경은 생각보다 아름다운 세희에게서 눈길을 찻잔으로 돌렸다.

'강준 씨를 사로잡을 만하네. 하지만 그것도 잠시뿐이지.'

커피를 한 모금 마신 재경은 차분한 목소리로 얘기를 꺼냈다.

"윤세희 씨, 지금 성환식품이 어떤 상황인지는 알고 있나요? 잘 모를 거예요. 강준 씨가 제대로 얘기하지 않았을 테니까요. 한마디로 망하기 직전이에요. 다음 달 부도를 막지 못하면 그 회사는 그대로 무너지겠죠. 물론 책임을 져야 하는 박 사장이 쓰러졌으니 강준 씨가 모든 걸 책임져야겠죠. 거래처들, 불안해하는 직원들, 손을 놓고 있는 공장들과 성난 채권자들을요. 부도 처리된다고 다 끝난 것도 아니고요. 그 후에 감당할 일들이 더 많을 거예요."

"왜 이런 얘기를 제게 하시는 거죠? 그리고 그게 태진그룹과 무슨 관계인가요?"

흔들림이 없는 세희의 모습에 재경의 입가가 올라갔다.

"왜일까요? 해결책을 알려주려고 하는 거예요. 성환식품을 살리고 쓰러진 박 사장님의 계속되는 병원비도 해결할 방법이요."

"병원비라니, 그게 무슨 소리죠?"

"몰랐어요? 강준 씨가 쓸 수 있는 돈은 한 푼도 없다는 거. 여태까지의 박 사장님의 병원비 강준 씨 어머니의 비자금에서 나왔죠. 박 사장의 모든 재산이 손을 댈 수 없게 묶여 있고 거래처에서 돈이 전혀 안 들어오니 빈털터리일 수밖에요."

"회사의 사정을 어머니도 알고 계신다는 거예요? 아버님은……."

"그것 때문에 충격으로 쓰러진 거예요."

반듯하게 앉은 세희는 재경의 눈을 똑바로 쳐다봤다. 태진그룹이라, 이게 우연일까. 예기치 않게 학원 강사들 사이에 화젯거리가 됐던 태진그룹 사람을 만날 줄은 몰랐다.

두 달 전, 오랫동안 학원을 다녔던 학생의 아버지가 자살한 일이 있었다. 언론에서는 스치듯 지나갔지만 장례식에 다녀온 강사들을 통해 학생의 가족들이 태진그룹에게 회사를 빼앗겼다고 억울함을 호소했다는 얘기를 전해 들었다. 그 후 며칠 동안 격분한 강사들로 사무실이 어수선했기 때문에 그녀도 저절로 태진그룹에 대한 정보를 상세히 알게 됐다. 그리고 태진그룹에 대해 항간에 떠돌았던 소문이 사실이란 것도.

중소기업의 킬러. 남의 피눈물을 디딤돌로 삼아 대기업으로 올라섰다는 태진그룹의 손 회장. 재경을 바라보던 세희는 손 회장에게 외동딸이 있다는 사실을 기억해냈다. 그의 딸 이름이 손재경이란 것도.

그렇다면 그 먹이를 노리는 태진그룹의 끈적거리는 거미줄에 성환식품이 걸렸다는 의미였다. 세희의 목소리가 더 또렷해졌다.

"이 일과 당신이 관련이 있군요. 태진그룹이라면 나도 들은 말이 있죠. 사냥 중인가요? 꼼짝도 할 수 없는 구석으로 우리 회사를 몰아서 거저 먹으려고요? 그럼 자금줄을 막은 것도 결국 태진그룹의 짓이란 거겠죠. 아버님의 재산까지 묶었다고요?"

"상황 파악이 빠르네요. 그럼 성환식품이 다시 일어설 수 있다면 어떻게 하겠어요? 일어설 뿐만 아니라 승승장구해서 강준 씨가 중소기업을 넘어서게 키울 수 있다면요?"

"말 돌리지 말고, 원하는 게 뭔지 정확히 말해요."

"강준 씨를 떠나요. 아니 정확하게 말하죠. 이혼해요. 그러면 이 모든 것이 다 해결될 거예요."

재경의 말에 세희의 표정이 굳어졌다.

"상어의 딸은 역시 상어인가 보네요. 피를 보면 달려드는 잔인한 상어라고 소문난 태진그룹의 손종후 회장의 딸다워요. 내가 왜 그래야 하죠? 회사를 지키지 못한다고 해도 가족을 떼어놓을 순 없을 거예요."

점점 단호해지는 세희의 눈빛에 재경은 잠시 주춤했다. 세희의 그린 듯이 부드럽고 아름다운 입술이 꽉 다물리며 투지를 담은 입술로 변해 있었다.

'쉽게 물러날 여자가 아니야. 한 방을 더 날려야겠지.'

"내 제안을 거절한다면 당신이 사랑하는 강준 씨와 그 부모님은 갈 데가 없어지더라두요? 재산은 당연히 한 푼도 남지 않을 테고요. 그렇게 되면 강준 씨가 가장 비참해지겠죠. 어떤 일자리도 얻지 못할 테니까요. 두부 공장을 다시 시작하는 것은 꿈도 꿀 수 없고요. 돈에 쪼들려 힘들게 살겠죠. 자신의 무능력을 한탄하며 술에 절어 살지도 모르고요. 부모님은 돈 한 푼 없이, 병들고 아무 힘도 없는 노인으로 여생을 마감하겠죠. 대대로 이어져 오던 성환식품을 그리워하면서요. 그리고 '왜 이렇게 됐을까' 하는 생각을 떨치지 못하겠죠."

세희의 얼굴이 어두워지는 것을 본 재경이 말을 이어 나갔다.

"단지 며느리로 들인 여자 하나 때문에 회사도 아들도 그렇게 망가졌다는 것을 언젠가는 알게 될 거예요. 잘 생각해보세요. 난 선택지를 줬고 대답은 당신에게 달렸어요."

천천히 물을 마신 세희가 재경을 노려봤다.

"회사가 문제가 아니군요. 남의 남편을 뺏으려는 여자라! 그러면서 부끄러운 줄도 모르네요. 이혼하라고요? 결국 강준 씨가 목표인 거죠?"

재경이 다리를 꼬며 등을 의자에 깊숙하게 댔다.

"맞아요. 강준 씨에 대한 내 마음도 당신에게 뒤처지지 않아요. 내게 오면 강준 씨는 승승장구할 거예요. 성환식품과 부모님도 예전과 비교할 수 없을 만큼 좋아질 거고요. 하지만 당신과 함께라면 인생의 밑바닥까지 떨어져서 허우적거리겠죠. 물론 그 잘난 학원 강사 자리도 다시는 구할 수 없을 거예요."

계속되는 재경의 말에 세희는 사태의 심각성을 깨달으면서도 동시에 안도감이 들었다. 재경이 그녀를 만나 이런 협박까지 할 정도라면 강준이 꼼짝도 하지 않았다는 얘기였다. 하지만 그동안 그녀를 다독이며 혼자 모든 짐을 지고 힘들었을 강준을 생각하자, 심장이 무너지는 것 같았다. 경제적으로 아무런 도움이 되지 못하는 제 처지가 슬퍼졌다.

'강준 씨, 그동안 얼마나 힘들었어요.'

세희는 속으로 몇 번이나 강준을 불렀다. 그러자 힘이 났다. 우아하게 자리에서 일어난 세희는 재경을 내려다보며 싸늘하게 말했다.

"내 남편에게서 떨어져. 네 아버지 돈으로 남의 인생까지 휘두르니 재밌어? 남의 회사를 빼앗아 배를 불린 그 아버지에, 남의 남편을 탐하는 그 딸이라. 그 아버지에 그 딸이네. 그 피가 어디로 갈까."

세희의 말에 얼굴이 하얗게 질린 재경이 찻잔을 으스러지게 쥐며 웃었다.

"그러는 넌? 그런 돈 많은 아버지라도 있어? 선택을 잘하는 게 좋을 거야. 돈이면 다 되는 세상에서 지킬 게 너인지, 아니면 강준 씨와 그 부모님인지. 오늘은 참지만 더 이상 나와 내 아버지를 모욕하는 건 못 참아. 잘 들어둬. 윤, 세, 희, 씨."

"돈이면 다 되는 세상이라고? 그래서 사랑도, 남자도 돈으로 사려고? 결국 많다는 아버지의 돈으로 말이야."

"……."

꼿꼿이 등을 세우고 걸어 나가는 세희를 보는 재경의 눈가가 심하게 일그러졌다.

'내가 먼저 강준 씨를 만났어. 윤세희, 네가 아니라 나였다고! 너만 없었으면 강준 씨는 날 사랑했을 거야.'

재경은 떨리는 손을 마주 잡아 꽉 쥐었다. 한 번도 이런 일을 해본 적이 없었다. 그런 그녀가 결국 이런 짓까지 했다. 머릿속에서 뱅뱅 돌며 떠나지 않는 사람을 차지할 수 있는 방법은 이것뿐이었다. 그녀가 경멸하는 아버지와 돈을 이용하는 것.

카페를 나온 재경은 민석이 열어주는 차에 올라 차창 밖으로 스쳐지나가는 도심의 풍경을 바라봤다.

'그래, 미친 거야. 이렇게 비열해질 정도로. 눈길 한번 주지 않은 남자가 뭐가 좋다고. 결혼한 후에도 몇 번이나 기회를 주고 매달렸어. 이 미련을 끊어버리는 방법이 두 가지밖에 없다는 걸 알아. 철저히 부셔버리든가 손 안에 넣든가.'

재경은 며칠 전에 강준을 만나 구걸하다시피 매달렸던 일이 떠올랐다. 이미 회생 불가능한 상태의 회사인 줄 알면서도 강준이 발이 닳도록 여러 은행을 전전하며 뛰어다니고 있다는 것을 알고 있었다. 그녀의 연락에는 아예 무반응인 강준의 회사로 무작정 찾아갔었다. 말리는 비서를 밀어내고 들어간 사무실에서 강준이 창밖을 보며 서 있었다. 그녀 스스로 몰아간 상황이었지만 힘들어 보이는 강준의 뒷모습에 마음이 너무 아팠다.

"강준 씨."

재경의 목소리에 강준이 천천히 돌아섰다. 재경을 바라보는 그의 눈이 얼음처럼 차가웠다.

"무슨 일입니까? 다시는 만나고 싶지 않다고 했을 텐데요."

차가운 강준의 모습에 가만히 서 있던 재경이 소파에 앉았다. 맞은편에 앉아 있는 강준을 본 재경은 꺼칠하고 핼쑥해진 그의 얼굴을 바라보며 입을 뗐다.

"강준 씨, 제발 마음을 바꿔요. 태진그룹에서 내건 조건을 알잖아요?"

강준의 눈가가 일그러졌다.

"태진그룹? 그쪽 조건이 아니고요? 날 사고 싶다고요? 왜요? 장난감이 부족한가요? 그런거라면 다른 남자 알아보세요. 그리고 더 이상 이곳에 나타나지 마십시오. 그 역겨운 얼굴을 보고 싶지 않으니까. 전에 존중해달라고 했던가요? 정말 지나가던 개가 웃을 일이군요. 남의 회사와 가정이 있는 남자를 뺏으려고 하면서 존중 받기를 바라다니."

강준의 말에 재경의 얼굴이 파래졌다.

"강준 씨, 이러지 말아요. 내 마음이 그렇지 않다는 거 얘기했잖아요. 진심이에요. 다른 남자는 보이지 않아요. 강준 씨밖에 없어요. 처음 파티에서 만난 그 날부터 내겐 강준 씨뿐이었어요. 회사도 더 키워준다고 했잖아요. 강준 씨와 성환식품이 손해 볼 일은 없어요. 그러니까 제발…….”

강준은 질린 얼굴로 재경을 노려보다가, 성마르게 인터폰을 여러 번 눌렀다. 황급히 들어온 천 비서에게 재경을 눈짓으로 가리켰다.

“천 비서, 내 보내세요. 다신 여기 못 들어오시게 해요.”

재경에게 손을 대는 것조차도 역겹다는 표정으로 강준이 나가버리자 재경은 비척거리며 일어났다.

“손 이사님? 손 이사님?”

민석의 목소리에 재경은 강준에 대한 생각에서 벗어나 차창 밖을 바라봤다. 어느새 차는 회사에 다 와 있었다. 또각또각 하이힐 소리를 내며 걸어가는 재경의 뒤를 근심 어린 표정의 민석이 따라갔다.

세희는 정신없이 강준의 회사로 차를 몰았다. 그가 너무 보고 싶었다. 재경의 말을 듣고 나니, 그녀를 사랑하는 그가 거품처럼 사라져버리는 것은 아닌지 두려워졌다. 떨리는 몸과 마음을 다잡기라도 하듯이 운전대를 세게 움켜잡았다. 재경의 말이 귓속에 울렸다.

‘단지 며느리로 들인 여자 하나 때문에 회사도 아들도 그렇게 망가졌다는 것을 언젠가는 알게 되겠죠. 잘 생각해요. 난 선택지를 줬고 대답은 당신에게 달렸어요.’

세희는 정신을 차리려고 고개를 세차게 저었다. 마비된 것 같은 뺨을 손바닥으로 찰싹찰싹 때렸다.

"윤세희, 정신 차려. 휘둘리지 마."

회사 주차장에 차를 세운 세희는 엘리베이터를 타고 강준의 사무실이 있는 10층에서 내렸다. 토요일이라 출근한 직원이 거의 없을 거라고 생각한 그녀의 귀에 멀리서부터 고함 소리와 웅성거리는 소리가 들려왔다. 복도에 사람들이 진을 치고 있었다. 천천히 그 사이를 지나가는 그녀의 귀에 온갖 소리가 다 들어왔다. 그 소리들 속에서 부사장이란 소리가 크게 들려, 세희는 귀를 기울였다.

"더 이상은 못 참아. 나도 직원들 월급을 줘야 할 거 아냐? 이봐, 부사장, 아무리 박 사장이 쓰러졌다고 해도 월급은 융통해줘야 할 거 아니야? 나도 사정을 봐주고 싶지. 오래 거래했고 내내 신용이 있었으니까. 그런데 이제는 어쩔 수가 없어."

웅얼거리는 소리 속에서 뭔가를 내리치는 소리가 났다. 세희는 발걸음을 멈췄다. 바로 옆에 있는 사람의 소리가 선명하게 들렸다.

"망한 거야. 태진그룹에게 찍혔는데 어떻게 살아남겠어. 날고 기는 재주가 있어도 불가능해. 이런 일을 당한 중소기업이 한두 개야? 결국 알거지로 탈탈 털리겠지."

세희는 납덩이처럼 무거워진 다리에 힘을 주고 한 걸음씩 앞으로 나아갔다. 고함 소리들이 점점 더 커졌다. 살짝 열려 있는 문틈으로 사람들에 둘러싸인 강준이 보였다. 해명과 반드시 갚겠다고 말하는 그의 다급한 목소리도 함께 들렸다.

"조금만 더 참아주세요. 신용은 지킵니다. 지금 모든 재산이 묶여 있습니다. 그것만 풀려도 이 고비는 넘길 수 있어요."

"다 필요 없어. 그 사이에 재산을 정리해서 튀려고 하는 거 아니야? 빨리 내놔!"

강준의 대답이 사람들의 고함 소리에 묻혔다. 그의 옆에서 천비서와 사장실의 김 비서까지 나서서 흥분한 사람들을 힘껏 막고 있었지만 뚱뚱한 체격의 남자가 강준의 드레스 셔츠를 우악스럽게 잡는 것을 놓쳤다. 잡아당기는 남자의 힘에 셔츠의 버튼이 두두둑 떨어져 나갔다.

'흐흑.'

세희는 새어 나오는 울음을 손으로 막고 뒤로 물러섰다. 휘청휘청 허물어질 듯이 걷는 그녀의 눈에서 눈물이 하염없이 흘러내렸다.

'강준 씨.'

세희는 비상구를 열고 계단으로 나갔다. 털썩 계단에 주저앉았다.

"흐흑, 흐흑, 강준 씨."

켜졌던 불이 금세 꺼지고 계단은 어둠에 휩싸였다. 어둠 속에서 소리 죽여 울던 세희는 벽에 등을 기대고 생각에 잠겼다. 회사가 어려워진 이유가 강준을 욕심낸 손재경 때문이란 걸 처음 알았다. 지금까지 경영상의 이유로 회사가 힘든 거라고만 알고 있었던 그녀는 재경이 얼마나 성환식품을 몰아치고 강준을 압박했을지 조금이나마 짐작이 갔다. 그런 상황에서도 강준이 그녀를 포기하지 않았다는 게 더욱 가슴을 아리게 했다. 그의 사랑은 믿었지만, 회사와 부모님까지 걸린 문제에서도 물러서지 않은 강준의 마음에 눈물이 쏟아져 내렸다. 한참을 흐느끼던 세희는 눈물을 닦아냈다. 이럴 때가 아니었다. 혹시라도 그녀가 이런 상황을 본 걸 알면 강준이 견디지 못할 거란 생각이 들어 풀린 다리에 힘을 주고 일어났다. 다시 환하게 불이 켜지는 계단의 벽을 짚고 한 걸음씩 내려갔다. 간신히 운전해서 빌라로 돌아온 세희는 소파에 무너지듯이 앉았다.

이제야 왜 강준이 주말에도 회사에 나갔는지 알 수 있었다. 이곳까지 채권자들이 밀고 들어올까 봐 사무실을 지키고 던 것이다. 멍하게 웅크리고 앉아 있던 세희는 급히 서재로 가서 컴퓨터를 켰다. 인터넷 뱅킹으로 그녀 통장의 내역서와 잔액을 확인했다. 그리고 또 아프게 울 수밖에 없었다. 통장에는 생활비 외에도 강준이 보낸 돈이 계속 들어오고 있었다.

눈물을 닦아내고 목소리를 가다듬은 그녀는 희정에게 전화를 했다.

-우리 딸, 잘 지내고 있어? 박 서방은?

"볼일이 있어 나갔어. 금방 들어올 거야. 엄마는 건강하지?"

-잘 지내고 있어. 다 너와 박 서방 덕분이지. 앞으론 더 이상 돈 보내지 말고 차곡차곡 모아. 엄마와 세호는 그동안 너와 박 서방이 보내준 것만으로도 너무 많아. 하여튼 우리 박 서방에게 잘해라. 아침도 꼭 챙겨주고.

"응, 그럴게. 엄마, 이번 달에도 강준 씨가 돈을 보냈어?"

-그러지 말라고 몇 번이나 말했는데도 말을 안 듣더라. 네가 얘기해. 정말 더 이상 보내지 않아도 돼. 세희야, 네가 말려라.

"알았어. 그만 끊을게. 저녁 해야 해."

-그래, 맛있는 것 해서 박 서방이란 같이 먹어.

전화를 끊은 세희는 손으로 얼굴을 가렸다.

"이 바보. 이런 상태에서 어떻게……."

눈이 빨개진 세희는 휘청거리며 안방으로 갔다. 강준이 돈을 어디서든 구할 수 없는 상태였다면 방법은 하나밖에 없었다. 벽에 걸린 그림을 치우고 금고를 열었다. 시계를 담아둔 상자를 꺼내는 그녀의 손이 심하게 떨렸다.

툭.

상자가 떨어지는 소리가 들렸다. 안에는 아무것도 없었다. 강준이 유일하게 오랫동안 수집해온 최고가의 명품 시계들이 하나도 없었다.

"강준 씨가. 이걸 팔아서……."

세희는 떨어진 상자를 주워서 다시 금고에 넣고 잠갔다. 침대에 쓰러지듯이 누웠다. 천장으로 향한 그녀의 눈에서 쉴 새 없이 눈물이 흘러나왔다. 그녀는 한참을 울다가 벌떡 일어났다. 허둥거리며 서랍에서 통장을 꺼냈다. 그녀가 몇 년 동안 넣고 있는 적금과 월급이 많아지면서 알뜰히 모아둔 예금 통장을 모조리 꺼내고 엄마와 세호를 위해 들고 있던 보험 서류도 다 꺼내서 눈이 아프게 들여다봤다. 하지만 아무리 금액을 더하고 또 더 해봐도 당장 받을 수 있는 게 얼마 되지 않았다.

잠시 망설이던 세희는 휴대폰을 켜 신엽의 번호를 찾았다. 하지만 차마 통화 버튼을 누를 수가 없었다. 인터넷 강의든 뭐든 할 테니까 1년 치의 월급을 가불해달라고 매달리고 싶은 심정이었지만 차마 그럴 수가 없었다. 그녀의 부탁이라면 뭐든 들어주려는 그의 마음 때문에, 또 그 사실을 알게 되면 강준이 견디기 힘들어할 거란 걸 알고 있으니까.

결국 휴대폰을 끈 세희는 마음을 다잡았다. 돈으로 강준을 돕지 못한다면 마음이라도 편하게 해주는 게 우선이라고.

한참을 생각에 잠겨 있던 세희는 휴대폰의 알림 소리에 정신을 차렸다. 강준이었다.

[세희야, 오늘도 좀 늦을 것 같아. 먼저 밥 먹어. 피곤하면 자고 있어. 빨리 들어가려고 노력할게.]

[강준 씨, 보고 싶어요. 늦더라도 조심해서 들어와요.]

메시지를 보낸 세희는 샤워를 하면서 눈물을 지웠다. 기초 화장품을 바르고 퉁퉁 부은 눈을 얼음팩으로 눌러 붓기를 가라앉혔다.

넘어가지 않는 밥을 꾸역꾸역 먹고 냉장고의 반찬통을 모두 꺼냈다. 소독하듯이 냉장고 안부터, 집 안 곳곳을 닦고 또 닦았다. 어느 정도 진정이 되는 듯하여 청소를 멈추고 흐릿해진 눈으로 시계를 봤다. 열 시가 넘어가고 있었다. 밀대를 제자리에 가져다 놓고 소파에 앉아 책을 폈다. 박 사장에게 병원에서 읽어줬던 책을 천천히 소리 내어 다시 읽으며 마음을 차분히 정리하려고 노력했다.

띠띠띠딕.

현관 비밀번호를 누르는 소리에 평소처럼 활짝 웃으며 현관으로 뛰어갔다.

"강준 씨!"

지친 얼굴의 강준이 세희를 안으며 행복하게 웃었다. 눈 안에 기쁨이 가득했다. 세희는 쪽쪽거리며 계속 입을 맞추는 강준의 허리를 안고 다정하게 말했다.

"씻고 과일 먹어요."

"그러자. 오늘 병원에 있느라고 힘들었지? 주말에는 쉬어야 하는데 그러지도 못하고."

"어머님과 아버님이랑 있어서 좋았어요."

세희는 강준이 벗은 슈트를 드레스 룸에 걸면서 억지로 입꼬리를 늘렸다.

"우리 마누라는 정말 착해. 그래서 고마워."

세희의 보조개에 입을 맞춘 강준이 셔츠와 바지를 벗어주고 욕실로 들어갔다. 세희는 셔츠로 시선을 떨어트렸다. 멀쩡한 셔츠였다. 회사에서 버튼이 뜯어지는 것을 봤는데, 이 셔츠의 버튼은 제대로 달려 있었다. 셔츠와 속옷을 세탁실로 가져간 세희는 세탁실 문을 닫았다. 새 셔츠였다. 집에 오기 전에 똑같은 브랜드의 셔츠를 사 입고 왔을 것이다. 세희는 셔츠에 얼굴을 한참 동안 묻고 있었다.

그사이에 샤워기 소리가 끊어졌다. 세희는 서둘러 과일 칸에서 망고를 꺼내 먹기 좋게 잘랐다.

"망고야? 달콤한 냄새가 난다."

세희의 허리를 다정하게 안은 강준에게서 청량한 향기가 났다.

"가서 먹어요."

강준은 소파로 가는 세희의 허리를 팔로 안은 채로 따라가서 옆에 앉았다. 그녀가 먹여주는 다디단 망고를 한 입씩 받아먹으면서 탐스러운 머리카락에 손가락을 넣고 쓸어내렸다.

"저녁은 제대로 먹었어?"

"네, 잘 먹었어요. 강준 씨는요?"

"나도 잘 먹었어."

"그래도 조금 더 먹어요."

"네가 먹으라면 먹어야지. 난 무조건 우리 마누라 말을 듣는 남편이니까 말이야."

세희는 빠르게 식탁을 차렸다. 강준이 시원한 소고기무국에 밥을 말아 깍두기를 올려 먹는 모습을 싱글거리며 지켜봤다.

"먹는 모습도 참 멋있어요."

"그건 콩깍지야."

밥 한 공기를 뚝딱 먹은 강준이 양치를 하고 오는 동안에 세희는 입술을 깨물고 설거지를 했다.

'밥 먹을 시간도 없었죠? 점심도 못 먹었을 거예요. 그 사람들 틈 속에서 계속 시달리면서 그렇게 힘…… 들게 있을 수밖에 없었을 거예요.'

눈물을 참아내며 설거지를 마친 세희는 냉장고의 음료수 칸에서 차가워진 마스크팩을 꺼냈다. 강준을 소파에 앉히고 마스크팩을 붙여줬다.

"가을이라 피부가 거칠어져요. 매일 이렇게 관리하면 보송보송해질 거예요. 15분만 참아요."

둘은 손을 꼭 잡고 TV에서 방영하는 영화를 봤다. 세희는 강준의 손을 잡아 손가락 하나하나에 입을 맞추고 나서 영화 화면에 시선을 고정했다. 느긋하게 소파에 기댄 강준이 그런 세희를 바라보고 있다가 얼굴을 돌린 그녀와 시선이 마주쳤다. 오늘의 세희는 뭔가 평소와 다른 느낌이다.

"세희야, 무슨 일이 있어?"

"아무 일도 없어요. 벌써 15분 됐어요. 여기 누워요. 마스크 팩 뗄 거예요. 마사지도 좀 하고요."

"오늘 호강하네."

"앞으로 언제든지 해줄게요."

강준을 허벅지에 눕힌 세희는 팩을 떼어내고 남아 있는 영양분이 스며들도록 손가락으로 살살 마사지하듯이 토닥였다.

"흐음, 기분 좋다. 잠이 솔솔 와."

"잠깐 눈 좀 붙여요."

얼굴을 만져주는 세희의 손길에 강준은 편안하게 눈을 감았다. 곧 그의 입에서 고른 숨소리가 흘러나왔다. 세희는 흘러내린 앞머리를 쓸어 넘겨주면서 속삭였다.

"미안해요. 내가 해줄 수 있는 게 이런 것뿐이어서……. 이렇게 힘든 것도 모르고……."

꽉 다문 입술을 뚫고 나오려는 울음을 급히 삼킨 세희는 소파 위에 놓여 있는 담요를 강준에게 덮어주고는 오랫동안 그의 얼굴을 하나하나 음미하듯이 쓰다듬었다.

힘든 시간이 느리게 지나가고 있었다. 모든 상황이 갈수록 점점 더 나빠졌다. 갑자기 호흡곤란이 온 박 사장은 중환자실에 들어갔다가 일주일이 지나서야 특실로 옮겨올 수 있었다.

강의를 마치고 나온 세희는 차를 타고 근처의 공원으로 갔다. 차가운 공기를 폐 속 깊이 들이마셨다. 어두컴컴해지는 하늘을 올려다봤다. 비가 오려는지 하늘에 시커먼 구름들이 가득했다.

'비가 오고 나면 더 추워지겠지. 겨울이 오고 있구나.'

터벅터벅 공원의 소로를 걷는 세희의 머릿속에 강준과 만났던 날이 떠올랐다. 하늘을 가득 덮으며 펑펑 쏟아지던 눈, 그 눈 속에 서 있던 강준.

'강준 씨.'

행복한 미소를 짓는 그녀의 입과는 달리 눈빛에는 고통이 가득했다. 불과 2년 전이었다. 그 밤에 강준을 만나 사랑에 빠지고, 가슴 떨리는 연애를 하고, 축복 속에서 결혼을 했다. 행복한 결혼 생활이었다. 가족이라는 울타리로 엮인 시부모님과 희정, 세호도 사랑하는 두 사람의 모습에 더 행복해했다.

세희는 바스락거리는 낙엽을 밟으며 휙휙 지나가는 사람들의 뒤를 따라 걸었다. 산책하는 사람들이 점점 많아졌다. 느리게 걷는 세희를 스쳐 지나가는 노부부가 보였다. 다정하게 얘기를 나누며 걷고 있었다.

강준이 프러포즈를 하며 했던 말이 떠올랐다.

'결혼해서 평생 사랑하면서 살아가고 싶어. 나이가 들어 흰 머리가 많아지고 주름이 늘더라도 그 시간들 하나하나를 놓치지 않고 너와 함께 하고 싶어.'

그녀의 생각은 자연스레 강준에게로 흘러갔다. 그는 오늘도 부도를 막기 위해서 발이 닳도록 은행들을 돌고 거래처에 기다려달라는 부탁을 하고 다녔을 것이다. 그러면서도 집에 돌아와 그녀를 보면 환하게 웃어줄 것이다.

'아, 살 것 같다.'

언제부턴가 강준이 지친 몸을 끌고 돌아와 세희를 안으며 하는 말이었다. 그녀가 주는 따뜻한 밥을 맛있게 먹고 품에 안고 떼어놓지 않을 것이다.

세희는 족히 30년은 넘었을 상수리나무에 몸을 기댔다. 나무의 차가운 기운이 등으로 스며들었다.

'점점 힘들어질 거야. 내가 강준 씨와 가족들을 충분히 먹여 살릴 수 있게 더 열심히 일하면 돼. 하지만 그 여자가 그 길도 막아 버리겠지. 성환식품의 자금줄을 막은 사람에게 내 일자리 정도야 아무것도 아닐 테니까. 난 바닥으로 떨어진다 해도 강준 씨만 있으면 되지만, 강준 씨도 그럴 수 있을까. 아프고 늙어가는 부모님을 바라보면서 후회하지 않을까. 아무것도 할 수 없는 자신의 모습에 절망…… 하게 되겠지. 몇 년은 사랑으로 버틸 수 있겠지만 태진그룹과 그 여자가 가만히 있지도 않을 거고, 결국 무너질지도 몰라.'

세희는 아버지가 계시는 하늘을 올려다봤다. 사랑하는 아내와 자식들을 두고 떠나야 했던 아버지. 결혼식 때 아버지 없이 홀로 식장에 들어가게 될 딸 생각에 제대로 눈도 감지 못한 아버지가 오늘따라 너무 보고 싶었다. 사실, 투병 중인 동안 아버지에게 집안 사정을 알리지 않았었다. 보험에서 받은 돈으로도 충당이 안 되는 병원비 때문에 결국 집을 팔아야 했던 것도, 가족이 병원 근처의 작은 방에서 몸만 누이고 살아야 했던 것도.

아버지에 대한 생각은 시부모님에게로 이어졌다. 병들고 나이 든 두 분이 경제적으로 어려운 가운데 살 수 있을까.

세희는 딱딱하고 거친 상수리나무의 껍질을 몇 번이나 쓰다듬었다. 지금 그녀의 마음 같았다. 영문도 모른 채로 회사가 넘어가게 된 박 사장과 그녀를 떠나면 모든 문제가 해결된다는 것을 알면서도 놓지 않는 강준을 보면서 갈등하는 자신의 마음처럼 거칠었다.

산책로를 천천히 걸어 내려왔다. 화살처럼 가슴에 박힌 재경의 말이 귓가에 맴돌았다.

'선택을 잘하는 게 좋을 거야. 돈이면 다 되는 세상에서 지킬 게 너인지, 아니면 강준 씨와 그 부모님인지.'

세희는 어두워진 얼굴로 낙엽이 쌓인 길을 내려다보며 기도하는 마음으로 손을 잡았다.

'조금만 더……'

생각만으로도 가슴이 참을 수 없을 만큼 아파왔다.

'한 달이라도, 아니 일주일이라도 조금만 더……'

차로 돌아가는 그녀의 마음은 천근만근이었다. 휴대폰으로 시간을 확인한 세희는 서둘러 차를 몰았다.

몇 주 전부터 빌라 앞에도 채권자들이 득실거리기 시작해, 얼마 전부터 세희와 강준은 경호가 빌려준 오피스텔에서 지내고 있었다. 심지어 요즘에는 박 사장이 있는 병원에도 삼삼오오 들이닥쳤다. 갈수록 압박은 심해졌다.

세희는 오피스텔 근처의 마트에 차를 세우고 장을 보러갔다. 알배기 배추와 깻잎, 차돌박이를 샀다. 오피스텔에 들어와 옷을 갈아입고 저녁 준비를 시작했다.

밀푀유 나베를 만들 생각이었다.

세희는 부쩍 기도하는 시간이 늘었다. 요리하는 동안에도 내내 기도했다. 그녀가 만든 이 음식이 힘든 강준을 위로해주기를, 그녀

의 사랑이 전해지기를, 그리고 조금이라도 그와 더 함께 있을 수
있기를 간절히 빌었다. 하지만 현실은 변하지 않고, 해줄 수 있는
게 이런 것뿐이라는 게 너무 슬펐다. 슬픔을 몰아내려 눈을 깜박이
던 세희는 휴대폰의 알림창이 깜박이는 것을 봤다.

강준의 메시지를 확인한 세희의 눈가가 기분 좋게 휘어졌다.

[지금 가고 있어.]

마음이 급해진 세희는 미리 쌀을 씻어서 불리고 있는 압력밥솥
의 취사 버튼을 눌렀다. 전골냄비에 육수를 붓고 끓이기 시작했다.
곧 전골이 보글보글 끓으면서 맛있는 냄새가 났다.

"참, 정신이 없네."

강준이 오고 있다는 사실에 서둘러 요리를 하던 세희는 재빨리
화장대로 가서 거울을 들여다봤다. 머리와 옷매무새를 점검하고
연한 립스틱을 발랐다.

여느 날처럼 비밀번호를 누르고 들어온 강준이 그녀를 불렀다.

"세희야, 윤세희!"

"강준 씨!"

다가온 세희를 강준이 번쩍 들었다. 세희는 그의 온 얼굴에 입
을 맞췄다. 강준의 입에서 언제나 들어도 매력적인 묵직한 중저음
의 목소리가 흘러나왔다.

"잘 지냈어?"

"네. 배고프죠? 저녁 준비됐어요."

강준은 양팔로 목을 끌어안고 있는 세희를 안은 채로 드레스룸
으로 갔다. 강준이 벗어주는 옷을 걸면서 배시시 웃고 있는 그녀를
보는 그의 얼굴에도 웃음이 번졌다. 둘은 달콤한 키스를 나눴다.

강준은 활짝 웃는 세희를 끌어안으며 힘들었던 하루를 잊었다. 세희가 핼쑥해진 그의 얼굴을 쓰다듬으며 물었다.

"배가 고플 텐데 먼저 밥 먹고 씻어요."

강준이 손을 씻으러 화장실에 들어간 동안 세희는 빠르게 식탁을 차렸다. 팔팔 끓은 전골에서 맛있는 냄새가 퍼졌다.

"뭐야? 맛있는 냄새가 나."

"밀푀유 나베를 했어요. 전골이라 국물도 괜찮을 거예요. 먹어봐요."

국물을 한 숟갈 가득하게 뜬 강준이 음미하듯 먹었다.

"맛있다."

"먹고 나서 국물에 칼국수 넣어 먹어요."

"그것도 맛있겠다."

점심도 제대로 못 먹은 강준은 따뜻한 국물이 배 속에 들어가자 갑자기 허기가 졌다. 세희가 접시에 담아준 것을 맛있게 먹었다. 잘 먹는 그의 모습을 보면서 흐뭇해하는 그녀와 눈이 마주치자 그도 싱글거리며 웃었다. 전골냄비에 가득했던 밀푀유 나베를 어느새 다 건져 먹은 둘은 칼국수를 넣고 끓여서 후후 불어가며 먹었다. 배가 불러도 마지막까지 남김없이 다 먹었다.

"아, 배부르다."

"나도요, 배가 빵빵해졌어요. 그래도 아직 마지막 코스가 남았어요. 조금이라도 더 먹어요."

세희는 칼국수를 먹고 남은 국물에 밥과 다진 김치를 넣고 볶다가 계란을 하나 깨트려 넣어 다시 볶았다. 마지막으로 김을 넣고 주걱으로 몇 번 뒤적이다가 참기름을 넣어 마무리를 했다. 고소한 냄새가 솔솔 풍기자 강준이 수저를 들었다.

"이러다 아저씨처럼 배 나오면 어떡해? 그러면 매력 없다고 구박할지도 모르잖아. 다른 남자를 쳐다볼 수도 있고 말이야."

"걱정 마요. 나도 같이 배가 나올 테니까요. 강준 씨나 다른 여자를 쳐다보지 마요."

"내가? 그런 걱정 마. 네게 눈이 멀었으니까, 너 외에는 아무도 안 보여."

"닭살 멘트 그만하고 볶음밥이나 드세요."

"역시, 윤세희가 변했어. 이젠 내가 별로인가 봐. 전에는 자는 모습도, 숨 쉬는 것까지도 다 섹시하다고 하더니……."

강준은 수저 가득 고소한 볶음밥을 떠서 입에 넣으면서 불만 어린 목소리로 말했다. 하지만 말투와는 다르게 세희를 바라보는 그의 눈빛에는 사랑이 가득했다. 그와 눈이 마주친 세희가 조용히 그를 불렀다.

"강준 씨."

"응?"

"직접 먹여주고 싶어요."

"오늘 너무 잘해주는데. 자, 그럼, 마누라님, 먹여주세요."

"장난치지 말구요."

세희는 크게 입을 벌린 강준에게 볶음밥을 한 숟가락 가득 떠서 먹여주었다.

"맛있어요?"

"세상에서 가장 예쁜 마누라가 주는데, 최고로 맛있을 수밖에."

세희는 맛있다를 연발하는 강준을 보며 속으로 눈물을 흘렸다.

그와 자신 중에서 선택해야 한다면 당연히 강준일 것이다. 제 자신보다 더 사랑하게 된 사람이므로, 태진그룹에게서 강준과 시부모님, 성환식품을 지킬 수 있다면 이젠 자존심 따위는 버려야 할 것이다. 그게 죽이고 싶을 만큼 미운 재경이라 할지라도.

"세희야, 너도 먹어야지."

세희는 강준이 먹여주는 볶음밥을 받아먹었다. 그가 원하는 일이라면 얼마 남지 않는 시간 속에서 뭐든 해주고 싶었다. 그에게 키스해주고, 꺼칠해진 얼굴에 마사지를 해주고.

볶음밥을 남김없이 다 먹은 후 설거지를 하는 세희의 옆에서 강준이 그릇을 헹궜다. 조용하고 평화로운 일상이었다. 강준은 힘들어진 상황에서도 불평 하나 없이, 오히려 그에게 힘을 주려고 밝게 행동하는 세희가 고마웠다.

"고마워."

그에게 향한 세희의 묻는 듯한 눈에 입을 맞췄다.

"모든 게 다 사랑해주고, 이렇게 옆에 있어주고……. 모두 다 고마워."

"그건 내가 할 말이에요. 나도 그래요. 고마워요."

"이런 상황에 처하게 해서 미안해."

"돕지 못해서 나도 미안해요. 그래도 이렇게 함께 있을 수 있어서 정말 좋아요."

"널 행복하게 해주고 싶었는데, 이렇게 살게 한 게 정말……."

"강준 씨가 더 힘들 텐데 내 걱정은 하지 마요."

"미안하다."

"또 그런 말하면 나 화낼 거예요. 우리 그런 얘기하지 말고 설거지부터 끝내고 차 마셔요."

세희가 건넨 컵을 헹구던 강준은 문득 사귄 지 두 달쯤에 오피스텔에서 이렇게 서 있었던 것이 생각났다. 그가 그릇을 헹구면서 몸을 딱 붙이자 긴장한 세희가 몇 번이나 닦고 있던 그릇을 놓쳤던 것도. 그의 입가가 한없이 올라갔다.

"세희야, 그때 말이야, 네 오피스텔에서 우리 이러고 있었잖아. 그때가 생각난다."

"아, 그때요."

기절할 만큼 긴장했던 그때의 기분이 떠오른 세희의 얼굴이 살짝 붉어졌다.

"그때 무슨 생각했어?"

"몰라요."

"말해봐. 이미 예전 일이잖아. 궁금해. 그날 우리 처음 키스한 거…… 기억나? 베이비 키스가 아닌 진짜 키스 말이야."

"잊을 수가 없잖아요. 그런데 강준 씨는 무슨 생각했는데요? 먼저 얘기해주면 나도 할게요."

"흠, 솔직히 얘기해야겠지. 둘이만 있고 싶다는 생각. 키스하고 안고 싶어서 미칠 것 같은 상태였는데, 그래도 참아야 한다는 생각을 했어. 그리고 키스하고 나서는 빨리 결혼해야겠다고 생각했지. 넌?"

얼굴이 빨개진 세희가 더듬거리며 말했다.

"강준 씨를 사로잡아야 한다고……. 그러니까, 그게 내 생각이 아니고, 미연이가 전날 밤에 코치를 해줬거든요."

"무슨 코치?"

"강준 씨 같은 남자는 빨리 낚아채야 한다고요. 다른 여자들에게 뺏길 수도 있다고 계속 말하는 바람에, 또 그날 나가면서 키스로 사로잡으라고 했는데 어떻게 해야 하는지 몰라서……."

"그때 참지 말걸 그랬네."

강준은 세희의 얼굴을 감싸고 들여다봤다. 붉게 달아오른 뺨이 사랑스러웠다. 촉촉한 입술을 보면서 속삭였다.

"오늘 실컷, 밤새 유혹해봐. 기꺼이 먹혀줄게."

"놀리지 마요."

가슴을 치는 세희의 길고 아름다운 목덜미에 입술을 댄 강준이 귓불을 깨물면서 속삭였다.

"세희야, 네가 좋아, 너무 좋다. 미치도록 좋다."

강준의 입술이 점점 가슴 쪽으로 내려갔다. 셔츠 속으로 들어간 손이 탐스러운 그녀의 가슴을 만졌다. 세희는 슬쩍 뒤로 몸을 뺐다.

"나중에요. 지금은 너무 먹어서 올챙이배가 됐어요. 안 예뻐요."

"괜찮아. 나도 그런 걸. 어디 올챙이배부터 검사해볼까."

강준은 안 예쁘다며 가슴을 밀어내는 세희를 안고 침실로 들어가면서 다정하게 입을 맞췄다.

토요일이었다. 점심을 준비한 세희는 박 사장이 있는 병실로 향했다. 병실 밖에 간호사들과 의사들이 들어가지 못하고 웅성거리고 있었다. 세희는 불길한 예감에 그들을 한사람씩 밀치고 안으로 들어갔다. 호소하는 듯한 영란의 목소리가 들렸다.

"제발 이러지 마세요. 의식도 없는 사람한테 어떻게 이럴 수가 있어요? 그동안 오래 거래했잖아요? 우리 남편이 신용을 안 지키거나 해를 끼친 적 있어요? 제발 의식이 돌아올 때까지라도 기다려주세요."

굵고 투박한 남자의 목소리가 뒤따라왔다.

"도대체 언제까지요? 우리가 땅 파서 먹고 사는 게 아니란 거 알 텐데요. 이러고 싶지 않지만 어쩌겠어요? 내가 책임져야 할 직원들의 생계는요? 몇 달 동안 월급도 못 받고 살기 힘들어하는데 나도 방법이 없어요. 밀린 대금을 어느 정도는 줘야 할 거 아니에요?"

"안 준다는 게 아니잖아요. 조금이라도 기다려주세요. 부탁합니다."

키가 큰 남자가 영란에게 얼굴을 찌푸리며 말했다.

"정말 좋게 말하려고 했더니 너무하시네. 아니, 이렇게 떡하니 특실에 있을 형편은 되면서 우리 직원들에게 줄 월급은 융통할 수 없다는 게 말이 된다고 생각해요? 우리를 바보로 아시나."

"아니에요. 이건 병원장님이 봐줘서 있는 거예요. 정말 이젠 빌릴 곳조차 없어요. 그러니까……."

세희가 힘들어하는 영란에게 달려가며 불렀다.

"어머니!"

세희는 영란의 앞을 막으면서 고개를 돌려 누워 있는 박 사장을 확인했다. 뒤쪽에 서 있던 뚱뚱한 중년 남자가 세희의 앞으로 바짝 다가왔다.

"오호, 드디어 며느리가 왔네. 부사장이 꽁꽁 숨기고 보여주지도 않더니 잘됐군."

다른 남자가 말을 이어 받았다.

"이런 미인이라 부사장이 더 꽁꽁 숨긴 건가. 그동안 빌라를 비우고 어디에 있었을까. 이봐요. 그 빌라를 팔아서 얼마라도 갚을 생각을 해야지. 그리고 결혼 때 받은 패물이 있을 텐데, 그거라도 팔아서 부사장을 도와야 하는 거 아닌가?"

"우리 며느리에게 함부로 말하지 마세요. 그 빌라는 회사와 관계없어요."

남자는 영란의 말은 신경 쓰지 않고 세희에게서 눈을 떼지 않은 채로 계속 얘기를 했다.

"결혼식 때 대형 학원 강사라고 들은 거 같은데, 그럼 월급도 엄청나겠네요. 그 학원이 어딘지 찾아내서 쳐들어가기 전에 어느 정도라도 돈을 마련해봐요. 우리도 이젠 악밖에 남지 않았어요. 오랫동안 같이해온 성환식품이라 많이 참고 기다려줬어요. 하지만 그랬는데도 지금 결과를 봐요. 같이 망하게 생겼잖아. 남편 집안이 어려우면 친정에서 나서서 돕기라도 해야죠. 내 말이 틀렸어? 이젠 의리고 뭐고 없어요. 우리 직원들도 살아야 하니까, 숨겨놓은 재산이 있으면 한 푼이라도 내놔야 할거요."

"가요! 가라고요."

영란이 소리를 지르며 남자들을 밀어냈다. 남자들이 다시 오겠다면서 복도에 더 몰려든 사람들 사이를 뚫고 사라졌다.

"어머니, 괜찮으세요?"

세희는 쓰러질 것 같은 영란을 부축해 소파에 앉혔다. 영란이 덜덜 떠는 세희의 손을 잡았다.

"아가, 미안하다. 네게 못 볼 꼴을 보이고 말았어."

"아니에요. 어머니, 제가 돕지 못해서 죄송해요."

"네가 왜 안 도와? 저번에 네 시아버지가 중환자실에 들어갔을 때 나온 병원비를 낸 것 알고 있다. 우리 집의 도우미 아주머니와 관리인들도 네가 다시 데려와서 월급을 주고 있는 것도 안다. 또 얼마나 네 시아버지께 잘하는지도 알지. 강준이에게도 더할 나위 없이 잘하고. 아가, 항상 고맙구나."

"어머니."

세희는 몇 달 사이에 주름과 흰 머리가 부쩍 많아진 영란의 모습에 점점 쇠약해지시는 게 느껴지는 듯해 가슴이 아팠다. 강준이 억지로 몇 번이나 집에 모시고 가서 쉬게 했지만, 하루도 지나지 않아 다시 병실로 돌아온 영란이었다.

"어머니, 집에 모시고 갈게요. 좀 쉬셔야 해요."

"난 여기가 편하다. 저 양반을 두고 어떻게 혼자 편하게 집에서 쉬겠니? 그게 더 불편하고 힘들어. 차라리 여기에 함께 있는 게 나아."

"그럼, 저녁까지 제가 있을 테니까, 잠시만이라도 쉬고 오세요. 어머니까지 아프시면 안 돼요."

근심 어린 세희의 눈을 들여다본 영란이 고개를 끄덕였다.

"네 마음이 그렇다면 오늘만 그렇게 하자. 저녁 때 오마."

세희는 영란을 병원 앞에서 택시에 태워 보내고 병실로 돌아왔다. 먼저 옷을 벗고 손을 소독했다. 화장실로 가서 따뜻한 물에 적신 수건을 짜서 박 사장의 환자복의 소매를 걷고 닦았다. 손가락을 정성스레 닦아 나가던 세희의 입에서 고통스런 목소리가 흘러 나왔다.

"아버님, 이젠 더 미룰 수가 없어요. 갈수록 상황이 안 좋아지고 있어요. 이번 달도 이 주밖에 남지 않았어요. 조금이라도 더 강준 씨와 어머님, 아버님 곁에 있고 싶었는데 이젠 더 이상 욕심을 부릴 수가 없게 됐어요. 이 달 안에 1차 어음을 막지 못하면 회사는 결국 부도가 날 수밖에 없을 거예요."

세희는 흐르는 눈물을 티슈로 닦아내고 다시 따뜻한 물에 수건을 짜 가지고 와서 박 사장의 얼굴을 조심스레 닦았다.

이제는 결심을 더 미룰 수 없다는 생각에 그녀의 손이 심하게 떨렸다. 조금이라도 더 함께 있고 싶었던 강준을 보내줘야 할 때였다. 사랑하기에, 너무 사랑하기에 더 이상 욕심을 낼 수가 없었다. 그와 회사와 시부모님을 위해 물러설 수밖에 없었다. 세희는 떨리는 손을 꼭 쥐고 말했다.

"아버님, 일어나세요. 빨리 일어나셔서 성환식품을 누구도 건드리지 못하게, 그렇게 키워주세요. 그리고 앞…… 으로 저는 더 이상 이곳에 오지 못할지도 몰라요. 그러니 더 빨리 깨어나시고 건강하셔야 돼요."

세희는 오후 내내 박 사장의 팔과 다리를 주무르고 책을 읽어줬다. 저녁때 조금 편안해진 얼굴로 온 영란의 손을 잡고 한참 얘기를 나누다가 병원을 나왔다.

병원을 나온 세희는 오피스텔로 가다가 성환식품 쪽으로 방향을 바꿨다. 회사 앞에 피켓을 든 사람들이 웅성거리고 있었다. 조용히 창문을 열자, 성환식품과 강준을 향한 원망이 차 안으로 밀려들어오는 듯했다. 지친 얼굴의 50대 남자가 옆 사람에게 말하는 게 들렸다.

"나도 이러고 싶지 않지만 자식 때문에 어쩔 수가 없어. 지금까지 뭐, 성환식품이 하청 업체에도 잘한 건 사실이지만 이제 다 망하게 생겼는데 달리 방법이 없지. 부사장이 아무리 이리 저리 뛰어봤자 태진그룹의 손아귀에서 벗어날 수도 없고 말이야."

"이젠 망한 거지 뭐. 부사장이 아무리 능력이 있어도 이 자금줄은 풀지 못할 테니, 우리들도 실리를 챙길 수밖에."

세희는 암담한 눈으로 불이 켜진 10층을 바라봤다. 그곳에서 강준이 얼마나 힘든 하루를 보내고 있을까.

'강준 씨.'

강준이 그녀를 선택하지 않았더라면 이런 일은 없었을 거란 생각에 심장이 시리도록 아파왔다. 운전대를 꽉 움켜잡은 세희는 천천히 차를 돌려 그 자리를 빠져나왔다.

6장. 시린 겨울

며칠 후, 세희는 긴장으로 땀이 배어나오는 손바닥을 연신 문질렀다. 강준과 회사를 살리기 위해서는 서둘러야 했다. 소파에 앉아 있는 그녀의 귀에 샤워를 마친 강준이 드라이로 머리를 말리는 소리가 들렸다. 매일 들려오던 소리지만, 이제 다시는 들을 수도 볼 수도 없을 순간일 거란 생각에 세희의 새까만 눈동자에 뿌옇게 습기가 어렸다.

세희는 살짝 눈을 감았다. 지금쯤 머리를 다 말린 강준이 애프터세이브로션을 얼굴에 바르고 있을 것이다. 그리고 그녀가 좋아하는 향수를 살짝 귓등에 바르면서 싱그럽게 웃고 있으리라.

그녀에게로 향하는 강준의 발소리에 세희는 통증이 이는 가슴을 가만히 쓸어내렸다. 그녀가 너무나 좋아하는 중저음의 매력적인 그의 목소리가 귓속으로 파고들었다.

"세희야, 차 한 잔 끓여줄까?"

"아까 마셨잖아요."

"그렇지."

세희의 옆에 앉은 강준이 그녀를 그의 가슴에 끌어안으며 말했다.

"난 우리가 이렇게 있을 때가 정말 좋아. 네가 내 심장 소리를 들으며 소리 없이 웃는 것도 좋고, 날 황홀한 눈으로 올려다보면, 정말, 한마디로 미칠 것 같아."

"잠시 손 좀 씻고 올게요."

세희는 재빨리 화장실로 들어갔다. 수돗물을 가장 세게 틀어 놓고 손을 씻다가 빨개진 눈을 바라봤다. 이제는 말을 꺼내야 했다. 하지만 매번 강준을 보게 되면 막상 그 결심을 지킬 수가 없었다.

'이 상태로는 못 하겠어. 어떻게 해야 하지. 어떻게 해야 강준 씨가 내게서 마음을 뗄 수 있을까. 내 마음이…… 떠난 걸 보여줄 수밖에 없겠지.'

세희는 강준에게 보여줄 무심한 표정을 지은 채 그에게 갔다.

일주일 후, 주차장에 차를 세운 강준은 꽃다발을 들고 엘리베이터에 올랐다. 거울 속에 비친 그의 눈에는 이전과 달리 감출 수 없는 긴장감이 서려 있었다. 오늘은 원래의 세희로 돌아와 있기를 간절히 바라면서 버튼을 눌렀다.

강준은 채권자와의 몸부림으로 구겨진 셔츠를 손바닥으로 펴면서 현관으로 들어섰다.

"세희야."

이제는 그를 부르며 기쁨이 가득한 눈으로 달려와 안기는 세희도, 그녀의 목소리도 들리지 않았다.

"윤세희!"

중문을 열면서 더 크게 세희를 불렀다. 주방에서 작은 목소리가 들려왔다.

"주방에 있어요."

강준은 요리 중인 세희에게 꽃을 내밀고 그녀의 허리를 안아서 끌어당겼다.

"오늘 잘 지냈어?"

"병원에 가서 잠깐 아버님을 뵙고 내내 집에 있었어요."

"힘들지? 주말에도 쉬지 못하고 병원에 가느라."

강준은 고개를 가로젓는 세희의 얼굴을 양손으로 감쌌다.

"보고 싶었어."

"저녁 먹어야죠. 씻고 와요."

고개를 돌리며 말하는 세희의 모습에 그녀를 안고 있던 강준의 팔이 툭 떨어졌다. 예전의 세희라면 그의 뒤를 졸졸 따라다니면서 옷을 받아 걸어주고 수없이 입을 맞춰줬을 것이다. 그런 세희가 며칠 전부터 완전히 다른 사람이 됐다. 그의 존재에 무신경해지고 눈에 가득했던 설렘도 열기도 사라져버렸다. 드레스 룸에서 옷을 갈아입던 강준은 화장대 거울 속에 비친 제 모습을 물끄러미 바라보다가 세희를 달라지게 한 그 일을 떠올렸다.

어떻게 알았는지 채권자들이 경호가 빌려준 이 오피스텔에 그가 없을 때 들이닥쳤다. 그가 왔을 때 세희는 뒤집혀진 가구와 옷들로 어질러진 거실 한가운데 암담한 얼굴로 서 있었다.

그 후, 그만 보면 방실거리며 웃던 세희의 얼굴에서 웃음이 사라졌다. 사랑한다는 그의 말에도 반응이 없었고 그 날부터 그의 몸에 손끝 하나 대지 않았다. 게다가 결혼한 지 일 년 반이 지났지만 여전히 그의 품에 바짝 안겨서 행복한 얼굴로 잠들던 그녀가 그에게 등을 돌리고 자기 시작했다.

강준은 벽에 등을 기대고 머리를 쓸어 올렸다. 따뜻하고 부드러운 세희를 안고 푹 자고 싶은 마음이었다. 격렬하게 뛰는 그녀의 심장 소리, 그의 움직임에 거칠어지는 숨소리, 그가 주는 쾌락에 빠져 몸부림치며 흐느끼는 소리가 너무 그리워졌다. 예전처럼 세희와 행복하게 살려면 우선 회사의 일을 해결해야 할 텐데, 그게 만만치가 않았다. 아버지의 재산이면 이 정도의 위기에서 일어설 수 있었다. 문제는 그 재산을 태진그룹이 묶어버렸다는 것이었다. 그걸 풀기 위해서 매일 최선을 다하고 있었다. 하지만 채권자들이 들이닥친 후 변한 세희를 생각하면 가슴이 무너져 내렸다.

'하아. 세희야, 제발 예전의 너로 돌아와줘.'

한숨을 내쉬는 그의 눈동자가 불안하게 흔들렸다. 서로에게 미쳐 있었던 그 시간들이 더 가슴을 시리게 했다. 그를 무심한 눈으로 바라보는 세희의 모습이 떠오른 강준은 양손으로 머리를 감싸 쥐었다. 다시 확인하고 싶었다. 세희의 숨겨진 마음을 끄집어내고 싶었다.

며칠 동안 그 사실을 확인하고 싶어 달라진 그녀를 밤새 뜨겁게 안았다. 서로의 속에서 하나가 됐을 때는 충족감이 온몸을 가득하게 채웠다. 차가웠던 세희의 몸이 그의 애무와 움직임에 뜨거워질 때는 미칠 것만 같았다. 신음을 토하며 그의 등을 긁어내리는 세희의 몸짓에 그는 끝없이 녹아들었다. 하지만 사랑을 나눈 후의 세희는 돌아누워 그에게 다시 벽을 만들었다.

"강준 씨, 식사하세요."

세희가 부르는 소리에 강준은 생각에서 빠져나왔다. 식탁에는 그가 좋아하는 닭볶음탕과 반찬들이 놓여 있었다. 그는 아무렇지 않은 척 연기하며 더욱 맛있게 먹었다.

"네 오피스텔에서 처음 함께 닭볶음탕을 먹었던 날 우리 첫키스를 했어."

"네. 그랬죠."

건조한 목소리로 대답하는 세희의 모습에 강준은 가슴이 미어졌다. 며칠 동안 누르고 있던 두려움이 마음을 어지럽혔다. 본능적으로 세희가 떠날 준비를 하고 있다는 게 느껴졌다. 강준은 세차게 고개를 흔들며 밥을 꾸역꾸역 밀어 넣었다.

세희가 설거지를 하는 동안 강준은 녹차를 우려냈다. 따뜻한 녹차의 향에 불안에 널뛰던 마음이 차츰 차분해졌다.

한편, 설거지를 하던 세희는 약해지려는 마음을 다잡았다. 더 이상 미룰 수 없었다. 며칠이라도 아니 하루라도 더 강준의 옆에 있고 싶었지만 더 욕심을 부릴 시간이 없었다. 그녀가 떠나지 않는 한 강준과 회사는 절대 태진그룹의 손아귀에서 벗어나지 못할 것이다.

세희는 아련한 눈빛으로 소파에 앉아서 녹차를 우려내고 있는 강준을 바라봤다. 꺼칠해진 얼굴과 메마른 입술의 그가 마음을 아프게 했다. 그녀의 생명보다 더 소중한 사람을 보지 않고 과연 잘 살아갈 수 있을까. 세희는 지난 며칠 동안 무너지는 마음을 다잡으며 모든 정리를 했다. 강준의 옷을 직접 빨고 주름 하나 없도록 정성들여 다림질을 하고, 백화점에 들러 가장 좋은 속옷과 양말, 셔츠와 넥타이를 충분하게 사두었다. 그녀가 없어도 부족함이 없도록 모든 것을 채워놓고 빌라를 쓸고 닦고, 또 닦았다.

설거지를 마친 세희는 강준의 옆에 앉아 녹차를 마셨다. 그녀의 탐스러운 머리카락을 쓸어내리며 다정하게 바라보는 그에게 고개를 돌렸다. 언제 들어도 매혹적인 중저음의 목소리로 그가 물었다.

"맛이 괜찮아? 잘 우려진 건지 모르겠어."

"좋아요. 잘 우려냈어요."

강준의 손이 세희의 뺨과 입술을 쓰다듬었다.

"예쁘다, 윤세희."

"강준 씨."

그의 입술이 그녀의 입술에 와 닿았다.

"세희야, 사랑해."

강준의 속삭임에 반응하려던 세희는 두 손을 으스러지게 꽉 잡았다. 독해져야 했다. 그에게서 몸을 뗀 세희가 간신히 입을 열었다.

"강준 씨, 할 말이 있어요."

"무슨 말?"

강준은 그의 품에서 벗어나 반듯하게 앉은 세희를 바라보며 물었다. 심각해 보이는 세희의 모습에 갑자기 가슴이 쿵 하고 내려앉았다. 그는 불길한 생각을 몰아내면서 그녀의 손을 잡았다.

"얘기해."

세희는 강준의 손에서 그녀의 손을 빼내고 침착한 목소리로 말하기 시작했다.

"이런 날이 오지 않기를 바랐는데, 이제는 더 이상 미룰 수가 없게 됐어요."

"무슨 일이 있어? 다 얘기해봐."

"강준 씨."

세희는 불안한 얼굴의 강준을 바라보며 입을 열었다.

"우리 그만 헤어져요."

"윤세희, 농담이라도 그런 소리하는 거 아니야."

"농담 아니에요. 더 이상 이렇게 살고 싶지 않아요."

그녀의 말에 충격을 받은 강준의 목소리가 갈라졌다.

"갑자기 왜 그래? 형편이 어려워졌다고 우리의 사랑이 변하는 거 아니잖아. 네가 얼마나 날 사랑하는지 알고 있는데, 왜 이런 얘기를 하는 거야."

"맞아요. 강준 씨를 사랑해요. 하지만 여기까지예요. 더 이상은 내 사랑으로도 견디지 못하겠어요. 바닥까지 떨어지고 싶지 않아요. 그건 아버지가 병원에 입원하시고 돌아가실 때까지로 충분해요. 그렇게 전전긍긍하며 돈을 벌고 힘들게 살았던 기억은……. 그때로 충분해요."

강준이 세희의 어깨를 붙잡고 흔들었다.

"윤세희! 너 왜 이래? 그걸 말이라고 해! 어떻게 우리가 헤어져!"

"강준 씨, 부탁이에요. 내가 지금까지 부탁을 한 적이 없잖아요. 그러니 힘 빼지 말고 여기서 그만 끝내요. 난 이미 결심했어요. 더 이상 이렇게 살지 않을 거예요."

"아니야, 넌 네가 지금 무슨 말을 하는지도 모르는 거야. 우리가, 너와 내가 헤어진다고! 그게 가능할 것 같아? 그러고도 우리가 살 수 있을 것 같냐고! 제발 세희야, ……이러지 마."

"미안해요."

단호한 세희의 태도에 강준의 얼굴이 고통으로 일그러졌다.

"세희야, 내가 잘할게. 회사가 부도나더라도 다른 일을 하면 돼. 널 충분히 먹여 살릴 수 있어. 그러니까 제발 이러지 마."

"내가 원하는 거는 단순히 먹고 사는 게 아니에요. 더 이상은 이렇게 쪼들리고 채권자들에게 시달리면서 살지 못하겠어요. 그러니 날 놔줘요."

"불가능해. 난 너 없이 살 수 없어. 너도 그렇다는 걸 알고 있는데 도대체 왜 이래? 윤세희, 제발, 이러지 마."

"지금은 죽을 것 같아도 다 살게 될 거예요. 그러니 부탁이에요. 난 바닥까지 내려가고 싶지는 않아요. 강준 씨를 사랑하는 마음이 거기까지는 아니란 걸 요즘 확실히 깨달았어요. 그러니까, 강준 씨, 날 정말 사랑한다면 놔줘요. 당신이 가는 그 지옥까지 날 데려가려고 하지 말아요."

그녀의 말에 강준의 얼굴에서 핏기가 사라졌다.

"지…… 옥이라고?"

"그런 지옥은 이미 한 번 경험했어요. 아버지의 투병 기간에 매일 어떻게 하면 병원비를 마련할 수 있을까 전전긍긍했고, 돌아가시고 나서는 우리에겐 아무것도 남은 게 없었어요. 그래서 더 악착같이 돈을 벌어야 했어요. 친구들이 데이트를 하고 쇼핑을 하면서 인생을 즐길 때 난 인생의 바닥에 있었어요. 다시는 그런 지옥 같은 세상에서 살고 싶지 않아요."

세희의 결심이 진심이란 걸 느낀 강준은 끝이 보이지 않는 어둠 속으로 끝없이 떨어져 내리는 느낌이었다. 믿고 싶지 않았다. 아니라고 중얼거리며 고개를 세차게 저었다.

"아니야, 뭔가 잘못됐어. 네가 이럴 리 없어. 말해봐, 무슨 일이야? 무슨 일이 있는 거지."

"아니요. 현실을 깨달았을 뿐이에요. 아버님이 계신 병원에 가도 이젠 채권자들이 진을 치고 있어요. 그리고 이렇게 여기까지 몇 번이나 와서 다 뒤집고 갔고요. 이젠 더 이상 갈 곳도 없다는 거 알아요. 아무것도 할 수 없다는 것도요."

"널 위해 뭐든지, 어떤 일이든지 할게. 앞으로 더 잘할 테니까, 이러지 마. 세희야, 이게 네 진심일 리가 없어."

"진심이에요. 빌라에 채권자들이 몰려왔을 때부터 말하고 싶었던 내 진심이에요. 더 이상 날 붙잡지 마요. 자유롭게 살 수 있도록 놔줘요. 정말로 날 사랑한다면 그렇게 해줘야 해요."

세희는 괴로워하는 강준을 보는 게 너무 힘들었다. 그렇다고 여기서 포기할 수는 없었다. 주먹을 세게 말아 쥔 그녀가 마지막으로 한마디를 더 했다.

"그때, 그 눈 속에서 우리가 만나지 않았더라면 좋았을 거예요. 인연인 줄 알았는데…… 아니었어요. 월요일에 법원에서 만나요."

세희는 시체처럼 창백한 얼굴의 강준을 혼자 두고 오피스텔을
나와 어둠속으로 사라졌다. 그녀가 사라진 오피스텔에서 심장을
후비는 강준의 고통스런 비명소리가 울려 퍼졌다.

월요일 날 찰랑거리는 머리를 브러시로 빗어 내리던 세희는 거
울 속의 모습을 가만히 들여다봤다. 거울 속의 그녀는 젊고 아름다
웠다. 단정한 이목구비에 쌍꺼풀이 없는 크고 맑은 눈이 인상적이
었다. 새까만 눈동자에 쌓여 있던 습기가 그녀의 의지와는 다르게
눈물을 떨궈냈다.

툭툭.

세희는 차분히 손수건으로 눈물을 닦아내고 한 번도 발라본 적
이 없는 화사한 소프트라벤더 색의 립스틱을 정성껏 발랐다. 립스
틱을 바른 입술 위로 또다시 눈물이 후드득 떨어져 내렸다.

"흐흑."

새어 나오는 울음을 힘겹게 삼켰다. 강준에게 부은 눈을 보여줄
수는 없었다. 마지막까지 예쁜 모습을 보여주고 싶었다. 세희는 억
지로 미소를 지었다. 억지 미소에도 양쪽 뺨에 보조개가 예쁘게 잡
혔다. 세희는 강준이 수천 번도 더 입을 맞췄던 보조개를 살며시
만졌다. 심장이 쪼그라드는 통증이 느껴지는 가슴을 손으로 쓸어
내렸다.

'다른 방법은 없어. 이것뿐이야. 하지만 우리가 떨어져서 어떻게
살…… 수 있을까.'

세희는 립스틱을 지우고 화장대 위의 보석함을 가만히 만졌다.
은은하면서도 고급스런 보석함 속에는 그녀가 지금까지 남편인

강준에게 받았던 보석들이 가득했다. 세희는 천천히 귀걸이와 팔찌를 빼서 보석함에 넣었다. 1주년 결혼기념일에 강준에게 받았던 목걸이도 풀어서 넣었다.

결혼반지를 빼려던 그녀는 잠시 가만히 있었다. 빼고 싶지 않았다. 그와 떨어져 있더라도 평생 손에 끼고 있고 싶었다. 몇 번이나 숨을 크게 내쉰 세희는 결국 반지를 빼서 보석함에 넣었다. 빛나는 보석들 사이에서 둥그런 고리 안에 하트가 들어 있는 목걸이를 꺼내 목에 걸고 손으로 한참을 쓰다듬으며 낮은 소리로 속삭이듯이 말했다.

"이것은 가져갈게요. 강준 씨가 처음 줬던 선물이니까⋯⋯."

화장대에서 일어난 세희는 그녀와 강준이 행복하게 1년 반을 살았던 빌라를 천천히 둘러봤다. 살림살이 하나하나에 그녀의 손길이 스며 있었다.

서재의 문을 열었다. 금방이라도 웃으면서 그녀에게 다가올 것 같은 강준의 모습이 선명하게 떠올라 급히 주방으로 갔다. 모든 것이 깔끔하게 정리된 주방은 그녀가 그를 위해 요리를 하던 곳이었다. 강준을 위해 노래를 흥얼거리며 즐겁게 요리를 했었다. 그곳에도 둘의 추억이 넘치게 흐르고 있었다. 집 안 곳곳을 둘러보았다. 어느 곳에도 그와의 추억이 닿지 않은 곳이 없어, 세희는 마음이 더욱 가라앉았다.

그날 오후에 강준과 세희는 가정 법원을 나와 차 앞에 서 있었다. 한층 을씨년스러워진 겨울바람이 두 사람 사이로 스쳐 지나갔다. 세희는 고통이 가득한 강준의 눈을 보며 부서져 내리는 가슴을 살며시 손바닥으로 눌렀다. 울지 않으려고 이를 앙다물었다. 그의 기억 속에 행복했던 윤세희의 모습으로 남고 싶었다.

'강준 씨, 당신 기억 속에 행복한 모습으로 남고 싶어요. 강준 씨 뒤를 졸졸 따라다녔던 윤세희로, 당신만 보면 좋아서 입을 다물지 못했던 윤세희로 기억해줘요.'

다가오는 강준에게서 한 걸음 물러난 세희는 움직여지지 않는 다리에 억지로 힘을 주고 한 걸음씩 멀어져 차 문의 손잡이를 잡았다. 그러고는 급히 다가오는 그에게 떨리는 목소리로 말했다.

"강준 씨, 오지 마요. 내가 먼저 갈게요. 잘 지내야 해요."

"어디로 갈 거야? 장모님에게 가 있을 거야? 세희야, 너 없이 나는……."

쥐어짜는 듯한 그의 목소리에서 배어 나오는 아픔이 고스란히 그녀의 피부를 뚫고 들어왔다. 세희는 목까지 올라오는 울음을 눌렀다.

"잘 지내요."

강준의 시선이 그에게서 멀어지는 그녀의 차 뒤를 좇아갔다. 이윽고 세희의 차가 시야에서 사라지자, 인도 위에 털썩 주저앉은 그의 꽉 다문 입술 사이로 억눌린 울음이 흘러나왔다. 도로의 차들이 무심하게 그를 지나쳐갔다. 그는 손으로 머리를 감쌌다. 죽을 것 같았다.

참담한 얼굴의 강준은 한참을 세희가 떠난 길에서 눈을 떼지 못했다.

일 년 후, 신엽은 열정적으로 강의를 하고 있는 세희의 영상을 모니터로 검토하고 있었다. 환하게 웃고 있던 그의 얼굴이 잠시 어두워졌다. 세희는 평상시처럼 밝은 얼굴로 강의를 하고 있었다. 단정한 옷차림에 탐스럽게 흘러내린 머리, 살짝 웃을 때마다 생기는 뺨의 보조개. 몹시 아름답고 지적인 모습이었다.

수강생들의 이목을 집중하게 하는 또렷한 목소리가 강의실 안에 기분 좋게 울렸다. 그런 그녀를 보면서 신엽은 미간을 찡그렸다.

화면을 클로즈업해서 들여다봤다. 시선을 살짝 내린 세희의 길고 풍성한 속눈썹이 눈에 들어왔다. 다시 학생들에게 시선을 맞추는 눈빛이 슬퍼 보였다. 밝은 얼굴 표정과 목소리와는 달리 눈빛은 아득한 어둠 속을 헤매는 것처럼 느껴졌다. 신엽은 작게 한숨을 내쉬었다.

'힘들겠지. 그래서 죽어라 수업만 하는 걸 거야.'

신엽은 다시 세희의 강의를 지켜봤다.

드디어 강의가 끝났다. 신엽은 학생들을 내보내고 제일 늦게 강의실에서 나오는 세희에게 다가갔다.

"수고했어. 많이 힘들었지? 배고프겠다. 어디 가서 저녁 먹자."

"괜찮아요. 집에 가서 먹으면 돼요."

신엽이 세희의 무거운 가방을 들었다.

"실장으로서 당연히 밥을 사야지. 오전부터 이렇게 힘들게 내내 수업을 했는데. 가자, 얼굴이 창백해. 영양 보충해야지. 또 설명해 줄 것도 있어."

"그럼 제가 살게요. 실장님 덕분에 부자가 되고 있어요."

"그래? 그럼 다음엔 네가 사. 그리고 말이야, 선배 좋다는 게 뭐겠어? 실컷 뜯어먹어도 돼."

신엽의 말에 세희의 입가에 희미한 미소가 어리다 곧 사라졌다. 둘은 차로 30분 정도를 달려, 넓고 한적해 보이는 한정식 집으로 향했다. 신엽이 미리 예약을 했는지 아담한 정원이 내다보이는 방으로 안내를 받았다. 세희는 뜨거운 차를 마시면서 창밖으로 시선을 돌렸다. 잎을 떨궈버린 앙상한 대나무들이 차가운 겨울바람에 물결처럼 흔들리고 있었다. 은은하게 비치는 낮은 조명등 아래의 작은 정원은 몹시 아름다웠다.

세희의 시선을 따라 밖을 바라보고 있던 신엽이 말했다.

"아름답지? 눈이 내리면 한 폭의 그림 같아. 현실과 동떨어진 곳에 와 있는 착각이 들 만큼 빠져들게 돼. 봄과 가을에 문을 열어 놓고 밥을 먹으면서 바람에 사그락사그락 소리를 내며 흔들리는 대나무 소리를 듣는 것도 정말 좋아. 그때도 같이 와보자."

둘은 코스로 나오는 한식을 먹으면서 윙윙거리는 바람 소리를 들었다. 말없이 먹고 있는 세희를 보던 신엽이 걱정스런 목소리로 물었다.

"많이 힘들지?"

"네?"

"일정이 너무 빡빡했잖아. 그래도 다행이다. 오늘 20강까지 다 찍었으니까. 그리고 세희야, 갑자기 수업이 너무 늘어서 힘들면 다음 달에 몇 타임을 빼자. 문 선생님이 그 타임을 맡아줄 수 있을 거야."

"아니에요. 한 번 시작했으면 끝까지 가야죠. 그리고 선배님, 많이 고마워요."

"하아, 선배라! 너에게 그 말 듣기가 하늘의 별 따기인데. 정말 듣기 좋다."

입꼬리가 한없이 올라가던 신엽은 힘없이 젓가락질을 하는 세희의 접시에 불고기를 집어줬다.

"많이 먹어. 점점 마르는 거 같아. 잘 먹어야 수업도 잘하지. 그래야 학생들이 많아지고 인터넷 강의도 더 팔리고. 그러면 당연히 나도 더 부자가 되겠지."

그의 말에 세희가 소리 없이 웃었다.

"선배님은 이미 부자잖아요. 집안이 학원 재벌인 거 다들 아는데요."

"그런가."

기분이 좋아진 듯 살짝 웃는 세희를 보는 신엽의 얼굴에 웃음이 넘쳤다. 그는 덜어준 불고기를 먹는 세희를 가만히 바라봤다.

강준과 행복한 결혼생활을 하던 세희였다. 늘 얼굴에 드러나는 행복감을 감추지 못하던 그녀가 어느 날부터인가 웃음을 잃었다. 그러고는 갑자기 그가 제안했던 인터넷 강의를 하겠다고 했다. 저녁에도 강의를 더 맡고 싶다는 그녀에게 이유를 물었다.

'돈을 벌고 싶어요. 부자가 되려고요. 이 학원에서 클 수 있을 만큼 커보라고 하셨죠? 그럴게요. 최선을 다할 거예요.'

당찬 말과는 달리 세희의 목소리가 너무 슬프게 들렸다. 그래서 신엽은 이유도 묻지 않고 고개를 끄덕이고 말았다. 그 후에야 세희가 이혼했다는 것을 알았다.

그때의 아파 보였던 세희의 목소리가 떠오른 신엽은 한숨을 속으로 삭이고 휴대폰을 켰다. 그러고는 엑셀로 정리해둔 자료를 세희에게 보여줬다.

"이것 봐. 벌써 인강이 이만큼 팔렸어. 점점 팔리는 속도가 빨라지고 있어. 특히 이 부분은 말이야. 실전 수능 어법은 정말 호응이 좋아. 후기도 좋고. 이런 속도로만 팔리면 프리 패스의 반응도 점점 좋아질 거야."

휴대폰을 들여다본 세희가 놀란 눈으로 신엽을 봤다.

"어느 학원이나 대부분 영역별 대표 강사님의 인강만 주로 팔리는 게 현실이라 이렇게까지는 예상하지 못했어요."

"무료로 올린 1강이 효력을 발휘한 거지. 전에 말했잖아. 사업성이 있다고. 이제 시작이니까 꾸준히 올라가자."

"네. 고마워요."

세희는 진심으로 신엽에게 고마웠다. 회사를 그만두고 이 학원으로 올 수 있었던 것도 그의 도움이었다. 또, 이 자리까지 올 수 있도록 그녀의 능력을 믿어주고 격려해준 것도 그였다.

"나도 고마워. 어차피 강사와 학원은 윈윈 관계잖아. 서로가 도움을 준 거야. 그래도 고마우면 술 한잔 살래? 내일은 쉬는 날이잖아. 한 잔만 마시자."

그의 제안에 쉽게 대답을 못하던 세희가 창밖으로 시선을 돌렸다. 그사이에 함박눈이 점점이 내리고 있었다. 아득해지는 세희의 귀에 신엽의 목소리가 들렸다.

"운치 있네. 내일까지 펑펑 내린다고 하더라. 세희 넌 대학 때도 눈을 좋아했지."

눈, 펑펑 내리는 눈.

세희는 아릿해지는 눈을 감았다. 마치 그 눈 속에 서 있던 강준이 그녀를 보고 있는 것 같았다. 환상 속의 그가 웃었다. 매력적인 목소리로 그녀를 불렀다.

'세희야.'

아니야, 윤세희, 정신 차려.

세희는 천천히 창가에서 고개를 돌렸다. 식어버린 차를 한 모금 마시고 말했다.

"눈…… 을 이젠 좋아하지 않아요."

그녀의 목소리가 아프게 갈라졌다. 이유를 모르는 신엽은 그저 고개를 끄덕여줬다.

늦은 저녁을 먹은 둘은 한정식 집을 나와 다시 복잡한 거리로 차를 타고 나왔다.

"딱 한 잔이에요."

"그래, 넌 칵테일 한 잔만 마셔. 네 주량이 약한 거는 알고 있으니까 걱정 마."

둘은 칵테일 바에 앉았다. 롱아일랜드 아이스티를 마시는 세희를 보는 신엽의 입가에 웃음이 매달렸다.

"세희야, 그거 홍차 맛이 난다고 해서 홍차가 들어 있는 거 아니야. 칵테일 폭탄주라고 불리는 거 알아? 셜리 템플 마실래? 무알콜 칵테일인데."

"색깔이 예뻐서 시켰는데……. 한 잔이니까 그냥 마실래요."

아무 말 없이 마티니를 두 잔 마신 신엽이 세희를 불렀다.

"세희야, 누군가에게 뭐든지 말하고 싶으면, 가슴 속에만 쌓아두지 말고 언제든지 내게 말해. 그냥 들어줄게. 술친구가 필요해도 전화해."

신엽의 말에 세희의 촉촉해진 눈이 그를 향했다. 신엽은 세희의 등을 툭 치며 밝게 웃었다.

"선배 좋다는 게 뭐야? 그럴 때 써먹어야지. 안 그래? 대학교 때 생각해봐. 내가 얼마나 후배들에게 뜯겼는지. 그런데 넌 아니었잖아. 그러니까 이제라도 뭐든 사줄게. 밥도, 술도 네가 원하면……."

"선배님, 저 잘…… 지내고 있어요. 그러니까 걱정하지 마세요. 전 예전의 씩씩했던 윤세희로 돌아갈 거예요. 인생의 한 부분이 어긋났다고 해서 다른 부분들까지 사라지는 건 아니잖아요. 걱정하지 않아도 돼요."

"그러면 걱정하지 않게 해야지! 이 얼굴 좀 봐. 얼마나 파리한지, 또……."

신엽은 주저리주저리 나오려는 말을 삼키고 고개를 숙이는 세희에게 다정하게 말했다.

"울고 싶으면 실컷 울어. 그래야 더 빨리 털고 일어날 수 있을 거야."

고개를 숙인 채로 세희가 물었다.

"이유…… 궁금하지 않으세요?"

"네가 말하고 싶을 때 얘기해. 하고 싶지 않으면 하지 말고. 좀 전에 네가 말했잖아. 다른 부분들까지 사라진 거는 아니라고. 넌 혼자이든 아니든 윤세희야. 힘들어도 당당하게 앞을 향해 나아가던 윤세희 말이야."

"고마워요."

"네가 편안해졌으면 좋겠어. 그리고 예전처럼 밝게 웃고 행복해지길 원해."

세희는 눈물이 그렁그렁한 눈으로 신엽을 보며 웃었다. 아무리 끌어올리려 해도 꿈쩍도 하지 않고 바닥으로 계속 가라앉던 기분이 서서히 좋아지는 걸 느꼈다.

정신없이 바쁘게 돌아가는 사무실을 나온 강준은 사장실로 향했다. 전화를 받고 있던 박 사장이 오른손으로 지팡이를 짚고 절뚝절뚝 절면서 소파로 와서 앉았다. 김 비서가 가져온 따뜻한 모과차를 마시는 그의 모습을 따뜻하게 바라보던 강준이 물었다.

"아버지, 물리치료는요? 절대 빠지면 안 돼요."

"조금 있다가 갈 거야. 걱정 마라. 이렇게 절뚝거리며 살지는 않을 테니까. 한 번이라도 빠지면 네 엄마가 얼마나 잔소리를 하는지……. 그건 그렇고, 용인에 있는 공장은 어떻게 됐어?"

"올해 말이면 완공돼요."

"떨어졌던 매출은 얼마나 나아진 거야?"

"점점 다시 오르고 있어요. 하반기 정도면 원 상태로 돌아갈 것 같아요. 기존의 거래처들도 자금 문제가 해결돼서 다시 좋아졌고요. 대형 마트에도 다시 진입했어요."

"주말마다 직원들을 파견해서 시식 코너 마련하고 있지?"

"네, 사무실 직원들까지 자원해서 나가고 있어요. 저도 천 비서와 주말이면 여러 곳을 돌고 있고요."

"이만한 게 다행이야. 태진그룹이 마지막에 무슨 생각으로 자금줄을 풀어준 건지는 모르겠지만 우린 이 틈을 이용해서 현금 유동성을 늘여야 해. 다시 그런 상황에 빠질 수는 없어."

"네, 다시는 당하지 않아야죠."

대답하는 강준의 얼굴이 굳어졌다. 성환식품의 자금줄을 틀어쥐고 숨통을 막았던 태진그룹이 부도 직전에 갑자기 손을 뗐다. 강준은 발 빠르게 움직였다. 은행에 있던 자금을 끌어 모으고 부족한 부분은 담보 대출을 받아서 급하게 1차, 2차 부도를 막아냈다. 하지만 자금 압박은 계속됐다. 다행히도 의식을 잃고 누워 있던 박 사장이 깨어나 그의 명의로 된 재산의 처분을 강준에게 일임했다. 강준은 현금화할 수 있는 재산을 먼저 빠르게 처리해, 거래처에 갚지 못한 대금을 지불하고 직원들의 밀린 월급을 줬다. 공장들도 다시 제대로 돌아가기 시작했다.

그리고 부동산과 조상 대대로 물려받은 땅의 일부를 팔아 눈앞에 닥친 일들을 어느 정도 해결하고 나서야 한숨을 돌릴 수 있었다. 태진그룹이라는 말만으로도 치를 떠는 박 사장이 강준에게 물었다.

"언제쯤 회사가 정상화될 수 있을까?"

"우리 회사의 유동성이 묶여서 문제가 된 거라 판매만 제대로 회복되면 괜찮아져요. 하지만 그게 문제가 아닐 거예요. 다시 자금이 묶인다면 현금을 보유하고 있는 것 외에는 방법이 없어요. 자금도 분산시켜놔야 하고요."

"그렇겠지. 무조건 많은 현금을 쥐고 있어야 해. 그리고 이참에 아예 너와 네 엄마에게 증여를 해야겠다. 재산을 분산시켜놔야 앞으로 또 무슨 일이 생기더라도 빠르게 대응할 수 있을 테니까."

박 사장은 태진그룹의 손 회장을 떠올리며 이를 갈았다.

'우리 회사를 날로 먹으려고 하다니.'

그는 생각에 잠긴 강준에게 시선을 돌렸다.

"강준아, 그 일은 어떻게 돼가고 있는 거야?"

"추진 중이에요."

"조심해야 한다."

"네."

"그래. 그리고 말이다. ……아니다. 그만 나가봐라."

집무실을 나가는 강준의 뒷모습에서 눈을 뗀 박 사장은 길게 탄식을 했다. 깨어나 보니 이미 아들 내외는 이혼을 한 상태였다. 그렇게 사이가 좋던 둘이 헤어졌다는 게 믿기지가 않았다. 딸같이 살갑던 며느리가 없어졌다는 데 충격을 받았다. 하지만 죽어가는 얼굴로 밖으로만 떠도는 강준을 몰아세울 수도 없어 꾹 참았다.

"도대체 무슨 일인지. 속 시원히 알기라도 했으면."

강준은 눈코 뜰 새 없이 바쁘게 움직였다. 일부러 더 생각할 시간이 없도록 몸을 움직였다. 매일 거래처와 공장을 돌고 사무실에서 밤늦게까지 일했다. 주말에는 대형 마트를 돌면서 시식회를 열었다. 피곤에 절은 몸으로 텅 빈 빌라로 돌아와 소파에 죽은 듯이 쓰러져 잠이 들었다. 그렇게 세희가 떠난 후의 하루하루를 힘들게 견디고 있었다.

그 속에서도 해가 바뀌었다. 바람이 심하게 부는 밤이었다. 2월이 다 되어가는데도 살을 에이는 겨울바람이 정처 없이 걷고 있는 그의 코트 속을 헤집고 들어왔다.

얼마를 걸었는지 의식이 없었다. 꽁꽁 언 손에 입김을 불면서 강준은 빌라가 보이는 곳으로 걸어갔다. 그가 사는 빌라의 층을 올려다봤다. 저절로 한숨이 나왔다.

"하아."

사랑하는 여자를 보낼 수밖에 없었다. 보내줄 수밖에 없게 만든 그녀의 말들이 여전히 그의 심장을 쑤시며 아프게 했다. 하지만 그는 여전히 세희를 가슴에 품고 있었다. 그래서인지 더욱 그에게 세희가 없는 하루하루가 지옥 같았다.

강준은 어둠에 둘러싸여 있는 빌라를 한참 바라보다 뚜벅뚜벅 안으로 걸어 들어갔다.

띠리릭.

그가 누르는 비밀번호 소리가 텅 빈 복도에서 크게 울렸다. 강준은 자동으로 불이 켜진 현관에서 신발을 벗고 숨을 크게 들이켰다. 중문을 열면서 어둠 속을 바라봤다.

'강준 씨!'

달려오는 세희의 발소리와 들뜬 목소리가 들리는 것 같았다. 하지만 적막이 깃든 어둠만이 그를 맞았다. 그에게 달려와 안기는 세희도, 맛있게 풍기던 음식 냄새도 사라진 차가운 집.

온기가 메말라버린 빈 집을 돌면서 불을 환하게 밝혔다. 습관처럼 침실과 드레스 룸을 들여다봤다. 화장대 위에 남아 있는 세희의 화장품에서 고개를 돌렸다. 세희가 있던 날과 다르지 않게 샤워를 하고, 세희 대신 아주머니가 준비해놓고 간 식탁에서 밥을 먹었다. 입 안에 억지로 들어간 밥들이 모래알처럼 까끌거렸다.

'강준 씨는 먹는 모습도 섹시해요.'

세희의 목소리가 머릿속에서 울렸다. 연달아 떠오르는 생각들을 지우려고 세차게 고개를 흔든 강준은 꾸역꾸역 밥을 입 안으로 밀어 넣었다.

같은 시각, 시동을 끈 어두운 차 안에서 세희는 강준이 들어간 빌라를 바라봤다. 방에 하나씩 불이 밝혀지고 언뜻 거실에 강준의 그림자가 비쳤다.

'강준 씨.'

그리운 얼굴, 그리운 목소리, 그와 그녀의 천국이었던 그곳에 홀로 남은 그에 대한 안타까움이 추위로 차가워진 몸을 더 얼어붙게 했다. 그가 너무 그리워서, 밥은 잘 먹는지 걱정되어, 견디지 못하고 결국 한 시간 전에 이곳에 오고야 말았다. 구석진 곳에 주차를 하고 차 안에서 혹시나 얼굴이라도 볼 수 있을까 싶어 기다리고 있던 중이었다. 잠시 후, 위태롭게 휘청거리며 걷는 강준이 나타나자 그리웠던 그를 가득 눈에 담았다. 당장이라도 그에게 달려가 안아주고 싶었다. 왜 이렇게 힘들어하냐고, 어깨를 펴고 예전처럼 당당하게 그렇게 싱그럽게 웃으면서 걸으라고, 힘들면 그녀의 허벅지에 머리를 대고 누워 있으라고 말하고 싶었다.

어두운 빌라를 올려다보며 한참을 서 있는 그의 모습에 그녀의 가슴은 산산이 부서졌다. 저절로 차 문을 열고 나가려는 손으로 핸들을 움켜잡았다. 새하얀 손에 핏줄이 튀어나올 정도로 핸들을 잡고 있던 그녀는 탈진하듯 시트에 등을 기댔다.

서러웠다. 서로를 잊지 못하는 둘의 사랑이 서러웠고, 돈에 밀려 제 사랑을 놓고 나와야 했던 제 처지가 너무나 서러웠다. 지금이라도 빌라의 문을 열고 들어가면 강준에게 돌아갈 수 있다는 걸 알면서도 그럴 수 없는 상황에 목이 메어왔다.

'그만 돌아가야 해.'

주문을 외우기라도 하듯이 몇 번이나 돌아가야 해를 읊조리던 세희는 한참이 지나서야 간신히 그곳을 벗어나 오피스텔로 돌아갔다.

재경은 성환식품의 주차장에 차를 세우고 로비로 들어섰다. 엘리베이터를 타려고 서 있다가 방향을 돌려 화장실로 들어갔다. 거울 앞에 서서 차림새를 점검했다. 늘씬한 몸매 라인을 드러내주는 재킷의 깃을 몇 번이나 만지고 머리에 손가락을 넣어 자연스럽게 등 뒤로 흘러내리도록 매만졌다.

거울 속의 그녀는 흠잡을 데 없이 아름다운 모습이었다. 계란형의 얼굴에 쌍꺼풀이 있어 시원해 보이는 큰 눈과 쭉 뻗은 콧대, 그리고 완벽한 선을 자랑하는 입술. 찬찬히 얼굴을 검사하듯이 훑어보고 있다가 붉은 입술에 시선이 닿은 재경은 가방에서 티슈를 꺼내 립스틱을 지웠다.

"단정해 보이는 색, 두드러지지 않은 립스틱이 어디……."

부지런히 파우치 안을 뒤지던 그녀의 손이 멈칫했다. 다시 원래의 붉은 립스틱을 꺼내 발랐다. 거울 속의 모습을 들여다보는 그녀의 눈동자가 잠시 흔들렸다가 원래대로 돌아왔다.

'이런, 내가 그 여자를 따라하려 하고 있었어. 립글로스만 바르

고도 빛나던 윤세희를……. 하아, 내가 뭐가 부족해서. 도대체 뭐가 부족해서.'

한숨을 삼키던 재경은 문득 호텔 레스토랑에서 봤던 강준과 세희의 모습을 떠올렸다.

테이블 위로 손깍지를 끼고 세희에게서 눈을 떼지 않던 강준, 세희의 입술을 만지던 모습. 긴장으로 터질 것 같던 두 사람 사이의 공기의 흐름.

"둘이 그랬지. 하지만 다 지난 일이야."

재경은 허리를 꼿꼿이 세우고 엘리베이터로 향했다.

부지런히 문서 작업을 하고 있던 천 비서 수정이 들어오는 재경을 보고 살짝 목례를 했다. 하지만 불쾌한 얼굴을 감추지는 않았다. 태진그룹 때문에 회사가 망할 뻔한 것을 모르는 직원은 없었다. 그런데도 뻔뻔한 얼굴로 회사에 드나드는 재경이 미울 수밖에 없었다.

"약속 시간보다 10분 일찍 왔는데 부사장님은 안에 있어요?"

수정은 재경의 말에 대답하지 않고 바로 인터폰을 연결했다.

"부사장님, 태진그룹의 손재경 이사가 오셨습니다."

"들어오시라고 해요."

인터폰에서 흘러나오는 강준의 목소리에 재경의 얼굴이 환해졌다. 서류에 파묻혀 일하고 있던 강준이 들어서는 재경을 쳐다보고 소파로 와서 앉았다.

"중요한 사안이라고요? 본론만 빨리 얘기하십시오. 나가봐야 합니다."

강준과 마주 보고 앉은 재경은 들고 왔던 서류를 탁자 위에 올려놨다. 알면서도 서운했다. 반기지 않을 거란 건 알고 있었다. 하지만 사무적이고 딱딱한 얼굴의 강준이 정성들여 화장을 하고 두근거리는 심장으로 바라보는 그녀를 무심하게 쳐다보는 것은 어쨌든 견디기 힘들었다.

노크를 하고 들어온 수정이 커피를 탁자에 놓고 나갈 때까지 강준은 침묵을 지키고 있었다. 재경은 커피를 마시는 강준의 얼굴을 봤다. 꺼칠하고 생기를 잃은 얼굴이 안타까웠다. 메마른 입술을 쓰다듬어주고 싶었다. 재경은 커피 잔의 테두리를 손가락으로 만지면서 그를 불렀다.

"강준 씨, 얼굴이 많이 상했어요."

강준이 자신의 이름을 부르는 재경을 못마땅한 눈초리로 봤다.

"부사장으로 부르십시오. 그리고 무슨 문제입니까?"

강준을 황홀한 눈으로 바라보고 있던 재경은 그의 목소리에 정신이 들었다.

"아, 아니요. 잠시만 커피 좀 마시고 얘기해요."

재경은 김이 나는 커피를 한 모금씩 마셨다. 짜증이 묻어나는 강준의 목소리가 가슴을 아프게 했지만 조금이라도 더 같이 있고 싶었다. 개인적으로는 만나주지 않으니, 비서실을 통해 약속 시간을 잡고 공적인 일로 얼굴을 볼 수밖에 없었다. 그녀의 눈이 저절로 다시 강준에게 향했다. 그녀에게 모진 말을 했던 사람이지만 바뀔 거라고 생각했다. 이혼만 하면 어떻게든 사로잡을 수 있다고 자신했었다.

하지만 아직은 때가 아니었다. 그에게 그녀는 단지 원수 같은 여자일 뿐이라는 걸 알고 있었다. 성환식품을 막다른 골목으로 몰아넣고 손을 내밀었다. 하지만 강준은 그 손을 끝내 잡지 않았다. 태진그룹에서 자금줄을 풀어준 후, 강준이 밤늦게까지 쉬지 않고 일하는 것도 알고 있었다. 재경은 속으로 한숨을 쉬었다.

'처음 만났을 때 더 서둘렀어야 했어. 그러면 이렇게까지 되지는 않았을 거야. 윤세희가 강준 씨의 마음을 차지하기 전에 사로잡았어야 했어.'

침착한 모습으로 돌아간 재경은 강준에게 내민 서류의 내용을 빠르게 설명해나갔다. 태진그룹이 파트너가 돼서 성환식품을 키우고 싶다는 내용이었다. 재정적인 지원을 아끼지 않겠다는 그녀의 말을 강준이 한마디로 거절했다. 재경이 서류를 덮으며 말했다.

"제안이 마음에 안 든다면 어쩔 수 없죠. 우리 회사가 식품 사업에 뛰어들고 싶어 하는 시점이라 오랫동안 유기농 제품으로 신뢰를 얻고 있는 성환식품과 함께 한다면 서로에게 좋을 거라 생각했어요. 그런데 거절이라니 아쉽네요."

"우리 회사는 작지만 몇 대째 이어져왔습니다. 다른 회사와 합작은 하지 않습니다. 그럼 전 이만, 거래처에 가볼 시간이 돼서."

일어서는 강준에게 급하게 다가간 재경이 그의 팔을 잡았다.

"강준 씨, 저녁에 시간 좀 내요. 술 살게요."

"그럴 생각 없습니다. 전에 애기한 걸로 기억합니다만."

그녀를 내려다보는 강준의 눈빛이 너무 차가워서 재경은 그의 팔을 잡았던 손을 힘없이 떨어뜨렸다.

집무실로 돌아온 재경은 데스크를 손가락으로 톡톡 두드리며 생각에 잠겼다. 성환식품이 생각보다 빠르게 회복되고 있었다. 판매도 뚜렷한 회복세를 보였다.

'강준 씨가 역시 능력이 있어. 자금줄을 막았을 때도 바로 무너질 줄 알았는데 거의 1년 반을 버텨낸 거 보면 대단해. 정말 그 여자 때문에 더 버틸 수 있었던 걸까.'

재경은 반듯하게 앉아 그녀의 눈을 직시하던 세희를 떠올렸다. 부러지더라도 휘어지지 않을 것 같은 그녀가 사랑하는 사람들을 위해 자존심을 내려놓을 수밖에 없었을 것이다.

다시 강준에게로 생각이 이어진 그녀의 이마에 주름이 잡혔다. 얼마 있으면 강준이 성환식품을 완전히 정상으로 돌려놓을 것 같아 마음이 더 급해졌다. 그와의 접점이 없어진다면 아예 그의 얼굴을 볼 수 없을 수도 있었다.

톡톡.

데스크를 치는 재경의 손동작이 빨라졌다.

'또 보고 싶은데 어떻게 하지. 이번 파티에는 반드시 나오게 해야 해. 그리고 강준 씨가 다른 생각을 못하게 윤세희를 멀리 보내야지. 보지 않으면 마음이 멀어진다는 속담이 있잖아. 적어도 같은 서울에 있어서는 안 돼.'

재경은 신경질적으로 인터폰을 눌렀다.

-네, 이사님.

"한 비서 와 있어요?"

-네.

"들여보내요."

깔끔한 슈트 차림의 민석이 들어와 목례를 했다.

"한 비서, 갔던 일은 어떻게 됐어요? 그렇게 하겠다고 하던가요?"

재경의 질문에 민석이 곤혹스런 표정을 지었다.

"죄송합니다. 이번에도 거절당했습니다."

"그깟 학원에서 강사 하나 쫓아내는 게 뭐가 그리 어렵다는 거죠? 자금줄을 막겠다고 협박하라고 했잖아요."

"안 먹힙니다. 현금 보유력이 어마어마해요. 한 달에 전국에 있는 학원에서 들어오는 수강료만 해도 상상 밖입니다. 게다가 인강으로 벌어들이는 돈은 집계가 안 될 정도고요. 돈으로는 못 건드립니다.

재경의 반듯한 이마에 주름이 바짝 섰다.

"그럼 다른 대책을 강구해봐요. 태진그룹이라는 이름으로 이런 사소한 일도 해결 못한다는 게 말이 된다고 생각해요?"

"이사님, 아무래도 더 이상 건드리지 않는 게 좋겠습니다. 역공을 당할 수도 있습니다."

"그 실장인가 하는 사람이 그래요? 뭐라는데요?"

"주식을 대량으로 매입하겠답니다. 그 집안이 우리 회사의 주식을 이미 상당량 보유하고 있어서, 또 대량으로 매입하면 우리의 우호지분이 약화될 겁니다. 그렇지 않아도 우호지분이 빠져나가는 것을 예의 주시하고 있는 회장님도 민감하게 반응하실 거고요. 지금까지 우리가 했던 여러 차례의 협박 건도 흘리겠답니다. 그러면 성환식품과 다른 인수 합병했던 중소기업들의 문제까지 불거질지도 모릅니다. 언론이 이 일에 관심을 갖게 되면 회사 이미지에 타격이 큽니다. 이 건은 여기서 포기하는 게 좋을 것 같습니다."

"도대체 그 남자 정체가 뭐죠? 왜 윤세희를 그렇게 감싸는 건지. 혹…… 시 애인 사이? 그런 건가요?"

"그런 것 같지는 않습니다. 그리고 이 말도 이사님께 꼭 전해달라고 했습니다."

재경의 눈썹이 확 올라갔다.

"뭐라고 하던가요?"

"윤세희 씨의 머리카락 하나도 건드리지 말랍니다. 만약에 길거리에서 걷다가 넘어져도 우리가 그런 걸로 생각하겠답니다."

"정말, 뭐 이런 사람이 있죠? 남녀 사이가 아니라면 이럴 리가 없잖아요. 더 자세히 지켜봐요. 그리고 혹시 그런 사이로 발전하면 바로 보고해요. 그러면 우리가 손 쓸 필요도 없겠죠. 이것만큼 확실한 게 없으니까."

민석이 나가자 재경은 휴대폰의 메시지를 확인했다. 은영에게 메시지가 와 있었다.

[딸, 퇴근하고 엄마랑 저녁 먹을 수 있어? 할 말도 있고.]

빠른 속도로 답장을 보내는 재경의 입가에 웃음이 묻어났다.

[엄마, 어디로 갈까? 난 지금 나가도 되거든. 내가 엄마 공방으로 갈게.]

[그래.]

재경은 몇 달 전에 인사동의 골목길에 공방을 내고 한지 공예 작업을 하는 은영을 생각했다. 안 된다며 길길이 날뛰는 손 회장을 무시하고 은영이 몇 년 전부터 취미로 배우던 한지 공예 작업을 하기 위해 공방을 차렸다. 예전과 달라진 은영의 모습이 떠오른 재경이 미소를 지었다.

'엄마가 달라졌어. 이젠 아버지를 무서워하지 않아. 하긴 그동안 쌓인 한을 풀려면 뭔가에 매달리는 게 나을지도 몰라.'

처음에는 그녀도 반대했다. 회장 사모님이 그런 일을 왜 하냐며 화를 내는 그녀에게 은영이 조용한 목소리로 말했다.

'재경아, 엄마는 살고 싶어. 이렇게라도 살아 있고 싶어.'

은영의 말에 재경은 엄마를 지지할 수밖에 없었다. 재경은 주차를 하고 천천히 인사동 거리를 걸었다. 어렸을 때부터 수없이 드나들었던 갤러리들을 지나 차츰 인적이 뜸한 골목으로 꺾어 들어갔다. 다른 사람들의 눈에 띄고 싶지 않다고 은영이 일부러 선택한 곳이었다.

공방 문을 열고 들어서던 재경은 평화롭게 작업에 몰두하고 있는 은영을 봤다. 행복해 보였다.

"엄마."

"왔어? 잠시만."

은영은 마무리 작업을 하고 일어섰다. 고급스런 한지의 색감과 질감이 어우러진 장식장을 보던 재경의 입에서 감탄사가 나왔다.

"정말 예쁘다. 엄마, 그 작품 내가 살게. 내 방에 장식장으로 들이면 너무 예쁠 것 같아."

"한발 늦었어. 이미 팔린 작품이야."

"와, 우리 엄마 대단하다. 예약하는 손님이 많아?"

"다 받지는 않지. 관심이 많은 몇 명에게만 디자인을 보여주고 가끔 예약을 받기도 해."

"아버지가 아시면 난리치겠다. 뭐가 부족해서 팔기까지 하냐고 말이야."

"그러겠지. 그만 나가자."

재경은 공방의 문을 잠그고 나오는 은영의 팔짱을 다정하게 꼈다.

"좋다. 오랜만에 엄마랑 데이트하네."

둘은 이야기를 주고받으며 차를 타고 인사동을 빠져나와 화란으로 향했다. 은영이 좋아하는 전통 중국 요리로 유명한 곳이었다. 이미 재경이 예약 주문을 하고 와서인지 바로 요리가 나왔다. 기본 반찬들이 세팅되고 주문했던 깐쇼새우, 유산슬, 탕수육, 꽃빵등이 줄줄이 나왔다. 마지막으로 윤기가 흐르는 자장면까지 조금씩 맛 있게 먹은 둘은 후식으로 달달한 배를 한 입씩 베어 먹었다.

"배부르다. 더는 못 먹겠어."

배를 쓰다듬는 은영의 모습에 재경이 웃었다.

"엄만 조금씩밖에 안 먹었잖아. 그런데 엄마, 엄마는 이런 중국 요리가 좋아? 어렸을 때부터 엄마와 가끔 왔었잖아. 아버지와 외 식할 때는 오지 않았지만 말이야."

"엄마는 평범한 집에서 자랐어. 특별한 기념일에나 외할머니, 외할아버지와 이곳에 와서 코스 요리를 먹을 수 있었지. 그때는 자주 먹을 수 없었기 때문에 더 맛이 있었는지도 몰라. 가족 모 두 이곳에서 행복하게 밥을 먹고 소화시켜야 한다며 거리를 걷 곤 했어. 외삼촌과 내가 보고 싶다는 영화를 함께 보기도 했지. 그런 평범하지만 행복했던 그때가 그리워서 이곳에 오는지도 모 르지."

재경은 쓸쓸한 얼굴의 은영의 옆으로 가 앉으며, 다정하게 손을 잡아줬다. 심플한 가락지를 낀 손가락이 왠지 안쓰러워 보였다. 딸의 마음을 짐작한 것인지 은영이 애써 밝은 목소리로 말했다.

"일할 때는 이게 좋아. 그리고 원래 반지나 보석으로 치장하는 데에는 관심이 없었어."

어린 재경이 기억하는 은영은 늘 화려했었다. 손 회장이 선물로 사준 새로운 보석으로 자주 바꿔가며 치장을 하고 있었다. 그 보석들을 다 팔면 강남에 빌딩 한 채를 살 수 있겠다며 아프게 웃던 모습이 떠올랐다. 재경의 눈가에 그렁그렁 눈물이 맺혔다.

"엄마, 미안해. 난 몰랐어. 그게 아버지가 다른 여자를 만날 때마다 엄마에게 선물로 준 거란 걸 몰랐어. 미안해. 아무에게도 하소연을 할 수 없었던 엄마였는데, 엄마는 완전 혼자였는데 딸이면서도 그때는 그런 것도 몰랐어. 흐흑."

은영은 흐느끼는 재경의 어깨를 안았다.

"괜찮아. 그때는 네가 어렸었잖아. 이젠 아무 상관없어. 난 이렇게 살 거야. 더 이상 아파할 마음도 없어. 원망도 미움도 지나갔어."

재경의 눈물을 닦아주던 은영이 결심한 듯 말했다.

"재경아, 엄마가 할 말이 있다고 했었지. 이미 짐작하고 있겠지만 너희 오빠들과 너만 결혼하면 아빠를 떠날 생각이었어. 그 생각으로 많은 시간을 버텨왔고. 이제 너만 짝을 찾으면 돼. 우리 딸, 언제 남자 친구 데려올 거야?"

"곧, 곧 데려올게. 좋은 사람이야, 다른 여자들은 안 쳐다보는 올곧은 사람이야 눈도 선하고 잘 생겼어. 능력 있고 목소리가 얼마나 매력적인지 몰라. 아버지 같은 남자가 아니야. 그래서 더 맘에 들어."

"그래? 자기 여자만 바라보는 남자는 말처럼 흔치 않지. 재경아, 혹시……. 전에 말한 그 남자야? 널 쳐다보지도 않는다던?"

안쓰러운 표정으로 손을 잡아주는 은영의 어깨에 기대며 재경이 힘없이 말했다.

"그 사람이야. 하지만 곧 나만 바라볼 거야. 그렇게 될 거야."

"힘든 사랑을 하는구나. 사람 마음이 의지대로 안 되는 건데……."

재경은 조용히 고개를 가로저었다.

"지금은 아무도 없어."

재경은 차마 자신이 나서서 둘을 이혼시켰다는 말은 할 수가 없었다. 그녀가 한 짓이 얼마나 비열한지, 그리고 손 회장을 닮은 짓인지를 알고 있었기에 더욱 더 은영에게 말을 할 수가 없었다. 은영이 요구하면 다른 것은 뭐든지 다 그만둘 수 있어도 강준만은 포기할 수 없었다. 고개를 숙인 재경은 가늘어진 엄마의 손가락을 만졌다.

'엄마, 미안해. 아버지와 같은 비열한 사람이 돼서. 날 이해해주라.'

재경은 머리를 쓰다듬어 주는 은영의 따뜻한 손길에 왈칵 울음이 터졌다.

"흐흑."

"힘들구나. 사랑이 마음대로 안 되지. 그래도 만약에 포기해야 하는 경우라면 아무리 아파도 물러설 줄도 알아야 해."

흐느끼던 재경은 몸을 똑바로 하고 앉아 눈물을 닦았다.

"엄마, 난 걱정하지 말고 엄마가 원하는 대로 해. 아버지와 헤어지고 싶으면 나 때문에 망설이지 마. 이젠 더 이상 견디지 말고 자유롭게 살아. 엄마가 행복해지는 모습을 보고 싶어."

은영은 말없이 재경의 등을 쓸어주었다. 은영의 휴대폰이 울렸다. 발신자를 확인한 그녀가 무심한 목소리로 전화를 받았다.

"네."

-어디야?

"재경이와 밖에서 저녁 먹었어요."

-지금 집으로 가는 중이야.

"우린 조금 있다 들어갈 거예요. 논현동으로 가세요."

-당신 요즘 정말⋯⋯. 하아, 나중에 얘기해. 집에 먼저 가 있을게.

전화를 묵음으로 돌린 은영이 가방을 챙기며 재경에게 말했다.

"네 아빠 전화야. 우린 분위기 좋은 데서 차 마시고 들어가자."

"엄마!"

"나가자."

재경은 은영의 뒤를 따라 나가면서 마음이 복잡해졌다. 정말로 은영이 마음을 내려놨다는 게 느껴졌다. 아무리 미운 남편이라지만 다른 여자에게 가라고 한 적은 없었다. 요즘 따라 손 회장이 꼬박꼬박 집으로 들어오는 깃도 이상했다. 무심해진 은영의 주변을 돌며 지켜보는 눈치였다.

'엄마가 신경 안 쓰니까 다른 여자들도 시들해진 건가. 바람을 피우는 남편들이 이혼을 하거나 사별하면 다른 여자에게 흥미를 잃기도 한다던데, 그런 심리일지도 모르겠다. 아내를 중심에 두고 안심하고 다른 여자들의 품에서 나돌다가 구심점을 잃고 허무해지는 것, 어쩌면 아버지가 그럴지도. 엄마가 떠날지도 모른다는 위기감을 느끼고 신경이 바짝 선 건지도 몰라.'

재경은 왠지 홀가분해 보이는 은영의 손을 잡았다. 모녀는 사이좋게 얘기를 나누며 거리를 걷다가 카페로 들어갔다.

7장. 오해와 사랑

강준은 술집의 조용한 룸에서 경호를 기다리며 싱글 몰트 위스키(Single Malt Whisky)를 끊임없이 마시고 있었다. 취하고 싶었다. 취해서 아무 생각 없이 잠들고 싶었다.

술잔을 입으로 가져가던 강준의 움직임이 멈췄다.

'윽, 독해요. 그런데 향이 좋네요.'

세희의 목소리가 꾹꾹 눌러 놓은 심장 속의 기억을 뚫고 올라왔다. 쓰다고 인상을 찌푸리면서도 입 안에 감도는 향이 좋으니 가끔은 마시겠다며 웃던 그녀의 미소가 떠올랐다.

"하아, 세희야, 윤세희."

강준은 세희를 부르며 독한 위스키를 쭉 들이켰다. 때때로 예고 없이 세희와의 달콤했던 기억이 몰려오는 것은 감당하기 힘들었다. 사랑이 떠나간 자리에 남아 있는 추억은 쓰라린 고통이 되어 그를 괴롭혔다. 그때 문을 열고 들어온 경호가 그의 옆으로 왔다.

"좀 늦었다. 차가 막혀서 말이야."

변명조로 얘기를 하던 경호가 강준의 어두운 안색을 봤다. 그는 한숨을 내쉬며 위스키 한 잔을 더 따랐다.

"그래 마셔. 그렇게 죽을 것 같으면 그냥 마셔라."

경호는 무너질 것 같은 강준의 등을 두드려주며 얘기를 했다.

"사실 아직도 둘이 헤어졌다는 게 안 믿겨져. 난 들은 것보다는 직접 내 눈으로 보는 것을 믿는 사람이라. 그래서 더 이해가 안 가. 전에 네 아버님이 병원에 계실 때 주말에 몇 번 문병을 갔었는데. 그때마다 세희 씨가 있었어. 의식이 없는 아버님의 팔 다리를 주무르면서 조곤조곤 속삭이듯이 얘기를 하고 책을 읽어주고 있었다고."

말을 멈춘 경호는 위스키를 한 잔 쭉 들이켰다. 다시 술을 따르면서 얘기를 이어나갔다.

"채권자들 때문에 빌라에도 못 들어가고 내 오피스텔에 둘이 있었을 때일 거야. 그런데도 그런 모습을 보여서 정말 대단하다고 생각했어. 널 얼마나 사랑하면 그렇게 시부모님에게도 다정하게 잘할까 싶었지."

괴로워하는 강준의 모습에 경호는 말을 멈췄다.

"이런 얘기를 이제 와서 한들 무슨 소용이겠어. 다른 얘기하자."

강준은 경호가 하는 얘기를 들으며 천천히 몇 잔을 더 마셨다. 잠시 망설이던 경호가 그에게 직설적으로 물었다. 포기하지 않는 재경 때문에 고민 중이란 걸 알고 있었다.

"그래서 어떡할 거야? 손재경 말이야."

재경이란 말에 강준은 속으로 치밀어 오르는 화를 간신히 눌렀다. 자신의 감정 때문에 성환식품을 바닥으로 몰던 여자였다. 생각만으로도 몸서리가 쳐졌다. 회사가 그렇게 바닥으로 내몰리지 않았다면 세희가 그를 떠났을까. 생각하니 더 재경을 용서할 수 없었다. 차가운 표정으로 헤어지고 싶다 말하던 세희의 얼굴이 떠올랐다. 강준은 답답한 가슴을 손바닥으로 세게 눌렀다.

윤세희, 이름만으로도 가슴을 아리게 하는 사람.

제 생명보다 더 사랑한 그녀가 지옥이라고 했었다. 술잔을 쥔 강준의 손에 힘이 가해졌다. 그런 세희를 보내줄 수밖에 없었지만, 그녀에 대한 자신의 마음은 여전히 바위처럼 그의 심장에서 꿈쩍도 하지 않았다.

어떻게든 회사를 정상으로 돌리고 태진그룹에 다시 당하지 않을 만큼 강해질 생각이었다. 그리고 무슨 수를 써서라도 갑자기 변한 그녀의 마음을 돌릴 것이다. 다시는 무너지지 않을 환경을 만들 때까지 세희가 없는 시간을 홀로 이겨내야 한다. 살을 저미는 것 같은 그리움을 삼키면서 아픈 시간을 지금처럼 견뎌야 하리라.

경호가 세희에 대한 생각에 잠겨 있는 강준의 팔을 툭 쳤다.

"무슨 생각해? 혹시 너 마음이 바뀐 거야?"

"무슨 마음?"

"손재경에 대한 마음 말이야. 그 여자가 태진그룹을 등에 업고 너와 네 회사에 한 짓은 정말로 치가 떨리는 일이지. 그런데 그 여자 말이야. 네게는 진심인 거 같아. 그래서 혹시나……."

경호의 말에 강준의 눈빛이 얼음처럼 차가워졌다. 그런 강준의 모습에 경호가 미안한 표정으로 말했다.

"너에겐 원수 같은 여자일 텐데. 미안하다, 내가 말실수를 했어."

"더 이상 그 여자에 대해서 듣고 싶지 않아."

"알았다. 술이나 마시자."

강준은 자정이 넘어 경호와 헤어졌다. 술기운이 오를수록 세희가 보고 싶었다. 대리 기사에게 차 키를 넘겨주면서 세희가 일하는 입시 학원의 주소를 불렀다. 이미 학원이 끝난 시간이란 건 알고 있었다. 하지만 세희를 조금이라도 느낄 수 있는 그 공간이라도 보고 싶었다. 그래서 세희가 못 견디게 보고 싶을 때면 이렇게 어두운 밤에 이곳에 들러 한참을 서 있다 가곤 했다. 세희를 보면 금세라도 무너질 것 같아 차마 퇴근 시간에는 올 수 없었다.

학원의 맞은편에 선 강준은 차가운 바람 속에서 어두운 학원 건물을 바라봤다. 데이트할 때 세희를 데리러 왔던 그 자리에 시선이 못 박혔다. 무거운 가방을 든 세희가 환하게 웃으며 그에게 다가올 것만 같았다.

'강준 씨.'

휘이잉.

매서운 겨울바람이 그의 코트 속을 헤집고 들어왔다. 미동도 없이 서 있던 강준은 대리 기사의 재촉을 받고서야 그곳을 떠났다.

쿵쾅, 쿵쾅, 딩딩딩.

밴드 연주가 가능하도록 꾸며진 넓은 파티 룸 안에 흥겨운 음악 소리가 쿵쾅거리며 울렸다. 신나는 음악에 몸을 흔들며 즐기는 사람들, 삼삼오오 모여 술을 마시는 사람들의 얼굴에 즐거움과 해방감이 넘쳐났다. 제대로 춤을 출지 몰라 빙빙 돌고 있던 강 선생이 옆으로 치워진 소파에 털썩 주저앉으며 소리를 질렀다.

"아우, 스트레스 날아가는 소리가 들린다. 좋다, 좋아."

좋다를 연발하는 그에게 적당히 취기가 오른 정란이 맥주병을 내밀었다.

"강 선생님, 맥주 더 마실래요? 아니면 다른 거?"

그녀가 건넨 맥주를 벌컥벌컥 들이키던 강 선생이 자신의 옆자리를 손으로 팍팍 쳤다.

"우리 예쁜 김정란 선생님, 여기 앉아요."

기분 좋게 취한 둘은 평소의 서먹했던 거리감을 깨고 얘기를 나누기 시작했다. 음악 소리 때문에 바짝 붙어 앉아 귀에 대고 큰소리로 얘기를 나누다가, 점점 흥겨워지는 사운드에 몸을 들썩이기도 했다. 저절로 연주 중인 밴드로 시선이 돌아갔다.

정란은 물 만난 고기처럼 힘차게 드럼을 두드리며 웃고 있는 세희를 봤다. 세희가 이혼했다는 것은 학원 선생님들도 은연중에 다들 알고 있었다. 하지만 이미 이혼을 한 강사들도 몇 명 있었기에 그럴 수도 있지 하는 분위기였다. 남의 사생활에 크게 신경 쓰지 않는 분위기도 한몫한 듯했다. 정란의 눈이 일렉트로닉 기타를 연주하고 있는 신엽에게로 향했다. 훤칠한 키에 시원하게 쭉 뻗은 그의 모습에 절로 눈이 갔다. 군살 하나 없는 미끈한 몸이었다. 격렬하게 기타를 연주하면서 리듬에 따라 몸을 움직였다. 평상시의 깔끔한 슈트 차림의 정석을 보여주던 그가 풀어진 모습으로 넘치는 에너지를 발산하고 있었다. 셔츠의 단추가 서너 개 풀린 사이로 드러난 그의 굵은 목덜미를 타고 땀방울이 흘러내렸다. 정란은 침을 꿀꺽 삼켰다. 감탄사가 저절로 흘러나왔다.

"아아!"

올려다볼 생각조차 해본 적이 없는 신엽의 풀어진 모습이 너무 섹시했다.

"어이, 김 선생, 침이나 닦아요."

강 선생이 입을 벌린 채로 신엽을 쳐다보는 정란을 툭 치며 귓가에 큰 소리로 말했다.

"아이고야, 깜짝 놀랐잖아요."

음악 소리가 클라이막스를 지나 작아지고 있었다. 강 선생이 푸념하듯이 정란에게 말했다.

"세상은 참 불공평해요."

"뭐가요?"

"신이 있는지는 모르겠지만 하여튼 좋은 것들은 다 한쪽에 몰아주잖아요. 골고루 나눠주면 좋을 텐데. 실장님 봐요. 집안 좋지, 몸 좋지, 잘 생겼어, 거기다 머리도 좋아. 이기적이야. 암, 이건 참 이기적인 거야."

정란은 모태 솔로라는 말을 입에 달고 사는 30대 중반의 강 선생의 배를 흘낏 쳐다봤다.

"강 선생님, 몸이야 유전적으로 타고난 거지만 선생님은 그 뱃살만 줄이면 훨씬 멋있을 거예요."

"오호, 정말 그럴까요, 김 선생님? 어디를 보는 거예요? 대답해줘야죠."

정란의 눈이 다시 무대 위에서 남성미를 발산하고 있는 신엽에게 돌아갔다. 마지못해 오동통한 강 선생에게로 시선을 돌린 그녀는 위로 차원에서 웃으며 말했다.

"살 빼고 꾸준히 운동하면 거의 실장님 급이 될걸요."

기분이 좋아진 강 선생이 배를 두드리며 말했다.

"하하, 그럼 당장 내일부터 음식 다이어트를 시작하면서 빡세게 운동 들어가야겠어요. 그래도 오늘은 열심히 춤을 췄으니까 실컷 먹어줘야죠. 김 선생님, 우리 먹으러 가요."

강 선생은 테이블에 세팅되고 있는 모락모락 김이 나는 요리들을 보며 군침을 삼켰다. 연주에 맞춰 신나게 춤을 추던 사람들도 그쪽으로 하나둘 모여들고 있었다.

"돈이 좋긴 좋아요. 갑자기 이런 파티도 할 수 있고 말이에요."

"그건 그래요."

강 선생의 말에 장단을 맞추며 뷔페 테이블로 가던 정란은 연주를 끝낸 신엽이 환하게 웃는 것을 봤다. 그의 눈과 마주친 세희도 따라 웃는 게 보였다.

처음부터 계획된 파티는 아니었다. 모든 강사들이 참여한 것은 아니었지만 순식간에 제법 많은 사람들이 모였다. 금요일 밤 수업이 끝나면 주말에 쉬는 강사들과 주말 오후 늦게 강의가 있는 강사들이 가끔씩 끼리끼리 모여 놀기는 했다.

하지만 오늘은 특별한 날이었다. 영어 영역 인터넷 강의에서 박 선생이 전국에서 1타 강사(같은 학과목 강사 중 가장 높은 매출을 올리는 강사)로 등극한 날이었다. 박 선생에게 축하 인사를 건네던 누군가의 입에서 이런 날을 기념해야 한다는 말이 나왔고, 그 얘기를 들은 신엽이 순식간에 장소를 섭외하고 모든 비용을 대겠다고 해서 열린 파티였다.

이런 대형 입시 학원에서의 영역별 1타 강사만으로도 엄청난 인기와 페이를 챙길 수 있지만, 전국구는 모든 인터넷 강사들에게 꿈의 영역이었다. 순전히 실력으로 일궈낸 결과이기에 더욱 다른 강사들의 부러움을 샀다. 한 시간 가량 이어진 밴드 연주가 끝나고 잔잔한 음악이 홀을 채웠다. 먹고 마시며 즐겁게 얘기하는 사람들을 보던 신엽이 발그레해진 얼굴로 드럼을 만지고 있는 세희에게 갔다.

"정말 오랜만에 너와 연주해본다. 즐거웠어?"

"네, 정말 스트레스가 확 풀렸어요. 박 선생님과 실장님 덕분에 오늘 다들 행복해 보여요."

신엽이 가만히 세희의 얼굴을 내려다봤다. 신엽의 시선을 느끼고 묻는 듯한 눈으로 세희가 말했다.

"왜요?"

"진작 연주할 기회를 줄걸 그랬어. 언제 우리끼리 연주실에 가자. 힘들거나 스트레스가 쌓이면 드럼 치면서 풀어라."

"밴드 연주실이요?"

"우리 집 지하실을 연주실로 꾸몄는데, 거긴 네가 불편하겠지. 다른 데를 빌리면 돼. 언제든 말만 해."

"실장님, 신경 써주신 거 고맙지만 특별히 연주하고 싶은 마음이 없어요."

세희는 바로 일어나 한쪽에 마련된 뷔페로 재빨리 사라졌다.

다음 날 아침, 세희는 무거운 눈꺼풀을 힘겹게 올리고 간신히 눈을 떴다. 그러고는 갑자기 벌떡 일어나 강준을 불렀다.

"강준 씨! 강준 씨!"

좁은 오피스텔을 돌며 강준을 찾다가 허무하게 웃었다. 밤에 분명히 강준의 체향을 맡은 것 같았다. 그의 냄새를 빨아들이며 목덜미에 입을 맞춘 흐릿한 기억이 남아 있었다.

"이젠 꿈과 현실도 구분 못하는 거야? 윤세희, 정신 차려. 여기에 강준 씨가 왔을 리가 없잖아."

세희는 창가로 갔다. 오피스텔의 창으로 환한 햇볕이 들어오고 있었다.

"아우, 속 쓰려. 어제 얼마 마시지 않았는데 취해버렸나 봐. 오늘 강의 있는 선생님들은 힘들겠다."

정수기에서 물을 받아 마시던 그녀가 고개를 갸웃했다.

"그러고 보니 나는 집에 언제 온 거지? 실장님이 데려다준 것 같긴 한데. 필름이 끊겼었나. 생각이 안 나. 실수한 건 없겠지."

세희는 밥을 먹을지 샤워부터 할지를 고민하다가 옷을 벗고 욕실로 들어갔다. 젖은 머리를 말리고 있을 때 휴대폰이 울렸다. 신엽이었다.

-아직도 자?

"일어났어요."

-아침은? 아니지, 벌써 점심때야. 뭐 좀 먹었어?

"이제 해서 먹으려고요."

-나와라, 해장국 사줄게.

잠시 말이 없던 세희가 대답했다.

"집에서 먹으면 돼요."

-혼자 먹기 싫어서 그래. 속도 엄청 쓰리고. 선배를 굶길 참이야? 빨리 나와라.

"머리 말리고 있어서 시간이 좀 걸릴 거예요."

-나도 준비 중이니까 천천히 해. 오피스텔 앞에서 기다릴게.

"네."

전화를 끊은 신엽은 노래를 흥얼거리며 머리를 말리고 정성껏 드라이를 했다. 허리에 목욕 타월을 두른 채, 드레스 룸을 열었다.

"뭘 입지? 토요일이니까 슈트 말고 가볍게 입어야 할 텐데."

옷걸이에 걸린 셔츠와 슬랙스를 하나하나 들춰 보다가 무난해 보이는 블랙 계열의 셔츠와 슬랙스를 골랐다. 셔츠의 버튼을 잠그는 그의 입가에 미소가 번졌다.

오랫동안 애용하고 있는 향수를 귀 뒤에 살짝 문지르다가 손으로 목덜미를 천천히 쓸었다.

'터치 포 맨, 이 향수 냄새 좋아요.'

환청처럼 들리는 소리에 미소가 진해졌다.

시계를 차고 재킷을 골라 입은 그는 주차장으로 내려갔다. 세희의 오피스텔이 있는 옆 건물로 차를 몰았다. 사실 그의 오피스텔은 다른 곳에 있었다. 하지만 세희가 이혼하고 나서도 태진그룹의 압박이 계속되자 그녀의 오피스텔이 있는 옆 건물로 이사했다. 무슨 일이 생기면 바로 달려갈 수 있는 거리였다.

세희가 그의 차에 타면서 물었다.

"실장님, 학원은요? 오늘 나가잖아요."

"어젯밤에 파티에서 그렇게 달렸는데 인간적으로 오늘은 쉬어 줘야지. 다른 직원한테 부탁해놨어. 뭐, 오늘 특별히 바쁜 것도 없으니까 그냥 땡땡이쳐야지."

"강사들이 사정상 휴강하면 난리치면서, 이중 잣대 아니에요?"

"그런가. 그래도 내 맘이야. 속부터 달래자. 예약해놨으니까 바로 가서 먹을 수 있어."

세희가 머뭇거리며 물었다.

"혹시 저…… 어젯밤에 실수한 거 있어요? 박 선생님이 격려 차원에서 한 잔 마시라고 줬잖아요. 그게 엄청 센 술이었나 봐요. 조금 지나니까 정신이 없었어요. 소파에 기대고 있었는데 그다음이 생각이 안 나요."

"거기다 한 잔 더 마셨어. 우리 학원에서 다른 과목의 전국 1타가 나오기를 바란다면서 다 함께 건배했잖아. 그 전에 연주 마치고 음식 먹을 때 다른 강사들과 맥주도 마셨었지."

"그러니까요, 제가 실수한 거 있냐고요? 실장님, 네?"

"선배라고 불러. 그러면 생각해볼게."

"선배님!"

"이름도 붙여야시."

"신엽 선배님."

신엽의 얼굴이 환해졌다.

"오늘 하는 거 봐서 결정해야겠다. 취해서 정신없는 널 데려다주느라 얼마나 고생했는데, 이렇게 쉽게 말할 순 없지."

"오피스텔까지요?"

"네 침대까지."

얼굴이 창백해진 세희가 더듬거리며 물었다.

"아무…… 일 없었죠?"

"글쎄, 비밀이야."

"선배님, 농담 그만해요. 오피스텔 비밀번호도 모르잖아요."

"네 생일로 누르니까 되더라. 몇 번이나 널 깨워서 누르라고 했는데 계속 엉뚱한 번호를 눌렀어. 내 오피스텔로 데려가 재울 수는 없잖아. 그렇다고 술 취한 너를 호텔에 혼자 두고 나올 수도 없고 말이야. 그래서 결국 내가 머리를 굴리고 또 굴렸지. 앞으로 비밀번호 바꿔. 생일은 너무 쉬워, 그리고 위험할 수도 있으니까 네 신상과 관련 없는 번호로 바꾸는 게 좋아, 알았지?"

"네."

세희는 달라진 것 같은 분위기의 신엽을 자꾸 힐끔거렸다. 그런 세희의 모습에 기분이 좋은지 신엽이 자꾸 웃었다.

"점심 먹고 장 보러 마트에 가자. 어차피 너도 장 볼 거잖아."

"혼자 가세요."

"오늘만 같이 가. 어젯밤 일, 궁금하지 않아?"

"그럼 다음부터 같이 뭐 하자고 하지 마요. 밥 먹자, 차 마시자, 기타 등등 다 금지예요."

"알았어."

둘은 전에 갔던 한정식 집으로 갔다. 그날처럼 창밖의 작은 정원에는 바람이 불고 있었다. 하지만 싸늘한 겨울바람과 눈은 이미 사라지고 없었다. 봄바람이 살랑거리며 잎이 돋아나고 있는 대나무를 흔들고 있었다. 벌써 봄이 오고 있었다.

"그거 먹어서 되겠어?"

세희는 신엽의 목소리에 뜨거운 김이 나는 전복죽을 내려다봤다.

"다른 건 못 먹겠어요. 이거면 충분해요."

세희는 전복죽을 한 수저 가득 떠서 후후 불었다. 자꾸 억눌러 담아둔 기억이 치고 올라오는 것을 막기라도 하듯이 열심히 죽을 떠서 입에 넣었다.

"여기 콩나물 북엇국이 정말 시원해. 그래서 술 마신 날이면 북어탕 보다 이걸 먹으러 와. 접시에 덜어줄 테니까 한 입이라도 먹어봐. 국물 맛이 일품이야."

신엽이 덜어준 북엇국의 국물을 한 입 떠먹은 세희는 고개를 숙였다. 강준의 목소리가 환청처럼 달라붙었다.

'시원해. 속이 다 풀린다. 역시 우리 마누라가 최고야. 하하, 알았어, 우리 세희로 정정할게. 마누라란 단어가 좋은데 왜 질색하는지 모르겠네. 우리 세희가 최고야. 이제 됐지?'

회사의 부도를 막으려고 힘들게 뛰어다니던 강준이 태진그룹에서 막아버린 은행 대출을 풀려고 담당자들과 접대 술을 마시고 들어온 적이 여러 번이었다. 그때마다 아침 일찍 일어나 콩나물 북엇국을 끓여줬다. 가득 떠준 국을 맛있게 먹던 강준의 모습이 기억 속에서 터지듯 튀어나왔다. 눈물이 차오른 세희는 재빨리 일어섰다.

"손 좀 씻고 올게요."

신엽이 나가는 세희를 다시 앉혔다.

"울고 싶으면 여기서 울어. 참지 말고 내 앞에서 울어. 실컷 울고 이젠 과거에서 걸어나와."

가늘게 어깨를 떨며 우는 세희를 아픈 눈으로 지켜보던 신엽이 그녀 곁으로 왔다. 세희가 그를 막았다.

"오지 마요. 다가오지 마요."

한참을 울던 세희는 진정이 됐다. 그동안 억누르기만 했던 눈물을 이런 자리에서 흘릴 줄이야.

"선배님, 미안해요. 밥도 못 먹게 하고. 이젠 괜찮으니까 걱정하지 마세요. 그리고 더 이상 절 신경 쓰지 않아도 돼요. 정말 괜찮아졌어요."

신엽은 홀가분해진 것 같은 세희의 모습에 안도했다. 벨을 눌러 종업원에게 다시 주문을 했다.

"따뜻한 걸로 가져다줘요."

점심을 먹고 마트에 들른 세희는 카트에 계속 물건을 집어넣는 신엽을 말리느라 바빴다.

"그만 사요. 그건 아까 샀어요."

"그런가, 그럼 이번에 고기와 생선 칸으로 가볼까?"

이미 가득찬 카트를 밀면서 신엽이 즐거운 얼굴로 말했다. 세희는 겹치는 품목을 다시 꺼내 제자리에 가져다놓으면서 한숨을 쉬었다.

신엽이 한우를 부위 별로 집는 걸 본 세희의 눈이 동그래졌다.

"그걸 다 먹게요? 한두 번 먹을 것만 사는 게 좋아요."

"아니, 너 먹여야지."

"난 됐어요. 선배님 것만 사고 빨리 나가요. 이러다가 카트 터지겠어요. 잠시만이요."

세희는 알림창이 뜨는 휴대폰을 들여다봤다. 세호에게서 온 톡을 확인하고 신엽을 쳐다봤다.

"가야겠어요. 엄마랑 동생이 온대요."

"그래? 지금 바로 가야 해?"

"한 이삼십 분은 괜찮을 거 같아요."

"그럼, 한 바퀴만 더 돌자. 그리고 저기 시식하네. 가보자."

잽싸게 군만두 시식하는 데로 카트를 미는 신엽에게 세희가 분명한 어조로 말했다.

"다음에 절대 같이 안 다녀요. 이게 마지막이에요."

"그래, 그래, 알았어. 언제는 같이 다닌 것 같이 말하네. 이게 처음이자 마지막이지."

군만두 자른 걸 한 입 먹은 신엽이 세희에게도 내밀었다.

"먹어봐. 맛있다. 이거도 하나씩 사자."

세희가 만두 포장지 뒤쪽을 유심히 읽으면서 다른 제품들과 비교하고 있을 때 신엽은 그에게 쏟아지는 것 같은 따가운 시선에 고개를 돌렸다. 창백한 얼굴의 강준이 세희를 보고 있었다. 신엽은 몸으로 세희를 가리며 팔을 잡았다.

"세희야, 나중에 사고 그만 가자."

"잠시만요. 어떤 만두로 살지 결정을……."

자판대로 몸을 돌리던 세희는 만두 봉지를 툭 떨어뜨렸다. 그곳엔 강준이 서 있었다. 그녀를 뚫어질 듯이 바라보면서.

세희는 아득해지는 정신을 간신히 가다듬었다. 무심한 눈으로 강준을 쳐다보고 몸을 돌리며 말했다.

"선배님, 가요."

강준은 화석처럼 서서 사라지는 세희의 뒷모습을 봤다. 그의 옆으로 수정이 다가왔다.

"부사장님! 부사장님! 여기에요."

강준은 천천히 성환식품에서 마련한 시식코너로 발길을 돌리다가 우뚝 섰다. 그의 입에서 고통스런 목소리가 흘러나왔다.

"천 비서, 급한 일이 있어서 가봐야겠어요. 힘들면 몇 시간만 하고 다른 직원과 교대하든지 아예 철수하든지 해요."

"네, 부사장님."

수정은 휘청거리며 걸어 나가는 강준을 의아한 얼굴로 쳐다봤다.

강준은 계산대를 돌며 세희를 찾아 헤맸다. 그러나 벌써 계산을 마치고 나간 건지 어디에도 그녀가 보이지 않았다. 분명히 세희였다. 그 옆에 있던 남자는 세희가 다니는 학원의 실장이라고 했던 사람이었다.

강준은 고통으로 터질 것 같은 심장을 손바닥으로 쳤다.

"세희야, 세희야, 넌, 나 없이도, 나 없이도…… 살아지니? 그렇게 웃고 살고 있는 거야?"

아득해지는 머리를 양손으로 감싸 안았다.

"내게 뭐라고 했어? 죽을 때까지, 죽음이 우리를 갈라놓을 때까지라고 했잖아. 세희야, 내가 없어도 넌…… 살 수 있는 거야? 윤세희, 대답해봐. 세희야……."

강준은 벌떡 일어났다. 죽을 것 같았다. 그를 밀어낸다 하더라도 세희를 만나야 했다. 그녀와 다시 이야기를 해야 했다.

강준은 급하게 옥상에서 내려와 엘리베이터로 갔다. 1층에서 꼼짝도 않는 엘리베이터를 포기하고 계단을 뛰어 내려갔다. 몇 번이나 밤중에 찾아갔던 학원을 향해 차의 속도를 높였다. 학원에서 세희가 사는 곳을 알아낼 생각이었다. 선배라고는 하지만 다른 남자와 장을 보는 세희의 모습에 심장이 터질 것 같았다. 이 감정이 질투인지 분노인지 쉽게 분간이 되지 않았다. 세희 옆에 다른 남자는 상상할 수 없었다.

강준은 사고가 났는지 꼼짝도 하지 않는 혼잡한 도로에 한참 갇혀 있다가 손등의 핏줄이 툭툭 튀어나올 정도로 꽉 쥐고 있던 운전대에서 손을 떼어냈다. 서서히 이성이 돌아왔다.

'우리 헤어진 지 얼마 되지 않았어. 그사이에 세희가 다른 남자를 사랑할 리가 없어. 그 사람은 그냥 선배인 거야. 예전부터 친하게 지낸 선배일 뿐이야.'

강준은 자신에게 최면을 걸 듯 몇 번이나 선배일 뿐이란 말로 날뛰는 가슴을 진정시켰다. 그의 눈이 아득한 하늘로 향했다.

'세희는…… 마음이 완전히 변하지 않았을 거야. 내가 떨어질 지옥까지 함께할 만큼은 아니지만 사랑한다고는 했어. 그러니 그렇게 쉽게 변할 사람이 아니야. 이번 일부터 무사히 끝내야 해.'

강준은 서서히 정체가 풀리는 도로를 따라 세희의 학원으로 향했다. 일단 휴대폰 번호와 주소를 알아둘 생각이었다.

강준이 학원으로 달려가던 그 시간에 세희는 찢어질 것 같은 마음을 숨기고 오피스텔로 돌아왔다.

"엄마! 세호야!"

그녀가 장을 본 것을 정리하고 있을 때, 먹거리를 바리바리 싸 들고 희정과 세호가 도착했다. 희정이 짐을 받는 세희의 안색을 살피며 물었다.

"우리 딸, 잘 지냈어? 네가 안 오니까 우리가 올 수 밖에. 얼굴 좀 자주 보자."

"누나, 정말 얼굴 보기 힘들다."

"앞으론 자주 집에 갈 테니까 엄마도, 세호도 구박은 여기서 그만하기."

세희의 밝은 모습에 희정은 가슴을 짓누르고 있던 근심 덩어리 하나를 내려놨다. 그녀는 아직도 세희와 가족에게 그렇게 다정하고 세심하게 신경을 써주던 강준이 남이 됐다는 것이 거짓말 같았다. 하지만 이렇게 혼자 살고 있는 딸의 모습을 보면 모든 것이 현실이라는 걸 절감하게 됐다.

희정은 애잔한 눈으로 반찬을 정리하고 있는 세희를 봤다. 그녀의 눈에는 어디 하나 버릴 데 없이 예쁘기만 한 딸이었다. 여려 보이는 외모와는 달리 강한 아이였다. 능력 있고 책임감까지 있었다. 한숨을 속으로 삭이던 그녀의 눈길이 세희의 날씬한 배에 닿았다.

'아이라도 있었으면 이런 일이 없었을지도 몰라. 자존심 싸움이 이혼으로 이어진 건 아닌지.'

냉장고에 반찬 넣는 것을 돕고 있던 세호의 눈이 휘둥그레졌다.

"누나, 이것들 다 뭐야? 웬 소고기가 이렇게 많아."

"음, 누가 줬어."

"누가? 매형이? 헉, 누나 정말 미안해."

세호의 말에 냉장고에 소고기 팩을 넣던 세희의 손이 허공에서 멈췄다.

"누나."

걱정이 가득한 세호의 목소리에 정신이 들었다.

"……괜찮아. 이젠 아무렇지 않아."

세희는 미안해하는 동생의 등을 밀며 일부러 밝은 목소리로 말했다.

"여긴 내가 정리할 테니까 넌 차나 한잔 타. 그리고 저녁엔 실컷 고기 구워 먹자."

"좋지."

남매는 다정하게 얘기를 나누며 정리를 하고 차를 끓였다. 세호가 유자차를 끓여 소파로 가져왔다. 모두들 작은 소파에 다닥다닥 붙어 앉아 향기로운 유자차를 마셨다.

"음, 좋다."

"정말 좋네. 오랜만에 우리 가족이 다 모이니 더 좋구나."

희정과 세호의 만족스러워하는 말에 세희는 더 미안해졌다. 이혼으로 당사자인 그녀도 힘들었지만 희정의 충격은 정말로 컸다. 강준을 아들처럼 의지하며 예뻐하던 희정에게는 마른하늘에 날벼락이었을 것이다. 세희가 눈 속에서 만난 강준을 집에 데리고 왔을 때부터 적극적으로 밀어준 희정이었다. 그만큼 처음 만난 강준을 마음에 들어 했고 세희와 사귀었으면 하는 마음이 컸던 엄마였다.

희정의 걱정스런 눈빛을 느낀 세희는 동생에게 눈을 돌렸다. 대학을 졸업한 세호가 첫 사회생활을 앞두고 있었다.

"세호야, 취업 축하해. 요즘 취업하기가 하늘에 별따기라고 하잖아. 넌 아주 큰 별을 딴 거야. 시작부터 좋다. 이젠 우리 세호도 다 컸어. 사회인이 된다고 생각해서 그런지 더 듬직해 보여."

어느새 남자로서의 매력을 풍기는 세호가 그녀를 보며 싱긋 웃었다.

"다 엄마와 누나 덕분이지. 누나가 있어서 맘 편하게 군대를 갔다 왔고 취업 준비도 할 수 있었어. 이젠 정말로 누나도 엄마와 난 신경 쓰지 말고 재밌게 살아."

"알았어. 그리고 너 취업 기념으로 내일 백화점에 가자. 양복과 셔츠 넥타이, 구두도 사야 하고 평상복도 몇 벌 사야겠다. 엄마, 엄마도 외출복하고 입기 편한 옷 사자."

"그렇잖아도 세호 옷 사주려고 돈 가져왔어."

"엄마, 이번엔 내가 사주고 싶어. 이번 달에도 월급이 몇 배나 올랐어. 인강이 잘 팔렸거든. 이러다가 금방 재벌 되는 거 아닌가 몰라."

"우리 누나, 인기 강사네. 축하해."

셋은 도란도란 얘기를 주고받으면서 즐거운 시간을 보냈다. 저녁에는 신엽이 사준 소고기를 실컷 구워 먹고 오피스텔 근처의 공원을 산책했다. 세희는 양쪽에서 손을 잡아주고 있는 희정과 세호의 손으로 전해지는 걱정과 사랑이 담긴 따뜻한 마음에 코끝이 시큰해졌다.

가족이 있어서 정말 다행이란 생각을 했다.

세희는 희정과 침대 옆에 두꺼운 이불을 깔고 누웠다. 침대 위의 세호가 잠이 들었는지 고른 숨소리를 냈다. 희정이 세희의 머리를 다정하게 쓸어줬다.

"세희야, 괜찮은 거야? 힘들면 엄마에게 힘들다고 말해도 돼. 혼자 속으로 삭이지 말고."

"엄마……."

"세희야, 엄마가 도와줄 수 있는 게 없어서 미안하다."

"엄마, 왜 그런 말을 해. 내가 미안해. 그동안 엄마를 힘들게 했어. 그래도 난 지금 이대로도 좋아. 마음이 편안해졌어. 그러니까 더 이상 걱정하지 마."

희정은 세희가 잠들 때까지 머리를 쓰다듬었다. 서로에게서 눈을 못 떼던 둘이 왜 이런 상황이 된 건지 이해할 수 없었다. 이혼 이유에 대해서는 단지 성격 차이라는 말만 하고 입을 닫아버린 딸의 무너질 것 같은 모습을 보니 더 이상 물을 수가 없었다. 희정은 잠든 세희의 얼굴을 보며 마음을 다잡았다.

"그래. 이렇게 자고 나면 또 하루가 지나가지. 그렇게 살아지는 거야. 세희야, 지금은 그것만 생각하자. 씩씩한 척하지만 엄마가 네 아픈 맘을 왜 모르겠어."

희정은 밤이 늦도록 딸의 등을 토닥거렸다.

다음 날 세희는 가족들과 백화점에 들러 점심을 먹고 느긋하게 차를 마셨다. 세호의 옷을 사러 남성 매장으로 가던 희정이 잠시 멈췄다.

"세희야, 먼저 가서 고르고 있어. 화장실에 들렀다 갈게."

"화장실? 세호야, 네가 기다렸다가 엄마랑 같이 와라. 저기 코너에 보이는 남성복 매장으로 와."

"알았어."

매장에 들어선 세희는 슈트와 드레스 셔츠를 보고 있다가 만져
봤다. 손에 셔츠의 부드러운 감촉이 느껴졌다. 사이즈를 확인하며
마음에 드는 색상을 고르고 있던 세희가 순간 멈칫했다. 자신도 모
르게 강준의 셔츠를 고르고 있다는 것을 알았다. 세희는 매장을 한
번 둘러봤다. 커플로 보이는 남녀의 다정한 모습이 눈에 들어왔다.
넥타이를 고른 여자가 남자의 목에 대어보며 웃고 있었다. 남자의
얼굴에 싱그러운 웃음이 가득했다.

세희는 얼른 고개를 돌렸다. 강준이 좋아하는 색상의 셔츠를 제
자리에 걸었다. 다시 깔끔해 보이는 흰색 드레스 셔츠로 손을 뻗는
그녀의 귀에 낯익은 목소리가 들렸다.

"윤세희 씨, 옷 사러 왔나 보죠."

세희는 천천히 몸을 돌려 오만한 표정을 짓고 있는 재경을 바라
봤다. 재경의 손에는 이미 쇼핑백이 여러 개 들려 있었다. 세희는
무관심한 표정으로 돌아섰다. 재경이 들으란 듯이 큰소리로 종업
원에게 말했다.

"이 사이즈의 셔츠로 몇 개 골라줘요. 최고로 좋은 걸로요."

재경은 넥타이도 여러 개 골라 종업원에게 건넸다.

"예쁘게 포장해주세요. 중요한 선물이에요."

"좋은 일이 있으신가 봐요."

종업원의 말에 재경이 뒤돌아선 세희의 등을 보며 말했다.

"네. 결혼할 사람이 있어서요."

매장을 나가는 세희의 귀에 재경의 마지막 말이 들렸다.

"강준 씨가 좋아하겠지. 슈트도 몇 벌 살까? 빌라에 있는 허접한

옷들은 다 버리고 싹 바꿔야겠어. 속옷도 여러 벌 사야겠다."

매장 밖으로 나온 세희는 손을 더듬거렸다. 암흑이었다. 갑자기 환하던 백화점 안이 어둠에 휩싸인 듯 아무것도 보이지 않았다.

"누나!"

세호가 그녀의 팔을 잡으며 근심스런 목소리로 물었다.

"세희야, 무슨 일이 있었어?"

희정의 목소리에 세희는 정신이 돌아왔다. 그녀는 희미하게 웃었다.

"아니, 아까 점심 먹은 게 좀 안 좋았는지 속이 더부룩해서. 이젠 괜찮은 거 같아. 우리 다른 매장으로 가보자. 여긴 맘에 드는 게 없네."

어떻게 쇼핑을 하고, 얼마나 시간이 흘러갔는지 감이 없었다. 웃으면서 세호의 옷과 필요한 것들을 사줬다. 괜찮다는 희정의 팔을 끌고 최고급 매장에 들어가서 평소에 눈여겨봐뒀던 옷과 가방을 사줬다. 그리고 기분 좋게 웃었다. 자신이 돈을 벌 수 있어서, 그리고 이렇게 사줄 수 있을 만큼 페이가 높아져서 몹시 행복하다는 생각을 하면서 마음껏 웃었다.

세희는 방글방글 웃으며 희정과 세호를 배웅하고 오피스텔로 들어왔다. 침대에 누워 몸을 동그랗게 말아 웅크렸다. 그러고는 쏟아지는 눈물을 닦아내며 중얼거렸다.

"괜찮아. 그렇게 하라고 떠난 거잖아. 윤세희, 바보같이 왜 우니? 헤어지지 않겠다는 강준 씨를 모진 말로 떼어낸 사람은 너야. 매달리는 그 사람을 아프게 한 것도 너란 말이야. 그러니까 울지 마, 윤세희, 괜찮아, 이젠 다 괜찮아."

세희는 다시 눈을 감았다. 감은 눈 사이로 끊임없이 눈물이 흘러내렸다. 얼마의 시간이 지났을까. 퉁퉁 부은 눈으로 간신히 눈을 뜬 세희는 어두운 창밖을 보다가 눈물에 젖은 축축한 시트를 만졌다. 침대에 앉아 헝클어진 머리를 쓸어 올리고 휘청거리며 일어나 창가로 갔다. 여전히 바쁘게 돌아가는 도심의 어두워진 거리를 내다봤다. 봄기운이 퍼지는 일요일의 밤길을 연인들이 속닥거리며 지나갔다. 근처에 있는 카페의 불빛이 지나가는 행인들을 유혹하는지 팔짱을 낀 연인들이 카페로 들어가는 게 보였다.

징징.

묵음으로 해놓은 휴대폰이 연속으로 울렸다. 탁자 위에 있는 휴대폰을 집어 든 세희는 신엽의 이름이 떠 있는 것을 봤다. 그사이에 온 메시지와 전화가 여러 번이었다.

세희는 다시 울리는 휴대폰을 받았다. 목소리를 가다듬고 애써 밝은 톤으로 말했다.

"네, 선배님."

-세희야, 무슨 일이야? 목소리가 왜 그래? 계속 연락이 안 돼서 걱정했잖아.

"아무 일 없어요. 좀 일찍 자려고요."

잠시 신엽이 조용히 있었다. 세희는 다시 목소리를 가다듬고 말했다.

"그냥 좀 피곤해서 그런 거예요. 월요일 날 학원에서 봐요."

-윤세희! 잠시만. 얼굴만 볼게. 오피스텔 앞의 카페로 나올래? 괜찮은지만 확인하면 돼.

"아니요. 그냥 잘래요. 걱정하지 마세요."

세희는 전화를 끊고 화장대 앞으로 갔다. 거울에 비친 얼굴을 물끄러미 들여다봤다. 퉁퉁 부은 눈에, 파리한 안색의 젊은 여자가 서 있었다. 세희는 억지로 입꼬리를 끌어올렸다.

억지 미소에도 예쁘게 잡히는 뺨의 보조개를 망연히 들여다봤다. 다시 눈물이 주르륵 흘러내렸다. 환청처럼 강준의 목소리가 들렸다.

'예뻐라. 안 예쁜 데가 없다. 여기도 예쁘고, 여기도, 그리고 여기 이 보조개도.'

강준이 그녀를 팔에 가두고 폭풍 뽀뽀를 하면서 싱그럽게 웃던 기억이 심장 속으로 파고들었다. 수천 번도 더 입맞춤을 해줬던 뺨의 보조개를 만졌다.

딩동딩동.

현관벨이 계속 울렸다. 대답이 없자 신엽의 목소리가 들렸다.

"세희야, 문 열어봐. 정말 괜찮은 건지 얼굴만 보고 갈게."

연속으로 울리는 벨 소리에 세희는 힘없이 문을 열었다. 급하게 들어온 신엽이 시선을 회피하는 그녀에게 물었다.

"무슨 일……."

퉁퉁 부은 세희의 눈을 본 신엽의 얼굴이 일그러졌다.

"무슨 일이야? 말해봐."

"아무 일 아니에요. 그냥 좀……."

신엽이 변명하려는 세희의 손을 잡고 오피스텔 안으로 성큼성큼 들어가 소파에 앉혔다.

"선배님, 이러지 마세요."

당황한 세희의 얼굴을 바라보던 신엽이 진지한 목소리로 물었다.

"마트에서 강준…… 씨를 만난 것 때문이야?"

"아니에요."

"다른 일이라면 내가 해결할 테니까 말해봐. 혹시 태진그룹 사람을 만난 거야?"

"태진그룹이요? 선배님이 어떻게 태진그룹을 알아요?"

"만난 거구나. 한민석 비서를 만난 거지?"

"어떻게 선배님이 한 비서를……. 설마 학원에도 찾아왔었어요? 그랬던 거예요?"

어두워진 그녀의 모습에 신엽은 이를 악물었다.

'이것들이, 그렇게 경고했는데 세희를 건드렸단 말이지.'

신엽은 세희의 퉁퉁 부은 눈을 보며 한숨을 쉬었다.

"잠깐만, 먼저 붓기부터 빼자. 여기 앉아 있어."

신엽은 냉동실에서 얼음을 꺼내 비닐봉지에 넣고 수건으로 감싸서 가지고 왔다.

"괜찮아요."

"내가 안 괜찮아. 잠깐 이러고 있어."

신엽은 세희의 눈에 얼음 수건을 대고 등을 소파에 기대게 했다.

"세희야, 무슨 일인지 제대로 대답해줘. 그래야 내가 도울 수 있어. 왜 태진그룹에서 결혼 전에도, 이혼한 후에도 우리 학원에 압력을 넣은 건지 정확히 알아야겠어."

"뭐라고 하던 가요? 날 그만두게 하라고 요구했겠죠?"

"그래. 처음엔 성환식품 때문일 거라고 생각했어. 그래서 조사를 했었지. 그래서 태진그룹이 성환식품을 빼앗으려고 하고 있다는 것도 알게 됐어. 그런데 왜 이혼하자마자 성환식품의 막혔던 자금줄이 풀려서 정상으로 돌아가게 됐는지, 그리고 또 널 그만두게 하라고 계속 압박을 하는지. 아무리 생각해도 이런 경우라면 너와 강준 씨가 헤어지길 원하고 네가 강준 씨 가까이에서 사라지기를 바란다는 얘기밖에 안 되는 거잖아."

신엽은 아무 대답이 없는 세희를 보다가 다시 입을 열었다.

"태진그룹에서 그럴 사람이……. 손재경 이사지?"

세희는 얼음주머니를 치우고 똑바로 앉았다. 손재경이 아직도 그녀를 포기하지 않았다는 것을 알았다. 백화점에서 그녀를 쏘아보던 눈빛이 떠올랐다. 자신만만한 눈빛이 아니었다. 오만한 얼굴을 하고 있었지만 눈에는 불안이 가득했었다.

세희는 근심스런 눈으로 바라보고 있는 신엽을 봤다. 결혼 전부터 지금까지 그녀를 태진그룹의 압력에서 지켜줬다는 걸 알게 됐다.

"선배님, 고마워요."

"세희야, 대답해. 손재경? 맞아?"

세희는 고개를 끄덕였다. 이젠 어차피 신엽도 눈치챌 수밖에 없는 상황이었다. 그래서 느릿느릿 이야기를 시작했다.

"강준 씨와 사귀기 전부터 그 여자가 강준 씨를 좋아했나 봐요. 강준 씨는 전혀 마음이 없었고요. 아마 결혼 전에도 강준 씨를 압박했을 거예요. 그래도 강준 씨가 물러서지 않고 나와 결혼하니까 회사의 자금줄을 막으면서 성환식품을 바닥까지 끌어내린 거예요."

"그래서 너에게 접근한 거야?"

"네. 아버님은 회사가 그렇게 된 충격으로 의식을 잃고 쓰러지신 지 몇 달 됐었고 어머니도 점점 쇠약해지시고 지쳐가고 있었어요. 얼마 뒤에 도래하는 어음을 막지 못하면 1차 부도가 날 상태였고요. 그 뒤로도 갚아야 할 어음들이 있었죠. 아버님 재산이 풀리기만 하면 충분히 갚을 수 있는 돈이었지만, 그 당시에 은행의 대출까지 태진그룹에 의해 모두 막혀 있어서 아무리 강준 씨가 힘들게 돌아다니면서 사정을 해도 소용이 없었을 때였어요."

신엽이 안타까운 표정으로 말했다.

"그래도 어떻게 그 여자의 말을 들었어? 내게 말을 했어야지."

"난 강준 씨만 있으면 바닥으로 떨어져도 망설이지 않았을 거예요. 하지만 그 바닥에서 강준 씨뿐만 아니라 소중한 성환식품을 일어서지 못하게, 아무것도 할 수 없게 막을 거란 그 여자의 말이 가장 무서웠어요. 처음에는 내가 먹여 살리면 된다고 생각했어요. 강준 씨와 시부모님도 충분히 책임질 수 있다고요. 그런데 이혼하지 않으면 내가 할 수 있는 모든 일도 막겠다고 하더군요. 그러니 잘 선택하라고요. 지켜야 할 사람이 나인지, 강준 씨와 시부모님인지요."

신엽이 한숨을 푹푹 쉬었다. 세희가 그런 일을 겪는 것도 몰랐다는 게 너무 속상했다.

"하아. 난 네가 그렇게 힘든지도 몰랐다. 이름뿐인 선배였네. 네가 그렇게 힘들었는데……."

"아니에요. 결국 지금의 이 자리에 있는 것도 다 선배님 덕분이에요. 선배님이 손재경의 압력에서 절 지켜주신 거, 고마워요."

세희는 진심을 담아 말했다. 신엽이 붓기가 많이 가라앉은 세희의 눈을 보면서 물었다.

"그럼 왜 그렇게 운 거야? 또 다른 무슨 일이 있었어? 얼마나 울었으면 눈이 이렇게 부었어?"

"세호와 엄마가 어제 왔어요. 세호가 이번에 취직을 해서 옷을 사주려고 백화점에 갔다가 손재경을 만났어요. 여전히 날 깔보는 그 여자에게 너무 화가 나서, 그리고 아무것도 할 수 없는 내가 바보 같아서요. 돈이 없다는 게 이렇게 서러울 줄 몰랐어요. 사랑도, 가족도 지킬 수 없는 상황에까지 처할 줄은요. 그 생각에 울었던 거예요."

신엽은 말없이 세희의 등을 토닥여줬다.

"이젠 걱정 마. 내가 있으니까."

세희는 신엽과 떨어져 반듯하게 앉았다.

"지금까지 도와준 것만으로도 고마워요. 내 힘으로 돈을 벌 거예요. 그 여자 집안에 비하면 내가 죽도록 돈을 번다고 해도 아무것도 아니겠죠. 하지만 가만히 있지는 않을 거예요. 언제라도 내가 할 수 있는 일이 조금이라도 있다면 뭐든 하고 싶어요. 그 여자에게 그런 모욕을 당하고 죽은 듯이 가만히 있을 수는 없잖아요."

세희를 보는 신엽의 눈에 안타까움이 가득했다.

"세희야."

"선배님, 계속 일할 수 있게 지켜줘서 고마워요. 그리고…… 미안하지만 부탁 하나 해도 돼요?"

"뭐든지. 네가 원하면 뭐든 해줄게."

"계속 이 학원에서 일할 수 있게 도와줄 수 있어요? 아니면 다른 분원으로 가도 되고요. 숨겨진 능력과 재능이 있다면 그것까지 다 끌어낼게요. 학원과 윈윈할 수 있게 최선을 다하고요. 많이 벌어서 세호와 엄마는 이런 일을 당하지 않게 할 거예요. 그리고 그 여자를 자리에서 끌어내리는 데 아무리 작은 부분이라도 도움이 되고 싶어요. 아마 강준 씨도 이미 어떤 식으로든 그 작업을 하고 있을 거예요. 당하고 가만히 있을 사람이 아니니까요."

"강준 씨가 가만히 있지 않을 거라고?"

"네?"

무의식적으로 강준을 언급한 세희는 입을 다물었다. 신엽은 속마음을 드러낸 세희에게 쓸쓸한 얼굴로 고개를 끄덕였다.

"그래. 네가 원하는 대로 하자. 우리 학원에서 네 능력을 최대치로 드러내봐. 그러니 이젠 울지 마."

그의 말에 세희가 희미하게 웃었다. 신엽은 그 웃음이 너무 서글프게 느껴져서 자신도 모르게 이마로 흘러내린 머리카락을 다정하게 쓸어 넘겨줬다. 세희가 움찔하며 물러서는 게 가슴이 아팠다. 신엽은 부드러운 목소리로 물었다.

"세희야, 네 마음 말이야. 강준 씨에 대한 그 마음은 여전한 거야?"

"……."

대답을 못하는 것을 보니, 세희의 복잡한 마음이 보이는 듯했다.

'여전히 강준 씨를 사랑하고 있구나.'

신엽은 심장을 훅 강타하는 통증을 힘들게 밀어내고 말했다.

"윤세희, 네 지원군이 되어줄게. 뭐든지……."

세희가 주저하며 물었다.

"선배님, 왜 이렇게 제게 잘해주는 거예요?"

"그냥, 내 마음이 그러고 싶으니까. 넌 부담 갖지 마. 그러면 나 슬퍼진다. 선배로서도 좋고 학원의 실장으로서도 좋아. 힘들면 기댈 수 있는 그런 오빠나 친구여도 좋고."

세희는 고개를 숙였다. 대학교 때부터 그녀 주위에 있던 신엽의 마음을 받아주지 못했다. 그의 말처럼 선배로서 좋아했다. 고민이나 행복한 일이 생기면 얘기하고 싶은 사람이었다. 그런 그의 마음이 점점 다가오는 것을 알았기에 더 격식을 차려 일정한 거리를 유지하려 했다. 그런 그가 보이지 않게 여전히 그녀를 지켜주고 있다는 것이 미안하면서도 고마웠다.

"선배님……."

"고맙다는 말은 이제 사양한다. 또 그 말 하려고 하는 거지? 이젠 그만해. 그리고 인강 강사로 네가 원하는 만큼 높이 올라가면 돼. 그건 어차피 다 네 힘으로 하는 거지, 난 다른 선생님들에게처럼 기회만 줄 뿐이니까 그렇게 고마울 건 없어. 지금까지 잘해낸 것도 다 네 능력이야."

"고마워……."

"그 말, 하지 말랬지."

신엽은 손으로 세희의 입을 막았다. 부드럽고 촉촉한 입술의 감촉이 느껴졌다. 천천히 손을 떼어내며 말했다.

"정말 고마우면 앞으로 커피도 사고 밥도 사. 월급이 기하급수적으로 올라갈 때마다 양말이라도 한 켤레 사주던가."

"네."

"그리고⋯⋯."

더 얘기를 하려던 신엽은 말을 멈췄다. 강준이 어제 학원 직원에게 세희의 바뀐 휴대폰 번호와 주소를 알려달라고 했다는 것을 속으로 삼켰다. 개인 신상 정보라 알려줄 수 없다고 거절했다는 직원의 보고 전화를 받고, 마트에서 그와 있던 세희를 본 강준이 바로 학원으로 달려왔다는 것을 알았다.

세희를 바라보던 강준의 눈빛이 떠올랐다. 사랑과 그리움과 고통이 담긴 눈빛이었다. 신엽은 애써 강준을 생각에서 몰아내고 세희를 바라봤다. 세희의 밝아진 얼굴에 어느 정도 마음이 놓였다.

"윤세희, 지금 모습이 어떤지 알아? 아주 못생겨졌어. 그러니까 앞으론 울지 마라. 더 못생겨질 테니까."

"알았어요."

오피스텔을 나온 신엽은 카페로 갔다. 연인들의 아지트라 불리는 카페답게 다정한 연인들이 가득한 곳에 혼자 앉아 커피를 마셨다. 커피 잔을 잡은 그의 손을 물끄러미 바라봤다. 좀 전에 세희의 입술을 막으면서 느꼈던 감촉이 되살아났다.

말랑하고 부드러운 세희의 입술이 금요일 밤에 술에 취한 그녀를 침대에 눕힐 때의 일을 생각나게 했다.

'터치 포 맨. 이 향수 냄새 좋아요.'

파티 룸에서 함께 연주를 하면서 이미 땀으로 젖어 시큼해진 셔츠를 그대로 입고 있는 상태로 세희를 부축해서 오피스텔까지 데려왔다. 어렵게 비밀번호를 알아내 누르고 세희를 안고 들어가 침대에 눕힐 때였다. 그의 가슴에 얼굴이 닿은 세희가 냄새를 맡고 목덜미에 입술을 대면서 한 말이었다. 그리고 바로 잠이 들어버렸었다.

'강준 씨로 착각했던 거였어. 정신이 없는 상태에서도 넌 강준 씨의 냄새에 반응한 거야. 우린 같은 향수를 쓰고 있었나 봐. 단지 그랬던 거야.'

신엽은 손으로 세희의 입술이 닿았던 목덜미를 만지며 쓸쓸하게 웃었다.

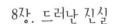

8장. 드러난 진실

강준은 사무실에서 태진그룹에 대한 정보가 들어 있는 서류를 놓고 몇 사람과 의논 중이었다. 낮은 목소리로 그가 말했다.

"이제 시작할 때가 됐어요. 일단 틈을 만들어야겠죠. 아주 작은 틈이라도요."

옆에 앉아 있던 정우가 서류의 한 부분을 가리켰다. 그는 태진 그룹에게 순식간에 회사를 빼앗긴 건인건설이라는 작은 건설 회사의 부사장이었다. 성환식품처럼 순식간에 자금줄이 막히고 수주했던 아파트 공사를 시작도 못한 채로 허덕이다가, 결국 고스란히 회사를 태진그룹에게 빼앗긴 경우였다. 충격에 쓰러진 박 사장처럼 그의 아버지도 쓰러졌다가 결국 돌아가시고 말았다. 그래서 더 악착같이 태진그룹에 대한 정보를 모아왔다고 했다. 그의 말이 이어졌다.

"이 부분, 여기 작은 부분부터 공략해서 틈이 벌어질 때 바로 횡령 건으로 치는 게 상책이죠. 그러면 세무 조사까지 이끌어낼 가능성이 생길 거예요."

강준은 손종후회장의 숨겨진 여자들과 혼외 자식들에 대한 정보 자료를 들여다봤다. 개인 신상 공격이 비열한 짓이라는 건 알고 있었다. 하지만 대중의 일차적인 관심을 끌어내 태진그룹에 대해 부정적인 시각을 가지게 하는 데 그만큼 좋은 것도 없었다.

"이 중에 누가 친자 확인 소송과 상속권에 대한 법정 싸움을 시작할까요?"

강준의 질문에 맞은편에 앉은 재훈이 한 명을 손가락으로 짚었다. 2대째 이어져오던 그의 회사도 태진그룹에 넘어간 상태였다.

"이 사람이 일명 세컨드의 아들이에요. 이번에 손 회장의 부인이 이혼을 결심한 상황이라 안주인 자리를 차지할 거라고 기대하고 있는 여자의 아들이죠."

사진 속의 남자를 들여다보던 강준의 얼굴이 굳어졌다.

"그러면 움직이려고 하지 않을 텐데요. 가만히 있어도 그 자리를 차지할 테니까요."

"상황이 그리 간단하지 않게 됐어요. 손 회장의 부인이 재산 분할 대신에 자기 자식들에게 미리 상속을 해달라고 하고 있어요. 손 회장은 이혼을 완강히 거부하지만 아마 어쩔 수 없을 거예요. 합의 이혼이 아닌 소송으로 가면 언론이 벌떼처럼 달려들어 손 회장의 지저분한 사생활이 까발려지겠죠. 물론 그건 자식들을 위해서 손 회장 부인도 원하지 않는 일이고요."

"그럼 다른 여자들도 다 급해졌군요. 상속분이 많이 사라질 상황이니까요."

"많은 정도가 아니라 어마어마하게 사라지는 거죠. 그리고 손 회장이 또 이 여자들의 자식들을 제대로 인정을 하지 않고 있어요. 친자식이라고 믿지 않는 부분이 있을지도 모르죠."

강준이 소리 내어 웃었다.

"하하, 그 여자들과 자식들이 급하게 됐네요. 법적으로 상속 지분을 확보하려면 친자 확인 소송을 해야 할 테니까요."

"바로 그거죠. 우린 가만히 있어도 이 사람들이 움직여줄 거예요. 언론이 관심을 가지면 정우 씨가 모은 횡령 자료 정보를 흘리면 돼요. 하지만 태진그룹이 어떻게든 언론을 막을 거예요. 그러면 연속으로 터트려야 해요. 그중 하나만 노출돼도 어느 정도 타격을 줄 수 있을 거고……. 최소한 다른 중소기업을 사냥하는 건 얼마간 막을 수 있을 거예요."

그의 말에 정우가 고개를 끄덕이며 말했다.

"아무것도 안 통할 경우, 뇌물수수 건으로 묶어야겠어요."

"하지만 그건 건인 건설과 돌아가신 정우 씨 아버님에게도 치명적이잖아요."

재훈이 걱정스런 목소리로 말했다.

"최후의 방법이에요. 그 자료는 안전하게 보관하고 있으니까 모든 패를 태진그룹이 막았을 때 던져야죠."

다들 한숨을 쉬었다. 어쩌면 전혀 승산이 없는 싸움이 될 수도 있었다. 물론 다들 알고 있었다. 이 모든 것들이 다 성공해서 태진그룹이 세무 조사를 받고 손 회장이 횡령으로 실형을 구형받게 되더라고 이 회사가 무너질 리가 없다는 것을.

하지만 아무리 큰 바위라도 조그만 스크래치는 낼 수 있을 것이다. 최소한 손 회장의 이미지는 바닥을 치게 될 것이 아닌가.

강준이 다짐하듯이 그들에게 말했다.

"우리가 할 수 있는 데까지는 해야죠. 그리고 각자 자기 안전을 지키고요. 우리가 개입됐다는 것이 드러나면 안 돼요. 다들 조심하세요. 그리고 이 자료들은 곧 파기할 겁니다."

강준은 때가 다가왔다는 것에 가슴이 뛰었다. 드디어 갚아줄 때가 왔다. 어차피 횡령 건이 사실로 드러나면 태진그룹이 빼앗은 중소기업들의 문제가 대두될 수밖에 없었다. 가장 최근에 자금 압박에 무너질 뻔했던 성환식품이 주목을 받을 거란 것도 알고 있었다. 강준은 박 사장과 함께 모은 자료를 그대로 공개할 생각이었다. 계란으로 바위를 치는 거라도 상관없었다. 그와 뜻을 함께하고 있는 사람들 외에도 손 회장에게 이를 갈고 있는 사람들도 기회를 놓치지 않을 것이므로.

사람들이 돌아가고 난 후, 강준은 사장실로 갔다. 어느새 지팡이 없이 걸을 수 있게 된 박 사장이 웃음을 머금고 듬직한 아들을 반겼다.

강준은 조금 전에 있었던 일을 박 사장에게 자세히 얘기했다. 박 사장이 통쾌하게 웃었다.

"하하, 네 말대로만 된다면 원이 없겠다. 내 눈으로 손 회장이 무너지는 것을 보고 싶구나. 다른 업체들도 같은 심정이겠지. 하지만 조심해라. 그 늙은이가 보통이 아닌 거 알지? 너희들을 이미 예의 주시하고 있을지도 모른다. 소문이 새어 나가지 않게 하고 자료를 철저히 숨겨놔.”

“네, 아버지. 걱정하지 마세요.”

“평상시처럼 행동해. 그리고 그 손재경인가 하는 그 이사가 이번에 초대한 파티에도 나가라. 될 수 있는 한 의심을 피하는 게 좋겠지.”

“네, 그럴 생각입니다.”

기분 좋은 얼굴로 있던 박 사장이 잠시 생각에 잠겼다가 입을 열었다.

“……그리고 강준아, 우리 새아기가 너무 보고 싶다. 이번 일이 끝나면 한 번 만나야겠어. 네 엄마도 나와 마음이 같아. 어떻게 살고 있는지, 밥은 잘 먹는지 걱정을 달고 살고 있어.”

“아버지.”

“모르겠다. 우린 너희가 왜 헤어진 건지 모르겠어. 정이 많이 들었는지 우리 새아기 얼굴이 아른거려, 보고 싶구나. 목소리도 생생해.”

“…….”

“강준아.”

“죄송합니다. 먼저 이 일을 해결하는 게 먼저입니다.”

그는 세희에게 달려가고 싶은 마음을 힘들게 누르고 있었다. 우선은 태진그룹에서 벗어나야 했다. 그러기 위해선 손재경이란 여자가 그에게 관심을 잃고 떨어져 나가게 해야 했다. 손재경이 세희에게 관심을 가지게 해서는 안 된다는 것을 알고 있었다. 마트에서 세희를 본 후에 정신없이 쫓아갔지만 먼저 처리해야 할 일을 떠올리며 간신히 참아냈다.

휴대폰에서 세희의 사진을 찾은 강준은 큰 눈이 반달 모양으로 휘어지도록 환하게 웃고 있는 그녀의 새까만 눈동자에 입을 맞췄다. 쏙 들어간 보조개에도 입을 맞췄다. 그리고 그리운 세희의 입술에 한참 동안 입술을 대고 있었다.

금요일 저녁, 은은한 음악이 흐르는 홀에 턱시도와 드레스로 멋을 낸 사람들이 얘기를 나누며 즐거운 시간을 보내고 있었다. 화사하게 장식된 홀을 눈부시게 치장한 재경이 또각또각 하이힐 소리를 내며 걸어왔다. 남자들의 이목이 집중됐다. 평소와는 다른 단정해 보이는 검은색의 드레스였다. 하지만 그 드레스 속에 감춰진 육감적인 볼륨이 더 남자들을 홀리고 있었다.

"볼 때마다 정신이 없어. 정말 여왕벌로 태어난 여자야."

강준의 옆에 있던 경호가 감탄을 했다. 강준의 눈이 재경에게로 향했다. 그러고는 재경과 눈이 마주치자 살며시 웃었다.

다른 남자들에 둘러싸여 있던 재경은 강준의 미소에 정신이 없었다. 처음이었다. 강준이 그녀를 바라봐주고 웃어준 것이. 몰려드는 남자들을 웃음으로 응대하면서 차츰 강준 쪽으로 가고 있던 재경의 눈가에 불꽃이 튀었다. 바에 앉은 강준의 주위로 여러 명의 여자들이 모여드는 게 보였다. 그들과 기분 좋게 잔을 들며 칵테일을 마시는 강준의 모습에 가슴에 통증이 몰려왔다.

'저것들이, 감히 내 남자를!'

강준의 매력적인 목소리에 귀를 기울이며 얘기를 나누는 여자들의 입에서 웃음소리가 터져 나왔다. 재경은 급하게 강준에게 다가갔다.

"강준 씨, 오랜만이에요."

"아, 그동안 좀 바빴습니다. 이제 한가하니까 자주 파티에 나와야죠. 이런 미인들이 있는데 나오는 게 당연하죠."

"네?"

너무 달라진 강준의 모습에 재경은 자신도 모르게 반문했다. 강준이 의자를 하나 빼주며 말했다.

"앉아요. 바쁘지 않으면 함께 술 한잔해요."

재경은 강준을 둘러싸고 있는 여자들의 옆에 놓인 의자를 바라보다가 다시 강준에게 시선을 돌렸다.

"마티니?"

얼떨결에 그가 건넨 마티니를 들고 다른 여자들과 같이 건배를 한 재경은 자존심에 금이 갔다. 그녀를 다른 여자들과 같이 취급하는 강준의 모습에 분노가 일었다. 재경은 우아한 자세로 일어나며 말했다.

"그럼 전 다른 손님들에게 가볼게요. 강준 씨, 나중에 한잔해요."

"그러죠. 오늘은 실컷 마셔보고 싶네요."

재경은 다른 사람들을 응대하면서 혼란스러운 마음을 달랬다. 그녀는 강준이 이제서야 현실을 깨닫고 달라진 것뿐이라고 여기기로 했다. 파티는 점점 무르익어 갔다. 술과 음악에 취한 사람들의 웃음소리가 커졌다. 삼삼오오 모여서 정보를 교환하며 얘기를 하고 있는 사람들과 어느새 마음이 맞았는지 은근히 비비적대는 남녀들이 보였다.

재경은 홀을 돌며 강준을 찾았다. 나중에 한잔하자던 그가 보이지 않았다. 빨리 파티를 끝내고 강준과 있고 싶은 마음이 간절한 재경의 눈빛이 다급해졌다. 여기저기를 눈으로 살피던 재경은 우아한 커튼이 드리워진 창가에서 강준의 미끈한 뒷모습을 발견했다. 반가운 마음에 그쪽으로 걸음을 옮기던 그녀는 경악하고 말았다. 창 쪽을 향하고 있는 강준의 앞에 그의 허리를 안은 여자가 언뜻 보였다. 재경은 옆의 기둥에 몸을 기댔다. 그녀 근처에 있던 민석이 바로 달려왔다.

"이사님, 무슨 일이십니까? 몸이 안 좋으십니까?"

"저기, 한 비서, 저쪽에 가봐요. 강준 씨가 저 여자에게, 뭐, 뭐…… 하는지."

잠시 후에 민석은 다른 사람에게 보이지 않는 구석진 테이블에 앉아 있는 재경에게 다가왔다. 난감한 얼굴로 서 있던 민석이 재경의 재촉하는 눈빛에 입을 열었다.

"껴안고 이상한 얘기를 하고 있었습니다."

"어떤 얘기요?"

재경의 목소리가 두려움과 분노로 거칠어졌다.

"그게, 저, 파티 끝나고 호텔에 가자고……."

"누, 누가? 저 여자가 꼬리쳤어요? 그런 거죠?"

"아니요. 성환식품 부사장님이요. 자긴 이혼해서 아내도 없고 자유롭다고 했습니다."

"아니야, 아니야. 한 비서가 잘못 들은 걸 거예요. 강준 씨는 그런 사람이 아니에요."

재경은 테이블보를 꽉 쥐며 부인했다. 그런 재경의 모습에 잠시 망설이던 민석이 소리를 낮춰 말했다.

"이사님, 요즘 박 부사장님에 대한 소문이 돌고 있습니다."

"어떤 소문요?"

"이혼한 뒤로 전과 달라졌답니다. 여러 여자들을 만나고 술집에서도 지저분하게 논다고 합니다. 여러 명의 여자들과……."

"닥쳐요. 어디서 거짓말을 해요. 강준 씨가 그럴 리가 없어요. 절대 그럴 남자가 아니야."

분노에 찬 재경의 목소리에 민석이 주춤했다.

"조사한 게 있습니다."

"정말이라고요?"

재경이 믿을 수 없다는 얼굴로 물었다. 민석은 그런 재경의 모습에 차분하게 얘기를 이어갔다.

"네, 이사님. 원래 이중적인 모습이었을 수도 있습니다. 이혼하고 본모습이 나왔을 수도 있고요. 제 생각엔 이사님이 생각하는 그런 남자는 아닌 것 같습니다."

재경은 손으로 얼굴을 가렸다. 가릴 수 있다면 방금 들은 말까지 다 가려버리고 싶었다. 강준은 그녀에게 부두에 세워진 커다란 배의 닻같이 느껴지는 남자였다.

바람 부는 대로 떠다니며 이 여자, 저 여자에게 씨를 뿌리고 다니는 그녀의 아버지인 손 회장 같은 사람이 아니라 한 여자의 품에서 만족하며 살아갈 그런 남자였다.

재경은 처음 만났던 강준의 모습이 떠올랐다. 그녀는 강하게 고개를 저었다.

"아니야. 뭔가 잘못된 거야. 한 비서, 이상하잖아요. 일부러 그러는 거 아닐까요?"

"왜 일부러 그러겠습니까? 이사님이 관심을 갖는 걸 알고 처음부터 괜찮은 남자 코스프레를 한 거라면 몰라도요. 지금도 일부러 보이지 않는 곳을 찾아서 저러고 있고요. 여태까지도 이사님의 눈을 피해왔는지도 모릅니다. 그러면서 이사님에게는 무관심을 가장한 다른 전략을 쓰고 있을 수도 있습니다."

재경이 반신반의하며 손톱을 물어뜯고 있는 모습에 민석이 결심한 듯이 말했다.

"한 가지 더 소문이 있습니다."

"뭐요?"

"말하기가 좀 곤란합니다."

"말해봐요."

민망한 얼굴로 가만히 있는 그를 재경이 재촉했다.

"빨리 말해요! 한 비서, 그냥 말하라니까요!"

"그게, 박 부사장이 여자를 안을 수 없다는 말이……."

"한 비서, 미쳤어요? 윤세희랑 결혼했던 사람이에요. 그게 말이 된다고 생각해요? 사이가 그렇게 좋았는데. 헛소문일 거예요."

"이혼 후에 그렇게 된 건지 아니면 심리적인 걸로 그렇게 된 건지 어떤지는 모르겠지만 술집 아가씨들을 조사하면서 나온 얘기입니다. 사실일 가능성이 크지 않겠습니까? 그리고 결혼 생활이 일 년 반이었지만 아기가 없었습니다."

재경이 인상을 쓰며 말했다.

"하아, 별 시답잖은 소문이 돌고 있네요. 아까 강준 씨가 저 여자에게 호텔에 가자고 했다면서요? 그런 사람이 그렇다는 게 말이 돼요?"

"다른 방법을 쓰는지도 모릅니다. 어떤 게 사실인지는 더 자세히 조사해봐야 알겠지만 어쨌든 이런 얘기까지 나오고 있다고 말씀 드리는 겁니다."

헛소문일 거라고 생각하면서도 의심이 스멀스멀 올라왔다. 그녀를 비웃는 표정으로 보던 세희가 떠올랐다.

'설마, 아니야, 그럴 리가……'

미련 없다는 얼굴로 당당히 걸어 나가던 세희의 모습이 겹쳐 떠올랐다. 문득 세희가 백화점에서 남자의 셔츠를 고르고 있던 장면이 생각났다.

'설마, 다른 남자가 있는 거야? 강준 씨를 사랑한 거는 틀림없어. 그건 직감만은 아니었어. 혹시 그 학원 실장이라는 사람과 사귀는 거 아닐까. 강준 씨가 정말로 남자 구실을 못해서 더 쉽게 떠난 거 아닐까.'

한 번 시작된 의심이 꼬리를 물고 점점 커졌다. 분노로 숨이 가빠진 재경이 주먹으로 테이블 모서리를 쳤다.

"이건 말도 안 돼요. 내가 어떻게 윤세희를 떼어놨는데. 그럼 윤세희에게 좋은 일을 했단 말이에요? 그 학원 실장이 감싸고 돌잖아요. 학원 재벌이라면서요? 그 여자 머리카락 한 올이라도 건드리면 가만있지 않겠다고 했고. 그 도도하던 윤세희! 그 여자에게 더 좋은 남자를 안겨준 꼴이 된 거라니. 한 비서, 다시 확인해봐요. 강준 씨에 대해서 다시 확인하라고요!"

분노와 의심을 억누르고 있는 재경의 말에 민석이 급히 나가려고 몸을 돌리다가 주춤했다.

그때, 기둥 뒤에서 얼음장 같이 싸늘한 목소리가 흘러나왔다.

"내 아내를 만나 나와 헤어지라고 했단 말입니까? 손재경 씨, 대답해보십시오."

"나, 난……."

얼굴이 새파래진 재경이 기둥 뒤에서 나오는 강준을 보며 더듬거렸다. 이를 악문 강준이 그녀의 어깨를 잡고 흔들었다.

"왜 대답을 못 합니까?"

"강, 강준 씨, 오해예요. 오해라고요."

부인하는 재경의 목소리가 덜덜 떨렸다. 강준의 눈빛이 무자비하게 변했다.

"내 아내를 당신이 무슨 자격으로. 돈 많은 아버지를 둬서 모든 게 당신 것처럼 보입니까? 남의 남자도 회사도, 다른 사람들의 인생도 손에 쥐고 있다고 생각했습니까? 마음대로 부수고 가질 수 있다고 생각했냐고요!"

재경의 얼굴에서 핏기가 사라졌다. 강준의 입에서 분노를 억누르는 듯한 나직한 목소리가 천천히 흘러나왔다.

"손재경 씨, 앞으로 내 눈앞에 나타나지 마십시오. 다음에 또 이런 일이 생기면 밟아버릴 테니까요."

강준은 그의 말에 충격을 받아 소리도 못 내고 고개를 젓는 재경과 민석을 노려보고 파티장을 떠났다. 다행히도 은은한 음악이 끝나고 다소 시끄러운 음악이 연주중이어서 그의 말은 다른 사람들에게는 들리지 않았다.

"아악! 아악! 나쁜 자식! 죽여버릴 거야! 죽여버릴 거야!"

폭발한 재경이 테이블을 밀치고 주변의 물건들을 바닥에 던지며 발악했다.

와장창, 와장창.

바닥에 부딪친 술잔들의 유리 파편이 사방에 날렸다. 민석이 담당 직원들과 재빠르게 움직였다. 이성을 잃은 재경의 모습에 호기심 어린 시선을 보내는 손님들을 내보내고 재경을 진정시켜 저택으로 데려갔다.

거실에서 한지 공예 디자인 책자를 넘기고 있던 은영이 헝클어진 머리에 엉망인 모습의 재경이 민석과 들어서는 것을 보고 기겁을 했다.

"재경아, 무슨 일이야? 일단 방으로 올라가자."

은영은 정신이 나간 것처럼 흐느적거리는 재경의 허리를 잡고 방으로 데려가 침대에 눕혔다.

"재경아, 어디 다친 데는 없어? 이게 무슨 일이야?"

"엄마."

재경의 입에서 가느다란 목소리가 흘러나왔다.

"그래, 우리 딸. 뭐든지 얘기해."

"엄마, 엄마. 흐흑, 흐흑."

재경은 일어나 침대 헤드에 등을 기대고 서럽게 울었다. 은영이 다정하게 딸의 머리를 가슴에 안았다. 한참을 펑펑 울던 재경이 은영의 허리를 안은 채로 고개를 들었다.

"엄마."

"응."

"엄마는 언제나 내 편이지?"

"늘 우리 딸 편이지."

"죽이고 싶을 만큼 미운 사람이 있어."

은영은 재경의 눈물을 닦아주며 침착하게 물었다.

"누구? 네 마음을 받아주지 않는다는 그 남자?"

재경이 고개를 끄덕였다. 은영은 침대에 앉아 딸의 손을 잡았다.

"재경아, 전에도 엄마가 말했지. 사랑은 혼자 한다고 되는 게 아니라고. 억지로 할 수도 없다고 말이야. 일단 마음을 진정시키고 엄마에게 다 털어놔봐. 어떻게 된 거야?"

재경이 휘청거리며 일어나 욕실로 가면서 말했다.

"엄마, 일단 씻고 잘게. 내일 얘기해."

"그래. 먼저 마음을 진정시켜라."

은영은 욕실로 들어가는 재경을 보고 있다가 일 층으로 내려왔다. 어쩔 줄 모르고 서 있는 민석을 불렀다.

"한 비서, 무슨 일인지 다 얘기해요. 처음부터 그 남자와의 일을 아는 대로 털어놔요."

"네, 사모님."

민석은 알고 있는 모든 사실을 얘기했다. 그의 말을 끝까지 다 들은 은영은 벌렁거리는 가슴을 간신히 진정시키고는 말했다.

"이 일에 대해선 앞으로 내게 다 보고해요. 절대 재경이 말대로 움직이면 안 돼요."

"네, 사모님."

입시 학원 밖으로 수업을 끝낸 강사들이 무리지어 나왔다. 세희와 함께 나오던 정란이 따분한지 팔을 비틀며 말했다.

"오늘은 파티 안 하나. 매주 금요일마다 하면 살맛 날 텐데, 우리 실장님 기타 치는 섹시한 모습도 감상하고 말이죠.."

"파티가 고파요? 그럼 강 선생님하고 홍대 파티라도 가세요."

"거기 가면 우린 들어가지도 못해요. 강남 클럽도 마찬가지고. 이런 차림은 정말 '전 강사입니다, 선생님입니다'라고 광고하는 거 잖아요. 언제 멋진 드레스 입고 파티에 갈 수 있으려나. 윤선생님 이 말하면 실장님이 바로 들어줄 텐데요."

"진짜 파티광 같아요."

"맞아요. 갑자기 파티 애니멀이 됐나 봐요. 헉, 강 선생 나오네 요. 나 먼저 갈게요."

정란은 그녀를 부르는 강 선생을 모른 척하며 지하철역으로 잽 싸게 걸어갔다. 밀당을 하는 것 같은 둘의 모습에 세희가 빙그레 웃었다.

세희는 이혼을 한 후로 정란과 더 친해졌다. 그만큼 정란이 이 혼 직후 힘들어하던 그녀를 신경 써주고 토닥여줬었다. 세희는 다 른 강사들이 몰려가는 지하철역과 반대 방향에 있는 버스 정류장 으로 천천히 걸어갔다. 주말에 공부할 생각으로 가방에 넣은 책들 이 묵직하게 어깨를 눌렀다.

파티에서 뛰쳐나온 강준은 바로 학원으로 차를 몰았다. 그동안 아팠을 세희 생각에 미어지는 가슴을 손으로 움켜쥐고 뜨거운 눈 물을 흘렸다. 갑자기 변한 그녀의 태도를 의심했어야 했다. 그렇게 그를 사랑하던 그녀가 바닥에 떨어지기 싫어서 지옥 같은 생활이 두려워 떠나겠다고 했을 때, 혹시나 재경이 개입한 건 아닌지 의심 했어야 했다. 아무리 아파도 보내주는 게 사랑이라고 생각하지 말 아야 했었다. 강준은 이를 악물었다. 사랑하는 아내를 건드린 태진그룹과 재경을 용서할 수 없었다. 갚아줄 것이다.

학원에 막 도착했을 때 그의 눈에 학원에서 나오는 세희의 모습이 들어왔다. 심장이 고통스러울 정도로 뛰었다. 너무나 보고 싶던 얼굴이었다. 천천히 걸어가는 세희를 따라 속도를 줄여 차를 몰았다. 그의 입에서 끊임없이 세희의 이름이 흘러나왔다.

"세희야, 세희야."

강준은 차 속도를 높여 정류장 근처에 세우고 차에서 내렸다. 가방이 무거운지 자주 위치를 바꾸는 세희를 향해 걸어갔다.

"세희야."

세희는 꿈결처럼 들리는 강준의 목소리에 헛웃음이 나왔다.

'이젠 꿈속뿐만 아니라 환청도 들리는구나.'

"세희야, 윤세희."

선명하게 들리는 강준의 목소리에 세희는 천천히 고개를 들었다. 그리운 사람이 그녀를 보며 오고 있었다. 세희는 눈을 몇 번이나 손등으로 비볐다. 분명히 강준이었다. 그녀가 사랑하는 강준이 사랑과 그리움, 고통이 가득한 눈으로 그녀를 보며 오고 있었다.

"강준 씨."

세희는 발이 바닥에 묶인 것처럼 움직일 수가 없었다. 서서히 다가온 강준이 그녀를 안았다. 그의 목덜미에서 그리웠던 체향이 훅 끼쳤다. 꿈이라면 깨고 싶지 않았다. 그의 냄새와 따뜻한 품에서 영원히 깨고 싶지 않았다. 세희는 몽롱한 상태로 강준의 목덜미에 입술을 댔다. 이것이 꿈이라도 좋았다. 꿈에서 깨고 싶지 않아 눈을 감은 그녀의 귀에 감미로운 강준의 목소리가 들렸다.

"세희야, 우리 어디든 가자. 어디든……."

강준의 뜨거운 눈물이 세희의 얼굴에 떨어졌다. 정신을 차린 세희는 그의 가슴을 밀어냈다. 꿈이 아니었다. 잔인한 현실이었다. 재경의 더러운 돈에 휘둘리는 잔인한 현실.

강준을 밀어낸 세희는 뚜벅뚜벅 정류장으로 걸어갔다.

강준이 쫓아와 그녀의 가방을 어깨에 메고 팔을 잡아당겼다.

"세희야."

"가요, 다가오지 마요."

"윤세희."

"제발 날 내버려둬요."

세희는 강준을 피해 막 도착한 버스를 향해 뛰어가며 속으로 소리쳤다.

'오지 마요, 강준 씨, 제발 내게 오지 마요. 내가 당신을 놔주지 않으면 어떻게 하려고…….'

"가지 마, 윤세희."

강준은 버스에 타려는 세희를 뒤에서 와락 껴안아 그대로 차에서 내렸다. 호기심 가득한 승객들을 실은 버스가 떠나자, 세희는 허리를 감싼 그의 팔을 떼어내려고 애를 썼다. 하지만 그의 따뜻한 체온과 맞닿은 몸이 그녀의 의지를 배반했다. 더 가까이 강준에게 다가가려는 몸의 저항이 너무 거셌다.

"세희야."

귓속으로 들어오는 그의 목소리와 숨소리, 그녀의 허리를 으스러지게 끌어안은 강준.

이렇게 시간이 잠시라도 멎었으면, 그의 숨결을 느끼고 목소리를 들을 수 있는 이 시간이 조금이라도 길어졌으면.

획획 지나가는 차량의 불빛이 그녀의 눈에 들어왔다. 강준이 없는 세상에서도 너무나 무정하게 흘러가던 현실이 지금이라고 달라질 수 있을까. 저 불빛처럼 분명한 현실이 우리를 기다리고 있는데.

세희는 목소리를 가다듬었다.

"강준 씨, 우린 이미 헤어졌어요. 그러니 이러지 말아요."

"잠시 널 놔준 것뿐이야. 회사를 정상으로 돌려놓고 널 데려올 생각이었어. 그래서 보내준 거야."

"이미 과거의 일이에요."

"널 생각하며 죽을힘을 다해서 일했어. 그러면서 버텨냈어. 네가 없는 시간들을."

"강준 씨, 이러지 말아요."

"세희야, 다 알고 왔어. 손재경 그 여자를 이젠 두려워할 필요 없어. 미안해. 그런 일을 당한 줄도 모르고……. 미안해."

"……강준 씨."

"이젠 다 괜찮아. 너만 돌아오면 돼. 더 이상 태진그룹에게 당하지 않을 거야."

강준은 세희를 으스러지게 끌어안고 속삭였다.

"너 없이 더 이상은 못 견뎌. 살 수가 없어. 세희야, 살아지지가 않아."

"안 돼요. 이러면 안 돼요."

강준은 품에서 빠져나가려는 세희에게 속삭였다.

"세희야, 괜찮아. 이젠 회사도 어느 정도 안정됐어. 네가 걱정할 일은 없어. 우리 어디든 가서 얘기하자."

강준은 망부석처럼 서 있는 세희를 안아서 보조석에 앉혔다. 도망이라도 갈까 봐 세희의 손에 깍지를 낀 채로 말했다.

"어디든 가자. 우리 둘만 있을 수 있는 곳으로."

강준은 깍지를 낀 세희의 약지를 만졌다.

'반지가 없어.'

그의 손가락에 여전히 끼어져 있는 커플링이 세희의 손에는 없었다.

세희는 운전 중인 강준의 옆 모습을 바라봤다. 그리움과 두려움이 가슴을 짓눌렀다.

'차라리 꿈이었으면. 이 꿈속에서 영원히 깨지 않았으면.'

어딘지 모르는 시골 길은 어두웠다. 지나가는 차도 없었다. 강준은 구부러지는 길을 응시하면서 세희의 손을 더 꽉 잡았다.

가로등이 없는 칠흑 같은 산 속의 어둠 속에서 더 밝게 빛나는 밤하늘의 별을 응시하던 세희가 그에게 눈길을 돌렸다.

"아버님은 어떠세요? 회복되셨어요?"

"좋아지셔서 회사에 나오셔."

"어머님은요?"

"어머니도 건강해지셨어. 그렇잖아도 아버지가 보고 싶다고 하시더라. 이번 일만 해결되면 만나고 싶다고 하셨어. 어머니도 그렇고."

"……건강해지셔서 다행이에요."

"이젠 아무것도 걱정하지 마. 내 옆에 있어. 다시 예전처럼 살 수 있어."

감정적으로 힘들었는지 세희의 얼굴에 피곤이 묻어났다. 강준이 그녀의 손등에 입을 맞추며 말했다.

"30분이면 도착할 거야. 자고 있어."

세희는 피곤한 몸을 시트에 기댔다. 지금까지 힘들게 버텨왔던 신경줄이 툭 끊어져버린 듯이 온몸이 무겁게 가라앉았다.

깍지를 낀 강준의 손을 타고 올라오는 온기에 점점 온몸의 긴장도 풀리고 있었다. 하지만 눈을 감은 세희의 머릿속은 여전히 복잡했다.

'이렇게 함께 있어도…… 정말 괜찮은 걸까.'

그녀는 서서히 잠 속으로 빠져들었다가 허공을 떠다니는 것 같은 느낌에 눈을 떴다.

"강준 씨."

"깼어?"

그녀를 안고 가던 강준이 몸을 굽혀 입을 맞췄다.

"내려줘요."

"다 왔어."

강준은 세희를 안고 펜션 안으로 들어갔다. 깊은 산 속에 있다는 것이 믿어지지 않을 만큼 넓고 아늑한 고급 펜션이었다. 바닥과 벽의 원목에서 향기로운 나무 냄새가 났다. 마치 편백나무 삼림욕장에 들어와 있는 것처럼 정신이 맑아졌다. 세희는 강준의 품에서 내려 아늑한 공간을 둘러봤다.

"올라가자."

강준이 그녀의 손을 잡고 이 층으로 이어진 매끄러운 나무 계단을 올라갔다. 둘은 창가에 놓인 소파에 앉았다. 세희를 팔에 가두고 내려다보던 강준이 얼굴 곳곳에 입을 맞췄다. 세희의 입술을 세게 빨고 떨어졌다.

"꿈속 같다. 세희야, 우리가 처음 만났던 그날처럼 꿈속에 있는 것 같아. 하아, 이제 살 것 같아."

강준의 부드러운 키스가 이어졌다. 차갑게 얼어 있던 피가 그의 입술에, 그리웠던 체향에 녹고 있었다. 세희는 꿈속에서조차 그리웠던 그의 향기를 폐부 깊숙이 빨아들였다. 세희의 입술이 그의 얼굴을 음미하듯이 지나갔다. 목덜미에 입술을 댄 세희가 흐느꼈다.

강준이 그런 그녀를 다정하게 안아서 등을 쓸어내렸다.

"이젠 아무 걱정하지 마. 널 그런 상황에 처하게 해서 말할 수 없이 미안해. 평생 잘해주는 것으로 갚으며 살게. 사랑해, 윤세희. 사랑해."

세희는 단단하고 따뜻한 강준의 가슴에 얼굴을 묻고 한참을 울었다. 고개를 들어 눈물이 가득한 눈으로 강준을 봤다.

"정말로 이렇게 함께 있어도 회사도, 아버님, 어머님도 괜찮은 거죠?"

"그래, 그래. 다 괜찮아."

불안한 마음에 세희가 다시 물었다.

"정말로요?"

"정말로 괜찮으니까 걱정하지 마."

강준은 혀로 세희의 눈물을 핥았다. 쌍꺼풀이 없는 크고 맑은 눈 안에 그가 가득하게 들어 있었다. 너무 행복해서 가슴이 시큰거렸다. 세희의 얼굴을 손가락으로 만졌다. 정말 살 것 같았다. 세희가 그의 얼굴에서 눈길을 떼지 않았다.

"어떻게 알았어요?"

강준은 파티에서 일어났던 상황을 설명했다.

"많이 힘들었지? 세희야, 얘기해봐. 어떤 일이 있었는지 하나도 빼지 말고 다 얘기해줘."

"먼저 회사 상황부터 얘기해줘요."

강준은 여전히 걱정이 담긴 세희의 눈에 입을 맞추고 지금까지의 일을 자세히 이야기해주었다.

"그러니까 이제 다른 걱정하지 마. 다신 당하지 않을 거야. 그리고 누구도 회사와 가족을 건드리지 못하게 키워 나갈게. 그러니 이젠 네 얘기를 들려줘."

그의 말에 마음이 놓인 세희는 차분히 재경과의 만남과 그녀가 제시한 조건을 얘기했다.

"그 방법밖에 없었어요. 모두들 위해서 그게 최선이었어요. 강준 씨도, 부모님도, 회사도요."

"내게 이야기했어야지. 다 털어났어야 했어."

"강준 씨."

"응."

"강준 씨도 내게 회사가 왜 그 지경이 됐는지 얘기한 적이 없었어요. 그게 손재경 이사 때문이란 것만 비리 말했어도……."

세희의 말에 강준은 속마음을 털어났다.

"해결할 수 있을 줄 알았어. 네게 알리지 않고도 아버지의 묶인 자산을 어떻게든 풀면 그 상황을 일단 벗어날 수 있었으니까 희망이 있었어. 그리고 또 그런 여자에 대한 얘기를 네게 하고 싶지 않앉어. 무엇보다도 네가 속상해할까 봐 걱정이 됐어."

"언제부터였는데요?"

"뭐가?"

"그 여자가 나보다 강준 씨를 먼저 만났어요?"

"……그러긴 했지만 아무 사이도 아니었어. 우연히 파티에서 만났을 뿐이야. 설마, 의심하는 건 아니지?"

그의 말에 세희는 강준이 여전히 끼고 있는 커플링을 만졌다.

"의심 안 해요. 강준 씨의 마음을 의심한 적은 없어요. 하지만 속상한 적은 있었어요."

"얘기해봐."

세희는 손으로 강준의 얼굴을 쓰다듬었다. 짙은 눈썹과 그녀의 손길에 감기는 눈과 쭉 뻗은 콧대를 쓸어내리고는 그리웠던 입술을 쓰다듬었다.

"강준 씨의 어려움을 제대로 알지 못했던 것도 그렇고 알고 나서도 경제적으로 아무런 도움이 될 수 없었어요. 그게 너무 속상하고 또 미안하고……."

"정말 그렇게 생각했어? 네가 얼마나 내게 힘이 되고 살아갈 힘을 줬는지 모르는 거야?"

"그래도 미안했어요. 더 나은 집안의 여자와 결혼했다면 가장 도움이 절실할 때 도움이 됐을 텐데."

강준은 세희의 가느다란 손가락을 하나씩 만지면서 말했다.

"내가 잘못했다. 네게 모든 걸 털어놓고 설명해야 했어. 네가 이런 생각을 하게 하다니. 널 위한다는 게 오히려 힘들게 할 줄 몰랐어. 내 잘못이 컸어."

"강준 씨, 혼자 모든 짐을 지려고 하면 안 돼요. 네?"

"알았어. 뭐든 너와 의논할게. 너도 그래야 해. 나와 회사를 위해 떠났겠지만 그건 오히려 날 죽이는 거였어. 그러니까……. 앞으론 절대 혼자 결론을 내고 움직이면 안 돼."

"그렇게 할게요."

마음이 후련해진 둘은 다정하게 서로를 껴안았다.

강준의 뜨거운 입술이 세희의 눈물에 젖은 입술과 겹쳐졌다. 그녀의 혀를 마음껏 탐했다. 얽힌 혀 사이로 뜨거운 숨이 넘나들었다. 강준은 세희의 뒷머리를 손으로 잡고 더 깊고 강하게 키스를 했다.

하아, 하아.

전신에서 치솟아 오르는 뜨거운 갈망에 끊어질 것 같은 숨을 토했다. 크게 숨을 들이마신 세희의 얼굴도 빨갰다. 그녀에게 쏠린 강준의 체중에 세희가 소파에 쓰러졌다.

세희 위에 체중을 실은 강준이 뜨거운 키스를 이어갔다. 흥분한 그의 아래가 세희의 몸 위에서 요동을 쳤다.

"세희야."

차오르는 욕망에 숨이 턱턱 막혔다. 안고 싶었다. 얼른 하나가 돼서 뼛속까지 그를 각인시키고 제 여자라는 것을 확인하고 싶었다. 그가 주는 쾌락에 몸부림치는 세희가 보고 싶었다.

"강준 씨."

세희가 강준의 목덜미를 끌어당겼다. 귓가에 열기가 가득한 목소리로 속삭였다.

"보고 싶었어요. 너무 그리웠어요."

그녀가 그의 귓불을 세게 깨물었다.

"하아."

그게 세희가 최고로 흥분해 있을 때 하는 행동이란 걸 아는 강준의 손이 바쁘게 움직였다. 세희가 옷을 벗기는 그의 뜨거운 손을 잡았다.

"침대로 가요."

강준은 세희를 안아 침대에 조심스레 내려놨다. 발그레해진 뺨에 반짝이는 세희의 눈을 보며 물었다.

"이거 꿈 아니지? 우리 함께 있는 거 맞지?"

세희가 행복한 웃음을 흘리며 그의 셔츠 버튼을 풀었다.

"확인해봐요. 꿈속인지 현실인지."

서로의 옷을 벗기는 손이 바쁘게 움직였다. 강준은 아름다운 세희의 나신을 소중하게 하나하나 쓰다듬었다. 세희가 없는 텅 빈 빌라에서 홀로 보낸 시간들이 스쳐갔다. 혼자 억지로 꾸역꾸역 밥을 삼키고 소파에서 잠을 잤었다. 세희를 품에 안고 행복하게 잠을 잤던 침대에 혼자 누울 수가 없었다. 그렇게 사랑하는 여자를 그리워하며 보낸 사막처럼 메말랐던 시간이 이제 끝났다.

그동안 다른 여자들은 보이지 않았다. 둥글고 탐스러운 가슴을 따라 내려오는 그의 손끝이 떨렸다. 벨벳처럼 부드럽고 따뜻한 몸이 그의 작은 움직임에도 반응을 했다.

"세희야."

눈을 감고 강준의 손길을 받아들이고 있던 세희가 매력적인 그의 목소리에 홀린 듯이 눈을 떴다. 둘의 시선이 뜨겁게 얽혔다.

"하아."

세희는 데이트할 때처럼 숨 쉬기 힘들 만큼 농밀해지는 주변의 공기를 힘겹게 들이마셨다.

"강준 씨."

그의 달콤한 혀가 입 속에 들어왔다. 그의 모든 것이 그리웠었다. 묵직하게 실리는 강준의 체중, 뜨거운 몸, 욕망에 젖은 거친 숨소리. 마음껏 탐하고 싶었다.

거친 숨을 내쉰 강준이 세희의 가슴을 입 안에 가득 넣고 세차게 빨았다. 이미 맞닿아 있는 아래를 터질 듯이 커진 남성으로 연신 비비며 자극했다.

"아웃."

강준의 머리를 양손으로 세게 잡은 세희의 입에서 참기 힘든 신음이 쏟아졌다. 그의 뜨거운 입술이 긴장과 쾌감으로 떨리는 세희의 복부를 타고 내려갔다. 골반을 들어 올려 무성한 수풀을 제치고 꽃잎을 찾아 빨다가 이로 살살 깨물었다.

"아웃, 아아."

세희의 뜨거운 속으로 혀를 밀어 넣고 자극했다. 움찔거리며 달달 떨리는 속을 헤집고 입술로 꽃잎을 쪽쪽 빨아당겼다.

"아흑, 강준 씨."

강준의 입술에 빨리고 있는 아래에서 올라오는 열기와 쾌감에 화르륵 온몸이 타올랐다. 강준은 달콤한 물을 쏟아내는 세희의 속으로 서서히 우람한 남성을 밀어 넣었다.

"하아, 아아, 세희야, 너무 좋다."

좁은 속을 뚫고 끝까지 들어갔다. 맞물린 속에서 천천히 움직이는 강준의 눈빛은 이미 풀려 있었다. 용광로처럼 뜨거워지는 세희의 속이 그를 놓지 않았다. 점점 조이며 흥분으로 더 커지는 남성을 압박했다. 천천히 움직이던 강준의 움직임이 조금씩 빨라졌다. 좁아지는 속을 치고 들어가면서 연신 신음을 흘렸다.

신음처럼 그의 이름을 부르는 세희의 가슴을 빨면서 허리를 더 강하게 움직였다.

"아아, 강준 씨."

"하아, 하아. 세희야, 세희……."

강준이 숨이 넘어갈 듯이 세희를 불렀다.

세희는 그의 힘찬 움직임에 뒤로 밀리는 몸을 침대 헤드에 팔을 뻗어 밀리지 않게 막았다. 질퍽거리며 부딪치는 아래에서 격렬한 통증 같은 쾌감이 온몸을 쑤시듯 달구고 있었다. 흥분으로 죽을 듯이 신음하며 탱탱한 가슴을 이로 깨무는 강준의 뒷머리를 한 손으로 잡고 연신 신음을 흘렸다. 강준의 움직임이 폭발하듯이 강해졌다. 그의 속도에 맞춰 아래에서 쳐올려주는 세희의 움직임에 강준은 미칠 것만 같았다.

"하아, 세희야, 아아."

"아웃, 하아."

절정을 향해 달리는 둘의 몸이 격렬하게 움직였다. 숨 쉬는 것을 잊은 강준은 머리끝까지 올라온 쾌락에 빠져 허우적거렸다. 마지막 상태에 이른 세희의 불같이 뜨거워진 속에 그득그득 분신을 쏟아냈다. 아득해지는 쾌락이었다. 강준은 같은 상태인 세희의 몸 위에 무너지듯이 쓰러졌다. 그의 등을 안아주는 세희의 복부가 달달 떨리고 있었다.

몸속에서 연신 빠져나오는 신음을 흘리던 강준은 세희에게 입을 맞췄다. 땀이 난 이마에 달라붙은 머리를 쓸어 넘겨주고 다정하게 입을 맞췄다. 그의 얼굴을 쓰다듬어주는 세희의 손가락에도 입을 맞췄다. 사랑한다는 말을 하지 않아도 서로에 대한 사랑이 얼마나 큰지 눈동자만 봐도 알 수 있었다. 새까맣고 커다란 세희의 눈에서 기쁨의 눈물이 흘러내렸다. 강준은 눈가로 흐르는 눈물을 입술로 빨았다. 그의 눈에서도 행복한 눈물이 흘렀다. 강준은 울음이 새어 나오는 세희의 입술에 끝없이 입을 맞추며 사랑한다고 속삭였다.

"세희야, 가만히 있어. 내가 한다니까."
"내가 할게요."
강준은 펜션 주인에게 미리 부탁해놓았던 음식을 차리려고 하는 세희를 번쩍 들어서 식탁에 앉혔다. 슬쩍 일어나려는 세희의 머리에 입을 맞추며 단호한 목소리로 말했다.
"밖에 나오면 남자가 요리하는 거래."
목욕 타월을 허리에 걸친 강준이 콧노래를 부르며 찌개를 데우고 반찬을 놓은 것을 보는 세희의 얼굴에 웃음꽃이 피어났다. 그녀의 눈이 부지런히 움직이는 강준의 뒷모습을 따라다녔다. 급히 오느라 둘 다 입고 온 옷이 전부였다. 목욕 가운을 걸친 세희는 강준이 정성껏 말려준 머리를 쓸어내리며 소리 없이 웃었다. 완벽하게 행복했다. 그와 함께 있는 이 공간과 이 시간을 그 무엇과도 바꿀 수 없었다. 세희는 가늘게 웃으며 속으로 중얼거렸다.
'천국 같아. 강준 씨와 나만이 존재하는 그런 천국.'
구수한 된장찌개가 앞에 놓였다. 버섯과 두부가 가득 들어 있는 된장찌개였다. 반찬 몇 개와 고슬고슬한 밥을 놓고 사이에 앉은 둘은 수저를 들고 열심히 밥을 먹었다.

"아, 정말 맛있다. 찌개 한번 먹어봐."

강준이 수저로 된장찌개를 한 수저 가득하게 떠서 세희의 입에 넣어주었다.

어느새 한 그릇을 다 먹은 세희는 포만감이 드는 배를 쓸어내렸다.

"그런데 우리 이렇게 한밤중에 먹어도 돼요? 살찔 텐데."

"살찔 틈이 없을 테니까 부지런히 먹어. 더 먹을래?"

"배불러요. 강준 씨가 더 먹어요."

뒷말을 생략하며 얼굴을 붉히는 세희를 보는 강준의 입가가 쑥 올라갔다.

"그럼 조금만 더 먹어야겠다. 또 힘을 쓸 일이 많을 것 같으니까 말이야."

밥을 조금 더 퍼 와서 된장찌개에 말아먹는 강준의 모습을 흐뭇하게 바라보던 세희가 일어나서 물을 떠왔다.

세희는 벽에 걸린 시계를 쳐다봤다. 벌써 새벽 세 시였다.

'몇 번이었지?'

둘은 지치지 않고 사랑을 나눴다. 떨어져 있었던 시간을 보상이라도 하겠다는 건지, 서로의 뜨거운 몸에서 떨어질 줄을 몰랐다. 엉망이 된 침대로 눈길을 돌린 세희는 속으로 한숨을 내쉬었다.

'하아, 너무 매달렸나.'

귓불까지 빨개진 세희의 얼굴을 감싼 강준이 싱글거리며 물었다.

"무슨 생각해?"

그가 고개를 가로젓는 세희를 다정하게 끌어안았다.

"아무 생각 안 했어요."

"알았어. 얼굴이 더 붉어진다."

둘은 식탁을 치우고 양치를 했다. 세희는 침대 헤드에 기댄 강준의 가슴에 머리를 대고 있었다. 머리를 쓰다듬어주는 그의 손길에 잠이 솔솔 왔다. 강준이 가물거리는 세희의 눈에 입을 맞췄다.

"월요일 날 바로 혼인신고하러 가자. 그리고 빌라로 바로 들어와야 해."

"……."

강준은 대답이 없는 세희의 얼굴을 들어 올렸다.

"왜? 이제 걱정할 필요 없다고 했잖아. 바로 합쳐야지. 이젠 한시도 떨어지고 싶지 않아."

고개를 숙이는 세희의 얼굴을 감싼 그가 불안한 목소리로 물었다.

"왜? ……무슨 일 있어?"

"강준 씨를 믿지만 물어보고 싶은 게 있는데……."

"뭐든지 물어봐."

망설이던 세희는 백화점에서 재경을 만난 일을 얘기했다. 강준이 어이없는 얼굴로 되물었다.

"결혼? 내가 손재경 그 여자랑? 그 말을 믿었어? 결혼은 혼자하나. 그 여자가 널 고통스럽게 하려고 일부러 그런 거야."

"당연히 그 여자 말을 믿진 않았는데 그날 밤에 무서운 꿈을 꿨어요. 빌라에 가서 드레스 룸을 열었는데 내가 강준 씨에게 사준 게 아무것도 없는 거예요. 셔츠도, 속옷도, 양말도요. 흐느끼면서 일어났어요. 그럴 리 없다고 생각하면서도 두려웠나 봐요. 강준 씨가 사라져버리는 건 아닐까 하고요."

"두려워할 필요 없어. 내겐 너뿐이야."

"사실, 정말 두려웠던 건 돈 때문에 내 사랑도 가족도 지킬 수 없다는 거였어요."

"그 돈으로도 우리 사랑을 떼어놓지 못했어. 이젠 아무 걱정하지 말고 내 옆에 있으면 돼."

"그리고요. 할 말이 더 있어요."

세희는 재경이 학원에 압력을 넣은 사실을 차분하게 얘기했다.

"나도 몰랐어요. 결혼 후에도 날 그만두게 하라고 몇 번이나 사람을 보냈대요. 신엽 선배님이 날 지켜준 거예요."

세희의 머리를 쓸어내리던 강준은 파티에서 재경이 한 말을 떠올렸다.

'그 학원 실장이 감싸고 돌잖아. 학원 재벌이라며? 그 여자 머리카락 한 올이라도 건드리면 가만있지 않겠다고 했지? 그 도도하던 윤세희! 그 여자에게 더 좋은 남자를 안겨준 꼴이 된 거야?'

마트에서 세희를 몸으로 가리던 신엽의 모습도 생각났다. 분명히 선배가 아닌 남자로서 세희를 좋아하는 게 틀림없었다. 강준은 세희를 가슴에 더 꽉 끌어안으며 생각에 잠겼다. 어떤 마음으로 세희를 지켰든 신엽에게 신세를 졌고 고마운 건 사실이었다.

"무슨 생각해요?"

강준은 그를 올려다보는 세희의 이마에 살며시 입술을 댔다.

"고마워."

"뭐가요?"

"네 마음 지켜준 거."

"강준 씨도 고마워요."

강준은 세희의 뺨을 쓸어내리며 말했다.

"최신엽 실장님이라고 했지? 선배라고는 하지만 정말 고마운 사람이다. 그렇지 않아도 한번 만나려고 했어. 만나서 고맙다고 해야겠다. 널 지켜줬잖아."

"도움을 많이 받았어요. 고맙다는 말로는 부족한 사람이에요. 그리고 강준 씨, 손재경은 그렇다 치고 어떻게 태진그룹을 친다는 거예요?"

강준이 세세하게 설명을 했다. 설명을 듣던 세희가 물었다.

"정말 효과가 있을까요?"

"걱정하지 마. 틈은 만들 수 있을 거야. 우리만 있는 거 아니야. 이를 갈고 있는 사람들이 많아. 우리 쪽이 일단 조그만 틈이라도 만들어내면 다른 쪽에서 이중장부 조작건과 불법 비자금 조성으로 공격할 거야."

"그런 정보는 철저히 감췄을 텐데요."

강준은 손가락으로 세희의 입술을 막으며 말했다.

"이 얘긴 아무에게도 하면 안 돼. 그 회사에 우릴 돕는 사람이 있어. 태진그룹에게 초기에 당한 업체가 있었는데 그 집안사람이 일부러 들어갔거든. 뛰어난 능력의 사람이라 손 회장 근처에 있을 수 있는 자리까지 올라가 있어. 자료는 그 사람이 빼낸 거야."

"다행이에요."

"그러니까 이젠 다른 걱정하지 말고 예전처럼 살자. 일이 터지면 우리 회사를 신경 쓸 여유도 없을 거야. 그리고 앞으로도 더 이상 휘둘리지 않게 최선을 다할 테니까……."

"언제부터 시작돼요?"

"10일 정도 뒤에. 이젠 걱정 안 해도 돼. 태진그룹이든 손재경이든 발등에 불이 떨어질 테니까. 또 그 여자에겐 아주 많은 이복형제, 자매가 생기게 될 거야. 유산을 놓고 하이에나처럼 덤벼들 형제들이 말이야."

강준은 안도하는 세희의 눈에 입을 맞췄다.

"정말 좋다. 그런데……."

"뭐요? 아앗, 왜 때려요?"

꿀물이 흐를 것 같은 눈으로 세희를 보던 강준이 시트 속으로 손을 넣어 탱탱한 엉덩이를 찰싹찰싹 때렸다.

"윤세희, 다시 말해봐. 내게 뭐라고 했었지?"

"무슨 말이요?"

"이혼해달라면서 한 말."

"흐음."

세희는 방글방글 웃으며 강준의 가슴에 몇 번이나 입을 맞췄다.

"잊어요. 진심이 아닌 거 알잖아요."

"그래도 상처 받았어. 날 사랑하는 게 거기까지라고 했어. 더 이상 바닥으로 떨어지는 것은 못하겠다고. 이럴 줄 알았으면 눈 오는 날 돕지 않고 그대로 지나가버렸을 거라고도 했지. 그긴 인연이 아니었다고 했어. 게다가 이런 말도 했어. 늙고 아픈 시부모까지 모셔야 하는데, 그것도 도저히 못하겠다고 말이야. 제발 놔달라고, 편하게 살게 해달라고 애원했잖아."

"그렇게 하지 않으면 강준 씨가 놔주지 않을 것 같아서 어쩔 수 없었어요. 그래도 미안해요. 마음 아프게 하고 상처 줘서요. 용서해줄 거죠?"

"물론 네가 그런 선택을 하게 만든 내 잘못이 더 크긴 하지만 말이야……."

세희는 말꼬리를 늘이는 강준의 목덜미에 몇 번이나 입을 맞췄다.

"그럼 어떻게 하면 용서해줄 건데요?"

"날 얼마나 사랑하는지 보여줘야지. 평생 동안, 내 사랑하는 아내로 살면서 말이야."

강준은 세희를 안아 그의 몸 위에 올렸다. 겹쳐진 몸을 끌어안고 매끄러운 엉덩이를 쓰다듬었다.

"네 마음을 보여줘."

세희는 달아오르는 강준의 몸 위에서 그의 턱을 쓰다듬으며 말했다.

"언제 강준 씨에게 반했을까 여러 번 생각해봤어요. 아마 처음에 세 번 정도 반한 거 같아요. 눈 속에서 함께 있었을 때부터 이상하게 편했어요. 낯선 남자를 폭설이 내리는 한밤의 도로 위에서 만났는데도 편하고 좋았어요. 그리고 다음 날 강준 씨가 밥 먹으러 내려왔을 때요. 슈트를 벗고 세호의 트레이닝복을 입고 있었죠. 그때 수염을 깎지 못했는지 여기에, 수염이 뾰족뾰족하게 나 있었어요. 그 모습에 왜 그렇게 가슴이 쿵하고 내려앉았는지 모르겠어요.

만져보고 싶었어요. 까칠까칠한 그 느낌을 손가락으로 느끼고 싶었어요."

"이런, 그것도 모르고 나 혼자 안달했잖아."

강준은 웃고 있는 세희의 허리를 확 끌어당겼다. 세희가 엉덩이를 살짝 들어 꽃잎을 뚫고 들어오려고 하는 그의 남성에서 벗어나면서 계속 얘기했다.

"세 번째는요. 엄마가 강준 씨를 따라 나가서 같이 눈을 치우라고 쫓아냈잖아요. 강준 씨는 앞에서 삽으로 눈을 치우고, 난 빗자루로 쓸면서 뒤를 따라갔어요. 그때 이런 생각이 들었어요. 이 남자를 따라다니고 싶다는 생각이요. 강준 씨가 간간이 뒤를 돌아보면서 웃는 데 그게 너무 좋은 거예요."

"윤세희, 그 얘기를 왜 이제야 해. 이미 내게 빠져 있었네. 그럼 서울에 돌아와서 내가 학원에 안 찾아갔으면 어떻게 하려고 했어? 포기하려고 했어?"

세희는 빨개진 얼굴로 강준의 가슴에 손바닥을 대면서 작은 소리로 말했다. 그녀의 얼굴이 점점 빨개졌다.

"기다려도 안 오면 명함준 거 보고 연락하려고 했어요. 밥 사준다고 했으니까 약속 지키라고요."

"하하."

강준이 재빠르게 위치를 바꿔 세희 위로 올라오면서 소리 내어 웃었다.

"윤세희, 이미 넌 그때부터 내 거였네. 그렇지?"

"네. 그러니까 이젠 내가 했던 말은 잊어버려요. 진심이 아니란 거 알았잖아요."

강준은 세희의 얼굴에 계속 입을 맞추며 웃었다. 그의 웃음에
세희도 환하게 따라 웃었다. 강준의 입맞춤이 점점 진해졌다. 양손
으로 가슴을 움켜쥔 채로 뜨겁게 키스했다. 얕은 신음을 흘리던 세
희가 그의 가슴을 밀어냈다.

"강준 씨, 그만요. 새벽이 다 돼가요. 자고 나서 나중에 해요."

"못 참겠어. 미칠 것 같아."

결국 세희는 잠을 포기하고 강준의 등을 끌어안았다.

9장. 살아간다는 건 기적

한낮이 다 돼서야 강준은 따뜻한 세희의 체온을 느끼며 눈을 떴다. 그의 가슴에 안겨 행복한 얼굴로 자고 있는 세희를 들여다봤다. 온몸에 나른한 행복감이 퍼져 나갔다. 그의 입가에 근사한 웃음이 맺혔다. 사랑하는 사람과 함께 있다는 것만으로도 모든 것이 달라 보였다. 가슴속에 가득한 충족감이 찌르르 손끝과 발끝까지 이어졌다.

'행복하다. 정말 행복하다.'

강준은 손가락으로 잠든 세희의 얼굴을 쓰다듬었다. 반응하듯 웅얼거리며 그의 가슴에 바싹 더 안기는 세희의 매끄러운 등을 쓰다듬었다. 가슴이 뭉클해진 강준은 세희의 머리에 입술을 대며 속삭였다.

"사랑해."

혼자 보낸 힘들었던 시간들이 떠오르자, 강준은 다시 세희의 이마에 도장을 찍듯이 입술을 꾹 눌렀다.

"너 없이 살아야 했던 죽을 것 같던 그 하루하루도 이젠 끝났어."

강준은 가만히 눈을 감고 세희의 부드러운 몸을 손으로 쓸어내려갔다. 등뼈를 따라 쭉 내려가던 그의 손이 둥그렇고 탱탱한 엉덩이를 몇 번이나 쓸었다. 터질 듯이 솟아 오른 그의 남성이 어느새 세희의 숲을 찌르고 있었다. 강준은 엉덩이를 뒤로 살짝 뺐다.

밤새 그에게 시달리다가 기절하듯이 잠이 든 세희를 더 재우고 싶었다. 그가 주는 쾌락에 신음하면서도 결국은 졸음이 쏟아지는 눈을 뜨지 못하던 세희의 모습이 떠올라 피식 웃었다.

"더 자고 있어."

강준은 침대를 빠져나오며 세희의 뺨을 쓰다듬었다. 세희가 깰까 봐 조심조심 펜션 밖으로 나온 강준은 크게 숨을 들이마셨다. 산 속의 상쾌한 공기가 몸속으로 들어왔다. 아름다운 나뭇잎들이 봄바람에 살랑거리고 있었다.

"아, 좋다."

강준은 기분 좋은 얼굴로 아버지에게 전화를 했다.

들뜬 목소리의 아버지에게 차분하게 지금까지의 일을 얘기했다. 두 분 어머니와도 간단히 통화를 마치고 홀가분한 얼굴로 서 있는 그에게 펜션 주인이 다가와 인사를 했다.

"상쾌한 날씨입니다. 아침을 안 드셨는데 괜찮습니까?"

"아, 네. 푹 자느라고요. 점심은 한 시간 뒤에 먹을 수 있을까요?"

"네. 본관 다이닝 룸에 차릴까요?"

"아니요, 숙소로 가져다주세요."

한 시간 후, 주인 내외가 일 층의 식탁에 상을 차리는 동안 이 층의 침실로 올라간 강준은 여전히 잠에 취해 있는 세희의 입술을 만졌다.

"세희야, 일어나야지."

돌아눕는 세희의 얼굴을 잡고 깊게 입맞춤을 했다.

"강준 씨, 숨 막혀요."

세희의 얼굴에 웃음이 가득했다. 눈동자가 기쁨으로 반짝이고 있었다.

"점심 먹자. 벌써 한 시야."

"언제 일어났어요? 빨리 깨우지. 배고프죠? 잠깐만요."

급하게 일어나려는 세희를 다정하게 안아 침대에 앉힌 강준이 목욕가운을 입혀줬다.

"밥 준비 다 됐어. 배고플 텐데 먼저 먹고 씻어."

세희는 말끔한 강준을 올려다봤다.

"지금 내 모습 엉망이죠? 거울 좀 보고요."

"아니, 깨물어주고 싶을 만큼 예뻐."

강준은 세희의 가운을 살짝 젖히고 탐스럽게 솟아 있는 가슴에 살짝 입 맞추고는 아쉬운 얼굴로 떨어졌다.

"밥부터 먹자."

둘은 맛있게 밥을 먹고 뜨거운 커피잔을 들고 이 층으로 올라갔다. 둘은 창가의 소파에 앉아 싱그러운 산을 바라봤다. 보는 것만으로 기분이 좋아졌다.

"여기 정말 좋네요. 조금 있다가 산책하러 가요."

"그래. 옆에 개울도 있어."

둘은 딱 붙어 앉아 향긋한 커피를 마시며 오랜만의 여유를 즐겼다. 세희의 말에 귀를 기울이며 웃고 있던 강준이 입을 열었다.

"지금 너무 좋다. 네가 없을 때는 사는 게 정말 버거웠어. 회사 상황이 좋아지고 나서도 죽겠더라. 혼자 식탁에 앉아 앞에 네가 있다고 생각하고 말을 걸곤 했어. 세희야, 다녀왔어. 오늘은 잘 지냈어, 그렇게 혼자 미친 사람처럼 중얼거렸어."

"강준 씨."

강준은 세희를 가슴에 끌어안았다.

"네가 없으니까 사는 게 정말 아무것도 아니었어. 먹고 자고 일하고, 또 자고, 로봇처럼 그냥 그렇게 시간을 흘려보내면서 어떻게 하면 널 다시 데려올 수 있을까, 그 생각에 사로잡혀 있었어."

"강준 씨, 미안해요."

"내가 미안하지."

강준은 그의 허리를 끌어안는 세희를 사랑스럽게 내려다봤다. 그러고는 헝클어진 머리에 손가락을 넣어 쓸어내렸다. 세희의 얼굴 곳곳에 입을 맞췄다.

"윤세희, 사랑해. 우리 이렇게 서로 사랑하면서 살아가자."

"나도 사랑해요."

둘은 서로의 눈을 바라보며 환하게 웃었다. 방글거리던 세희가 갑자기 그의 셔츠를 잡았다.

"왜?"

"옷 검사하려고요."

"무슨 검사?"

"내가 사준 게 맞는지 아니면 다른 여자가 사준 건지요."

"하하, 우리 마누라, 질투하는 거야? 다 벗어줄게. 속옷까지 검사해봐."

"농담이에요. 씻고 올게요."

강준이 일어나려는 세희의 허리를 잡아서 허벅지에 앉혔다.

"할 말이 있어."

"뭔데요?"

"혹시 말이야. 나중에 이상한 말을 듣게 되더라고 의심하지 마."

"이상한 말이요? 뭐요? 혹시 그사이에 바람이라도 피웠던 건 아니겠죠?"

강준은 셔츠의 깃을 세게 말아 쥔 세희의 반응에 싱긋 웃었다.

"손재경을 떼어내려고 좀 바람둥이 행세를 했어. 그러다 보니 어쩔 수 없이……."

"흠."

강준은 심각해지는 세희의 얼굴을 양손으로 감쌌다.

"소문만 무성하게 만들었어. 경호가 그 소문을 부풀려줬고. 그리고 말이야. 또 하나 있는데……."

"이번엔 뭐요"

날카로워진 세희의 목소리에 강준이 주춤했다.

"그게…… 내가 여자를 안을 수 없다는 소문도 일부러 퍼트렸어."

"흐음."

기분이 좋아진 세희가 버튼이 두세 개 풀어진 강준의 셔츠 속의 드러난 가슴을 손으로 쓰다듬었다.

"그게 아니란 건 내가 아니까 됐어요."

세희를 꽉 끌어안은 강준이 목덜미에 얼굴을 묻고 속삭였다.

"그래서 말인데, 우리 빨리 아기 갖자. 부모님과 장모님도 좋아하실 거야."

"그 소문이 사실이 아니라는 것도 알리고요?"

"하하, 그건 덤이지."

"사실은 나도 우리 아기 갖고 싶어요. 하지만 몇 달만 더 있다가요. 이번에 인강 맡은 거 끝내고요."

"인강? 인터넷 강의?"

"네."

세희는 그동안의 일을 설명했다. 강준은 세희의 뺨을 만졌다. 세희가 왜 그렇게 열심히 돈을 벌려고 했는지 알 수 있었다.

"이젠 그런 걱정하지 마. 일하고 싶으면 해. 그게 행복하다면 해야지. 그래도 이번 인강 끝나면 아기 갖는 거다."

"나도 그러고 싶어요."

둘의 입가에 행복한 미소가 걸렸다. 강준은 씻고 나온 세희와 산속까지 이어진 오솔길을 걸었다. 그림처럼 아름다운 길이었다. 양쪽에 펼쳐진 푸르른 나무들 사이로 한낮의 햇살이 보석처럼 쏟아지고 있었다. 가슴속까지 시원하게 하는 초록의 공기를 실컷 들이마시면서 둘은 손을 잡고 끊임없이 이야기를 나눴다.

강준의 묵직한 중저음의 목소리에 귀를 기울이던 세희는 오솔길 바닥의 자잘한 돌들을 밟으며 얼굴 가득하게 퍼지는 웃음을 감추지 못했다. 강준이 곁에 있다는 것만으로 세상은 이미 황금빛이었다. 죽어 있던 심장이 뛰고 간질간질한 웃음이 온몸을 돌고 있었다. 세희는 나뭇잎 사이로 쏟아지는 햇살을 올려다봤다. 가늘게 뜬 눈 속으로 강렬한 빛의 입자들이 몰려들었다. 웃음이 났다. 가슴을 가득하게 채우고 있던 웃음이 그녀의 아름다운 입술 밖으로 튀어나왔다.

강준과 눈이 마주친 그녀가 소리 내어 웃었다. 강준의 웃음도 겹쳐졌다. 세희는 계속 터지는 행복한 웃음을 멈추려고 손으로 입을 막았다. 그런 그녀의 손을 떼어낸 강준이 뜨겁게 키스했다. 청명한 파란 하늘과 싱그러운 초록의 나무들 사이에서 둘은 서로에게 더 깊이 빠져들었다.

재경은 운전 중인 은영을 힐끗 쳐다봤다. 평소의 인자한 모습과는 달리 엄한 얼굴의 그녀가 낯설게 느껴졌다. 그런 은영의 옆모습이 어쩐지 슬퍼 보였다. 재경은 낮은 소리로 은영을 불렀다.

"엄마, 어디 가는 거야?"

"가보면 알아. 네가 어렸을 때 몇 번 엄마랑 같이 갔던 곳이야."

한참을 더 달려 둘은 북한강의 한적한 장소에 다다랐다. 수풀이 있는 곳에 차를 세운 은영이 트렁크에서 돗자리와 작은 박스를 꺼내왔다.

"저리로 가자."

강가에 돗자리를 편 은영은 소주병을 꺼내 술잔에 따랐다. 술을 강물에 부으면서 가라앉은 목소리로 말했다.

"아버지, 어머니, 저 왔어요. 그곳에서 잘 지내고 계시죠? 두 분 싸우지 마시고 늘 웃고 행복하게 지내세요. 저 걱정은 말고요. 찬영이도 미국서 가족과 화목하게 잘 살고 있어요. 그러니 편하게 지내세요."

은영은 싸 가지고 온 음식을 조금씩 떼어내서 강물에 흘려보냈다. 옆에서 은영을 지켜보던 재경이 흐르는 강물을 바라보며 말했다.

"엄마, 여긴 외할아버지와 외할머니를 화장하고 유해를 뿌렸다는 곳이잖아."

"그래. 네가 어렸을 때 몇 번 왔었지. 기억하는구나."

"엄마랑 몹시 추웠던 날에 왔던 기억이 나. 그런데 갑자기 이곳엔 왜……."

"앉자."

재경은 은영을 따라 돗자리에 앉았다. 은영이 강물을 바라보면서 말했다.

"엄만 힘들 땐 이곳에 오곤 했어. 하염없이 강물을 보고 있었지. 외할머니가 있는 저 곳으로 가고 싶은 마음을 억눌러 참을 때가 많았단다."

"엄마."

"이미 너도 짐작하고 있을 테니까 말할게. 네 아빠와 처음엔 행복했어. 네 오빠들도 나를 잘 따랐고 다른 사람들의 부러움의 대상이 됐었어. 일개 비서가 그런 자리까지 올라간 거에 대한 시기와 질투도 있었지만 다들 부러워했지."

은영의 이야기가 이어졌다. 재경은 처음으로 마음을 털어놓고 애기하는 그녀의 말에 귀를 기울였다.

은영의 시선이 먼 곳으로 향했다. 그녀는 손 회장이 처음에 작은 회사를 경영하고 있을 때부터 비서로 있었다. 결혼해서 그런대로 잘 살아가던 손 회장의 아내가 쌍둥이 형제를 낳고 젊은 나이에 갑자기 세상을 떠나갔다. 30대 초반에 아내를 잃은 손 회장은 백일도 채 되지 않은 아이들을 어떻게 돌봐야 할지 몰라 우왕좌왕했다. 보모를 구했지만 아이들은 수시로 아프고 문제가 생겼다. 울음을 그치지 않고 보채는 아이들에 지친 보모들이 더 많은 월급을 준다고 해도 며칠 못 가서 그만두었다. 그럴 때마다 은영과 다른 비서인 지은이 한밤중에 병원에도 데려가고 분유를 먹이고 예방접종을 하러 다녔다.

재경에게 눈길을 돌린 은영이 화사하게 웃었다.

"그러면서 난 네 오빠들을 사랑하게 됐어. 분유 냄새가 나는 조그맣고 따뜻한 그 아이들이 얼마나 예뻤는지 몰라. 모유를 먹고 따뜻한 엄마의 품에서 행복하게 커야 할 갓난아기들에게 분유를 먹이는데…… . 많이 힘들었지. 지금도 네 오빠들의 식성이 좀 까다로운 편이지? 아기 때도 잘 먹지 않으려고 했어. 잠도 선잠 자듯이 자고 울면서 깨어나고 말이야. 그래도 내 눈에는 재윤이와 재희가 너무 예쁜 거야. 가슴에 품고 분유를 먹이면서 노래를 불러주면 조그만 손으로 날 만지곤 했어. 그리고 방긋방긋 천사처럼 웃었단다."

재경은 은영의 손을 잡았다. 우연한 기회에 그녀도 오빠들이 친오빠가 아니란 걸 알게 됐었다. 그렇지만 몹시 사이가 좋은 남매로

자라서인지 그런 사실이 별 문제가 되지는 않았다. 은영의 말이 이어졌다.

"보모들이 힘들다고 자꾸 그만두는 바람에 결국 네 아빠가 우리에게 쌍둥이들을 몇 달 동안만 돌봐달라고 한 거야. 물론 월급은 배로 주겠다고 했지. 그렇잖아도 정이 든 상태라 난 기쁘게 받아들였어. 하지만 그래도 쉽지는 않았지. 밤낮이 바뀐 아이들 때문에 늘 졸리고 피곤했어. 또 안아서 재워줘야 잠을 잤어. 지금도 생각이 나."

은영의 입가에 웃음이 번졌다.

"일밖에 모르는 사람이었던 네 아빠가 아이들을 안고 어떻게 할지 몰라 쩔쩔매면서도 핏줄이라 그런 건지 참 예뻐했어. 늦게 들어와도 자는 아이들의 모습을 보고 자러갔지. 기저귀를 갈아보겠다고 하던 모습도 생각이 나네. 참 서투른 아빠였지."

"엄마, 오빠들이 예뻐서 아버지의 프러포즈를 받아들인 거야?"

"아니, 그것만은 아니야. 그때 네 아빠를 좋아하게 됐어. 네 아빠도 그랬고."

은영은 쓸쓸하게 웃었다. 손 회장의 프러포즈를 받아들여 몇 년은 행복하게 지냈다. 그 몇 년의 행복한 기억 때문에 나중이 더 힘들었는지도 몰랐다. 그녀의 얼굴이 어두워졌다. 기억하기 싫은 과거들이, 이제는 자유로워졌다고 생각하고 있는 과거들이 영상처럼 눈앞을 지나갔다.

가장 크게 배신감을 느낀 것은 지은과 손 회장의 관계를 알고 나서였다. 은영이 재경을 가져 만삭이었을 때 지은이 찾아왔다. 몇 달 전부터 따로 살림을 차려줬다는 얘기에 거의 실신할 지경이었다. 은영은 부푼 배를 안고 이를 악물었다. 무거운 몸으로 짐을 싸는 그녀에게 어린이집에 갔다 온 재윤과 재희가 달라붙어 그녀의 다리를 잡고 애처롭게 울었다.

'엄마, 엄마. 어디 가? 우리 두고 가지 마.'

'히잉, 엄마를 따라갈래. 엄마, 엄마.'

결국 그 소리에 주저앉았다. 아무것도 모르는 아이들이 흘러내리는 그녀의 눈물을 조그만 손으로 닦아주며 함께 울었다. 그리고 미안해하는 손 회장에게 번쩍거리는 비싼 보석 세트를 선물로 받았다. 그다음 날, 만삭의 몸을 이끌고 이 강가에 왔었다. 울다 지쳐 의식 없이 물속에 발을 넣는 그녀의 정신을 차리게 해준 것은 배 속의 재경이었다. 발길질을 계속 해댔다. 살고 싶다고, 이러지 말라고 말하는 것 같았다.

과거의 생각에서 빠져나온 은영은 크게 한숨을 내쉬었다.

"재경아, 네가 날 살렸어. 그 후로도 몇 번이나 이 강물에 발을 담갔다. 그럴 때마다 내가 생모가 아니란 것을 알게 됐어도 여전히 엄마로 여기고 사랑해주는 네 오빠들과 내 생명 같은 딸인 네 생각에 발길을 돌렸지. 그렇게 시간이 흐르고 여기까지 왔단다."

"엄마."

재경은 은영을 다정하게 안았다. 아픈 눈물이 흘러내렸다. 재경도 짐작하고 있었다. 왜 은영이 이렇게 속에 숨겨두었던 얘기를 꺼내는지.

은영이 재경의 눈물을 닦아주며 말했다.

"우리 딸, 엄마가 얼마나 사랑하는 줄 알지? 너와 네 오빠들이 내가 사는 이유였어. 너희들이 행복하면 나도 행복했고, 너희들의 눈에서 눈물이 흐르면 난 피눈물을 흘렸어."

"엄마, 미안해……. 정말 미안해."

은영은 재경의 머리를 쓰다듬었다.

"재경아, 지금까지 엄마가 네 아빠의 여자들에게 얼마나 수모를 당했는지 이젠 너도 알고 있지. 그걸 알고 네가 잠실에 사는 여자 집에 쳐들어가 난리를 쳤어."

은영은 눈물을 펑펑 쏟는 딸의 등을 쓰다듬었다.

"재경아, 그런 네가, 엄마 때문에 가슴 아파하던 네가 왜 다른 사람의 가정을 깬 거야? 그건 어떤 변명과 핑계로도 안 되는 거야. 그런 일은 저지르면 안 돼. 그건 범죄야."

"……강준 씨를 만나기 전까진 그런 생각을 해본 적이 없었어. 그런데 그 사람이 너무 탐이 났어. 내가 그 여자, 윤세희보다 강준 씨를 먼저 만났는데……."

"하지만 그건 네 감정이야. 그 남자는 널 쳐다보지도 않았다고 했잖아."

"그래서 더 애가 탔어. 아버지와 다른 사람이었어. 여자들에게 눈길을 주지 않는 사람이었어. 강준 씨는 결국 모든 조건에서 우월한 내 남자가 될 거라고 생각했어. 그런데…… 강준 씨가 윤세희만 바라봤어. 너무나 다정한 눈길로, 꿀물이 흐를 것 같은 눈길로 말이야. 내게는 얼음 같았던 남자가 그 여자에게 미쳐 있는 걸 보니, 갈라놓고 싶었어. 그게 잔인하다는 것을 알면서도 멈출 수가 없었어. 평생 내 남자로 만들고 싶어서……."

재경은 은영의 어깨에 기대 울었다.

"엄마, 내가 잘못한 거 알아. 그런데 알면서도, 마음이 너무 거세게 그 사람에게 흘러갔어. 그래서 아버지가 쓰는 비열한 방법을 쓰고 말았어. 막다른 길로 몰아넣고 손을 내밀었어. 아버지처럼, 그렇게 비열하고 잔인하게……."

재경의 말에 은영의 한숨이 깊어졌다.

"이 일을 어쩌면 좋아. 재경아, 네 마음이 사랑하는 그 두 사람에게는 폭력이야. 그 둘이 얼마나 힘들었을지, 또 그 가족들은 어땠을지, 생각해봐. 네 감정 때문에 다른 사람들은 불행해야 해? 그렇다면 엄마를 몰아내고 이 자리를 차지하려고 온갖 술수를 다 꾸미고 날 모략까지 한 지은이라는 여자와 똑같아. 넌 원래 그런 애 아니잖아. 내 배 속에 열 달을 품고 있었어. 그러니 이 엄마가 널 알지. 사죄하자. 그 두 사람에게 사죄하고 또 사죄하자. 용서받지 못하더라도 진심으로 사죄해야 해."

"엄마, 제발!"

재경은 단호한 은영의 눈빛에 고개를 떨어뜨렸다. 분노에 떨던 강준의 말이 귓가에 생생했다.

'내 아내를 당신이 무슨 자격으로? 돈 많은 아버지를 둬서 모든 게 당신 것처럼 보입니까? 남의 남자도 회사도, 다른 사람들의 인생도 손에 쥐고 있다고 생각했습니까?'

"흐흑, 흐흑."

재경은 눈물을 뚝뚝 흘리며 울었다.

그게…… 강준 씨가 내게 가장 길게 말한 얘기였어.

강준의 분노에 찬 모습과 경멸이 가득한 목소리가 머릿속을 헤집고 다녔다. 울음이 멈춰지지가 않았다.

"한 번이라도, 단 한 번이라도 그 사람이 날 있는 그대로 봐줬으면 얼마나 좋을까 생각하고 또 생각했어. 이렇게 나쁜 년이 되어버린 내가 아니라 그 이전의 모습을 말이야. 그랬더라면 여기까지 오지 않았겠지. 아프더라도 마음에서 도려낼 수 있었을 거야. 보내…… 줄 수 있었을 거야."

하염없이 흐느끼는 딸의 어깨를 은영이 감쌌다.

"재경아, 네가 한 짓은 용서받을 수 없어. 그래도 사죄하는 것밖에는 방법이 없어. 예전의 너로 돌아갈 거라는 걸 아니까 엄마는 널 믿을게.

은영은 한없이 우는 재경의 눈물을 닦아주며 고개를 끄덕였다. 따뜻하게 딸을 끌어안은 그녀의 얼굴이 어두웠다. 유유히 흐르는 강물을 바라보며 생각에 잠겼다.

'사는 게 정말 어렵구나.'

하루를 더 머물다가 일요일에 펜션을 나와 한참을 달려 서울로 들어선 강준은 갓길에 차를 세우고 설핏 잠이 든 세희를 바라봤다. 불편해 보이는 세희의 고개를 바로해주고 시트를 뒤로 살짝 젖혔다. 차의 속도를 내면서 즐겨듣는 음악을 틀어 볼륨을 낮췄다. 작은 소리로 노래를 따라 흥얼거리는 그의 얼굴에 웃음이 넘쳐났다.

강준은 세희의 부드럽고 따뜻한 손을 살짝 쥐고는 다시 차를 몰았다. 차장 밖으로 스쳐 지나가는 서울의 가로수들이 온통 싱그러운 초록빛이었다. 금요일 밤에 세희를 만나기 전까지 한 가닥 빛줄기조차 없는 어둠속으로 끝없이 가라앉고 있는데 세희와 함께 있는 지금의 세상은 온통 빛이 가득한 싱그러운 초록의 세상이었다.

"흐흠."

그의 입에서 기분 좋은 소리가 새어 나왔다. 몸과 마음이 마치 부풀어 오른 풍선처럼 들뜨고 만족스러웠다. 횡단보도 앞에 멈춰 신호를 기다리면서 강준은 몸을 숙여 세희가 하고 있는 목걸이를 만졌다. 그가 처음으로 선물해준 그 목걸이였다. 여전히 세희는 그것을 목에 걸고 있었다. 강준은 빨개지는 눈을 신호등으로 돌렸다.

'세희야, 그렇게 넌 여전히 날 사랑하면서 기다리고 있었던 거겠지? 그 목걸이를 하고서 말이야.'

어느새 차가 빌라의 주차장에 도착했다. 강준의 부드러운 손길에 눈을 뜬 세희가 하품이 나오는 입을 손으로 막으며 민망한 표정으로 웃었다.

"자꾸 졸려요. 그런데 벌써 다 왔어요?"

"나 때문에 잠을 못 자서 그렇지. 들어가자."

세희는 차 문을 열고 나와 강준을 바라봤다.

"여긴 빌라잖아요. 내 오피스텔로 일단 가야 해요. 옷도 갈아입어야 하고 내일 출근하려면 그게 편해요."

"나 혼자 집에 들어가기 싫어서 그래. 일단 같이 들어가자."

세희는 강준이 내민 손을 잡았다. 비밀번호를 누르고 문을 여는 강준의 손을 잡고 현관에 들어선 세희의 눈가에 눈물이 맺혔다. 다시는 이 집에 못 올 줄 알았다. 그와 그녀의 천국인 이곳이 너무 그리웠었다.

세희의 눈가에 눈물이 그렁그렁 맺혔다. 물기 어린 목소리로 강준을 불렀다.

"강준 씨."

강준이 그녀를 따뜻하게 안아주며 등을 쓸어내렸다.

"그동안 힘들었던 만큼 우리 더 행복하게 살자. 이젠 한시도 떨어지지 말고."

"우리 이젠 떨어지지 말아요."

"네가 놀랄 일이 있는데?"

"뭔데요?"

"키스해주면 알려줄게."

"강준 씨, 이럴 거예요? 빨리 말해요."

"이게 먼저라니까."

세희는 부드럽게 들어오는 강준의 혀를 받아들였다. 꽉 끌어안은 채로 둘은 달콤한 키스를 나눴다.

"누나, 안 들어오고 뭐해? 기다리다가 지친다."

"헉! 세호야, 뭐야?"

중문을 벌컥 열고 나타난 세호의 모습에 세희가 기겁을 했다. 세호의 뒤로 여러 얼굴들이 나타났다.

"엄마!, 아, 아버님, 어머님."

"허어, 그건 나중에 하고 어서 들어와라. 우리 아가 얼굴 좀 보자."

강준은 싱글거리며 세희를 번쩍 안아서 거실로 데려갔다.

"내려줘요. 강준 씨!"

버둥거리는 세희의 입술에 쪽, 소리가 나게 입을 맞춘 강준이 귀에 속삭였다.

"가만있어. 안 그러면 키스 세례를 퍼부을 거야."

강준은 얼굴이 빨개진 세희를 거실의 소파에 앉히고 박 사장에게 말했다.

"아버지, 그렇게 보고 싶어 하던 며느리 데려왔습니다."

"아가, 우리 새아가, 강준이에게 전화로 얘기 들었다. 그동안 얼마나 힘들었어?"

박 사장이 세희의 손을 다정하게 잡았다. 옆에 앉아 있던 영란도 그녀의 다른 손을 잡아줬다.

"아가, 고맙구나. 다시 이렇게 우리에게 돌아와줘서."

"어머니, 죄송합니다."

"뭐가 죄송해? 그런 줄도 모르고……. 아가, 미안하구나."

"어머니."

세희는 박 사장과 영란의 따뜻한 환대에 눈물을 글썽였다. 세희와 강준을 흐뭇하게 바라보고 있던 희정도 몰래 눈물을 훔쳤다. 희정이 싱글벙글 웃고 있는 강준의 등짝을 때렸다.

퍽퍽.

"아얏, 장모님, 아이구, 힘도 좋으십니다."

강준은 호되게 등짝을 때리는 희정에게 아픈 표정을 지으며 웃었다. 감정이 격해진 희정이 흥분한 얼굴로 말했다.

"박 서방, 얼마나 보고 싶었는지 아나? 그동안 마음 졸인 거 생각하면 정말 등짝에 불이 나도록 때려주고 싶네."

"때려주세요. 어머니, 죄송했어요. 저도 많이 보고 싶었어요. 어머니도, 우리 하나밖에 없는 처남도요. 앞으로 더 잘할게요."

박 사장이 둘의 모습을 보고 허허 웃었다.

"하하. 사부인, 못난 우리 아들을 너 때려도 됩니다."

"이런, 제가 감정이 앞서서 실례를……. 사돈어른, 사부인, 죄송합니다.”

죄송하다면서도 기분 좋게 웃고 있는 희정에게 영란이 활짝 웃으며 말했다.

“한 식구 같아 더 좋아 보여요.”

세희와 강준을 유심히 보고 있던 세호가 웃음을 참으며 말했다.

“매형, 누나, 옷부터 갈아입고 와야겠어. 옷이 꼬질꼬질해. 금요일에 가서 이제 오는 거잖아.”

세희와 강준의 모습을 자세히 본 희정이 말을 이었다.

“그래, 세희야, 네 오피스텔의 짐을 다 가져와 정리해놨어. 화장품하고 나머지도 다 가져왔으니까 확인해봐. 천천히 옷 갈아입고 나와. 이미 저녁은 우리가 다 준비해놨어.”

세희는 기뻐하면서도 눈물을 글썽이는 희정의 손을 잡았다.

“엄마, 미안해. 그동안 나 때문에 많이 속상해한 거 알아.”

희정이 딸의 손을 토닥였다.

“세희야, 엄마에게는 말했어야지. 우리 딸, 그동안 얼마나 힘들었을까. 그래도 이렇게 다시 둘이 있는 모습을 보니까 얼마나 좋은지 모르겠다. 이젠 더 행복하게 살면 되는 거야. 어서 들어가서 옷 갈아입고 와.”

방으로 들어가는 행복해 보이는 딸과 사위 모습에 희정의 표정이 한층 더 밝아졌다.

침실에 들어온 세희는 드레스 룸과 화장대를 살폈다. 모든 것이 가지런히 정리되어 있었다. 뒤에서 그녀를 껴안은 강준에게 거울 너머로 물었다.

“어떻게 된 거예요?”

"토요일 날 장모님과 어머님께 전화를 드렸어. 재결합할 테니까 짐 좀 옮겨달라고도 부탁드렸지. 이야기 듣고, 두 분이 너무 좋아하셨어."

"뭐라고 하시지 않으셨어요? 맘대로 이혼하고 또 재혼하겠다니 경솔하게 생각하실지도 몰라요."

"두 분 어머니는 이유도 묻지 않고 좋아하시더라. 그래서 먼저 아버지께 사실대로 말씀 드렸지. 손재경의 일과 네가 겪은 일도 다 털어놨어. 마음이 아프시겠지만 사실대로 아시는 게 가장 좋다고 생각했어. 그래도 아버지가 두 분 어머니에게 더 순화해서 잘 이야기해주시겠다고 했으니까, 두 분도 이미 모든 일을 알고 계실 거야."

강준은 세희의 목덜미에 입을 맞추며 속삭였다.

"너와 한시라도 떨어져 있을 자신이 없어서 부탁한 거야. 세희야, 함께 있으니까 정말 좋다."

강준이 세희를 돌려 세웠다. 이렇게 다시 함께 있다는 것이 꿈만 같았다. 발그레해진 얼굴로 그를 올려다보는 세희의 입술을 머금었다. 달콤한 즙을 빨아마시듯이 그녀의 혀와 숨소리를 삼켰다. 주말 내내 수없이 사랑을 나눴는데도 몸이 다시 미친 듯이 반응했다. 강준은 타오르는 몸의 반응을 삭이며 세희에게서 힘들게 떨어졌다.

"하아, 참아야겠지."

"옷부터 갈아입어요. 저녁 먹어야죠."

세희는 드레스룸에서 강준의 속옷과 옷을 꺼내 건네줬다. 세희의 허리를 한 팔로 안은 강준이 옷을 다시 내밀었다.

"네가 해줘."

"이러다 애기가 되겠어요."

"오랜만이잖아. 해줘."

세희는 재빨리 옷을 벗고 나신으로 서 있는 강준을 보면서 얼굴을 붉혔다. 결혼 후에 여러 번 입혀주긴 했지만 떨어졌다가 다시 만나서인지 이제 막 결혼한 신혼부부처럼 모든 게 설레고 부끄럽기도 했다.

세희는 무릎으로 앉아 강준을 올려다보며 말했다.

"다리 들어요."

"어느 다리? 자세히 봐. 이미 들었어."

강준의 시선을 따라간 세희가 그의 허벅지를 힘껏 때렸다. 흥분으로 터질 듯이 커진 남성에 강준의 시선이 가 있었다.

"강준 씨, 정말 이럴 거예요? 이러면 안 입혀줘요."

"흠, 난 이 다리를 말하는 줄 알았지."

"이번엔 진짜 다리를 들어요."

다리를 하나씩 드는 강준의 얼굴에 웃음이 가득하게 번져나갔다.

"그 말은 안 해줘?"

"뭐요"

"섹시하다고 했었잖아."

그에게 바지를 입히고 셔츠의 버튼을 잠그던 세희가 쿡쿡 소리 죽여 웃었다.

"섹시해요. 목소리도, 숨소리조차도 섹시해요."

"역시 듣기 좋은 말이야. 네게 평생 그 말을 들으며 살고 싶다."

"평생 해줄게요."

"배 나온 아저씨가 돼도?"

"할아버지가 돼도요."

"너도 내겐 그런 사람이야. 네 옷은 내가 입혀줄게."

"그만 나가요. 다들 이상하게 생각할 거예요."

세희가 미적거리는 강준의 등을 밀고 있을 때, 세호의 목소리가 들렸다.

"누나, 언제까지 기다려야 해? 배고파. 빨리 나와라."

"으응, 지금 나갈게."

강준을 먼저 내보낸 세희는 재빠르게 옷을 갈아입고 나갔다. 양가가 모인 식탁은 그 어느 때보다도 활기가 넘쳤다. 박 사장이 맛있는 냄새를 솔솔 풍기는 요리들이 가득한 식탁에 둘러앉은 가족들을 흐뭇하게 바라봤다. 젓가락을 들며 희정에게 말했다.

"사부인, 이렇게 식탁에 가족이 꽉 차게 앉아 있으니 정말 흐뭇합니다. 우린 강준이 외아들이라 셋이 모여 같이 밥을 먹기도 힘들었어요. 거의 아내와 둘이 식사를 했죠."

"저도 좋네요. 이렇게 둘이 나란히 앉아 있는 모습을 보니 얼마나 좋은지……."

목소리가 잠기는 희정의 손을 영란이 토닥여줬다.

"사부인, 이제는 걱정 없어요. 앞으론 행복할 일만 있을 거예요."

"그래요, 그래야죠."

재결합을 기념하며 모두 와인으로 건배를 했다. 두런두런 얘기를 나누는 가족들의 얼굴에 웃음꽃이 피었다. 먹음직스러워 보이는 갈비를 접시에 덜어 한 입 베어 물던 세희는 어느새 그녀 접시에 수북하게 갈비를 가져다놓고 있는 강준의 허벅지를 만지며 속삭였다.

"그만 주세요. 다 못 먹어요."

"많이 먹어. 고기가 부드럽고 맛있다. 다른 것도 줄까?"

"알아서 먹을게요. 다들 봐요. 그만요."

다정한 아들 내외의 모습에 기분이 좋아진 박 사장이 흐뭇한 얼굴로 몇 잔이나 와인을 더 마셨다.

저녁을 먹고 차를 마신 후에도 화기애애한 분위기에서 웃음소리와 애기 소리가 끊임없이 이어졌다. 슬며시 시간을 확인한 강준이 박 사장과 영란을 바라봤다.

아들의 집요한 시선과 마주친 박 사장이 세희를 보며 말했다.

"아가, 와인을 마셨더니 술기운이 오르는구나."

"아버님, 여기서 주무시고 가세요."

"그래도 될까?"

박 사장이 강준에게 시선을 돌리며 물었다. 강준이 마지못해 대답했다.

"그렇게 하세요."

"그럼 그렇게 해야겠다. 아가, 넌 오랜만에 친정 엄마와 자도록 해라. 그동안 네 걱정에 얼마나 속을 끓였겠어. 그리고 당신도 같이 자요. 여자들끼리 털어놓고 얘기도 나누고."

영란이 아들의 눈치를 살피다가 박 사장에게 물었다.

"당신은요?"

"난 우리 아들과 사돈총각하고 자고 싶네. 사돈총각, 그래도 되겠나?"

"전 좋습니다."

세호가 흔쾌히 대답했다.

세희는 두 개의 게스트 룸 중에서 넓은 게스트 룸에 남자들의 잠자리를 준비했다. 옆에서 계속 불퉁거리는 강준이 한숨을 푹푹 내쉬었다.

"아버지는 왜 눈치 없이 이러시는 건지 모르겠어. 우린 다시 신혼이나 마찬가지인데 말이야."

"이렇게 양가 가족이 자는 것도 의미가 있잖아요. 정말 이러기가 쉽지 않죠. 엄마와 세호도 아마 좋아할 거예요."

강준은 세희의 허리를 양팔로 안고 이마에 입을 맞췄다.

"우리 다시 만난 지 이틀밖에 되지 않았잖아. 더 같이 있고 싶다."

"내일부터 실컷 같이 있을 수 있어요. 오늘만 좀 참아요."

씻고 나온 세희는 안방에서 희정과 영란 사이에 누웠다. 영란이 들뜬 목소리로 말했다.

"사부인, 정말 좋네요. 이렇게 며느리와 사부인과 자게 되다니요. 자식이라곤 아들 하나밖에 없어서 이런 경험이 없어요. 마치 세희가 딸같이 느껴져요."

"우리 세희를 예뻐해주시니 저도 얼마나 좋은지 몰라요."

희정과 영란의 소곤거리는 얘기를 듣는 세희의 눈이 점점 감겼다. 세희의 손을 잡은 두 사람도 가물거리는 눈을 감았다. 모두에게 행복한 밤이었다.

어둠 속에서 눈을 깜박거리고 있던 강준은 자고 있는 박 사장과 세호의 숨소리를 가만히 확인했다. 겨우 다시 만난 세희와 따로 잘 수는 없었다. 살며시 일어나 세희가 자고 있는 방문 앞으로 가서 서성거렸다. 살짝 문을 열고 모기만 한 소리로 세희를 불렀다.

"세희야, 세희야."

강준이 한참을 불러도 안방에서는 인기척이 없었다. 강준은 문을 약간 더 열고 소리를 죽여서 세희를 불렀다.

"세희야."

강준의 부름에도 미동 없이 깊은 잠에 빠져 있던 세희는 희정이 다리를 배에 턱 올리는 바람에 헉 소리를 내며 깨어났다. 희미하게 강준의 목소리가 들렸다.

"세희야."

세희는 희정의 다리를 옆으로 치우고 살며시 일어나 밖으로 나갔다. 급하게 손을 잡은 강준이 그녀를 구석에 있는 다른 게스트 룸으로 데려갔다.

"같이 자자. 도저히 혼자는 못 자겠다."

"다른 사람들이 알면 어떡해요?"

"이해해주실 거야."

"그래도요."

강준은 세희의 허리를 다정하게 끌어안으며 이마에 입을 맞췄다.

"자려고 하는 데 잘 수가 없더라. 이게 혹시 꿈은 아닌지, 정말 네가 있는지 확인하고 싶었어. 예전처럼 내 품에서 새근거리며 자는 네 숨소리를 들어야 실감이 날 것 같았어."

"강준 씨. 나 여기 있어요. 그러니 이제 불안해하지 말아요."

세희는 강준의 뜨거운 키스를 열정적으로 받아들였다. 둘은 재빨리 옷을 벗었다. 세희의 가슴을 물어뜯을 듯이 빨던 강준이 신음을 흘렸다.

"하아, 아아."

"우리 너무 많이 하는 거 아니에요?"

"오래 떨어져 있었잖아. 네가 얼마나 그리웠는지 몰라."

강준은 부드러운 세희의 가슴을 입 안에 가득하게 넣고 빨아 당겼다. 저절로 신음이 나왔다.

"아아, 좋다."

"조용, 조용히요. 아무 소리도 내지 마요."

다시 둘의 입술이 격렬하게 겹쳐졌다. 뜨겁게 달아오른 몸이 틈이 없이 겹쳐졌다. 벽에 등을 대고 있던 세희는 강준의 남성이 수풀과 꽃잎을 비비며 자극할 때마다 그의 등을 긁으며 신음을 참았다. 아래에서 일기 시작한 뜨거운 불길이 혈관을 타고 미친 듯이 온몸을 빠르게 돌고 있었다. 거칠어진 강준의 숨소리와 새어 나오는 신음을 입 안에서 빨아들였다. 그의 입술이 길고 새하얀 목덜미를 타고 내려갔다. 탱탱한 가슴에 이를 박은 강준이 거칠게 깨물었다.

"하아, 하아."

세희는 가슴에서 타고 올라오는 쾌감에 몸을 떨었다. 강준의 머리를 세게 잡아당기면서 터져 나오는 신음을 급하게 삼켰다. 강준은 손으로 세희의 아래를 만졌다. 이미 흥분으로 달콤한 물이 흘러나와 촉촉하게 젖어 있었다.

"아아, 못 참겠다."

강준은 세희를 안고 바로 침대로 가서 조심스레 내려놨다. 뜨거운 세희의 안으로 들어가서 하나가 되고 싶은 생각밖에 없었다. 흥분한 목소리를 억누르며 속삭였다.

"소리만 죽이면 돼."

"강준 씨, 잠시만요."

세희는 강준의 위로 올라갔다. 터질 듯이 부풀어 올라 있는 강준의 남성을 불같이 뜨거워진 그녀의 속의 끝까지 받아들여 넣었다. 신음을 참느라 힘들어하는 강준의 위에서 엉덩이와 허리를 유연하게 움직이기 시작했다.

"아이고야, 사부인, 정말 재치가 있으세요."

"그럼 어쩝니까? 우리 나이에 귀가 밝은 것이 문제지요."

엄지를 척 올리는 영란의 모습에 희정이 새어 나오는 웃음을 간신히 참으며 말했다. 설핏 잠이 들었다가 강준의 목소리에 둘은 잠에서 깼다. 하지만 아는 체 할 수가 없어 눈을 감고 세희가 일어나기를 기다렸다. 하지만 깊은 잠에 빠진 건지, 세희는 꿈쩍을 하지 않았다. 보다 못한 희정이 잠버릇인 것처럼 다리를 세희의 배에 세게 걸쳐서 깨웠다. 세희가 일어나 나갈 때까지 웃음을 참느라 얼굴을 베개에 박고 자는 척하던 희정은 숨이 막혀 죽을 뻔했다.

"하여튼 둘이 보기 좋네요. 사부인, 그렇죠?"

희정의 말에 영란이 고개를 몇 번이나 끄덕이며 대답했다.

"암요. 얼마나 보기 좋아요. 저런 둘이 떨어져 살 뻔했으니, 생각만 해도 정말 끔찍해요.”

“저도 그래요.”

앉아 있던 둘은 느긋한 마음으로 다시 자리에 누웠다. 영란이
생각났다는 듯이 말했다.

“사부인, 내일 바로 집으로 가지 말고 같이 점심도 먹고 영화도
봐요.”

“바쁘실 텐데. 마음만으로도 고마워요.”

“우리 자주 만나서 친구처럼 지내면 좋겠어요. 이렇게 마음이
맞고 나이도 비슷하고요. 사실 남편이 회사가고 나면 말할 사람도
없어요. 일하는 사람들과 이런저런 말을 나누기도 그렇고, 사교 모
임도 있고 친구도 몇 있지만 마음속 이야기는 잘 못해요. 근데 사
부인에게는 뭐든 말할 수 있을 것 같아요. 같이 스파도 가고요. 사
부인, 그렇게 해요. 네?”

영란의 진심이 담긴 말에 희정이 웃으며 대답했다.

“그럼 그렇게 해요. 자식을 나눠 가진 사이니 이보다 더한 인연
이 어디 있겠어요? 저도 사부인과 사돈을 처음 봤을 때부터 마음
에 쏙 들었답니다. 물론 박 서방이야 말할 필요도 없죠. 처음 본 순
간부터 사위로 찜했었지요.”

“역시 화통하시네요. 저도 그랬어요. 세희가 얼마나 예쁜지 몰
라요. 우리 모두 인연이 이어져 있었나 봐요.”

둘은 친구처럼 다정하게 얘기를 나눴다. 한참 지나 졸음이 쏟아
지는 눈을 감으며 희정이 말했다.

“사부인, 손주가 생기면 얼마나 예쁠까요? 생각만 해도 흐뭇해
요.”

"엄마, 아빠를 닮아 정말 예쁠 거예요. 아들이든 딸이든 올해 안에 안아봤으면 소원이 없겠어요."

"그럼 우리 태몽을 꿀까요? 아마 올해 안에 할머니가 될 것 같으니 우리도 준비해야죠."

꿈에 부푼 둘은 서서히 다시 잠 속으로 빠져들었다.

10장. 너의 흔적, 너의 의미

며칠 후, 세 번째 타임의 강의를 마치고 나온 세희는 사무실의 책상에 앉아 손가락을 쫙 폈다. 강준이 다시 끼워준 커플링을 만지작거리며 슬금슬금 웃다가, 정란과 딱 눈이 마주쳤다. 정란이 차 마시자는 손동작을 했다. 세희와 정란은 밖이 내다보이는 강사 휴게실에서 음료수를 놓고 마주앉았다.

"무슨 좋은 일이 있어요?"

윤기가 흐르고 화사하게 피워난 세희의 얼굴에 시선을 못 박은 정란이 궁금한 표정으로 물었다.

말없이 배시시 웃는 세희의 손에 낀 반지를 본 정란의 눈이 커졌다.

"윤 선생님, 혹시?"

"혹시 뭐요?"

세희가 시치미를 떼고 물었다. 정란이 아무도 없는 주위를 한 번 휙 둘러보고 소리를 낮췄다.

"누구 생겼어요? 어떤 사람이에요?"

"좋은 사람, 잘 생기고 멋있고, 날 사랑하는 사람이요."

"헉! 결국 실장님의 마음을 받아들인 거죠? 그렇죠?"

정란의 지레짐작에 세희의 얼굴이 심각해졌다.

"실장님이요?"

세희의 반응에 정란은 아차 싶었다.

"아니에요? 내가 잘못 생각했나 봐요. 미안해요. 그럼 누구……?"

"강준 씨와 다시 재결합했어요. 오늘 혼인신고 하고 왔어요."

"어머, 어머! 축하해요. 정말 잘됐어요."

자기 일처럼 기뻐하던 정란이 수업이 있다며 나갔다.

세희는 자판기에서 사이다를 빼 와서 쭉 들이켰다. 신엽을 생각하자 목을 타고 내려가는 탄산수로도 가슴이 시원해지지 않았다.

세희는 늘 그녀 주위에서 웃어주고 힘이 되어주는 신엽의 얼굴을 떠올렸다.

'어차피 이야기해야지. 미룬다고 될 일이 아니잖아.'

얘기할 생각이었다. 하지만 이혼 후에 더 그녀와 가까워지고 싶어 한 신엽을 생각하자 마음이 무거워졌다.

세희는 신엽의 사무실로 갔다. 손님과 얘기 중이라는 비서의 말에 잠시 기다렸다. 손님이 나오는 것도 모르고 생각에 잠겨 있는 그녀에게 비서가 말했다.

"윤 선생님, 들어오시랍니다."

세희는 마음을 굳게 먹고 사무실의 문을 열었다. 여느 때처럼 신엽이 환한 얼굴로 맞아주었다.

"어서 와. 많이 기다렸어? 이리 와서 앉아."

다소곳이 소파에 앉은 세희를 바라보는 그의 눈이 기쁨으로 빛났다.

"뭐 마실래?"

"마셨어요. 그냥 얘기만 할게요."

"무슨 얘기? 이따 퇴근하고 카페에서 얘기해도 돼. 오피스텔 옆에 카페 있잖아, 거기서."

"선배님."

세희의 가라앉은 목소리에 신엽이 말을 멈췄다.

"세희야, 무슨 일이 있어? 왜? 혹시 또 태진그룹에서……. 이것들이! 가만 안 둬. 다 말해봐."

분노하는 신엽의 모습에 세희는 고개를 푹 숙이고 말았다. 그의 마음이, 대학교 때부터 그녀 주위를 맴돌던 그의 마음이 보여서 힘들었다. 그래서 더 입을 열기가 어려웠다. 세희는 숨을 크게 들이마시고 걱정이 담긴 그의 눈을 마주봤다.

"선배님, 드릴 말씀이 있어요."

심상치 않은 세희의 목소리에 신엽이 조용해졌다. 세희의 모습을 하나하나 체크해나가던 그의 시선이 커플링에 머물렀다. 이혼 후에 아무 반지도 끼지 않던 세희가 다시 반지를 끼고 있었다. 불안한 눈으로 세희를 봤다. 뭔가 달라진 것 같았다. 웃고 있어도 슬퍼 보였던 세희가 달라져 있었다.

갈비뼈를 훑는 고통이 확 몰려왔다. 자신도 모르게 가슴을 손바닥으로 누른 신엽이 떨리는 목소리로 물었다.

"다시 만나는 거니? 강준 씨를 다시……."

목 안이 뭔가에 막힌 것처럼 소리가 나오지 않았다. 신엽은 저절로 떨리는 양손으로 허벅지를 꽉 쥐었다. 고개를 끄덕이는 세희의 모습이 흐릿하게 보였다. 무너질 것 같은 몸을 소파 팔걸이를 잡아서 버텼다. 세희의 아름다운 목소리가 귓속에 천둥처럼 울렸다.

"우리 재결합했어요."

그에 대한 걱정과 염려가 가득 담긴 세희의 눈빛에 신엽은 아득해지는 정신을 가다듬었다. 잠시 후에 힘들게 입을 열었다.

"세희야, 네 마음이 원하는 대로 한 거겠지. 그럼 잘한 거야. 네가 행복하게 지내는 거 보고 싶었어. 축하해. 윤세희, 축하한다."

"선배님, 고마워요. 그리고……."

"이런 윤세희, 또 잊어버렸어? 저번에 내가 그랬지? 고맙다는 말 하지 말라고."

일어서는 세희에게 신엽이 다가왔다.

"윤세희, 한 번만 안아보자."

신엽은 가만히 서 있는 세희를 다정하게 안아주고 떨어졌다.

"강준 씨와 행복하게 살아. 무슨 일이 생기면 내게 말하고. 그리고 한번 선배는 영원한 선배인 거 알지? 뭐든지 도울게. 저번에 말한 것처럼 난 영원히 네 지원군이야."

세희가 나가자 신엽은 소파에 털썩 주저앉았다. 하늘이 빙글빙글 도는 것처럼 갑자기 몸의 중심이 흔들렸다. 어지러웠다. 세상이 도는 것인지, 꾹꾹 눌러왔던 그의 마음이 어찌할 바를 모르고 헤매는지, 너무 어지러웠다.

신엽은 몇 시간 동안 소파에 죽은 듯이 누워 있었다. 강준보다 많은 세월동안 세희를 알고 지냈다. 제대 후에 복학하고 다시 들른 밴드 동아리실에서 드럼을 치고 있는 세희를 봤다. 그때부터 지금 이 시간까지 그가 강준보다 그녀에 대해 훨씬 많이 알고 있었다. 어떤 음식을 좋아하는지, 무슨 음악을 좋아하는지, 영화 취향과 가장 좋아하는 책이 뭔지도 알았다. 신엽은 허무하게 웃었다.

신엽은 심장을 뚫고 나오려는 거친 감정을 있는 힘을 다해 억눌렀다.

'그래서? 그래서 그게 어떻다고? 최신엽, 정신 차려. 그 많은 시간도, 세희에 대해 네가 아는 것으로도, 다른 어떤 것으로도 세희의 마음을 내게로 가져올 수 없었잖아. 그러니 잘 보내줘야지. 우리 세희를…… 잘 보내줘야 해. 마음껏 웃고 행복할 수 있도록 걸림돌이 되지 않아야지. 난 세희의 남자가 되지 못한 그저 선배…… 일 뿐이니까.'

죽을 힘을 내서 참고 있는 그의 감긴 눈에서 눈물방울이 툭툭 떨어져 내렸다. 그녀의 남자가 되고 싶었다. 강준과 결혼하는 것을 보면서 접었던 마음이 이혼 사실을 알고부터 다시 거칠게 흘러갔다. 하지만 그 마음을 힘들게 억눌렀다. 세희가 다시 예전처럼 밝고 행복한 모습으로 돌아올 때까지 기다릴 생각이었다. 한 번이라도 그를 선배가 아닌 남자로 봐주기를 원했다. 이제는 그런 희망조차도 산산이 부서져버렸다.

며칠 후, 신엽은 강남의 한 바에서 발렌타인을 마시고 있었다. 적당한 조명에 부드러운 음악이 흐르는 바에는 잘 차려입은 남녀

들이 술을 마시며 즐겁게 대화를 나누고 있었다.

그의 옆에 말쑥하게 슈트를 입은 남자가 다가와 앉았다. 그에게서 남자가 들어도 매력적인 목소리가 흘러나왔다.

"좀 늦었습니다."

"괜찮습니다."

강준이 웨이터에게 주문을 했다.

"몰트 위스키 줘요."

위스키를 마시는 강준에게 시선을 돌린 신엽이 물었다.

"목소리가 참 좋네요. 세희가 그 목소리에 반했나 봐요."

"하하, 그럴지도 모르죠."

"결혼했다고 세희를 다르게 부를 수도 없고 그냥 원래대로 이름을 불러도 되겠죠?"

"괜찮습니다. 세희가 그러더군요. 참 좋은 사람이라고요. 도움을 많이 받았는데 해줄 수 있는 게 없어서 미안하다고요."

"좋은 사람이라……. 난 선배로서 할 수 있는 일을 했을 뿐입니다. 이젠 강준 씨가 있으니 세희 걱정은 안 해도 되겠군요."

신엽은 강준이 따라준 발렌타인을 입으로 가져갔다. 강준의 손에 낀 커플링이 눈에 띄었다.

신엽은 독한 술을 한 입에 털어 넣었다. 독한 술기운이 찌르르 가슴을 타고 내려갔다. 머릿속에 환하게 웃고 있는 세희의 모습을 지우려고 고개를 흔들었다.

신엽이 강준의 빈 잔에 위스키를 따라주며 말했다.

"다시 재결합한 거 축하합니다. 세희가 많이 행복해 보여요. 강준 씨와 떨어져 있을 때에 참 힘들어했거든요. 태진그룹 건은 잘

해결된 건가요? 성환식품을 노린 건 알고 있습니다."

"네, 며칠만 두고 보시면 됩니다. 그리고 그 회사 주식은 빨리 처분하세요."

"세희도 그 말을 하더군요. 그래서 이미 주식은 팔고 나왔습니다. 그리고 제가 도울 일이 있다면 얘기하세요. 뭐든 도울 테니까요."

"감사합니다. 이번 일이 잘 되면 더 이상 우리가 개입하지 않아도 일이 잘 풀릴 것 같습니다. 일단 추이를 지켜봐야 하겠지만요."

둘은 늦게까지 술을 마셨다. 하지만 특별한 이야기는 오고 가지 않았다. 강준은 세희를 지켜줘서 고맙다는 말을 신엽에게 할 수 없었다. 세희를 사랑한 신엽의 입장에서는 당연한 일이었고 그가 고마움을 표현한다면 자존심이 상할지도 모른다는 생각에서였다.

어쨌든 신엽이 마음을 정리한 것 같아 보여 다행이다 싶었다. 처음 만났을 때부터 신경이 쓰이던 남자였다. 특히 대학 때부터 친하게 지낸 그의 학원에서 세희가 있다는 것이 몹시 거슬렸지만, 표현을 하지는 않았다. 이혼 후에도 회사를 회생시키고 세희를 다시 데려올 생각에 밤낮으로 일을 하면서도 가슴 한 편에 스멀거리는 불안감에 신엽이 있었던 것도 사실이었다.

강준은 신엽의 술잔에 술을 따라주면서 말했다.

"세희를 태진그룹의 압력에서 지켜준 거 알고 있습니다."

"선배로서 당연한 일이었습니다."

"이젠 걱정하지 마십시오. 제가 곁에 있으니까요."

"걱정……. 안 합니다. 강준 씨를 만난 이후로 세희가 몹시 행복해 보였습니다. 또 이혼 후에도 여전히 강준 씨를 사랑하고 있는 걸 알고 있었고요."

신엽은 강준의 기분을 알 것 같았다. 사랑하는 여자 옆에 아무리 선배라고 하더라도 다른 남자가 있는 게 싫고 거슬릴 거란 걸. 게다가 본능적으로 그가 세희를 사랑하고 있다는 걸 알아차렸을 것이다. 그럼에도 강준의 태도는 예의바르고 진중했다. 신엽은 강준의 술잔을 채우면서 말했다.

"세희는, 강준 씨가 아니면 그 누구에게도 흔들리지 않았을 겁니다. 대학 때부터 남자들을 쳐다보지 않았으니까요. 물론 집안 상황이 힘든 것도 있었을 테지만……. 세상에는 정말 인연이란 게 있나 봅니다."

"저도 그렇게 생각합니다. 서로 사랑한다는 게 어쩌면 기적일지도 모른다는 생각을 했습니다."

강준의 말에 고개를 끄덕인 신엽이 조용히 말했다.

"고맙다는 말, 듣고 싶지 않았는데 다행입니다. 강준 씨가 그 말을 안 해서요. 내 마음이 원하는 대로 한 일이었어요. 세희가 고마워하는 것도 싫고요. 그리고 평생 세희를 행복하게 해주세요. 내가 바라는 거는 그거 하나입니다."

"약속합니다. 평생 세희를 행복하게 해주겠습니다."

그의 말에 빙그레 미소를 짓던 신엽이 먼저 일어나 나갔다. 강준은 쓸쓸해 보이는 신엽의 등을 바라보며 마지막 잔을 비웠다. 마트에서 세희를 가리던 모습이 떠올랐다. 한 여자를 사랑하는 같은 남자의 입장으로서 신엽의 마음을 이해할 수 있었다. 그렇다고 제 여자의 마음이 한 자락이라도 그에게 가는 것은 참을 수 없을 것이다.

무의식적으로 약지에 끼워진 커플링을 만지작거렸다. 결혼반지를 끼고 학원에 나가는 것은 부담스럽다며 세희가 커플링을 끼자, 그도 커플링을 끼고 다녔다.

"내 아내 윤세희."

강준은 낮게 중얼거리면서 커플링을 쓰다듬었다. 아내란 말이 심장을 옥신거리게 할 정도로 좋았다. 세희가 보고 싶었다. 서둘러 바에서 나와 싱글거리며 걸어가던 그는 주차된 차에서 내린 세희가 그를 향해 뛰어오는 것을 봤다. 벌린 팔 안으로 쏙 들어오는 세희를 안아서 빙빙 돌리며 웃었다.

"하하, 내 마누라, 예쁜 내 마누라."

"강준 씨, 내려줘요. 사람들이 봐요."

세희를 꽉 끌어안은 강준이 입술을 겹쳐왔다. 지나가는 사람들이 흘끔거렸다. 세희는 강준의 가슴을 밀어내고 훅 숨을 내쉬었다.

"윽, 술 냄새."

강준의 입술을 타고 보드카의 독한 향이 확 밀려들어왔다.

"얼마나 마신 거예요?"

"적당히 마셨어."

세희가 주위를 두리번거렸다.

"신엽 선배님은요?"

"먼저 갔어."

"우리도 빨리 가요."

강준을 옆자리에 태운 세희가 음료를 내밀었다.

"뭐야?"

"숙취해소 음료요. 전에 강준 씨가 내게 줬잖아요. 오늘은 내 차례예요."

"와, 감동이야. 데리러 오고 이것도 사주고."

"잠시만요. 가만히 있어요. 안전벨트 매주는 서비스까지 확실하게 할게요."

안전벨트를 매준 세희는 사랑이 가득한 강준의 눈을 바라보며 생긋 웃었다.

"오크 향 한번만 더 맡고요."

세희는 강준의 입술을 살짝 빨고 맛을 봤다.

"몰트 위스키 마셨죠? 오크향이 나요. 그리고……. 터치 포 맨, 흠. 좋아요."

세희의 입술이 그의 목덜미와 귓불에 닿았다가 떨어졌다. 강준은 기분 좋은 신음 소리를 내며 세희의 얼굴을 만졌다.

"정말 좋다. 행복해."

얼굴을 만지는 강준의 손길이 너무 다정해서 세희는 다시 그에게 입을 맞췄다.

"출발할게요. 잠깐 자고 있어요."

"우리 집으로 가자."

술기운이 서서히 올라왔다. 시트에 기댄 강준은 운전하는 세희의 옆모습을 바라봤다. 그의 입가에 만족스런 미소가 걸렸다.

'그래, 세희야, 우리 집으로 가자. 너와 나의 천국인 우리 집으로.'

토요일 오후, 재경은 카페에서 세희와 마주앉았다. 유독 쓰게 느껴지는 커피를 한 모금 마시고 입을 열었다.

"이제 와서 사과한다고 마음이 풀리지 않겠지만 세희 씨와 강준 씨에게 너무 큰 잘못을 했어요. 내 감정만 소중하게 여기고 두 사람을 갈라놨어요."

세희는 반듯하게 앉아 조용히 듣고만 있었다.

"미안해요. 정말 미안해요."

재경의 눈가가 붉어졌다.

"세희 씨만 바라보는 강준 씨가 미웠어요. 세희 씨만 떨어져 나가면 내게 올 거라고 생각했어요. 잘못이란 걸 알았지만 내 마음을 나도 어쩔 수가 없어서……."

재경은 떨리는 손으로 물을 마셨다. 속이 탔다. 입 안도 바짝바짝 탔다. 아무 말 없는 세희의 거센 분노가 느껴졌다. 재경은 힘들게 세희의 눈을 바라보며 고개를 숙였다.

"미안해요. 정말 미안해요. 잘못이 너무 커서 다른 방식으로 대응한다고 해도 달게 받을게요."

세희가 차가운 목소리로 말했다.

"어떤 식으로 받을 건데요? 남의 눈에서 피눈물 나게 했는데 그걸 되돌릴 수 있을 거 같아요? 손재경 씨가 내 입장이라고 생각해봐요. 그때의 모멸감과 우리가 헤어져 있던 시간, 회사가 무너질 뻔한 게 이런 몇 마디 말로 사라질까요? 돈만 있으면 그렇게 남의 인생도, 남편도, 회사도 마음대로 빼앗을 수 있다고 생각했어요? 이렇게 사죄한다고 잘못이 없어질 거라 생각하면 큰 오산이에요. 우린 당신이 갖고 싶다고, 마음에 들었다고 마음대로 가지고 놀 수 있는 장난감이 아니에요."

세희는 도도하던 재경의 초라해진 모습을 바라봤다. 재경의 오만한 눈빛은 사라지고 없었다. 계속 미안하다고 하는 모습에 세희는 속으로 한숨을 쉬었다. 재경이 결국 이 자리에 나온 것은 은영 때문이라고 짐작했다. 딸보다 어린 그녀에게 거듭 사죄하던 은영의 모습이 떠올랐다. 단아하고 착한 눈동자의 은영이 머리를 연신 조아렸었다.

하아.

세희는 식어버린 커피 대신 물을 마셨다. 희정과 은영의 얼굴이 겹쳐졌다. 딸을 제 자신보다 더 사랑하고 딸이 울면 더 서럽게 우는 게 엄마란 걸 어떻게 모를 수가 있을까.

"손재경 씨?"

재경이 고개를 들어 빨개진 눈으로 세희를 봤다.

"손재경 씨, 앞으로 강준 씨와 내 앞에 나타나지 말아요. 그리고 정말로 당신이 한 일이 잘못이란 걸 안다면 앞으론 그렇게 살지 마세요. 당신의 감정이 중요한 만큼 다른 사람들의 감정도 중요하단 걸 알아야죠."

먼저 일어선 세희가 마지막으로 재경을 내려다봤다.

"우리 다시 만나지 마요. 그리고……. 어머니에게 잘하세요."

또각거리는 힐 소리와 함께 멀어지는 세희를 쳐다보는 재경의 눈에서 참았던 눈물이 왈칵 쏟아졌다.

'세희 씨, 고마워요. 강준 씨를 만나서 사과하는 게 죽고 싶을 만큼 힘들 것 같았는데, 그러지 않게 해줘서.'

"이사님."

재경은 민석의 목소리에 고개를 들었다. 눈물이 그녀의 뺨을 타고 흘러내리고 있었다.

"한 비서, 여긴 어떻게……."

언제부터 와 있었는지 민석이 어두운 얼굴로 재경에게 손수건을 내밀었다. 눈물을 닦아내고 걸어 나가는 재경의 뒤를 그가 그림자처럼 따라갔다.

재경을 만나고 나온 세희는 근처의 다른 카페로 들어가 털썩 주저앉았다. 재경을 미워했었다. 사랑하는 사람과 갈라놓고 성환식품을 사지로 밀어낸 그 여자가 너무 미웠다

"하아."

세희는 한숨을 쉬며 싱그러운 초록의 가로수들이 가득한 창가로 시선을 돌렸다. 파란 하늘과 어울리는 푸름이 거리를 덮고 있었다. 재경의 빨개진 눈과 핼쑥해진 얼굴이 떠올랐다. 예전의 자신의 모습처럼 눈동자에 고통이 숨어 있었다. 세희는 오렌지주스로 따끔거리는 목을 축였다.

'사랑했구나. 나쁜 여자지만 강준 씨를 정말 사랑한 거야.'

커플링을 만지던 세희의 생각이 은영과 만났던 시간으로 거슬러 올라갔다.

민석이 찾아와 은영이 만나고 싶다고 했을 때 거절했었다. 하지만 민석이 몇 번이나 찾아와 만나달라고 하니 할 수 없이 나간 자리였다. 미리 와서 기다리고 있던 은영이 세희가 들어오자 일어섰다.

"손재경 엄마 되는 사람입니다."

"윤세희입니다."

세희는 차분한 인상의 은영을 바라봤다. 몹시 우아한 몸가짐이 배어 있는 모습이었다. 무슨 얘기를 할지 알 수 없었지만 은영이

오만한 모습의 재경과는 다르다는 것을 느낄 수 있었다.

세희를 바라보던 은영이 입을 열었다.

"우리 딸이 엄청난 잘못을 저질렀다고 들었어요. 죄송합니다. 정말 어미로서 막지 못한 책임이 큽니다. 미안합니다."

거듭 고개를 숙이는 은영의 모습에 세희는 당황했다.

"아니요. 사모님의 잘못이 아닙니다."

"재경이에게 조금만 시간을 주세요. 곧 사죄할 겁니다. 물론 그동안 세희 씨가 당한 고통이 사죄로 끝날 일이 아니란 건 압니다. 말씀하시면 뭐든 하겠습니다. 그동안 성환식품이 겪은 일도 알게 됐습니다. 정말 면목이 없습니다. 딸을 잘못 키운 죄가 정말 큽니다."

세희는 은영의 말에 할 말을 잃었다. 자기 딸보다 어린 그녀에게 말을 높이고 사죄하고 거듭 고개를 조아리는 은영의 진심 어린 마음이 전해졌다.

세희는 강준에게 들었던 말이 떠올라 슬퍼졌다. 이런 모습의 은영이 남편의 첩들과 자식들 때문에 힘들게 살았다고 했다. 맑고 선한 눈동자의 은영의 모습 속에 숨겨져 있을 고통스런 세월이 안타까워졌다. 세희는 은영에게 솔직한 어조로 말했다.

"잘못은 손재경 이사가 한 겁니다. 강준 씨와 저, 그리고 양가의 가족들이 모두 힘든 시간을 보냈습니다. 어머니시니 그 심정을 아실 겁니다. 저희 엄마와 강준 씨의 어머니가 느꼈을 심정을요. 그러니, 강준 씨와 전 손재경 씨가 한 일을 결코 잊지는 않을 겁니다. 그때 흘렸던 피눈물도 잊지 않고 다시는 이런 일을 당하지 않을 정도가 될 때까지 노력할 겁니다."

슬픔이 어린 세희의 말에 조용히 귀를 기울이고 있던 은영이 세희의 손을 잡았다.

"정말 미안합니다. 어떤 말로도 속죄할 수 없다는 거 압니다. 하지만 앞으로 다시는 이런 일이 없을 거예요. 내 목숨을 걸고라도 우리 재경일 제대로 돌려놓을게요. 변명 같겠지만 전에는 이러지 않던 아이였어요. 그러니까 세희 씨, 재경이가 사죄할 기회는 주세요. 우리가 할 수 있는 모든 방법으로도 사죄할게요."

세희는 그녀의 손을 따뜻하게 감싸고 있는 은영의 손을 바라봤다. 대기업 사모님의 손에 아무런 장식도 없는 얇은 반지가 끼워져 있었다. 그녀에 대한 은영의 안쓰러움과 미안함이 그 손의 따뜻함을 타고 세희에게 전해졌다. 세희는 손을 빼지 않고 말했다.

"사모님의 말씀을 믿고 손재경 씨를 한 번은 만나볼게요. 거기까지만 하겠습니다."

"고마워요. 세희 씨, 정말 고마워요."

은영이 세희의 손을 토닥거리며 몇 번이나 더 머리를 숙였다.

은영에 대한 생각에서 빠져나온 세희는 남아 있는 오렌지주스를 마시며 생각했다.

'손재경 씨, 정말 좋은 어머니를 뒀군요. 하지만 앞으로 태진그룹과 당신에게 닥칠 일들에서 물러설 수는 없을 거예요. 그걸로 당신의 죄를 갚아나가요.'

며칠 뒤에 언론은 손 회장과 태진그룹의 이야기로 도배됐다. 수많은 인터넷 기사들이 넘쳐났다. 손 회장과 혼외자식들의 친자 소송과 상속권 싸움이 실시간 검색 1위에 올랐다.

강준이 태워다주는 차를 타고 학원으로 가던 세희는 휴대폰을 켰다가 강준을 쳐다봤다.

"언론에 정보를 준 거 강준 씨가 한 거죠? 손 회장의 가정사가 해부되고 있어요. 혼외자식들이 상속권을 위해 너도나도 나서고 있대요."

강준이 담담하게 말했다.

"몇 번은 태진그룹에서 막았는데 이제는 어쩔 수 없지. 저녁 즈음이면 횡령과 다른 문제들이 드러날 거야. 손 회장은 얼굴을 들고 나오지 못할 걸."

"그래도……."

강준은 걱정이 담긴 세희의 눈을 마주봤다.

"말해봐. 걱정하는 이유가 있는 거지?"

"손 회장과 손재경, 그리고 태진그룹이 당하는 거야 지금까지 저지른 잘못에 대한 벌이니까 당연하다고 생각해요. 하지만 저번에 태진그룹의 사모님을 만난 얘기를 했잖아요. 정말 좋은 분이었어요. 딸을 잘못 키웠다면서 얼마나 사죄를 했는데요. 그 사모님도 피해자예요. 남편의 여자들과 자식들을 참고 견디면서 힘들게 살았을 텐데 이젠 언론에 신상까지 드러나면 어떡해요. 손 회장과 같이 나쁜 사람으로 몰리면 어떡하고요."

강준은 세희의 손을 다정하게 잡았다.

"그래도 마음이 약해지면 안 돼. 나도 그 집안에 대해 조사하면서 그분이 선한 사람이란 건 알았어. 여기저기서 봉사 활동도 많이 하시더라. 사실 두 아들도 친자가 아니야. 그런데도 사랑으로 키웠대. 그 아들들이 잘하는 것만 봐도 어떻게 키웠는지 알 수 있어. 우리 쪽에서도 그분에 대한 정보는 함구해주는 조건으로 언론에 정보를 제공한 거야. 그러니까 너무 걱정하지 마."

"정말 다행이에요."

학원 앞에 차를 세운 강준은 내리려는 세희를 붙잡았다.

"키스는 해주고 가야지. 그래야 보고 싶어도 참고 저녁까지 견딜 수 있어."

"누가 보면요?"

"걱정 마."

강준이 창문을 가리키면서 웃었다. 세희도 따라 웃었다. 일부러 전보다 더 어둡게 선탠을 해서 차 안이 잘 보이지 않았다.

"뽀뽀만 해요. 립스틱이 번져요. 나머진 밤에 많이 해줄게요."

세희는 웃음이 가득한 강준의 얼굴을 다정하게 쓰다듬었다. 이혼 후에 꿈속에서라도 만지고 싶던 얼굴이었다. 너무 그리워서 울면서 깨어나던 날들이 스쳐 지나갔다. 세희의 새까만 눈동자에 쌓이는 눈물을 보던 강준이 그녀의 눈에 입을 맞췄다.

아직도 그는 자다가 세희가 만져지지 않으면 벌떡 일어나곤 했다. 세희를 다시 만난 게 혹시나 꿈이 아닌지 두려울 때가 있었다. 세희도 같은 마음일 거라 생각했다. 강준은 세희를 안고 속삭였다.

"나 여기 있어. 늘, 평생 동안 네 옆에 있을 거야. 나중에 늙었다고 구박해도 악착같이 네 옆에 붙어 있을 거야."

둘은 달콤한 키스를 나눴다. 마음과 몸이 달달하게 풀어지는 것 같았다.

"흐음."

세희의 길고 우아한 목덜미에 자잘하게 입을 맞춘 강준이 귓불을 입술로 살살 빨자 세희가 기분 좋은 소리를 냈다. 지나가는 사람들의 모습에 세희는 강준의 품에서 떨어졌다. 발그레해진 뺨과 기쁨으로 빛나는 눈으로 강준을 보며 말했다.

"이러면 어떻게 수업을 해요? 엄청 카리스마 있게 학생들을 휘어잡아야 하는데 지금 너무 풀어졌잖아요."

"내겐 달달한 꿀 같은데 카리스마 쌤이라니. 우리 인기 미녀 강사님, 지금도 충분히 괜찮으니 들어가서 수업하세요. 밤에 데리러 오겠습니다."

"놀리지 마요."

서둘러 학원으로 들어가는 세희의 뒷모습을 보는 강준의 눈가가 멋지게 휘어졌다. 기분 좋게 회사로 향하는 그의 휴대폰 알림창이 반짝거렸다. 갓길에 차를 세우고 메시지를 확인한 강준이 주먹을 꽉 쥐었다. 누구보다 손 회장에게 복수하고 싶어 하는 정우에게서 온 메시지였다.

[시작됐습니다. 보낸 자료를 언론사에서 물었어요. 태진그룹이 다 막지 못할 겁니다.]

휴대폰을 끈 강준은 결과를 궁금해할 아버지 생각에 회사로 빠르게 차를 몰며 생각에 잠겼다 태진 그룹과 손재경에게 세희가 흘린 눈물 값을 치르게 할 생각이었다. 그가 만든 눈덩이가 저절로 굴러가면서 점점 커져 태진그룹을 압박할 것이다. 원하는 만큼의 결과에 미치지 못하더라도 어쨌든 타격을 주고 그들을 움츠리게 할 수 있다는 생각만으로도 기분이 좋았다.

학원 사무실에 들어선 세희는 웅성웅성 거리는 강사들 사이로 머리를 들이밀었다. 흥분한 정란이 휴대폰의 기사를 보여줬다.

"세상에. 이것 봐, 태진 그룹의 손 회장에게 첩이 몇 명인지 알아? 자식들도 많아. 역시, 세상에 믿을 놈 없다더니 그 말이 맞나봐."

"난 아닙니다."

갑자기 세희와 정란 사이에 쑥 끼어든 강 선생이 강력하게 말했다. 강 선생이 슬금슬금 피하는 정란을 따라갔다. 둘의 모습에 세희는 터져 나오려는 웃음을 꾹 참았다. 며칠 전에 정란이 한탄하듯이 쏟아낸 얘기가 떠올라 결국 고개를 돌리고 숨 죽여 웃고 말았다. 소주를 몇 잔이나 마신 정란이 머리를 쥐어짜며 털어놓은 얘기였다.

세희와 신엽이 드럼과 기타를 연주했던 그 파티에서 술이 취한 강 선생과 정란은 같은 방향이라 함께 택시를 탔었는데, 그게 실수의 시작이었다며 정란이 땅이 꺼져라 한숨을 쉬면서 소주를 연신 들이켰다.

"하아, 내가 왜 그런 실수를 했는지 모르겠어요. 내 이상형은 실장님인데 왜 오동통 강 선생하고. 역시, 술이 웬수야, 웬수."

"같이 있었던 거예요?"

"내가 미쳤지, 미쳤어."

한탄하는 정란에게 세희가 조심스럽게 물었다.

"그렇게 싫었어요? 정말 후…… 회하는 거예요?"

"아니요, 그게 꼭 그렇진 않았어요. 말랑말랑해서 좋더라고요, 아이고, 내가 정말 미쳤나 봐요. 지금 무슨 소리하는 건지. 문제는 말이에요, 강 선생이 그때부터 줄기차게 따라다녀요. 모태 솔로라고 노래를 불렀었잖아요. 그러니 책임을 지래요."

심각한 정란의 표정에 세희는 새어 나오려는 웃음을 억지로 참았다.

"그럼 책임을 져야겠네요. 괜찮으면 데이트해요."

"데이트요? 책임지라고 하잖아요. 결혼하자는 거예요."

"일단 데이트부터 하자고 해봐요. 데이트한다고 다 결혼하는 것은 아니니까요."

"그럴까요? 하여튼 내 스타일은 아닌데 보기와는 달리 되게……."

입을 다문 정란이 세희가 따라준 소주잔을 원샷하며 한숨을 푹푹 쉬었다.

세희는 웅성거리는 소리에 생각에서 빠져나와 다시 강사들의 얘기에 집중했다. 남녀 강사들의 반응이 다소 달랐다. 여자 강사들은 자기들 일처럼 분노하며 손 회장을 욕하고 있었다. 남자 강사들은 욕을 하면서도 목소리에 부러움이 비쳤다.

그 후, 며칠 동안 손 회장의 가정사를 파헤치던 언론이 태진그룹에 대한 비리를 보도하기 시작하자, 국민들의 관심이 더욱 집중됐다. 횡령, 이중장부 조작, 불법 비자금 조성들에 대한 기사와 분석이 연일 도마에 올랐다.

무엇보다 공분을 샀던 것은 힘이 없는 중소기업들을 불법적으로 빼앗은 일이었다.

태진그룹에게 회사를 빼앗긴 사람들이 자료를 공개하기 시작하면서 이 사건은 일파만파 퍼져 나갔다. 태진그룹과 손 회장이 언론을 막으려고 아무리 애를 썼지만, 결국 국세청과 사법기관이 조사를 착수했다.

한 달 후, 손 회장은 결국 실형을 받고 수감되었다. 그로 인해 태진그룹의 주식은 연일 곤두박질을 쳤다. 그 와중에 혼외자인 지은의 장남이 친자가 아닌 걸로 밝혀지자 손 회장은 더 사람들의 웃음거리가 됐다.

퇴근 후, TV로 태진그룹의 비리를 분석하는 프로를 함께 보고 있던 강준이 세희의 어깨를 감싸면서 말했다.

"이젠 태진그룹이 더 이상 중소기업을 부당하게 빼앗을 수 없게 됐어."

"그래도 지금까지 선례를 보면 수감됐던 대기업 회장들은 건강상의 핑계를 대고 편하게 수감생활을 하다가 얼마 지나지 않아 풀려나지 않았어요?"

세희의 말에 강준은 고개를 끄덕였다.

"아마 손 회장도 몇 년 지나면 감옥에서 나오게 되겠지. 하지만 이젠 전처럼 할 수 없을 거야."

"또 다른 자료들이 있어요?"

"있든 없든 상관없어. 하지만 공개하지 않은 자료가 있다는 뉘앙스만 풍겨도 그게 보이지 않는 힘이 될 거야."

"다행이에요."

강준은 양팔로 세희를 안으며 말했다.

"세희야, 그 여잔 예전처럼 살지 못할 거야."

"손재경이요? 설마 우리와 관련된 얘기를 흘린 건 아니죠?"

"당연히 아니지. 세간의 이목이 우리에게 집중되게 할 순 없으니까. 그리고 네가 부탁했잖아. 그 여자가 아닌 태진그룹 사모님을 위해서라도 우리 일을 밝히지 말라고."

강준의 말에 세희는 이혼하고 조용히 살고 있는 은영을 생각하며 안도의 숨을 쉬었다. 하지만 재경을 생각하자 자신도 모르게 고소하다는 표정이 나왔다. 혼외자들의 친자확인 소송 때부터 좋지 않은 여러 소문에 휩싸인 재경은 세간의 관심에 내내 시달리고 있었다.

돈 많은 아버지를 둔 덕에 세상을 아래로 내려다보며 오만한 공주로 살던 그녀가 이젠 얼굴을 들고 다닐 수가 없게 된 것이다.

세희의 얼굴 표정에 그녀의 마음을 짐작한 강준이 머리카락을 쓸어내리며 말했다.

"이제 다른 일은 잊고 우리만 생각할까?"

"좋아요."

세희는 강준의 크고 따뜻한 품에 안기며 행복하게 웃었다. 그런 세희를 더 바짝 끌어안은 강준이 말했다.

"너무 좋다. 내 아내 윤세희가 있어서, 너무 좋다."

에필로그1

몇 달 후, 세희는 학원의 창가에서 앙상한 가지들만 남은 가로
수들이 차가운 겨울바람에 흔들리는 것을 바라봤다. 윙윙거리는
바람 소리에 저절로 어깨가 움츠러드는 겨울이 어느새 와 있었
다.

"무슨 생각해요? 강준 씨 생각?"

정란이 세희의 어깨를 툭 치며 소리를 낮춰 물었다. 세희는 얼
굴이 환하게 피워난 정란을 보며 쿡쿡 웃었다.

"그런 박 선생님은 오동통 강 선생님…… 아얏, 알았어요, 조용
히 할게요."

세희는 입을 막은 정란의 손을 떼어내며 피식 웃었다. 강 선생
과 데이트를 시작한 후에 갈수록 예뻐지던 정란은 속전속결로 결
혼을 했고 행복한 신혼을 보내고 있었다.

손에서 휴대폰의 진동이 느껴지자 발신자를 확인한 세희는 빙그레 웃으며 정란에게 말했다.

"점심 약속이 있어서 같이 못 먹겠어요. 먼저 나갈게요."

학원 지하 주차장으로 내려간 세희는 신엽의 차에 올랐다.

"선배님, 제가 점심 살게요. 갈수록 월급이 많아지니까 괜히 선배님의 눈치가 보이는 거 있죠."

"하하, 너 덕분에 나도 돈을 벌잖아. 그래서 많이 벌면 양말 한 켤레라도 사달라 했던 걸 잊지 않은 거야?"

"그럼요. 아주 좋은 걸로 사드릴게요."

세희는 즐거워하는 신엽의 모습에 기분이 좋아졌다. 오랫동안 그녀를 바라봤던 신엽이 마음을 내려놓고 편안해진 게 보였다. 요즘 들어 강준과도 가끔씩 만나서 술을 마시기도 했다.

"그런데 세희야, 우리 둘이 점심 먹는다면 강준 씨가 싫어하지 않을까?"

"오랜만에 학원 실장과 강사로서 먹는 건데요. 또 선배와 후배 사이로도 인정해주니까 괜찮아요."

둘은 예전에 왔던 한정식 집의 룸에 들어갔다.

"이곳은 여전히 아름답네요. 눈이 올 것 같아요."

아담한 정원을 내다보던 세희가 하늘을 올려다봤다. 먹구름이 가득한 하늘에서 금방이라도 눈이 쏟아져 내릴 것 같았다.

그녀의 시선이 바람 속에서 춤을 추고 있는 가느다란 대나무들을 따라다녔다.

"세희야."

신엽의 부드러운 목소리에 세희가 고개를 돌렸다.

"밥부터 먹어야지. 요즘 잘 먹지 않는다고 저번에 강준 씨가 걱정하더라."

"그런 얘기도 해요?"

"널 너무 부려먹지 말라고 하던데. 저녁 수업을 빼서 이젠 괜찮을 거라고 했지. 강준 씨가 좋아하지? 저녁에 빨리 가니까."

"네, 다 선배님 덕분이에요. 다시 진일 기숙 학원에서 낮에 강의를 할 수 있게 해주신 것도 감사해요. 인강 덕에 수입은 더 늘어났고요."

"다 네가 이룬 거야. 나야 강사들이 최고의 능력을 발휘할 수 있는 여건을 마련하는 게 일이니까 당연한 거지. 윤세희, 잘하고 있어. 학생들의 반응도 정말 좋아."

둘은 편안한 분위기에서 코스 요리를 먹기 시작했다. 애피타이저로 나온 부드러운 호박죽부터 야채샐러드, 탕평채, 철전판에 대하오색선을 조금씩 맛을 본 세희가 만족스런 얼굴을 했다.

"이 집은 참 맛있어요."

"많이 먹어. 얼굴이 핼쑥해 보여."

후식으로 나온 차를 마시는 세희를 보며 신엽이 말을 꺼냈다.

"생각해봤어? 지금 박 선생님과 별 차이가 없어졌어. 내년에는 한 번 해볼 만해. 네 사무실과 팀을 만들어줄 테니까 교재를 만드는 작업을 지금부터 시작하는 게 어때? 현장 강의를 줄여도 인강으로 만회할 수 있어."

"영어 영역은 경쟁이 너무 치열해요. 박 선생님은 넘을 수 없는 벽이고 다른 선생님들도 만만치 않죠. 또 전국구에서 경쟁해야 하잖아요. 그러려면 모든 에너지를 다 쏟아야 하는데 현실적으로 그게……."

세희는 손주를 바라는 박 사장과 영란의 얼굴이 떠올랐다. 시선이 저절로 날씬한 배를 스쳐갔다. 신엽의 시선도 그녀를 따라갔다.

"선배님, 기회를 준 거 고마워요. 하지만 지금은 안 될 것 같아요."

"그래. 사정이 그러면 어쩔 수 없지. 그런다고 네 실력이 녹스는 것도 아니니까, 길게 보자."

"네, 고마워요. 그리고 선배님?"

신엽은 웃음이 가득한 세희의 눈을 봤다.

"왜?"

"그 아가씨요. 선배님을 졸졸 따라다니는……."

"그만, 머리 아프다, 그만해라."

"어리고 대단한 미인이던데요."

"하아, 그 얘긴 더 이상 하지 마."

신엽은 손을 휘휘 저으면서 꿍 소리를 냈다. 세희는 그런 그의 눈이 반짝이는 것을 보고 슬그머니 고개를 돌리며 웃었다.

그녀는 진심으로 신엽이 사랑하는 사람과 더 행복해지기를 바랐다.

강준은 빌라의 지하 주차장에 차를 대고 엘리베이터에 올랐다. 거울 속에 비친 얼굴을 보며 싱긋 웃었다. 턱을 이리저리 만지면서 중얼거렸다.

"턱수염이 조금 자랐나. 조금 뾰족하게 나서 거칠거칠하게 만져지면 세희가 좋아하는데, 흐음. 몇 개라도 잡아당겨서 뾰족하게 만들까."

그는 아쉬운 표정으로 아침에 정성들여 깎아 아직도 매끈한 턱을 쓰다듬었다. 현관문의 비밀번호를 누르는 그의 동작에 즐거움이 넘쳤다.

띠띠딕.

다다닥.

달려오는 세희의 발자국 소리가 들렸다. 중문을 연 그의 품에 세희가 가쁜 숨을 내쉬며 안겼다.

"화, 화장실에 있다가 달려오느라……."

"그렇게 내가 좋아?"

강준은 품에 안긴 세희의 온 얼굴에 입을 맞추며 말했다.

"세희야, 그거 알아? 네 발소리, 정말 듣기 좋아."

"강준 씨, 오늘처럼 매일 강준 씨에게 달려갈게요."

"좋다, 네가 있어서 너무 좋다."

세희는 그의 목덜미를 끌어안고 사랑한다고 속삭였다. 매력적인 미소를 지으며 그녀의 귓불을 간질이던 강준은 숨을 빠르게 내쉬고 있는 달콤한 입술을 빨았다. 달콤한 세희, 촉촉하고 말랑말랑한 입술. 입술을 떼어낸 세희의 얼굴이 발그레해졌다.

"들어가요. 저녁 먹어야죠."

"조금 있다가 먹자."

뺨을 쓰다듬는 강준의 손길이 너무 다정해서 세희는 스르르 눈을 감았다. 그녀를 안은 강준의 목덜미를 끌어안고 가슴에 얼굴을 묻었다. 그의 체취를 빨아들이고 목울대에 입을 맞췄다. 강준이 꿀꺽 침을 삼키는 소리가 들렸다.

"강준 씨……."

세희의 말은 강준의 뜨거운 입술에 막혔다. 달콤한 강준의 키스

342

에 세희의 몸이 흐물흐물해졌다. 어느새 벗은 몸으로 침대에 눕혀진 세희는 뜨거운 강준의 몸을 끌어안았다.

"세희야."

강준의 숨소리가 점점 거칠어졌다. 세희는 사랑하는 남자를 가득하게 받아들이면서 열락 속으로 빠져들어갔다.

잠시 후에 둘은 숨을 몰아 내쉬며 틈이 하나도 없이 껴안고 있었다.

세희의 목덜미에 얼굴을 묻은 강준은 흐릿해지는 정신을 가다듬으며 쾌락에 젖은 숨을 내쉬었다. 그의 몸에 눌린 부드러운 세희의 몸의 떨림이 고스란히 느껴졌다.

강준이 세희의 귀에 속삭였다.

"윤세희, 사랑해."

아직 몸속에 가득한 열락에서 빠져나오지 못해 정신이 혼미해진 세희가 그의 등을 더 세게 끌어안았다. 강준은 그의 몸무게에 눌린 세희가 힘들까 봐 옆으로 살짝 내려와 꽉 끌어안았다.

세희가 그의 품으로 더 안겨왔다. 매끄러운 세희의 엉덩이를 쓰다듬던 강준은 눈을 감았다.

사랑을 나누면 나눌수록 강렬해졌다. 그의 몸과 마음은 세희에게 완전히 묶여 있었다.

"강준 씨."

세희가 다정하게 그의 얼굴을 만졌다. 강준은 그녀의 손을 잡아 손가락 하나하나에 입을 맞췄다.

꼬르륵.

둘의 배에서 꼬르륵 소리가 났다.

"밥 먹으러 갈까?"

둘은 식탁에 앉아 이야기를 나누며 밥을 먹었다. 세희가 설거지를 하는 동안 강준은 유자차를 타고 감을 깎았다. 소파에 앉은 둘은 느긋하게 차를 마시면서 틈틈이 입을 맞췄다. 자꾸 다가오는 강준의 입술에 베이비 키스를 해주던 세희가 웃으면서 손가락으로 입술을 막았다.

"우리 좀 심한 거 같지 않아요? 다른 사람들도 이럴까요?"

"다른 사람들이야 뭘 하든 상관없지. 우린 이렇게 사랑하며 살면 돼. 감 먹자, 아 해봐."

세희는 강준이 포크로 찍어서 입에 넣어준 감을 와삭와삭 깨물어 먹었다.

"강준 씨도 먹어요."

세희가 먹여주는 감을 넙죽넙죽 다 받아먹던 강준이 피곤해 보이는 그녀의 눈을 들여다보며 말했다.

"여기 누워. 다리 주물러줄게. 오늘도 내내 서서 수업하느라 힘들었을 거야."

세희는 강준의 허벅지에 다리를 올리고 눈을 감았다가, 근육이 당기는 종아리와 허벅지를 시원하게 주물러주는 그의 표정을 보고 싶어 살며시 눈을 떴다. 여전히 볼 때마다 가슴이 뛰었다.

"왜?"

그의 얼굴에 시선이 박힌 세희를 내려다보며 강준이 물었다.

"멋있어요. 그런데 조금쯤은 못생겨졌으면 좋겠어요."

"하하. 못생기면 너도 쳐다보지 않을 텐데."

세희는 일어나 강준의 얼굴을 쓰다듬으며 속으로 주문처럼 외웠다.

'못생겨져라, 못생겨져라.'

"다른 여자들이 강준 씨를 쳐다보는 거 싫어요. 내게만 멋있으면 좋겠어요."

"그건 나도 마찬가지지. 너도 조금 못생겨졌으면 좋겠어."

"왜요?"

"최신엽 씨."

"선배님이요? 선배님이 내가 못생겨지는 것과 무슨 상관인데요?"

"몰라서 물어? 객관적으로 봐도 멋있는 남자잖아."

입꼬리가 스르륵 올라간 세희가 맞장구를 쳤다.

"그렇죠. 정말 멋있는 남자죠."

"윤세희!"

"선배로서 멋있다고요."

세희는 일어나 앉아 강준의 가슴에 안기며 웃었다.

"강준 씨, 혹시 그래서 선배님이랑 가끔 술 마시는 거예요?"

"잘 아네. 적은 가장 가까이 둬야 하는 거거든. 농담이야. 괜찮은 사람이더라. 얘기도 잘 통하고."

"그리고 선배님에게 여자 친구도 생겼으니까요."

"그것도 잘됐고."

한참 동안 도란도란 얘기를 나누던 세희는 강준의 크고 따뜻한 가슴에 안겨 눈을 감았다. 사랑을 나누고 저녁을 먹은 뒤의 노곤함이 기분 좋게 밀려왔다.

강준은 어느새 품 안에서 잠이 든 세희를 안아다 침대에 눕히고, 이마로 흘러내린 머리를 쓸어 넘겼다.

"요즘 잘 자네. 아무래도 가르치는 일이 많이 피곤하겠지."

다음 날 아침에 세희는 토요일이라 느긋하게 늦잠을 자고 있는
강준을 깨웠다. 이천에 있는 하청업체 사장의 아들 결혼식이 있었
다. 그녀가 골라준 슈트로 깔끔하게 차려입은 강준이 나가고 나서
세희는 침대에 누웠다. 많이 잤는데도 여전히 눈꺼풀이 무거웠다.

살짝 잠이 들었던 세희는 씻으려고 옷을 훌훌 벗었다. 강준의
애무 자국이 남아 있는 몸을 거울에 비쳐봤다. 약간 마른 거 같았
다. 샤워실로 들어가다가 휘청거렸다. 갑작스런 현기증이 몰려왔
다. 잠시 숨을 고르고 정신을 차리려고 양치를 했다. 치약 냄새가
역하게 느껴졌다.

"늘 쓰던 건데 이상하네."

거울을 보며 천천히 양치를 하던 세희의 움직임이 멈췄다. 재빨
리 입을 헹궈내고 샤워를 마쳤다. 휴대폰을 켜서 희정의 번호를 눌
렀다.

빌라로 돌아오던 강준은 희정에게 온 메시지를 확인하고 고개
를 갸웃거렸다.

[박 서방, 세희와 자네 본가에 있네. 이리로 바로 오게.]

'어머니가 초대하셨나 보네.'

강준의 얼굴에 미소가 어렸다. 두 분이 친하게 지내는 게 보기
좋았다. 두 어머니들이 사돈지간을 떠나서 친구처럼 함께 보내는
시간이 늘고 있었다. 같이 연극을 보러 다니고 쇼핑도 다녔다.

저택의 거실로 들어선 그에게 왁자지껄한 웃음소리와 고소한

음식 냄새가 확 몰려왔다. 거실에서 박 사장과 바둑을 두고 있던 세호가 그를 반갑게 맞았다.

"매형!"

"처남도 왔어? 오랜만이야. 집에 자주 오라니까 왜 얼굴을 안 보여줘?"

"신혼을 방해하면 안 되죠. 저도 그 정도의 눈치는 있어요."

강준의 목소리에 희정이 주방에서 나왔다.

"박 서방, 어서 오게."

"장모님, 아니, 뭐 하세요. 일하시는 분들이 있는데 왜 주방에 들어가 계세요?"

"세희와 자네가 좋아하는 것 좀 만들어주려고 그러지."

영란도 주방에서 얼굴을 내밀었다.

"강준아, 2층 네 방으로 올라가봐. 세희는 피곤한지 잠들었다."

"네."

2층으로 올라가는 강준의 뒷모습에 박 사장이 흐뭇한 미소를 지었다. 그에게 자식이라곤 강준 하나뿐이었다. 더 낳으려고 했지만 웬일인지 임신이 되지 않았다. 두 사람이 아무런 이상이 없다고 해서 여러 번 인공 수정까지 하면서 노력했지만 아이는 들어서지 않았다. 그래서 강준은 그들에게 더 특별한 자식이었다. 반듯하게 자란 아들을 볼 때마다 얼마나 듬직한지 몰랐다. 그런 아들이 결혼하고 싶은 여자가 있다고 했을 때 부부는 덩실덩실 춤을 췄다. 이제야 집 안에 사람 사는 냄새가 물씬 풍길 거란 생각에 더 기뻐했다. 세희를 처음 소개 받았을 때가 떠오른 박 사장의 입가가 한없이 올라갔다.

'예쁜 아이였어. 보기만 해도 기분 좋고 마냥 정이 가는 아이였어. 내 며느리가 되려고 그런 거겠지.'

흐뭇한 미소를 짓고 있던 그의 눈이 세호가 놓고 있는 바둑판에 닿았다.

"이런, 사돈총각 한 수만 물러주게. 내가 잠시 딴생각을 하고 있는 동안에 공격하면 안 되지."

"사돈어른, 승부의 세계는 냉혹하다고 하신 분이 누구셨죠? 좀 전에 바둑을 두는 것이 사업을 하는 것과 같다고 하셨잖아요. 한 번 물러서면 계속 물러서게 된다고요."

"내가 그랬나. 그래도 지는 건 못 참아. 용돈을 두둑하게 줄 테니 이번 수만 물러주게."

"정말 두둑하게 주시면 생각해보겠습니다."

김이 모락모락 나는 차를 타 가지고 오던 영란이 두 사람을 보고 소리 내어 웃었다.

"두 사람이요. 꼭 부자지간 같아요."

"하하, 그런가."

"일단 차부터 마시면서 다음 수를 생각해보세요."

"그러지."

느긋하게 차를 마시며 바둑판을 들여다보던 박 사장의 생각이 병원에서 깨어나지 못하고 있던 시간으로 흘러갔다. 몇 달을 식물 인간으로 지내던 동안에도 그는 드문드문 의식은 있는 상태였다. 몸을 움직이지 못하고 말을 할 수 없었지만 감각이 있었고 소리를 들을 수 있었다.

뜨거운 차를 후후 불며 마시던 박 사장의 눈가가 붉어졌다.

'우리 새아기에게 고맙단 말을 못했어. 그때 내가 감각이 있고 들을 수 있다는 것을 몰랐는데도 우리 새아기가 참 잘해줬어.'

세희가 다정하게 그에게 말을 건네고, 그의 얼굴과 손발을 닦아주던 게 떠올랐다.

그다음부터는 더 심한 혼수상태에 빠졌는지 기억이 없었다. 깨어났을 때 아들 부부는 이미 이혼을 한 상태였다. 영문을 모른 채로 속을 끓였다. 다 죽어가는 강준의 모습에 이유를 묻지 못한 채로 다시 재결합할 거라며 스스로를 위로했었다.

이 층을 올려다본 박 사장의 얼굴에 웃음이 가득해졌다.

'요즘 정말 살맛이 나. 둘이 저렇게 행복하니 얼마나 좋아. 매일 춤이라고 추고 싶은 심정이야.'

주방에서 영란과 희정의 웃음소리가 들려왔다. 박 사장의 얼굴이 더 환해졌다. 바둑판을 뚫어져라 쳐다보면서 차를 마시고 있는 세호를 흐뭇하게 바라봤다.

"사돈총각, 이런 게 사람 사는 맛이지. 기분도 좋은데 용돈을 듬뿍 줘야겠어."

지갑을 꺼내는 박 사장의 모습에 세호가 손사래를 쳤다.

"사돈어른, 농담이었어요. 저도 취직했잖아요. 이러지 마세요."

그렇게 한참을 세호와 박 사장은 돈을 가지고 실랑이를 벌였다.

한편, 세희가 자고 있는 방으로 들어간 강준은 잠든 세희의 옆에 누웠다. 결혼 전에 그가 쓰던 침대 속을 파고 들어가 세희를 가만히 안았다.

평화로운 얼굴로 잠든 세희의 살짝 벌어진 입에서 고른 숨소리가 새어 나왔다. 다정하게 세희의 머리와 등을 쓸어내렸다.

'요즘 많이 피곤한가 봐. 부쩍 잠이 늘었네. 일을 그만두면 좋겠는데, 일하는 게 행복하다니 막을 수도 없고…….'

세희의 말간 얼굴에서 눈을 떼지 못하던 강준의 입술이 살포시 얼굴 곳곳에 내려앉았다. 세희의 입에서 흘러나온 숨을 들이마셨다. 달콤했다. 깨어나지 않게 살짝살짝 입을 맞췄다.

"으응."

졸음이 담긴 눈을 뜬 세희가 강준을 바라봤다. 강준의 입술이 졸린 그녀의 눈에 닿았다.

"강준 씨, 언제 왔어요?"

"많이 피해? 수업하는 게 너무 힘든 것 같아. 우리 병원에 가 보자. 피곤한 것도 방치하면 큰 병이 되는 거야."

세희는 걱정과 사랑이 듬뿍 담긴 강준의 눈을 들여다봤다. 너무 행복해서 자신도 모르게 울컥했다.

"강준 씨."

"세희야, 무슨 일이야?"

"흐흑, 병원에 엄마랑 갔다 왔어요. 그런데……."

"무, 무슨 병에 걸렸대?"

세희의 뺨 위로 흐르는 눈물을 닦아주던 강준의 얼굴이 하얘졌다. 세희를 안아 일으켜 가슴에 꽉 끌어안았다.

"울지 말고, 얘기해. 무슨 일이 있더라도 우린 잘 헤쳐 나갈 수 있어."

가슴에 얼굴을 묻고 울고 있는 세희의 등을 쓸어내리던 강준의 손동작이 멈췄다. 박 사장과 희정, 영란, 세호의 표정이 생각났다.

좋아서 어쩔 줄 모르는 모습이었다. 마치 파티라도 여는 것처럼 소란스럽고 음식 냄새가 진동을 했었다.

'설마!'

강준은 천천히 세희의 얼굴을 감싸고 빨개진 눈을 내려다봤다.

"세희야, 혹시……."

세희는 말을 잇지 못하는 강준에게 고개를 끄덕였다.

"우리…… 내년에 엄마, 아빠가 된대요."

행복한 눈물이 주르륵 세희의 뺨을 타고 흘러내렸다. 세희의 말에 강준의 눈에서도 기쁨의 눈물이 툭툭 떨어져 내렸다.

"우리 아기가 왔다고?"

"네. 우리 아기요."

강준의 목소리가 떨렸다.

"고마워, 세희야, 고마워."

"나도 고마워요."

강준은 눈물로 짭짤해진 세희의 입술을 찾았다. 느리고 달콤하게 입을 맞췄다. 너무 행복해서 심장이 터질 것 같았다.

'우리 아이, 우리 아이, 세희와 나의 아이.'

강준은 한 손으로 세희를 가슴에 안고 날씬한 배를 소중하게 쓰다듬었다.

"얼마나 됐대?"

"7주요."

"힘들었을 텐데. 내가 무심했어. 미안해, 그리고 윤세희, 사랑해. 말로 표현할 수 없을 만큼 사랑해."

"사랑해요."

세희는 강준의 넓고 단단한 가슴에 안겨 그의 매력적인 목소리에 귀를 기울였다. 계속 사랑한다고 귓가에 속삭여주는 황홀한 목소리에 멈췄던 눈물이 다시 흘러내렸다.

이미 마음과 몸과 모든 것이 하나가 돼서 도저히 떼어낼 수 없게 된 두 사람에게 더 큰 행복이 찾아왔다. 임신 사실을 알고 기뻐하던 희정의 모습과 영란과 박 사장의 모습이 겹쳐졌다. 세희는 강준의 따뜻한 가슴에 얼굴을 묻고 세상의 존재하는 모든 신에게 감사했다.

'감사합니다. 이런 가족과 남편을 제게 주셔서 감사합니다. 우리 아기를 주셔서 감사합니다.'

한참 만에 둘은 빨개진 눈을 하고 아래층으로 내려왔다. 강준의 손을 잡고 계단을 내려오는 세희를 본 박 사장이 소파에서 벌떡 일어섰다.

"아가, 조심, 조심. 무조건 조심해야 한다."

"네, 아버님."

가족은 저녁이 차려진 식탁에 앉았다. 식탁 가득하게 차려진 음식을 본 세희의 눈이 휘둥그레졌다.

"언제 이렇게 다 만드셨어요? 괜히 저 때문에……."

영란이 즐거운 얼굴로 세희를 봤다.

"뭐든지 먹고 싶은 게 있으면 말해. 아기 가졌을 때 먹고 싶은 것을 못 먹으면 아기의 눈이 짝짝이가 된다는 말이 있어. 어디서든 다 구해다줄 테니까 말만 해라."

영란이 세희 앞으로 해파리냉채 접시를 밀어주면서 말했다.

"이것도 먹어봐. 너무 시지 않을까 모르겠다. 신 게 먹고 싶다고 해서 식초를 평소보다 더 쳤는데 일단 먹어보고 입맛에 맞지 않으면 다시 해줄게."

세희는 냉채를 앞 접시에 조금 덜어서 맛을 봤다. 시큼한 맛이 확 올라왔다. 입 안에 침이 고였다.

"맛있어요."

"다행이야. 다른 음식 냄새가 역하진 않아?"

"약간 매스껍긴 한데 아직은 초기라서 그런지 괜찮은 거 같아요."

박 사장이 수저를 들며 말했다.

"우리 새아기 배고프겠네. 다들 어서 먹자. 사부인, 음식 만드느라 수고하셨어요. 많이 드세요."

"네, 온 가족이 이렇게 함께 하니 정말 좋네요."

희정은 밥을 먹는 세희를 흐뭇하게 바라봤다. 그녀에겐 아들같이 든든한 딸이었다. 암 말기 판정을 받은 남편의 병간호를 하는 자신을 대신해 대학생이던 세희가 학원 강사를 하며 돈을 벌었었다. 그래서 그 흔한 소개팅도, 데이트도 하지 못했다. 부모로서 해준 게 없어서 자책할 때가 많았다. 그런데도 세희는 원망을 한 적이 없었다.

희정의 눈길이 모락모락 맛있는 냄새가 솔솔 올라오는 음식들로 옮겨갔다. 호스피스 병원에서 임종을 기다리면서 가시처럼 말랐던 남편의 모습이 떠올랐다. 희정은 툭 떨어지는 눈물을 재빨리 훔쳐내고 밥을 한 숟가락 가득 떠서 입에 넣고 꼭꼭 씹었다.

희정은 그리운 남편을 향해 속으로 말했다.

'여보, 우리 세희가 아기를 가졌어요. 사돈식구도 박 서방도 얼마나 우리 딸을 아껴주는지 몰라요. 거기서 우리 딸과 손주를 잘 지켜줘요. 그러니 여기 걱정 말고, 내가 갈 때까지 살이 통통하게 쪄 있어야 해요. 여기서처럼 그렇게 말라 있으면 왕창 잔소리를 들을 줄 아세요. 거기서 밥도 잘 먹고 잠도 잘 자고 있어요.'

그날 양가 가족은 모두 한 집에서 잠을 잤다. 박 사장이 세희가 불편할까 봐 넓은 침대가 있는 안방에서 재우려고 했지만 세희와 강준은 2층에서 자기로 했다.

싱글 침대도 둘에게는 넓었다. 틈 하나 없이 끌어안은 둘은 서로의 품에서 다디단 잠에 빠졌다.

몇 달 뒤.

세희는 학원을 쉬기로 하고 친정에 내려와 있었다. 부쩍 심해진 입덧에 몸이 버텨주지를 못했기 때문이다. 신엽의 배려로 필요한 인터넷 강의는 미리 찍을 수 있어서 그나마 다행이었다.

희정이 해주는 간단한 음식들은 넘길 수가 있었다. 특히 요즘 들어 거의 고구마에 의존해 살고 있었다. 그렇게 좋아하던 과일도 역한 냄새가 나서 먹을 수가 없었다. 주기적으로 병원에서 영양 주사를 맞고 있어서 그나마 건강은 양호한 편이었다.

거실의 안락의자에 앉아서 창밖을 내다보던 세희가 희정을 봤다.

"엄마, 눈이 올 것 같아. 하늘이 갑자기 깜깜해졌어."

"허, 그러네. 오늘 박 서방이 출장 갔다가 돌아오는 날인데 눈이 많이 내리면 어쩌지. 쌓이기 전에 오면 좋으련만."

희정과 함께 밖을 내다보던 세희의 시선이 다시 낡은 앨범으로 향했다. 아기 때부터의 사진이 담긴 앨범을 보는 중이었다. 오동통하던 볼살이 사라지고 점점 또렷한 이목구비가 드러나는 자신의 모습을 신기한 듯이 들여다봤다. 그녀 옆에서 사랑이 가득한 눈으로 바라보고 있는 젊은 아버지의 사진도 눈여겨봤다. 부엌에서 음식을 하다가 뒤돌아서 웃고 있는 젊은 희정의 사진을 본 세희의 입에서 감탄사가 터져 나왔다.

"우와, 엄마, 이 사진 좀 봐. 엄마 정말 예쁘다. 모델 같아."

호리호리한 몸에 탐스러운 머리를 늘어뜨린 채로 뒤돌아선 희정의 모습 왠지 눈에 익었다.

"엄마, 어째 엄마 모습이……."

다가와 옆에 앉은 희정이 기분 좋게 웃었다.

"지금의 너와 많이 닮았지. 그래서 피는 못 속이는 거야. 네가 날 많이 닮았어. 세호는 아빠의 젊은 시절의 모습을 그대로 **빼다 닮았고**."

"우리 엄마 너무 예쁘다."

"그 말은 네가 너무 예쁘다는 말로 들리는데."

"들켰네."

모녀는 행복하게 웃었다. 밖은 새까만 구름이 가득 몰려와 있는 추운 1월의 한겨울이었지만 거실은 따뜻하고 안락했다. 세희는 안락의자를 발로 까닥까닥 밀며 응석이 섞인 목소리로 희정을 불렀다.

"엄마, 배고파. 군고구마 줘."

"그래, 다 익었겠다. 잠깐만 기다려."

말랑말랑하게 익은 뜨거운 군고구마 껍질을 벗긴 희정이 밑부분을 키친타월로 뜨겁지 않게 감싸서 세희에게 건넸다. 그녀도 뜨거운 김이 올라오는 고구마를 호호 불면서 맛있게 먹었다.

"세희야, 왜 맛있는 음식들은 다 놔두고 고구마야? 이것저것 해서 먹이고 싶은데 말이야. 사돈어른과 사부인도 필요한 거는 뭐든 사서 보내시겠다고 그러시는데 네가 먹지를 못하니 속상해하셔."

세희는 뜨거운 고구마를 한 입 베어 물었다가 급하게 물을 마셨다.

"앗, 뜨거. 그래도 맛있다. 엄마, 당분간만 이러겠지. 곧 괜찮아질 거야. 원래 입덧도 엄마를 닮는다는데, 엄마도 몇 달 지나서 괜찮아졌다고 했잖아."

"그건 그래. 너도 그랬으면 좋겠다. 자, 식기 전에 어서 먹어."

어느새 군고구마 한 개를 다 먹은 세희가 또 하나를 집어 들다가 창밖을 내다봤다.

"아, 눈이 온다."

바람이 부는 정원 안에 함박눈이 그림처럼 쏟아져 내렸다. 세희의 눈가가 그리움으로 젖어들었다. 강준이 보고 싶었다. 그녀가 이곳으로 와 있는 동안 그도 힘들게 이곳에서 출퇴근을 했다. 그러면서도 얼굴에 웃음이 끊이지 않았다. 요 며칠, 이번에 지방의 대형 마트들의 영업현황을 확인하느라 며칠째 올라오지 못하고 있었다. 밤늦게까지 영상 통화를 하고 틈틈이 톡을 했지만 그리움이 점점 쌓여갔다. 포근하게 떨어지는 눈송이들을 보자 그가 더 그리워졌다.

'오고 있을까? 우리가 처음 만났던 그 길을 따라서……. 펑펑 내리는 눈을 보면서 오고 있을까.'

하염없이 내리는 눈을 보고 있던 세희의 눈이 더 커졌다.

"강준 씨!"

펑펑 쏟아지는 눈을 맞으며 정원으로 들어서는 강준의 모습을 본 세희가 큰 소리로 외쳤다. 대문의 비밀번호를 누르고 서둘러서 들어온 강준이 코트의 눈을 털고 집 안으로 성큼 들어왔다.

"어머니, 저 왔습니다."

"박 서방, 어서 와. 다행히 눈이 쌓이기 전에 왔네."

어느새 그에게 바짝 다가와 있는 세희를 본 강준이 싱그럽게 웃었다.

"세희야, 잠시만. 나 지금 너무 차가워. 너 감기 들면 안 되니까 몸부터 따뜻하게 하고."

강준은 외투를 벗고 따뜻한 물로 손을 여러 번 씻었다. 그가 세희를 위해 거실에 설치한 벽난로 앞에서 몸을 녹이다, 몸이 따뜻해지자 소파에서 그를 바라보고 있는 세희에게 갔다. 다정하게 세희를 안고 이마에 입을 맞췄다.

"잘 지냈어? 잘 먹었고?"

"네."

"우리 아기도 잘 있었나."

강준의 손이 아직은 표시가 나지 않는 세희의 배를 부드럽게 쓸어내렸다. 그러고는 더 가늘어진 것 같은 허리를 만지며 한숨을 쉬었다.

"많이 힘들지? 제대로 먹지도 못하고. 내가 대신 해줄 수 있으면 좋을 텐데."

"금방 이 시기가 지나갈 거니까 걱정하지 마요."

"군고구마를 먹었네."

강준은 세희의 입술에 묻은 군고구마의 검은 흔적을 빨아 먹었다.

"어떡해. 뭐 묻은 거죠?"

"묻어도 예뻐."

강준이 세희의 귓가에 속삭였다.

"보고 싶어서 죽는 줄 알았어."

"나도 그랬어요."

다정한 딸내외의 모습에 희정은 유자차를 타면서 벙긋벙긋 웃었다.

강준은 세희의 허리를 안은 채로 희정이 건네준 유자차를 마셨다. 그의 눈이 탁자 위에 펼쳐진 앨범에 머물렀다. 사진 속의 어린 세희를 보는 강준의 눈가에 웃음이 매달렸다.

"예전 사진이네요. 어머니, 세희가 어렸을 때 모습이죠?"

"아, 이 사진은 세희가 여덟 살 때였지. 초등학교 들어가기 며칠 전에 새로 산 원피스를 입고 집에서 뛰어놀던 모습이야."

사진을 찬찬히 살펴보던 강준이 헉 소리를 냈다.

"어머니, 이 사진이요!"

놀란 강준의 모습에 희정이 의아한 얼굴로 세희와 여러 명의 남자애들이 함께 찍힌 사진을 들여다봤다.

"왜? 아는 사람이라도 있어? 그때 하룻밤 우리 집에서 자고 간 남자애들이랑 찍은 거야. 국토 순례 중이던 초등학생들이었는데, 갑자기 눈이 너무 내리는 바람에 눈이 그칠 때까지 우리집에도 몇 명 데려가서 재워줬었지."

사진을 가리키는 강준의 손끝이 떨렸다. 그가 세희와 희정을 번갈아 바라봤다.

"어머니, 이 남자애가 저예요. 제가 열두 살이었을 때 국토 순례를 한 적이 있어요."

"세상에, 어떻게 그런 일이."

놀란 희정이 소리를 질렀다. 세희가 믿기지 않는다는 얼굴로 되물었다.

"이 오빠가, 그때 나와 놀아준 오빠가 강준 씨였어요?"

"그래. 세희야, 나야. 네가 여덟 살이고 내가 열두 살이었을 때 우리가 이 집에서 만났던 거야. 이렇게 눈이 내리는 날이었어. 그리고 이십 년이 지나서 다시 눈으로 가득한 그 길에서 만났던 거야."

셋은 놀란 가슴을 진정시키며 각자 생각에 잠겼다. 강준은 이제야 알 수 있었다. 처음 만났을 때부터 왠지 모를 편안함의 정체를. 그와 세희가 이미 그 어린 시절에 만났다는 것을.

강준과 세희의 시선이 서로에게 얽혀들었다.

그 모습에 희정은 서둘러 주방으로 들어가면서 웃음을 감추지 못했다.

'인연이야, 정말 인연이었어. 그래서 그렇게 보자마자 박 서방이 마음에 들었던 거야.'

강준과 세희가 앨범 속의 모습을 들여다보며 도란도란 얘기를 나누는 동안 어느새 밖은 깜깜해졌다. 정원에 켜놓은 전등 사이로 새하얀 눈이 펑펑 쏟아지고 있었다. 정원에 쌓인 눈을 바라보던 강준이 세희의 이마에 입을 맞추고 달콤한 목소리로 말했다.

"밤새 많이 쌓이겠어. 내일 아침에 삽으로 길을 내야겠다. 그날처럼."

세희가 그의 허리를 안으며 대답했다.

"내가 뒤따라가며 빗자루로 쓸게요. 그날처럼요. 평생 강준 씨를 따라갈게요."

강준은 세희를 품에 꽉 끌어안았다. 두 사람의 뜨거운 심장이 빠르게 뛰고 있었다. 강준은 세희의 이마에 입술을 대고 한참을 있었다. 가슴이 시큰해졌다.

'너와 함께라면 어디든 갈 수 있어. 사랑해, 윤세희. 사랑한다, 우리 아가.'

한겨울의 차가운 바람이 윙윙거리는 소리에 뜨거운 김이 나는 밥을 푸던 희정도, 다정하게 안고 있는 세희와 강준도 소록소록 내리는 눈을 말없이 바라봤다.

에필로그2

4년 후.

금요일 저녁, 박 사장의 집은 아이들의 소리로 시끄러웠다.

"야호, 야호."

"아앙."

영란이 화장실에서 나오는 희정에게 다급하게 말했다.

"사부인, 연후 좀 봐 주세요. 아이고, 무릎이야. 정후야, 정후야, 그만 좀 뛰어."

가쁘게 숨을 내쉰 영란은 소파 위에서 위험하게 높이 뛰어오르는 정후를 잡았다. 세 살의 통통한 정후가 그녀의 품을 빠져나가려고 비비적거렸다. 한숨을 내쉰 영란이 최후의 방법을 썼다.

"정후야, 할머니와 아이스크림 먹자."

"아이스크림! 아이스크림!"

조그마한 정후의 손에 이끌려 주방으로 가던 영란이 앵앵 울고 있는 연후를 안아서 달래고 있는 희정을 돌아봤다. 희정의 눈가에 웃음이 맺혀 있는 게 보였다. 보모가 있는 데도 직접 돌보는 걸 좋아하는 그녀의 얼굴에도 웃음이 가득해졌다.

정후가 멈춰선 영란의 손을 잡아당겼다.

"할머니, 아이스크림! 아이스크림!"

"이 녀석, 성질도 급하지."

꿍 소리를 내며 묵직한 정후를 안은 영란이 주방으로 들어간 사이, 희정은 연후를 눕히고 축축한 기저귀를 갈았다.

희정은 방긋방긋 웃는 연후를 가슴에 안고 보모가 가져온 우유병의 온도를 확인했다. 앙증맞게 입을 벌리는 연후에게 우유병을 물렸다.

쪽쪽쪽.

힘차게 빨아먹는 연후를 보던 희정은 가슴이 뭉클해졌다. 내리사랑이라는 말이 맞았다. 딸인 세희 못지않게 세희의 자식인 정후와 연후가 예뻤다. 세희는 정후를 낳고 6개월을 쉰 후에 다시 학원에 나가면서 결국 본가로 들어오게 됐다. 2년 뒤에 연후까지 태어나자, 희정은 영란의 부탁으로 이곳에 머무는 날이 점점 많아지고 있었다. 이번에도 손주들의 얼굴만 보고 가려고 잠시 들렀다가 영란이 붙잡아서 일주일째 돌아가지 못하고 있었다.

희정은 쪽쪽 우유병을 빠는 연후의 얼굴을 사랑스런 눈으로 들여다봤다. 자연스럽게 세희의 어릴 때의 모습이 떠올랐다.

요즘 세희는 신엽의 배려로 강의를 많이 줄이고 오후에 몇 시간만 수업을 했다. 하지만 그 현장 강의가 인터넷 강의로 나가면서 큰 인기를 끌었다. 그사이에 성환식품도 쑥쑥 성장해 중견그룹으로 올라서면서 더 안정되고 재정도 탄탄해졌다.

정후를 안고 주방에서 나온 영란은 아이스크림이 묻은 정후의 입가를 닦아주고 보모와 놀게 했다. 보모와 장난감을 가지고 노는 정후의 모습을 지켜보다가 분유를 먹고 새근새근 숨소리를 내며 희정의 품에서 잠이 든 연후를 들여다봤다. 두 사람이 도란도란 얘기를 나누고 있을 때 박 사장이 들어왔다.

30분 후, 같이 퇴근을 한 세희와 강준이 거실로 들어서자 장난감을 가지고 놀던 정후가 소리를 지르며 달려갔다.

"엄마! 아빠!"

잠이 든 연후를 안고 있던 박 사장이 그 모습에 허허 소리 내어 웃으며 말했다.

"정후야, 넘어질라. 조심해야지."

세희는 넘어질 듯이 빠르게 달려오는 정후를 안아 올렸다.

"우리 정후, 오늘도 두 분 할머니 말씀 잘 들었어?"

"으음."

정후가 소파에 앉아 있는 영란과 희정을 번갈아보면서 자신이 없는지 작은 소리로 대답했다.

잠시 후, 모두 식탁에 앉아 저녁을 먹었다. 세희와 강준의 사이에 놓인 아기용 높은 의자에 앉은 정후가 기분이 좋은지 연신 까르르 웃었다. 세희가 떠먹여주는 밥을 맛있게 받아먹다가 강준에게 참새처럼 입을 벌리곤 했다.

"아빠, 밥! 아."

"우리 정후, 잘 먹네."

어느새 자기 그릇의 밥을 다 먹은 정후는 세희의 다리에 앉아 가슴에 얼굴을 묻고 냄새를 맡았다.

"정후가 졸리나 봐요."

"세희야, 정후는 내가 재울 테니 넌 어서 저녁 먹어."

가슴으로 더 파고드는 정후를 끌어안은 세희가 일어나는 희정을 말렸다.

"엄마, 졸려서 이러는 거니까 내가 재우는 게 빨라."

세희는 정후를 안고 2층으로 올라갔다. 침대 옆의 소파에 앉아 정후의 등을 토닥였다.

"정후야, 이를 닦고 자야지."

"엄마, 졸려."

정후가 졸린 눈으로 세희를 올려다보며 칭얼거렸다.

"그러니까 엄마를 기다리지 말고 밥을 먼저 먹어야지. 또 그러지 않겠다고 할머니에게 떼를 썼지? 이렇게 먹고 바로 자면 안 좋은 거야."

세희는 가슴에 얼굴을 묻고 하품을 하는 정후를 간신히 깨워서 양치를 시키고 품에 안아 자장가를 불러줬다. 연신 하품을 하던 정후가 세희의 가슴을 만지며 잠이 들었다. 세희는 천사 같은 얼굴로 잠이 든 정후의 얼굴을 쓰다듬었다.

식사 후에 가족들과 차를 마시며 시간을 보낸 세희는 여전히 자고 있는 연후를 아기 침대에 눕혔다.

그녀가 기초화장을 바르고 있을 때 샤워를 마치고 나온 강준이 그녀의 머리카락을 헤어드라이어로 말려줬다. 기분이 좋아진 세희는 나른한 표정으로 눈을 감았다. 머리를 다 말리고 손가락을 넣어 쓸어내려주는 강준의 손길이 너무 좋았다. 그런 그녀에게 강준이 귓가에 속삭였다.

"행복해?"

"행복해요. 많이 행복해요."

세희는 강준을 올려다보며 물었다.

"강준 씨는요?"

"행복해. 네가 있어서, 또 우리 아이들이 있어서 더 행복해."

강준의 손을 잡고 소파로 온 세희는 나른해진 몸을 그에게 기댔다. 지금까지 그와 함께 했던 시간들이 스쳐 지나갔다.

임신했을 때의 기억이 떠오르자, 그녀의 얼굴에 미소가 번졌다. 입덧이 힘들어서 얼마 동안 친정에서 머물다가 어느 정도 회복돼서 빌라로 돌아왔었다. 그때의 강준의 모습이 아직도 눈에 선했다. 조금씩 불러오는 배를 쓰다듬으며 책을 읽어주고 음악을 들려줬다. 운동을 해야 한다는 세희를 따라 주말에 근처의 공원을 걷고 그녀가 먹고 싶은 게 있으면 밤중에라도 뛰어나가서 어떻게든 구해왔다. 가져온 음식을 맛있게 먹는 세희를 보면서 얼마나 좋아했던지.

강준이 생각에 잠긴 세희의 얼굴을 쓰다듬으며 귓가에 속삭였다.

"그만 자자."

그는 세희를 안아 침대에 내려놓고 옆에 누웠다. 바짝 끌어안은 둘은 서로를 다정하게 바라봤다.

"세희야, 우리가 그때 같은 시간에 그곳에 없었다면 이렇게 됐을까? 우리가 만나지 못했다면 말이야."

"아마 다른 곳에서 만나지 않았을까요? 8살에 강준 씨를 만나고 20년이 지나서 누군지 알아보지는 못했지만 또 만났잖아요."

"그랬을 거야. 우린 어디서든 다시 만나게 됐을 거야."

"변수는 있었을 거예요."

"무슨 변수?"

"손재경이요. 만약 그날 우리가 만나지 않았더라면 강준 씨는 그 여자의 남자가 됐을지도 모르죠. 날 알지도 못한 상태였을 테고 여자 친구도 없었을 때니까요."

"흠, 그럴 일은 없었을 거야. 파티에서 처음 만났을 때부터 관심이 없었거든. 경호와 다른 친구들은 난리가 났었지. 서로 그 여자 옆을 차지하려고 경쟁했어. 어떻게든 눈에 들어보려고 별별 짓을 다 하더라."

"그렇게 예뻤어요?"

"경호 말처럼 도도하고 우아한 여왕벌 같았지. 그런데 참 이상하지. 난 전혀 그 여자가 예쁜지를 모르겠는 거야. 그냥 그런가 보다 했어. 날 계속 쳐다보고 주위를 빙빙 도는 게 이상하게 싫었어."

강준은 세희의 얼굴을 다정하게 쓰다듬었다.

"이 얼굴을 봤을 때는…… 심장이 덜컥 내려앉았어. 얼마나 예쁘던지 머릿속이 하얘졌지."

"정말요? 기분 좋아요."

"사실이야. 그리고 네가 다음날 견인차가 올 때까지 같이 있어줬을 때 말이야. 그때 정말 두렵더라. 내게 관심이 없는 것처럼 행동했잖아. 밥을 안 사줘도 된다고 하면서 말이야."

"좀 튕기고 싶었거든요."

"난 그것도 모르고 학원 앞에서 기다리면서 엄청 떨었어. 네게 남자 친구가 있으면 어떡하나? 헤어질 때까지 기다려야 하나. 무작정 대시해야 하나 고민하면서 말이야."

"강준 씨, 그런 얘기를 한 적이 없었잖아요."

"어머니에게 남자 친구가 없다는 사실은 알아냈지만 그래도 알 수 없는 거니까. 부모한테 말하지 않고도 얼마든지 사귀는 사람이 있을 수 있는 걸 아니까 더 걱정이 되더라."

"강준 씨."

세희는 강준의 넓은 가슴에 안겼다. 따뜻하고 포근했다. 세희는 강준의 가슴에 입을 맞추고 말했다.

"내가 강준 씨를 만난 건 행운이었어요."

"세희야."

세희의 몸을 쓰다듬고 있던 강준이 다정하게 키스를 했다. 느릿 느릿하게 이어진 키스는 몽롱할 정도로 감미로웠다. 숨을 쉬려고 입을 뗀 세희가 풀린 목소리로 말했다.

"강준 씨, 너무 좋아요."

세희는 온몸에 힘이 쫙 빠져나간 것처럼 강준의 애무에 몸을 맡겼다. 뜨겁고 부드러운 강준의 입술이 세희의 목덜미를 쓸면서 풍 만한 가슴으로 내려갔다. 강준은 탐스러운 가슴을 빨고 깨물면서 속으로 신음을 삼켰다. 뜨거운 열기가 올라왔다. 손으로 날씬한 허리의 곡선을 쓸어내려갔다. 그의 손길이 골반을 지나 은밀한 곳으로 내려가고 있을 때 정후의 울음소리가 점점 커졌다. 덩달아 깬 것인지 연후의 울음소리까지 합세했다. 두 사람은 재빨리 일어나

옷을 입으면서 서로의 달아오른 얼굴을 보고 웃음을 터트렸다.

"강준 씨, 애들이 동생이 생길까 봐 우나 봐요."

"하아, 정말 타이밍 죽인다. 이게 어디 하루 이틀이야."

둘은 침대 가운데에 정후와 연후를 눕히고 토닥였다. 두 아이는 세희의 낮은 자장가 소리에 아이들은 금세 하품을 하더니 다시 잠이 들었다. 두 아이의 뺨에 살짝 입을 맞춘 세희가 연후의 앙증맞은 손가락을 하나씩 만지며 말했다.

"천사 같아요. 우리에게 두 명의 천사가 온 거예요."

"맞아. 우리 아기들도 내 아내 윤세희도 내겐 다 천사들이야."

상체를 일으킨 강준은 세희에게 굿나잇 키스를 하면서 사랑한다고 속삭였다.

둘은 아이들의 잠든 모습을 한참 들여다보다가 불을 껐다. 곧 아이들의 새근거리는 숨소리에 세희와 강준의 평화로운 숨소리가 합해졌다.

외전

20년 전의 눈 내리는 밤.

"큰일 났네."

은혁은 쉼 없이 쏟아지는 눈을 바라보며 암담한 표정을 지었다. 올망졸망한 어린 초등학생들로 이루어진 국토 순례 팀의 인솔자인 그는 몹시 난감한 상황에 처해 있었다. 명칭은 국토 순례지만 이 팀은 방학 때 일부 구간만 매년 조금씩 걷고 있었다. 몇 킬로만 가면 이번 행군이 마무리되는 지점이었다. 안전을 위해 앞과 뒤를 따라오던 차량들에서 더 이상 도보 행군이 불가능하다는 연락이 왔다. 아이들을 이미 차량에 탑승을 시켜놓은 상태였다.

설상가상으로 서울로 들어가는 길은 제설차가 오지 않는 한 더 이상 나아갈 수 없다는 내용이었다. 은혁은 옆에서 같이 하늘을 올려다보고 있던 종훈에게 물었다.

"어쩌죠? 앞으로도 뒤로도 못 가게 생겼어요."

"하아, 정말 어떻게 순식간에 이 정도로 많이 쏟아질 수가 있죠? 하늘이 뚫린 것처럼 끊임없이 내리네요. 분명 일기예보는 이 구간의 눈 올 확률이 낮다고 했는데요."

한숨을 쉬던 종훈은 눈을 피해 차량으로 피신한 학생들을 쳐다보다가 웃었다.

"하하, 저 녀석들을 봐요. 아무 걱정이 없는 얼굴이에요. 눈이 와서 좋다고 더 방방 뛰고 있어요."

그들은 서울과 별로 떨어지지 않는 경기도의 한적한 시골길에 발이 묶여 있었다. 마지막 구간을 포기하고 차량으로 바로 서울로 들어가려던 계획마저 이젠 불가능해졌다.

시간을 확인한 은혁이 단호한 어조로 말했다.

"한시도 더 지체할 수 없어요. 이러다가 여기서 완전히 발이 묶이면 밤에 무슨 일이 벌어질지 몰라요. 빨리 근처의 마을에라도 도움을 청해야 해요."

"차는 더 이상 못 움직이고 애들이 걸어서 이 눈 속을 뚫고 가야 하는데 가능할까요? 가까운 곳에 마을이 있어야 할 텐데."

종훈의 말이 끝나자마자 앞서간 차량에서 연락이 왔다. 은혁의 얼굴이 환해졌다.

"100미터 떨어진 곳에 마을이 있대요. 일단 거기까지 걸어서 이동해요. 애들이 많긴 하지만 마을 사람들에게 하룻밤 재워달라고 어떻게든 부탁해야 해요."

은혁과 종훈은 아이들을 차에서 내리게 했다. 조금만 걸어가면 마을이 있다는 얘기에 애들은 두툼한 옷에 딸린 모자를 뒤집어쓰고 재잘거리며 눈 속을 걸어갔다. 눈발은 거세지고 주위는 점점 어두워졌다. 재잘거리던 아이들이 조용해졌다. 은혁은 아이들에게 상황을 차분히 설명했다. 마을에서 자고 차가 움직일 수 있는 내일이 되면 바로 서울로 갈 거라며 힘을 북돋웠다.

그 시간, 창가에서 솜사탕같은 함박눈이 펑펑 쏟아지는 하늘을 바라보고 있던 희정이 딸에게 시선을 돌렸다.

"와와! 엄마, 엄마!"

희정은 새 원피스를 입고 거실과 부엌을 먼지가 나도록 뛰어다니는 세희를 붙잡았다.

"우리 세희, 그렇게 좋아?"

세희는 기분이 좋은지 연신 방글거리며 웃다가 희정에게 배꼽인사를 했다.

"엄마, 고맙습니다."

"정말 마음에 드나 보네. 세희야, 이리 와, 머리도 예쁘게 묶어야지."

희정은 냉큼 무릎에 앉은 세희의 머리를 브러시로 빗기고 양 갈래로 묶어서 리본을 매줬다.

"다 됐어. 거울 봐."

거실에 걸린 큰 거울 앞으로 달려간 세희는 마음에 드는지 리본을 매만지며 웃었다.

"세희야, 마음에 들어? 다시 해줄까?"

"아니, 예뻐. 엄마, 초등학교 입학할 때 이렇게 하고 가는 거야?"

"그럼, 거기다 아빠가 사온 예쁜 부츠를 신고 코트도 입어야지."

희정이 즐거워하는 세희의 뺨에 뽀뽀를 해주고 있을 때, 이 층에서 살금살금 내려온 준성이 와락 세희를 껴안고 뺨을 비비며 웃었다.

"우리 공주님, 너무 예쁘네."

"윽, 아빠, 아파. 뾰족뾰족 수염 가시가 아파."

"우리 공주님이 아프면 안 되지."

준성이 세희를 안아서 빙빙 돌리고 있을 때 전화기가 울렸다. 잠시 통화를 한 희정이 그를 봤다. 준성이 세희를 바닥에 내려주면서 희정에게 물었다.

"이 저녁에 누구야?"

"이장님이요. 국토 순례 중이던 아이들이 눈 때문에 꼼짝할 수가 없게 됐대요. 그래서 마을 사람들이 몇 명씩을 데려가 재우기로 했다고요. 마지막으로 6명이 남았는데 우리 집에서 재워줄 수 있는지 묻네요. 된다고 했어요. 애들이 추워서 떨고 있대요. 여보, 빨리 가서 데려와요."

"그래? 그러면 서둘러야겠네."

파카를 집어든 준성이 급하게 나가는 것을 본 세희가 희정에게 물었다.

"엄마, 누가 와?"

"응, 언니 오빠들이 여행 중인데 눈 때문에 오늘은 우리 마을에서 자고 가야 한대. 우리 집에도 몇 명이 올 거야. 오면 언니, 오빠들과 사이좋게 지내야 해."

"응."

세희는 거실의 창가로 가서 어느새 눈이 가득하게 쌓인 정원을 내다봤다. 하늘에서는 여전히 눈이 끝없이 쏟아져 내리고 있었다.

희정은 저녁 식사 준비를 서둘렀다. 아이들의 수를 감안해서 쌀을 씻어 안치고 아이들이 좋아할 반찬을 냉장고에서 꺼내 타닥타닥 칼질을 하며 음식을 만들었다. 양념에 재워둔 불고기도 꺼냈다. 희정이 커피포트에 물을 붓고 코코아를 꺼내고 있을 때 현관문이 열리며, 아이들이 웅성거리며 들어섰다.

추위로 얼굴이 파래진 6명의 아이들이 따뜻한 거실로 들어서자, 희정이 반갑게 맞았다.

"애들아, 어서 와. 많이 추웠지? 거실이 따뜻하니까 여기서 몸을 녹여. 그리고 저쪽이 화장실이야. 배가 고플 텐데 저녁부터 먹어야겠지. 일단 다들 편하게 쉬고 있어."

눈에 젖어 축축해진 겉옷을 벗은 아이들이 한 명씩 화장실에서 손을 씻고 나왔다.

갑자기 밀어닥친 언니, 오빠들의 모습에 놀란 세희가 희정의 다리를 잡고 있었다. 준성이 그런 세희를 불렀다.

"세희야, 이리와. 엄마는 밥 해야지."

세희는 준성의 무릎에 앉았다. 준성이 기분 좋게 웃었다.

"이 아이는 아저씨의 딸, 윤세희야. 세희야, 언니, 오빠들에게 인사해야지."

갑자기 주목을 받은 세희가 고개를 까닥이고 더 준성에게 달라붙었다. 고학년으로 보이는 여자애가 그런 세희에게 물었다.

"세희라고 했지? 세희야, 넌 몇 살이야?"

"여덟 살."

준성이 부끄러워하는 세희의 머리를 쓰다듬으면서 아이들을 둘러봤다.

"자, 다들 이름을 얘기해줄래?"

아이들이 한 명씩 이름을 얘기하고 있을 때, 희정이 김이 모락모락 올라오는 뜨거운 코코아를 타왔다.

"추울 텐데 이거 마시면서 얘기해."

아이들은 코코아 잔을 들고 후후 불어가며 맛있게 마셨다. 낯선 집에 들어와서인지 조용하던 아이들이 뜨거운 코코아 한 잔에 긴장이 풀린 듯이 말이 많아졌다.

준성은 나머지 아이들에게도 이름을 물었다. 뚜렷한 이목구비에 키가 큰 남학생이 입을 열었다.

"박강준입니다. 12살이고요."

강준을 바라보던 준성이 흐뭇한 표정을 지었다.

"허허, 잘 생겼네. 듬직해. 그런데 이렇게 어린 나이에도 국토 순례를 하는 거야?"

"저희 팀은 매년 적은 구간만 걸어요. 일반 국토 순례와는 달라요."

"흐음, 그렇구나."

긴장한 표정이 풀린 아이들은 따뜻한 거실에서 세희가 늘어놓은 책들과 장난감들을 가지고 놀기 시작했다. 낯선 사람들을 경계하느라 준성에게 매달려 있던 세희도 어느새 긴장이 풀렸는지 방에서 장난감을 가지고 나와 나눠주면서 애들 사이를 돌아다니고 있었다.

준성이 바쁘게 움직이고 있는 희정에게 물었다.

"여보, 애들이 배고플 텐데, 아직 멀었어?"

희정이 급하게 불고기를 볶으면서 애들을 향해 말했다.

"얘들아, 10분만 기다려."

준성이 희정을 도우러 주방으로 가자 세희는 조그만 책상에 앉았다. 저녁부터 조금씩 그리고 있었던 그림을 다시 그리기 시작했다. 누군가 옆에 와서 세희가 열심히 그리고 있는 그림을 들여다봤다.

"뭘 그리는 거야?"

기분 좋게 울리는 목소리에 세희는 얼굴을 들었다. 싱긋 웃으면서 그림을 가리켰다.

"이건 공주님과 왕자님이야."

"잘 그리네."

"강준 오빠, 왕자님은 오빠가 색칠해줘."

"어, 내 이름 알아?"

"조금 전에 오빠가 박강준이라고 말했잖아. 나 글씨도 잘 쓴다. 좀 있으면 초등학교에 들어가."

"글씨를 얼마나 잘 쓰나 볼까. 여기 왕자님 옆에 내 이름을 써봐."

세희는 연필로 또박또박 강준의 이름을 썼다. 강준이 공주님 옆에다 세희의 이름을 쓰고 웃었다.

"윤세희, 맞지?"

"와, 오빠, 글씨 엄청 잘 쓴다."

강준은 세희가 그린 그림에 정성 들여 색칠을 했다. 둘이 열심히 색칠하면서 그림을 완성해가고 있을 때, 희정이 아이들을 불렀다.

"얘들아, 밥 먹자."

아이들과 세희는 준성이 집 안에 있는 다른 의자들까지 가져와 숫자를 맞춰놓은 식탁에 앉았다. 식탁에는 김이 올라오는 따뜻한 밥과 된장찌개, 버섯무침, 불고기, 파프리카와 볶은 소시지, 상추 샐러드와 다른 반찬들이 먹음직스럽게 놓여 있었다.

세희 옆에 앉은 강준은 야무지게 젓가락질을 하는 세희를 쳐다보고 싱긋 웃었다. 샐러드를 접시에 조금 덜어서 오물거리며 먹는 모습이 너무 귀여웠다.

"오빠도 이거 먹어봐. 맛있어. 우리 엄마가 요리 잘해."

강준은 세희를 따라 상추 샐러드를 한입 집어 먹었다. 맛있었다.

아이들은 왕성한 식욕을 자랑하며 음식들을 먹어치웠다. 빠르게 사라지는 불고기를 본 희정은 다시 프라이팬에 남은 불고기를 데워서 접시에 가득하게 올려줬다.

강준은 떼굴떼굴 굴러가는 소시지를 잘 집지 못하는 세희의 밥 위에 소시지를 집어서 올려주었다. 멀리 있는 불고기도 집어서 세희의 접시에 놨다.

"먹어."

"응, 오빠, 고마워."

아이들이 맛있게 먹는 모습을 흐뭇하게 바라보던 희정이 사이좋게 얘기를 나누며 밥을 먹고 있은 강준과 세희를 봤다. 세희에게 반찬을 집어주는 강준의 모습에 웃음이 나왔다. 옆에 있는 준성에게 귓속말을 했다.

'여보, 우리 세희가 커서 저런 자상한 사람과 결혼하면 좋겠어요.'

'나처럼 자상한 사람은 없을걸.'

'당신은 벌써 누군지도 모르는 미래의 사위에게 경쟁의식을 느끼는 거예요?

'그런가? 그런 의미에서 오늘 설거지는 내가 할게. 당신은 음식 만드느라 힘들었잖아.

'같이하면 더 빨라요.'

잘 먹었다는 인사를 하고 일어난 아이들에게 희정은 미리 깎아 놓은 단감과 과자를 내놨다.

"마저 먹고 양치질 하는 게 낫겠다. 더 먹고 싶으면 얘기해."

"네."

배가 불러 기분이 좋아진 아이들이 희정에게 합창을 하듯이 대답했다. 어느새 누가 틀었는지 텔레비전에서는 요즘 가장 인기 있는 만화가 방영 중이었다. 순식간에 아이들 모두 텔레비전 앞으로 몰려갔다.

희정과 준성은 초토화된 식탁의 그릇들을 치우고 느긋하게 저녁을 먹었다. 된장찌개를 한 입 떠먹은 준성이 희정에게 엄지를 치켜 올렸다.

"역시, 당신이 끓인 된장찌개는 언제 먹어도 맛있어. 김치와 이 된장찌개만 있으면 밥 한 그릇을 뚝딱 먹을 수 있어."

"다른 반찬도 먹어요. 근데 우리 세호가 오래 자네요. 이렇게 낮잠을 많이 자면 밤에 푹 못 잘 텐데."

"아까 정원에서 눈싸움한다고 그렇게 설치더니 많이 피곤했나 봐."

"그런가 봐요. 그래도 우리 세희는 멀쩡해요. 저기 좀 봐요."

희정의 웃음소리에 준성이 물었다.

"왜?"

고개를 돌린 준성의 시선이 세희의 입에 과자를 넣어주는 강준에게 향했다. 만화에 집중하고 있는 아이들 사이에서 강준은 세희에게 과자를 먹여주고 있었다.

"우리 세희에게 저런 오빠가 있으면 좋을 거야."

"그러게요."

두 아이들의 모습을 보며 웃던 희정의 시선이 창밖으로 이어졌다. 여전히 창밖에는 눈이 휘몰아치고 있었다.

만화에 빠져 있는 아이들 사이에 앉아 강준이 주는 과자를 받아먹던 세희가 갑자기 일어났다.

"강준 오빠, 내 방에 예쁜 공주님 인형이 많아. 재밌는 책도 엄청 많다. 보러 갈 거야?"

"보여줄래?"

고개를 끄덕이며 웃는 세희의 모습에 강준도 활짝 웃었다. 윗니두 개가 빠진 세희의 모습이 얼마나 귀여운지 자꾸만 웃음이 나왔다. 다정하게 손을 잡은 둘은 일 층에 있는 세희의 방으로 갔다. 세희는 프릴이 달린 원피스를 입은 곱슬머리 인형을 가져왔다.

"오빠, 이거 우리 양순이야. 예쁘지?"

"양순이?"

"양처럼 곱슬머리에 순하고 예쁘다고 엄마가 지어준 이름이야."

강준은 인형을 끌어안은 세희의 머리를 쓰다듬으며 물었다.

"책 읽어줄까?"

378

"이거 읽어줘."

강준은 눈을 반짝이며 그의 목소리에 귀를 기울이고 있는 세희에게 열심히 책을 읽어줬다. 책을 다 읽어주자, 세희가 말했다.

"오빠 목소리 참 좋다. 예쁜 목소리야."

"그래? 다행이다. 그런데 이젠 그만 나가봐야 할 것 같아."

"응."

강준은 발딱 일어나는 세희의 앙증맞은 손을 잡으며 말했다.

"세희야, 오빠가 나중에 다시 세희 보러 오면 좋겠어?"

"꼭 보러 와야 해. 오빠, 약속이야."

"그래. 약속할게."

"강준 오빠, 잠깐만."

세희는 머리핀을 모아놓은 상자에서 그녀가 가장 아끼는 예쁜 분홍색 머리핀을 꺼내 강준에게 내밀었다.

"이거 오빠 줄게. 나중에 나 만나러 올 때 가지고 와."

"세희야, 잠시만 기다려."

머리핀을 주머니에 넣은 강준이 서둘러 방을 나갔다. 다시 들어온 그의 손에는 작고 귀여운 곰 인형이 들려 있었다.

"이거 너 줄게. 내 가방에 매달고 다니는 행운의 부적인데 네가 가지고 있어."

"오빠, 고마워."

강준은 곰 인형이 마음에 드는지 가방에 매다는 세희를 보며 말했다.

"오빠가 나중에 올 때까지 잘 가지고 있어."

"응, 오빠."

"그만 나가자."

강준은 작은 세희의 손을 잡고 거실로 나갔다.

다음 날 아침, 늦잠을 잔 세희는 눈을 비비면서 거실로 나왔다.

"엄마, 엄마!"

"우리 딸, 일어났어?"

세호에게 밥을 먹이고 있던 희정이 세희를 번쩍 들어 올려 뺨에
뽀뽀를 했다.

"세희야, 세호랑 같이 밥 먹자."

곰돌이 인형을 가슴에 안고 있던 세희가 거실을 두리번거렸다.

"엄마, 오빠는?"

"누구?"

"강준 오빠랑 놀 거야. 오빠는 어디에 있어?"

"저기."

희정이 정원을 가리켰다. 정원에서 아이들이 준성과 눈사람을
만들고 있었다. 희정은 잠옷 차림의 세희가 현관문으로 달려가는
것을 재빨리 붙잡았다.

"세희야, 밥부터 먹고 가야지. 저기 언니와 오빠들도 다 밥을 한
그릇씩 먹었어. 그래서 노는 거야."

"엄마, 빨리 밥!"

세희는 희정이 가져온 밥을 수저로 가득 떠서 입이 미어져라 밀
어 넣었다. 희정의 옆에서 얌전하게 밥을 먹던 세호가 그런 세희의
모습에 까르르 웃었다.

"누나, 돼지 같아. 꿀꿀이 돼지."

"돼지 아니야. 공주님이야. 강준 오빠가 공주님이라고 했어. 윤세희 공주님이라고 써줬단 말이야."

세희는 미역국에 밥을 말아 제대로 씹지도 않은 채로 입 안 내용물을 꿀꺽 삼키고 일어났다.

"엄마, 나갈래."

"먼저 씻고 양치하고 와. 세호 양치시키고 나서 엄마가 옷 입혀줄게."

잠시 후에 장갑과 털부츠, 모자로 무장한 세희와 세호가 희정을 따라 정원으로 나갔다. 이미 아이들은 힘을 합쳐 커다란 눈사람을 하나 만들고 또 각자 눈덩이를 굴리고 있었다. 아이들의 옆에서 세희도 희정이 조그맣게 만들어준 눈덩이를 굴리기 시작했다.

"같이할래?"

큰 눈덩이를 굴리고 있던 강준이 세희의 옆으로 왔다. 둘은 눈사람을 만들어 나뭇가지로 눈, 코, 입을 만들어 붙였다. 어느새 추위로 볼이 빨개진 세희가 장갑 낀 손을 입으로 호호 불면서 말했다.

"손 시려."

강준은 눈이 묻은 세희의 장갑을 벗겨내고 그의 장갑도 벗었다. 세희의 작고 귀여운 손을 그의 손안에 감싸서 비볐다.

"곧 따뜻해질 거야."

"오빠 손은 따뜻하다."

"내 장갑 속이 따뜻해. 이 장갑을 끼면 손이 시리지 않을 거야."

강준이 그의 장갑을 세희에게 끼워주고 있을 때 마을 이장의 목소리가 확성기를 통해 들렸다.

"이장입니다. 어젯밤에 학생들을 데려간 주민 여러분께 알립니다. 아침 일찍 제설차가 작업을 했답니다. 어린 학생들이 꼼짝 못하고 있다는 전화에 서둘렀다고 합니다. 각자 집에 있는 국토 순례단 학생들은 마을 회관으로 집합하기 바랍니다. 에, 그리고 못 들은 주민들을 위해서 각자 집으로 전화가 갈 겁니다. 1시간 이내에 마을 회관으로 학생들을 데리고 오세요. 담당 인솔자들이 숙식을 제공한 주민들에게 감사의 말을 전하고 싶다고 하니, 다 나오시기 바랍니다. 이상입니다."

아이들은 눈이 묻은 웃을 털고 각자 가방을 정리했다. 순식간에 모든 준비를 마친 아이들이 거실에 모였다. 준성은 세희와 세호, 아이들을 모아놓고 기념사진을 찍었다.

강준의 옆에 있던 세희가 그를 올려다보며 물었다.

"오빠, 집에 가?"

"응, 가야 해. 세희야, 오빠가 언젠가 다시 올게."

"약속이야."

강준은 세희가 내민 작은 새끼손가락에 그의 새끼손가락을 걸고 엄지로 도장을 찍어 확인까지 했다. 아이들은 희정에게 인사를 하고 준성을 따라 나가기 시작했다. 강준은 현관까지 따라온 세희의 쌍꺼풀이 없는 크고 새까만 눈동자를 보면서 약속했다.

"오빠가 어른이 되면 널 만나러 다시 올게."

-마침-

작가 후기

겨울이 다가올 때 이 글을 쓰기 시작했습니다. 어렸을 때부터 눈을 몹시 좋아했던 터라 눈처럼 하얗고 예쁘게 시작하는 글을 한번 써보고 싶었습니다.

글의 제목 때문이었을까요. 이 글을 쓸 때면 이상하게 세상의 모든 소음이 사라진 느낌이었습니다. 마치 소복소복 내리는 눈으로 덮인 하얀 세상만이 존재하는 것 같았죠.

창가에 앉아 커피를 마시면서 글을 썼습니다. 혹시나 눈이 오지 않을까 기대하면서요.

앞으로도 눈이 내리면 강준과 세희가 생각날 것 같습니다.

아이들과 행복하게 살아가는 둘의 모습으로요.

글을 쓰면서 늘 고민을 합니다. 주인공의 사랑과 삶에 중점을 두지만 역시나 제가 만들어낸 조연들의 삶도 드러나게 해주고 싶은 마음 때문입니다. 앞으론 어떤 글을 쓸지 모르겠지만 지금까지는 제 글 속의 인물들이 몇 줄밖에 되지 않는 분량 속에서도 그들의 삶이 잘 나타나고 행복해지기를 바라는 제 생각을 반영했습니다.

이제 『눈 내리는 밤』은 제 손을 떠납니다. 매력적인 강준과 예쁜 세희, 그리고 그들을 둘러싸고 있는 모든 사람들이 행복해지기를 바라면서 후기를 마칩니다. 그리고 분량 때문에 종이책에 들어가지 못한 부분들이 아쉽습니다.

부족한 제 글을 읽어주신 모든 독자님들께 감사드립니다.

그리고 사랑하는 가족과 이 글이 나올 수 있도록 많은 수고를 하신 김지현 편집자님과 와이엠북스 출판사에 감사를 드립니다.

모두 행복하세요.

-이선경 드림.